Das Buch

Drei Menschen stehen im Zentrum dieses düsteren, faszinierenden Gemäldes der siebziger Jahre: die schönen Schwestern Toni und Sophy Stanhope, die als Symbolfiguren des modernen, ichbezogenen Menschen auftreten, und der verstümmelte Matty, der im Bombenkrieg schrecklich verbrannt und entstellt wurde und nach einer Jugend des Leidens und der Demütigung zu einem modernen Heiligen wird. Toni läßt sich im Nahen Osten zur Terroristin ausbilden, während sich Sophy zur sexuellen Sadistin entwickelt, die auch vor einem Mord nicht zurückschreckt. Goldings krasser Prosastil bleibt stets realistisch und wird erst ganz zum Schluß gleichnishaft überhöht. So rückt dieses neue Buch in die Nähe seines klassisch gewordenen Romans ›Der Herr der Fliegen‹ aus dem Jahr 1954. »Golding ist ein sehr eigenwilliger, radikaler Erzähler. Sein neuer Roman ist ein herausforderndes, wichtiges, ein bedeutendes Buch.« (Hamburger Abendblatt)

Der Autor

William Gerald Golding, geboren am 19. September 1911 in St. Columb Minor in Cornwall, studierte Naturwissenschaften und Anglistik in Oxford. 1939–61 Lehrer in Salisbury, Kriegsdienst bei der Marine. Golding wurde durch seinen Roman ›Lord of the Flies‹ (1954; dt. 1956) weltberühmt. Weitere Werke: ›Die Erben‹ (1955; dt. 1964), ›Der Felsen des zweiten Todes‹ (1956; dt. 1960), ›Der Turm der Kathedrale‹ (1964; dt. 1966), ›Der Sonderbotschafter‹ (1971; dt. 1974).

William Golding:
Das Feuer der Finsternis
Roman

Deutsch von Ursula Leipe

Deutscher
Taschenbuch
Verlag

Ungekürzte Ausgabe
September 1983
Deutscher Taschenbuch Verlag GmbH & Co. KG,
München
Lizenzausgabe mit freundlicher Genehmigung der
C. Bertelsmann Verlags GmbH, Edition Steinhausen,
München
© 1979 William Golding
Titel der englischen Originalausgabe: ›Darkness
Visible‹ (Faber & Faber Limited, London)
© 1980 der deutschsprachigen Ausgabe: C. Bertelsmann
Verlags GmbH, Edition Steinhausen, München
ISBN 3-8205-0210-6
Umschlaggestaltung: Celestino Piatti
Gesamtherstellung: C. H. Beck'sche Buchdruckerei,
Nördlingen
Printed in Germany · ISBN 3-423-10153-9

# INHALT

ERSTES BUCH
## Matty

9

ZWEITES BUCH
## Sophy

125

DRITTES BUCH
## Einsamkeit

231

Sit Mihi Fas Audita Loqui

ERSTES BUCH

# Matty

# I

Da lag im Osten der Isle of Dogs in London eine Gegend, die selbst dort als äußerst ungewöhnlich auffiel. Zwischen den hochummauerten, rechteckigen Wasserbecken, den Lagerhäusern, Eisenbahngleisen und Verschiebekränen zogen sich zwei Straßen hin mit armseligen Häusern, mit zwei Kneipen und zwei Läden. Die Fracht der Trampschiffe hing schwer über diesen Häusern, in denen jede Familie eine andere Sprache gesprochen hatte. Jetzt aber wurde dort kaum gesprochen, denn der ganze Bezirk war von den Behörden evakuiert worden; selbst ein Schiff, das, von Bomben getroffen, in Flammen aufging, fand kaum mehr Zuschauer. Im Himmel über London formten die schwachen, weißen Strahlen der Suchscheinwerfer ein Zelt, das hier und dort Sperrballons tüpfelten, und die Suchscheinwerfer erfaßten am Himmel nichts als die Sperrballons, und die Bomben fielen auf geheimnisvolle Weise, wie es schien, aus dem Nichts herab. Sie fielen hinein in den großen Brand oder dicht daneben.

Die Männer am Rande des Feuers mußten ohnmächtig zuschauen, wie es brannte. Die Hauptwasserleitungen waren geplatzt. Nur dort, wo das Feuer in den Nächten davor alles weggefressen hatte, hielten Schneisen die Flammen hier und da auf.

Am Rand des großen Brandes im Norden standen Männer bei ihrem zerstörten Löschzug und starrten in etwas hinein, das selbst sie, bei allem, was sie erlebt, noch nicht gesehen hatten. Unter dem Zelt aus Scheinwerferstrahlen zeichnete sich am Himmel etwas anderes ab, nicht so scharf umrissen wie die Lichtstrahlen, aber viel heller. Es war ein Leuchten, ein brennender Busch, hinter dem die dünnen Strahlen verblaßten. Eingegrenzt wurde dieser Busch von dünnen Rauchwolken, die im Flammenschein von unten schließlich selbst wie Feuer wirkten. Im Inneren des Busches, dort wo sich die kleinen Straßen befunden hatten, züngelten die Farben greller. Es war ein unentwegtes Zittern, wobei die Helligkeit gelegentlich wuchs oder abnahm, wenn Mauern einstürzten oder Dächer nachgaben. Und durch all das hindurch – das Brüllen des Feuers, das Dröhnen der abziehenden Bomber, die krachenden Einstürze – detonierte hin und wieder, wie im Takt, eine Zeitbombe, die zwischen dem Schutt hochging und manchmal ein Schlaglicht auf das Chaos warf, manchmal, vom Schutt erstickt, nur lärmte.

Die Männer neben dem zerstörten Löschzug am Anfang einer der Straßen im Norden, die südwärts mitten ins lodernde Feuer hineinführte, wirkten anonym in ihrem einförmigen Schweigen und in ihrer Reglosigkeit. Etwa zwanzig Meter links hinter ihnen lag der Krater der Bombe, die die örtliche Wasserversorgung abgeschnitten und dazu noch ihre Löschgeräte zerschmettert hatte.

Im Krater sprudelte noch ein Wasserstrahl, der jedoch immer dünner wurde, und der lange Bombensplitter, der ein Hinterrad durchschnitten hatte, lag bei ihrem Wagen, so abgekühlt schon, daß man ihn fast hätte berühren können. Aber die Männer nahmen davon so wenig Notiz wie von so vielen kleinen Dingen – dem Bombenmantel, dem Wasserstrahl, den manchmal bizarr geformten Trümmern –, die in Friedenszeiten Menschenmengen angezogen hätten. Die Männer starrten geradewegs die Straße hinab in den brennenden Busch, den Feuerofen. Sie hatten sich in sicherer Entfernung vom Mauerwerk hingestellt, so daß höchstens eine Bombe auf sie fallen konnte, aber seltsamerweise war das die geringste Gefahr, die ihnen bei der Arbeit drohte, eine Gefahr, die man fast vergessen konnte angesichts von einstürzenden Gebäuden, Kellerfallen, Sekundärexplosionen von Gas und Benzin und giftigem Gestank aus einem Dutzend Quellen. Obwohl der Krieg erst begonnen hatte, waren sie schon erfahren. Einer wußte sogar, was es hieß, von einer Bombe verschüttet und von der nächsten befreit zu werden. Inzwischen betrachtete er die Bomben gewissermaßen wertfrei, als wären sie Naturgewalten, vielleicht Meteore, die in dieser Gegend hier zu bestimmten Jahreszeiten in großer Dichte niederstürzten. Einige Männer der Löschmannschaft waren Amateure, die der Krieg zu Feuerwehrhelfern gemacht hatte. Einer war Musiker, und nun war sein Ohr höchst geschult, Bombengeräusche wahrzunehmen und zu deuten. Als die Bombe die Wasserleitung zerschlug und den Wagen beschädigte, stand er, eben noch hinreichend geschützt, ganz in der Nähe und duckte sich nicht einmal. Wie die anderen Männer beschäftigte ihn die nächste Bombe aus der Abwurfserie mehr, jene Bombe, die dann weiter unten zwischen ihnen und dem Feuer in die Straße eingeschlagen war und nun auf dem Grund ihres Kraters lag; es war entweder ein Blindgänger oder eine Zeitbombe. Er stand an der unversehrten Seite des Wagens und starrte wie die anderen die Straße hinunter. Er murmelte.

»Mir ist nicht wohl. Nein. Ehrlich, Leute, mir ist nicht wohl.«

Keinem war wohl, nicht einmal dem Hauptmann, der die Lippen fest zusammenpreßte. Denn, sei es durch den übertragenen Druck der Lippen oder aufgrund einer örtlichen Muskelanspannung, ihm zitterte die Kinnspitze. Seine Mannschaft war nicht ohne Mitgefühl. Der andere Feuerwehramateur, ein Buchhändler, der neben dem Musiker stand und der es jedesmal nicht fassen zu können meinte, wenn er die Uniform anzog, konnte sich die mathematische Wahrscheinlichkeit seines augenblicklichen Überlebens ausrechnen. Er hatte eine sechs Stockwerke hohe Mauer in einem Stück auf sich niederstürzen sehen, hatte nur dagestanden, unfähig, sich zu rühren, und sich gewundert, daß er noch lebte. Er entdeckte, daß die Backsteineinfassung eines Fensters des vierten Stocks sich genau um ihn herumgelegt hatte. Wie die anderen war er über den Punkt hinaus, um seinen Schrecken noch in Worte fassen zu können. Sie alle befanden sich in einem Zustand der Angstgewöhnung, wo das Leben vom Wetter des nächsten Tages, von den Plänen des Feindes für die Nacht und von der mäßigen Sicherheit oder der grauenvollen Gefahr der nächsten Stunde abhing. Ihr Hauptmann führte nach Möglichkeit aus, was ihm an Befehlen durchgegeben wurde, brach jedoch vor Erleichterung in Tränen oder Zittern aus, wenn die telefonische Wettervorhersage einen Bombenangriff unmöglich erscheinen ließ.

Dort standen sie also und lauschten dem Dröhnen der abziehenden Bomber, achtbare Männer, denen es klarzuwerden begann, daß sie, so unbeschreiblich schrecklich alles auch war, den nächsten Tag erleben würden. Sie starrten gemeinsam die wabernde Straße hinunter, und der Buchhändler, der unter einer romantischen Vorstellung von der Antike litt, stellte sich vor, daß die Dockgegend wie Pompeji aussehen würde; während jedoch Pompeji vom Staub geblendet wurde, gab es hier, am Ende der Straße, eher zuviel Klarheit, ein Übermaß an unmenschlichem, schändlichem Licht. Morgen mochte das alles dunkel, trostlos und schmutzig sein, zertrümmerte Mauern, blinde Fenster; jetzt aber war hier so viel Licht, daß die Steine wie Halbedelsteine wirkten, als läge hier eine Art von Höllenstadt. Hinter den Halbedelsteinen, dort, wo der Puls des Feuers eher flatterte denn schlug, ging alles Stoffliche, Mauern, Kräne, Masten, ging die Straße selbst in dem verheerenden Licht auf, als schmelze und verbrenne dort die Substanz der Welt mit ihren feuerbeständigsten Materien. Der Buchhändler ertappte sich bei dem Gedanken, daß man nach dem Krieg, falls es je eine Zeit nach dem Krieg geben sollte, die Eintrittsgebühr für Pompeji senken müßte, weil so viele Länder über ihre eigenen, brandneuen Ausstellungen vom zerstörten Leben verfügen würden.

Ein lautes Getöse drang durch alle anderen Geräusche hindurch. Ein roter Flammenvorhang wehte an die weiße Mitte des Feuers heran und wurde von ihm verzehrt. Irgendwo mußte ein Tank explodiert sein, oder ein Kohlenkeller hatte Kohlengas destilliert, das in einen geschlossenen Raum gedrungen war, sich mit Luft vermischt und den Flammpunkt erreicht hatte. Das muß es gewesen sein, folgerte der Buchhändler aus seinem Wissen, und in der Sicherheit, in der er sich inzwischen befand, war er stolz auf sein Wissen. Wie seltsam ist das doch, dachte er, nach dem Krieg werde ich Zeit haben –

Er blickte sich rasch nach Holz um und fand es, ein Stück Dachlatte, dicht bei seinen Füßen; er bückte sich, griff danach, warf es fort. Sich aufrichtend bemerkte er, wie das Feuer den Musiker gebannt hatte, jetzt mehr seine Augen als seine Ohren und daß er wieder zu murmeln anfing.

»Mir ist nicht wohl dabei. Nein, mir ist gar nicht wohl dabei.«

»Was ist denn, Mann?«

Auch die anderen starrten besorgter als vorher ins Feuer. Alle Augen waren konzentriert, alle Lippen zusammengepreßt. Der Buchhändler wandte sich nach dorthin um, wo die anderen hinschauten.

Das weiße Feuer, das in ein bleiches Rosa, dann in ein blutiges Rot und zurück ins Rosa umschlug, wo es Rauch oder Wolken in sich aufsog, schien unverändert, als gehöre es hier zur Dauereinrichtung. Die Männer starrten unverwandt in dieses Feuer hinein.

Am Ende der Straße oder dort, wo die Straße nach menschlichem Verstand inzwischen nicht mehr Teil der bewohnbaren Welt war – an jenem Punkt, wo die Welt zum offenen Herd geworden war –, einem Punkt, wo einzelne, strahlende Teile sich zusammenzogen und einen Laternenpfahl formten, als stehe da wirklich noch einer, einen Briefkasten und absurde Gebilde aus Schutt – genau dort, wo die feuersteinartige Straße sich in Licht verwandelt hatte, bewegte sich etwas. Der Buchhändler blickte weg, rieb sich die Augen, schaute aufs neue hin. Ihm waren die meisten Trugbilder vertraut, Gegenstände, die in einem Brand wie lebende Wesen erscheinen: Kartons oder Papier, von vereinzelten Windstößen in Bewegung gesetzt, Material, das sich in der Hitze zusammenzieht und dehnt, ein Vorgang, der Muskelbewegungen täuschend ähnlich sehen kann; der Sack, der von Ratten, Katzen, Hunden oder von halbverbrannten Vögeln bewegt wird. Jäh und heftig hoffte er auf Ratten, aber ein Hund wäre ihm auch recht gewesen. Er wandte sich wieder ab, drehte seinen Rücken dem zu, was er, da war er sicher, gar nicht gesehen hatte.

Daß ihr Hauptmann als letzter hinschaute, war ein merkwürdiger Umstand. Er hatte sich vom Feuer weggedreht und besah sich sein beschädigtes Löschfahrzeug in einem Gemütszustand, bei dem sein Kinn stillhielt. Die anderen Männer zogen seinen Blick dadurch auf sich, daß sie es zu vermeiden versuchten. Sie sahen viel zu beiläufig vom Feuer weg. Wo eine ganze Parade, eine ganze Batterie von Augen in das niedergeschmolzene Ende der Welt gestarrt hatte, war sie nunmehr, in entgegengesetzte Richtung, auf die gänzlich belanglosen Trümmer eines früheren Brandes und auf den versiegenden Wasserstrahl im Krater gerichtet. Es war ein schierer Reflex gesteigerter Wahrnehmungsfähigkeit, ein von Furcht geschärfter Sinn, der den Blick des Hauptmanns sofort von dem ablenkte, wohin alle schauten und auf das konzentrierte, wovon sie wegsahen.

Im letzten Drittel der Straße brach ein Stück Mauer zusammen und verstreute Schuttmasse über das Pflaster, so daß ein paar Brocken wie Kegel über die Straße wegrollten. Ein Brocken prallte ausgerechnet gegen eine Mülltonne, die auf der anderen Straßenseite stehengeblieben war und metallisch schepperte.

»Großer Gott!«

Da drehten sich die anderen in die gleiche Richtung. Das Dröhnen der Bomber ebbte allmählich ab. Das fünf Meilen hohe Zelt aus kreidigem Licht war verschwunden, mit einem Mal war es zerschlagen, doch das Licht des großen Brandes war so hell wie zuvor, vielleicht sogar noch heller. Die rosa Aura hatte sich inzwischen weiter entfaltet. Safran und Okker wurden blutrot. Das weiße Zentrum des Feuers flackerte nunmehr so grell und wild, daß es die genaue Wahrnehmung des Auges überstieg. Hoch über dem grellen Leuchten wurde zwischen zwei erleuchteten Rauchsäulen zum erstenmal das stählerne, unberührte Rund des Vollmonds sichtbar – der Mond der Liebenden, der Jäger, der Dichter, und nun hatte diese uralte, unerbittliche Gottheit eine neue Aufgabe und einen neuen Titel – der Mond der Bomber, die Artemis der Bomber, gnadenloser denn je.

Der Buchhändler rief voreilig.

»Dort steht der Mond –«

Der Hauptmann wies ihn wütend zurecht.

»Und wo sollte er deiner Meinung nach stehen? Weiter nördlich? Hat denn keiner von euch Augen im Kopf? Muß ich immer erst alles selber merken?«

Unmöglich und deshalb unwirklich war ihnen vorgekommen, was jetzt Faktum und für alle deutlich sichtbar wurde. Aus der bebenden Kulisse des grellen Glasts hatte sich eine Gestalt gelöst. Sie bewegte sich in der geometrischen Mitte der Straße, die jetzt breiter und länger schien als zuvor. Denn falls sie noch die gleichen Ausmaße besaß, dann war die Gestalt auf unmögliche Weise klein – unvorstellbar winzig, weil die Kinder als erste aus dem ganzen Bezirk evakuiert worden waren; und in den armseligen, zerbombten Straßen hatte es so gebrannt, daß hier nirgends mehr eine Familie leben konnte. Und außerdem gehen kleine Kinder nicht durch ein Feuer, das Blei schmilzt und Eisen verbiegt.

»Los! Worauf wartet ihr noch?!«

Niemand sagte ein Wort.

»Ihr beiden da! Holt ihn!«

Der Buchhändler und der Musiker stürzten vorwärts. Auf halber Strecke detonierte die Zeitbombe unter einem Lagerhaus auf der rechten Straßenseite. Die wüste Explosion wuchtete den Bürgersteig über die Straße und die Mauer oberhalb des Bürgersteigs tat einen Ruck und stürzte danach in einem neuen Krater in sich zusammen. Die Urplötzlichkeit des Geschehens war grauenhaft, und die beiden Männer kehrten schwankend zurück. Rauch und Staub hüllten hinter ihnen die ganze Straße ein.

Der Hauptmann murrte.

»Oh Gott!«

Er rannte los, die anderen Schulter an Schulter mit ihm, und er blieb erst stehen, wo die Luft klarer wurde und die Hitze des Feuers jäh und heftig die Haut angriff.

Es war die Gestalt eines Kindes, das sich näherte.

Als sie sich an dem neuen Krater vorbei den Weg bahnten, erkannten sie es genau. Es war nackt, und das kilometerlange Leuchten erhellte es mannigfach. Ein Kind hat einen raschen Schritt; dieses Kind jedoch wandelte wie in einer Art Ritual mitten auf der Straße, in einer Haltung, die man bei einem Erwachsenen als würdevoll bezeichnet hätte. Der Hauptmann konnte erkennen – und jetzt, und ihn erschütterte geradezu eine Explosion menschlichen Mitgefühls, erkannte er es genau –, warum dieses eine Kind so ging, wie es ging. Das Helle auf seiner linken Seite rührte nicht von einem Lichtreflex. Die Verbrennung war an der linken Seite des Kopfes noch deutlicher sichtbar. Sein ganzes Haar war dort weg, und auf der anderen war es zu Pfefferkornflecken geschrumpft. Das Gesicht war so verschwollen, daß das Kind nur aus den schmalsten Augenschlitzen undeutlich wahrnehmen konnte, wohin es ging. Vielleicht war es ein tierischer Instinkt, der es von dem Ort wegleitete, wo die Welt verzehrt wurde. Vielleicht war es Glück, gut oder böse, das es immer weiter in die einzige Richtung gehen ließ, wo es eine Überlebenschance gab.

Jetzt, da sie dem Kind so nahe waren, daß es nicht mehr ausgeschlossen werden konnte, es war ein Fetzen Fleisch von ihrem Fleisch, packte sie der verzweifelte Wunsch, es zu retten, ihm zu helfen. Der Hauptmann, dem inzwischen die kleinen Gefahren gleichgültig waren, die in der Straße auf sie lauern mochten, erreichte das Kind als erster und nahm sich seiner fachkundig und liebevoll an. Einer der Männer raste unaufgefordert in die entgegengesetzte Richtung, zum hundert Meter entfernten Telefon. Die anderen drängten sich, als ob ihre Nähe ihm etwas bedeuten könnte, pflichteifrig dicht um das Kind, als es weggetragen wurde. Der Hauptmann war ein wenig außer Atem, aber von Mitleid und Glück erfüllt. Er war damit beschäftigt, dem Kind die Erste Hilfe bei Verbrennungen zu leisten, die so gut wie jedes Jahr von den Medizinern wieder auf den Kopf gestellt wird. Innerhalb von wenigen Minuten kam der Ambulanzwagen, die Mannschaft des Wagens wurde über das wenige informiert, was über das Kind bekannt war, und unter dem Schrillen der Ambulanzglocke, das vielleicht ganz unnötig war, wurde es fortgefahren.

Der von allen unintelligenteste Feuerwehrmann sprach aus, was alle empfanden.

»Armer kleiner Tropf.«

Auf der Stelle unterhielten sich alle begeistert darüber, wie unglaublich das war: ein Kind, das splitterfasernackt einfach so durch das Feuer hindurchging, verbrannt und doch beharrlich Schritt für Schritt einem Hoffnungsschimmer entgegen –

»Schneidiges Kerlchen! Hat nicht den Kopf verloren.«

»Heutzutage gibt es wahre Wunder. Denk an die Piloten. Kriegen ein Gesicht so gut wie neu, heißt es.«

»Links wird der Junge wohl ein bißchen geschrumpft sein oder so.«

»Gott sei Dank, meine Kleinen sind in Sicherheit. Und die Frau auch.«

Der Buchhändler sagte nichts und schien ins Leere zu starren. Am Rand seines Bewußtseins flackerte eine Erinnerung auf, die er aber nicht näherzubringen vermochte, um sie überprüfen zu können; und er erinnerte sich auch an den Augenblick, als das Kind erschienen und seinen schwachen Augen doch nicht wirklich vorgekommen war – als befinde es sich sozusagen in einem Zustand der Unentschiedenheit, ob es eine menschliche Gestalt sei oder nur ein flimmerndes Farbenspiel. War das die Apokalypse? Apokalyptischeres als eine Welt, die auf solch wüste Art und Weise verzehrt wurde, konnte es gar nicht geben. Aber er konnte sich nicht genau erinnern. Dann lenkte ihn ein Geräusch ab – dem Musiker wurde schlecht.

Der Hauptmann hatte sich wieder dem Feuer zugewandt. Er blickte eine Straße hinunter, die zu guter Letzt weder so erhitzt noch so gefährlich gewesen war, wie sie alle befürchtet hatten. Er zwang sich, seine Aufmerksamkeit wieder auf den Wagen zu lenken.

»Worauf warten wir noch? Die werden uns abschleppen wollen, falls das noch geht. Mason, prüf die Lenkung, versuch, sie freizukriegen. Wells, komm raus aus deiner Trance! Schau nach der Bremsleitung, aber ein bißchen plötzlich!«

Wells, der unter dem Wagen lag, fluchte greulich und aus tiefster Seele.

»Hör mal, Wells, du wirst dafür bezahlt, daß du dir die Hände schmutzig machst.«

»Das Öl ist direkt in meinen Mund ausgelaufen.«

Wieherndes Gelächter.

»Wird dir 'ne Lehre sein. In Zukunft machst du den Mund eben zu.«

»Wie schmeckt's denn, Wellsy?«

»Schlechter kann der Kantinenfraß nicht schmecken.«

»Los, Jungs, bockt den Wagen auf. Wir wollen doch nicht, daß der Pannendienst unsere Arbeit macht, oder?«

Der Hauptmann wandte sich erneut dem Feuer zu. Er schaute sich den neuen Krater auf halber Höhe der Straße an. In einer Art von innerer Geometrie fügte es sich für ihn ganz klar und deutlich zusammen, wie es gewesen war und wie es hätte gewesen sein können und welche Strecke er entlanggerannt wäre, wenn er sich im gleichen Augenblick, als er das Kind dort und seine Hilfsbedürftigkeit erkannt hatte, auf den Weg gemacht hätte. Er wäre genau auf die Stelle zugelaufen, wo jetzt nichts als ein Loch war. Er wäre mitten in die Explosion hineingelaufen und verschwunden gewesen.

Unter dem Wagen fiel scheppernd ein Teil zu Boden, und Wells fluchte erneut drauflos. Der Hauptmann vernahm es kaum. Die Haut schien ihm am Körper zu gefrieren. Er schloß die Augen und für geraume Zeit sah er, daß er tot war, oder er empfand sich als tot; und dann, daß er lebte, daß nur der Vorhang gebebt und sich bewegt hatte, der die Hintergründe des Lebens verbirgt. Dann waren seine Augen wieder geöffnet, war die Nacht so normal, wie eine solche Nacht das überhaupt sein kann, und er wußte, was der Frost auf seiner Haut bedeutete, und er dachte sich mit der durchtriebenen Spontaneität, die zu seinem Wesen gehörte, daß man diese Dinge einfach nicht allzugenau nehmen dürfe, und der kleine Kerl hätte so oder so gelitten und überhaupt . . .

Er wandte sich erneut seinem zertrümmerten Löschfahrzeug zu und sah den Abschleppdienst kommen. Er ging hinüber, schweigend und außerordentlich erfüllt von einer Trauer, die nicht dem verstümmelten Kind galt, sondern ihm selbst, einer verstümmelten Kreatur, deren Geist dieses eine Mal an das Wesen der Dinge gerührt hatte. Sein Kinn hatte wiederum zu zittern begonnen.

Das Kind wurde Nummer Sieben genannt. Nach der ersten Notoperation, die ausgeführt werden mußte, während es sich vom Schock erholte, war dieser Name das erste Geschenk, das ihm die Außenwelt machte. Man wußte nicht recht, ob sein Schweigen organisch bedingt war oder nicht. Er konnte hören, sogar mit dem grausigen Ohrenrest auf der linken Seite, und die Schwellung um die Augen ging bald zurück, so daß er einigermaßen zu sehen vermochte. Man fand nach vielen Mühen für ihn eine Lage, die er ohne allzu viele Schmerzmittel ertragen konnte, und in dieser Lage blieb er über Wochen und Monate. Obwohl der hohe Prozentsatz der verbrannten Hautfläche es unwahrscheinlich machte, überlebte er dennoch, und damit begann für ihn ein langer Weg von einer Spezialklinik zur anderen. Als er schließlich soweit war, daß er hin und wieder ein wenig sprach, war nicht mehr auszumachen, ob Englisch seine Muttersprache war oder ob er, was er sprach, im Krankenhaus aufgelesen hatte. Er hatte keine andere Herkunft als das Feuer. Auf den Stationen, die er durchlief, wurde er nacheinander Baby, Liebling, Kleiner, Süßer und Scheißerchen genannt. Schließlich erhielt er einen Namen, weil eine Oberin, die darauf bestand, ein Machtwort sprach. Sie drückte sich unmißverständlich aus.

»So geht das nicht weiter. Wir können das Kind doch nicht hinter seinem Rücken Nummer Sieben nennen. Das gehört sich nicht und ist gemein.«

Sie war eine altmodische Oberin, und so redete sie eben. Sie setzte sich durch.

Die zuständige Behörde ging nach den Buchstaben des Alphabets vor; der Junge war nämlich nur eines von vielen Kindern, die damals aus den Trümmern aufgelesen wurden. Die Behörde hatte gerade ein kleines Mädchen mit dem Namen ›Venables‹ bedacht, und die geistreiche junge Frau, deren Aufgabe es war, nun einen Namen mit dem Buchstaben W auszusuchen, schlug ›Windup‹ vor, weil ihrem Vorgesetzten bei einem Luftangriff auf nicht eben tapfere Weise rasch die Luft ausgegangen war. Sie hatte festgestellt, daß sie heiraten und trotzdem ihren Posten behalten konnte und kam sich daher sicher und überlegen vor. Ihr Vorgesetzter zuckte bei dem Namen ›Windup‹ zusammen und strich ihn sofort durch, weil er sich eine ganze Meute Kinder vorstellen konnte, die schrie: »Windup! Windup!« Er setzte statt dessen einen eigenen Vorschlag ein; als er jedoch las, was er da geschrieben hatte, kam ihm der Name irgendwie unpassend vor, und er änderte ihn ab. Eigentlich ohne klaren Grund. Der Name war ihm urplötzlich wie aus heiterem Himmel als gute Zwischenlösung eingefallen, als etwas, dem man Beachtung schenkte, weil man sich glücklicherweise gerade an der richtigen Stelle befand, als er sich einstellte. Es war ganz so, als hättest du still im Gebüsch gesessen und – oh! – vor dir ließ sich der allerseltenste Schmetterling oder Vogel nieder und blieb lange genug, um beobachtet zu werden, und dann, wie für immer, wäre er vielleicht seitwärts davongeflogen.

Das Krankenhaus, in dem der Junge gerade lag, akzeptierte »Septimus« als zweiten Vornamen, ohne ihn aber zu verwenden. Vielleicht enthielt er zu deutliche Untertöne von »Sepsis«. Aus seinem Rufnamen Matthew wurde Matty; und da in allen wichtigen Papieren noch immer »Sieben« stand, benutzte seinen Nachnamen niemand. Aber schließlich mußten die Besucher für viele Jahre seiner Kindheit ohnehin erst durch Tücher und Bandagen und Apparaturen hindurchspähen, wenn sie mehr von ihm sehen wollten als die rechte Gesichtshälfte.

Als er von den verschiedenen Hilfsmitteln zu seiner Heilung befreit wurde und mehr zu sprechen begann, beobachtete man, daß er ein sonderbares Verhältnis zur Sprache hatte. Er bewegte die Wörter im Mund. Er ballte beim Sprechen vor lauter Anstrengung nicht nur die Fäuste, er schielte dazu. Es schien, als wäre jedes Wort ein Gegenstand, etwas Dingliches, manchmal rund und glatt, eine Art Golfball, den er gerade noch durch den Mund zwingen konnte, wobei sich allerdings beim Durchgang sein Gesicht verzerrte. Manche Wörter waren eckig und kantig und kamen nur mit Mühe und unter Schmerzen aus ihm heraus, was die anderen Kinder zum Lachen brachte. Als ihm zwischen der ersten medizinischen Behandlung und der kosmetischen Chirurgie, soweit sie möglich war, der Gips abgenommen wurde, boten der zur Hälfte hautlose Schädel und das verbrannte Ohr kein gewinnendes Bild. Sein Wesen schien vor allem aus Geduld und Stille zu bestehen. Nach und nach lernte er die Angst des Sprechens überwinden, bis die Golfbälle und die scharfkantigen Steine, die Kröten und die Perlen seinen Mund mit nicht viel größerer Mühe als im Normalfall passierten.

In den unbegrenzbaren Räumen der Kindheit war die Zeit seine einzige Dimension. Erwachsene, die Kontakt zu ihm bekommen wollten, schafften es nie mit Worten. Er akzeptierte die Wörter und schien lange über sie nachzudenken, und gelegentlich beantwortete er sie. Aber es war ein beziehungsloser Austausch. Zu jener Zeit konnte zu Matty nur durchdringen, wer sich jenseits von Begriffskonstruktionen bewegte. So fand die Krankenschwester, die ihn in die Arme schloß und genau wußte, wo sein Körper die Berührung ertragen konnte, die relativ heile, die verhältnismäßig wenig beeinträchtigte Seite seines Kopfes in wortloser Mitteilsamkeit an ihre Brust geschmiegt. Ein Wesen schien das andere zu berühren. Es war ganz natürlich, daß die junge Frau außer acht ließ, was sie sonst noch gespürt hatte; weil es sich dabei um eine zu delikate, ja intime Wahrnehmung handelte, um als Erkenntnis bezeichnet werden zu können. Sie wußte, daß sie selbst nicht besonders intelligent oder gescheit war. Deshalb ließ sie diese Erfahrung im Hintergrund ihres Bewußtseins, schenkte ihr keine besondere Beachtung und gestand sich nur soviel ein, daß sie mehr als die anderen Schwestern vom eigentlichen Matty wußte. Sie ertappte sich dabei, daß sie sich selbst Dinge sagte, die für Außenstehende etwas ganz anderes bedeuteten als in ihrem Innern.

»Und Matty glaubt, daß ich gleichzeitig an zwei Orten sein kann!«

Dann merkte sie, daß wie weggeblasen war, was sie wahrgenommen hatte oder von den Worten, in die sie es ganz zufällig zu kleiden versucht hatte, alle Schärfe und Genauigkeit verschwunden waren. Aber das kam häufig vor und formte sich schließlich zu einer Art von Vorstellung, die sie gewissermaßen als eine Definition von Mattys Wesen akzeptierte.

*Matty hält mich für zwei Menschen.*

Später dann, und noch mehr für sich: *Matty glaubt, daß ich jemand mitbringe.*

In ihrem Zartgefühl wußte sie, daß dieser Glaube nur Matty gehörte und daß darüber nicht gesprochen werden durfte. Vielleicht empfand sie ein gewisses Zartgefühl gegenüber der Besonderheit ihres eigenen Bewußtseins, das gewiß auf ungewöhnliche Weise arbeitete. Jedenfalls fühlte sie sich diesem Kind näher als den anderen, und sie zeigte es auf eine Weise, über die sich die anderen Kinder ärgerten; denn sie war hübsch. Sie nannte ihn »mein Matty« und seit seinem Heraustreten aus dem Feuerofen war zum ersten Mal zu beobachten, daß er seine komplexe Gesichtsmuskulatur gebrauchte, um sich mitzuteilen. Die Änderung des Gesichts geschah langsam und mühevoll, als fehle es dem kleinen Mechanismus an Öl, aber am Endergebnis gab es keinen Zweifel. Matty lächelte. Dabei blieb sein Mund jedoch immerzu schief und geschlossen, was seinem Lächeln das Kindliche nahm und anzudeuten schien, das Lächeln sei ihm zwar möglich, aber es sei nicht üblich und böse, falls man sich zu oft dazu hinreißen ließ.

Matty wurde verlegt. Er ertrug es mit animalischer Geduld, denn er sah ein, daß es so kommen mußte und keinen Ausweg gab. Die hübsche Schwester verhärtete ihr Herz und erklärte ihm, wie schön er es haben werde. Sie war an

Abschiednehmen gewöhnt. Sie war jung genug um anzunehmen, es sei ein Glück für ihn, am Leben zu sein. Außerdem verliebte sie sich in einen Mann, was ihre Aufmerksamkeit ablenkte. Matty ging in eine Richtung, sie in die entgegengesetzte. Bald hörten die zarten Wahrnehmungen auf, denn bei den eigenen Kindern brauchte sie sie nicht oder sie konnte sie nicht gebrauchen. Sie war glücklich und vergaß Matty lange Zeit, bis die mittleren Jahre sie überwältigten.

Matty war nun in einer anderen Lage festgeschnallt worden, damit Hautflächen von einem Teil seines Körpers auf andere verpflanzt werden konnten. Er befand sich da in einem ziemlich lächerlichen Zustand, und die übrigen Kinder in der Spezialklinik für Verbrennungen, die alle nicht viel Grund zum Lachen hatten, weideten sich an seinem Elend. Erwachsene kamen, ihn aufzumuntern und zu trösten, aber keine Frau zog seine heile Seite an ihre Brust. Sie hätte sich dazu verrenken müssen. Mattys Fähigkeit zu lächeln blieb ungenutzt. Für die flüchtigen Besucher war von ihm inzwischen mehr sichtbar; auf ihrem eiligen Weg zu den eigenen unglücklichen Kindern stieß sie das scheußliche Elend ab, in dem Matty seine Tage verbrachte, und sie lächelten ihm im Vorbeigehen flüchtig und befangen zu; ein Lächeln, das Matty ganz richtig deutete. Als er endlich vom Gips befreit und, soweit wie möglich restauriert, auf seine Beine gestellt wurde, schien sein Lächeln für immer geschwunden. Die Verwundung seiner linken Seite hatte eine Sehnenkontraktion verursacht, die durch sein Wachstum nicht behoben worden war, so daß er hinkte. Auf der rechten Seite seines Kopfes waren Haare, die linke jedoch war entsetzlich weiß und wirkte so unkindlich, daß man sich aufgrund des Eindrucks der Glatzköpfigkeit versucht fühlte zu vergessen, daß er ein Kind war, und ihn als Erwachsenen zu behandeln, der einfach dumm oder starrsinnig war. Verschiedene Institutionen bemühten sich weiterhin um ihn, aber mit ihm war wenig mehr zu machen. Alle Nachforschungen seine Herkunft betreffend verliefen ergebnislos. Nach dem zu urteilen, was bei sorgfältigsten Erkundungen herauskam, hätte er aus den Todeswehen einer brennenden Stadt auf die Welt gekommen sein können.

# II

Vom Krankenhaus humpelte Matty auf seine erste Schule und von dort zu einer Schule, die zwei der größten Gewerkschaften Großbritanniens unterhielten. Hier, in der Foundlings-School in Greenfield, begegnete er Mr Pedigree. Sie liefen sozusagen aufeinander zu, wenngleich es mit Matty aufwärts und mit Mr Pedigree bergab ging.

Mit Mr Pedigree war es stetig abwärts gegangen, von seiner Stellung als Lehrer an einer altehrwürdigen Kirchenschule über zwei weniger ehrwürdige Anstalten bis zu einer beträchtlichen Zeitspanne, die er nach eigenen Angaben auf Auslandsreisen verbracht hatte. Er war ein schmächtiger, elastischer Mann mit blaßgoldenem Haar und einem Gesicht, das, wenn er nicht verdrossen oder schelmisch dreinschaute, schmal und durchfurcht und ängstlich war. In den Lehrkörper von Foundlings trat er zwei Jahre vor Mattys Ankunft ein. Der Zweite Weltkrieg hatte Mr Pedigrees Vergangenheit sozusagen desinfiziert. Deshalb bewohnte er unklugerweise ein Zimmer im Dachstock der Waisenschule. Er war nicht mehr »Sebastian«, nicht einmal vor sich selbst. Er hatte sich zu »Mr Pedigree« entwickelt, dem Inbegriff des unbedeutenden Schulmeisters, und das verblassende Haar durchsetzte sich mit den ersten grauen Strähnen. Was Jungen anging, war er ein Snob, und von einigen bemerkenswerten Ausnahmen abgesehen fand er die Waisen generell abstoßend. Für sein Latein und Griechisch gab es hier keine Verwendung. Er unterrichtete Geographie in ihren Grundzügen mit Beigaben einfachsten geschichtlichen Wissens und englischer Grammatik in ihren Grundregeln. Die ersten zwei Jahre lang war es ihm ein Leichtes gewesen, den »Zeitläufen« zu widerstehen; er lebte in einer Traumwelt. Er machte sich vor, er besitze jeweils zwei Jungen: den einen als Inbild reiner Schönheit, den anderen als Musterbeispiel des kleinen Rohlings. Als Klassenlehrer war ihm eine große Klasse anvertraut, in die jene Jungen abgeschoben wurden, die allem Anschein nach die Grenze ihrer Bildungsfähigkeit erreicht und noch die Zeit bis zur Schulentlassung abzusitzen hatten. Bei diesen Jungen, meinte der Rektor, könne Mr Pedigree wenig Schaden anrichten. Wahrscheinlich hatte er darin recht, mit Ausnahme des Jungen, zu dem Mr Pedigree jeweils in eine »geistige Beziehung« trat. Denn Mr Pedigree entwickelte mit dem Älterwerden eine ganz ungewöhnliche Schrulle, die über das hinausging, was ein heterosexueller Mensch für sonderbar halten mochte. Mr Pedigree pflegte das Kind auf ein Podest zu stellen und nicht zu ruhen, bis er dem Jungen ein und alles war, o ja, ein und alles, und dem kleinen Jungen kam das Leben wunderbar vor, ihm wurde alles leichtgemacht. Ebenso unvermittelt pflegte Mr Pedigree dann kalt und gleichgültig zu werden. Wenn er mit dem Kind sprach, dann scharf und streng – und da es sich um eine geistige Beziehung handelte, die samtene Wange nicht einmal mit dem Finger gestreift worden war – worüber hätte sich da das Kind oder wer immer beschweren können?

Das alles verlief rhythmisch. Mr Pedigree hatte den Rhythmus allmählich verstehen gelernt. Er setzte ein, wenn die Schönheit des Kindes begann, ihn zu verzehren, zu verfolgen und um den Verstand zu bringen – ihn nach und nach um den Verstand zu bringen drohte! Wenn er sich während dieser Phase nicht sehr in acht nahm, ertappte er sich wohl dabei, daß er Risiken einging, die keineswegs mehr vernünftig waren. Er ertappte sich dabei, daß er zwanghaft – die Wörter quollen ihm, im Gespräch mit anderen, einem Kollegen vielleicht, geradezu von den Lippen – daß er zwanghaft davon sprechen mußte, was für ein ungewöhnlich anziehendes Kind doch der kleine Jameson sei, man müsse ihn wirklich als Schönheit betrachten!

Matty kam nicht sogleich in Mr Pedigrees Gruppe. Man gab ihm die Chance, seine geistigen Fähigkeiten zu demonstrieren. Aber er hatte zuviel Zeit in den Krankenhäusern verloren, so wie das Feuer ihm allen äußeren Glanz genommen hatte, der ihn umgeben haben mochte. Sein Hinken, sein zweifarbiges Gesicht und sein entsetzliches Ohr, das der über den kahlen Schädel gekämmte schwarze Haarschopf kaum verbergen konnte, machten ihn zur natürlichen Zielscheibe des Spotts. Vielleicht trug das dazu bei, daß er eine Fähigkeit – um es einmal so zu nennen – entwickelte, die sein Leben lang zunehmen sollte. Er konnte plötzlich verschwunden sein. Er konnte unbemerkbar werden wie ein Tier. Er hatte noch andere Eigenschaften. Er zeichnete miserabel,

aber leidenschaftlich gern. Wenn er sich über das Zeichen-
blatt beugte, um das er den Arm herumlegte, während
sein schwarzes Haar frei herabfiel, ging er ganz unter in
dem, was er zeichnete, als tauche er ins Meer. Die Umrisse
brachte er stets ohne abzusetzen zustande und füllte alle
Flächen unbeschreiblich gleichmäßig und akkurat farbig
aus. Es war eine Heldentat. Außerdem pflegte er sich ergeben alles anzuhören, was immer man ihm sagte. Er
konnte lange Abschnitte aus dem Alten und kürzere aus
dem Neuen Testament auswendig. Hände und Füße waren
für seine dünnen Arme und Beine zu groß. Seine Sexuali-
tät – und das hatten seine Mitschüler glänzend durch-
schaut – entsprach völlig seinem Mangel an Anziehungskraft. Er war anständig; und das war in den Augen seiner
Mitschüler sein schlimmstes Übel.

Die Klosterschule Saint Cecilia lag etwa hundert Meter
weit entfernt an derselben Straße, und das Gelände der
beiden Anstalten war nur durch einen schmalen Pfad getrennt. Auf der Seite der Mädchen befand sich eine hohe,
mit Eisenspitzen bewehrte Mauer. Mr Pedigree konnte die
Mauer und die Eisenspitzen von seinem Dachzimmer aus
sehen und zuckte vor den Erinnerungen zurück, die sie in
ihm wachriefen. Die Jungen konnten sie auch sehen. Vom
Treppenabsatz und vom großen Fenster aus vor Mr Pedigrees Zimmer im dritten Stock konnte man die Mauer
überblicken und die blauen Kleider und weißen Sommer-
söckchen der Mädchen erkennen. Und es gab da eine Stelle an der Mauer, wo die Mädchen hinaufklettern und
durch die Eisenspitzen spähen konnten, wenn sie frech
oder sexy genug waren, was natürlich auf das gleiche hinauslief. Auf der Jungenseite stand ein Baum, auf den man
hinaufklettern konnte, und nur durch den dazwischenlie-
genden Pfad getrennt, fanden sich die jungen Geschöpfe
direkt gegenüber.

Zwei Jungen, denen Mattys Anständigkeit ein besonde-
rer Dorn im Auge war, hauptsächlich deswegen, weil sie
selbst einen außergewöhnlich schlechten Charakter hatten,
nahmen sich mit geradezu genialer Direktheit und Einfach-
heit Mattys sämtliche Schwächen auf einmal vor.

»Wir haben mit den Mädchen gesprochen, hörst du?«

Und später – »Sie haben von dir gesprochen.«

Und später – »Angy ist in dich verknallt, Matty, sie fragt dauernd nach dir.«

Dann – »Angy sagt, sie hätte nichts dagegen, mit dir im Wald spazierenzugehen.«

Matty humpelte von ihnen fort.

Am nächsten Tag gaben sie ihm einen Brief, den sie in einem Durcheinander von Vorstellungen aus der Erwachsenenwelt in Druckbuchstaben abgefaßt und dann unterschrieben hatten. Matty musterte das Blatt, das aus einem groben Arbeitsheft, wie er selbst eins in der Hand hielt, herausgerissen worden war. Die Golfbälle rollten aus seinem Mund.

»Warum hat sie das nicht selbst geschrieben? Ich glaub das nicht. Ihr wollt mich auf den Arm nehmen.«

»Aber schau doch, da steht doch ihr Name, ›Angy‹. Sie hat bestimmt gedacht, du glaubst es nur, wenn sie unterschreibt.« Wieherndes Gelächter.

Wenn Matty auch nur etwas über Mädchen im Schulalter gewußt hätte, wäre ihm klargewesen, daß sie für Briefe nie und nimmer solches Papier verwendet hätten. Es war ein typisches Beispiel für den frühen Unterschied der geschlechtlichen Entwicklung: Ein Junge hätte sich ohne weiteres auf der Rückseite eines gebrauchten Umschlages um eine Stellung beworben. Wenn jedoch Mädchen Briefpapier in die Finger bekamen, so kam dabei am Ende meistens eine purpurrote, parfümierte und mit Blümchen übersäte Geschmacklosigkeit heraus. Trotzdem glaubte Matty dem Zettel, der aus einem Arbeitsheft herausgerissen worden war.

»Sie ist jetzt da, Matty! Sie möchte, daß du ihr etwas zeigst –«.

Matty starrte unter zusammengezogenen Augenbrauen von einem zum anderen. Die unversehrte Gesichtshälfte lief rot an. Er sagte nichts.

»Ehrlich, Matty!«

Sie umringten ihn. Er war größer als sie, aber durch seine Behinderung gebeugt. Mühsam formte er die Worte und brachte sie schließlich heraus.

»Was will sie denn?«

Die drei Köpfe kamen einander ganz nahe. Die Röte in seinem Gesicht schwand beinah sofort, und die Pickel der

Pubertät traten auf dem weißen Hintergrund um so deutlicher hervor. Er hauchte die Antwort.

»Hat sie nicht gesagt!«

»Ehrlich.«

Er schaute von einem Gesicht zum andern, ihm stand der Mund offen. Es war ein seltsamer Blick. So mag ein Mann, der auf offenem Meer schwimmt, den Kopf heben und vor sich hinblicken auf der Suche nach Land. Es lag da in seinem Blick eine Spur von Licht, Hoffnung im Zwiestreit mit einem natürlichen Pessimismus.

»Ehrlich?«

»Ehrlich!«

»Hand aufs Herz?«

Noch einmal ein Ausbruch von Gelächter.

»Hand aufs Herz!«

Erneut dieser eindringliche, flehende Blick, eine Bewegung mit der Hand, als Versuch, Hänseleien abzuwehren.

»Hier –«

Er drückte ihnen seine Bücher in die Hände und hinkte eilig davon. Die beiden hielten sich aneinander fest und lachten wie Affen. Sie ließen voneinander und trommelten ihre Kameraden zusammen. Die ganze Gesellschaft trampelte die Steintreppen hinauf, höher, höher, ein, zwei, drei Stockwerke hoch bis zum Treppenabsatz am großen Fenster. Sie schubsten und drängelten sich gegen das große Gitter, das in ihrer Höhe von einer Seite zur anderen lief, und umfaßten die Streben, die weniger Zwischenraum hatten, als ein Junge breit ist. Rund fünfzig Meter entfernt und zwanzig Meter unter ihnen hinkte ein Junge in Eile auf den verbotenen Baum zu. Auf der Mauer gegenüber zeigten sich auf der Mädchenseite tatsächlich zwei kleine Flecken von Blau. Die Jungen am Fenster waren so gebannt, daß sie gar nicht hörten, wie sich die Tür hinter ihnen öffnete.

»Was in aller Welt soll das? Was macht ihr Burschen hier?«

Mr Pedigree stand in der Tür, drehte nervös am Türgriff und sah vom einen Ende der Reihe lachender Jungen zum anderen. Doch keiner von ihnen beachtete Old Pedders.

»Ich habe gefragt, was das alles soll? Sind Jungs von mir dabei? Du da, mit den hübschen Locken, Shenstone!«

»Da ist Windy, Sir. Er klettert den Baum hoch.«

»Windy? Wer ist Windy?«

»Dort ist er, Sir, Sie können ihn sehen, da klettert er nach oben!«

»Ihr seid eine schäbige, ungezogene, schmutzige Bande. Ich muß mich sehr über dich wundern, Shenstone, ein netter, aufrechter Junge wie du –«

Empörendes, schadenfrohes Gelächter.

»Sir, Sir, jetzt schafft er's!«

Zwischen den Blättern an einem niedrigen Ast regte sich etwas. Die aufreizenden blauen Flecken verschwanden von der Mauer, als wären sie herabgeschossen worden. Mr Pedigree klatschte in die Hände und rief, aber die Jungen beachteten ihn nicht. Wie ein Wasserfall stürzten sie die Treppe hinunter und ließen ihn – rot im Gesicht und aufgeregter über das, was hinter ihm, als das, was vor ihm lag – einfach stehen. Er sah ihnen die Treppe hinunter nach. Er sprach seitwärts ins Zimmer hinein und hielt die Tür auf.

»Sehr schön, mein Lieber. Du kannst jetzt gehen.«

Der Junge kam heraus und lächelte vertrauensvoll zu Mr Pedigree auf. Er ging, von seiner Wichtigkeit durchdrungen, treppabwärts.

Als er fort war, starrte Mr Pedigree gereizt auf den Jungen in der Ferne, der ungeschickt vom Baum herunterkam. Mr Pedigree hatte keinerlei Absicht einzugreifen – nicht im geringsten.

Der Rektor wurde von der Mutter Oberin benachrichtigt. Er ließ den Jungen kommen, der pickelig und verängstigt herbeihinkte. Der Rektor, dem er leid tat, versuchte, es ihm leichtzumachen. Die Oberin hatte den Vorfall mit Worten beschrieben, die sich wie ein Schleier über alles legten, den der Rektor, wie er sehr wohl wußte, lüften mußte; und doch betrachtete er das Lüften eines Schleiers nicht ohne Bangen, denn er wußte, daß hinter jedem Schleier mehr zum Vorschein kommen kann, als dem, der ihn lüftet, lieb sein mag.

»Setz dich, dahin, ja? Also, sieh, man hat sich über dich beschwert. Über das, was du auf dem Baum gemacht hast. Junge Männer – Jungs – klettern nun mal auf Bäume, darüber brauchen wir nicht zu reden, aber was du getan hast, kann allerlei Konsequenzen haben, weißt du. Was hast du also getan?« Die unversehrte Gesichtshälfte des Jungen färbte sich dunkelrot. Er schaute an seinen Knien vorbei auf den Boden.

»Hör zu, mein Junge, hast keinen Grund, dich zu fürchten. Manchmal können Menschen einfach nicht anders. Wenn sie krank sind, helfen wir ihnen oder suchen Leute, die ihnen helfen können. Aber wir müssen *Bescheid wissen!*«

Der Junge sprach nicht, rührte sich nicht.

»Zeig es mir, wenn dir das leichterfällt.«

Matty hob kurz die Augen, senkte sie wieder. Er atmete, als ob er gerannt wäre. Er hob die rechte Hand und ergriff die ungemein lange Strähne, die vor seinem linken Ohr herunterhing. Mit einer Geste völliger Selbstaufgabe und Ergebenheit riß er das Haar zurück und entblößte die weiße Obszönität seiner Kopfhaut.

Es war vielleicht ein glücklicher Umstand, daß Matty nicht sah, wie der Rektor unwillkürlich die Augen schloß, sich dann zwang, sie wieder zu öffnen und offenzuhalten, ohne eine Miene zu verziehen. Eine Weile schwiegen sie beide, bis der Rektor verständnisvoll nickte und Matty sich entspannte und den schwarzen Schopf wieder über den Kopf zog. »Ich verstehe«, sagte der Rektor, »ja, ich verstehe.« Dann sagte er eine Weile lang gar nichts, sondern dachte über mögliche Wendungen für seinen Brief an die Mutter Oberin nach.

»Also, mach das nicht wieder«, sagte er endlich. »Und nun geh. Bitte denk daran, daß ihr nur auf die große Buche klettern dürft, und auch da nur bis zum zweituntersten Ast. Verstanden?«

»Sir.«

Anschließend ließ der Rektor die zuständigen Lehrer kommen, um mehr über Matty zu erfahren, und es war eindeutig, daß irgendwer es zu gut – oder vielleicht auch zu schlecht – mit ihm gemeint hatte, denn er befand sich in einem Zug, dem er nicht mehr gewachsen war. Der Junge würde nie eine Prüfung bestehen, und es war töricht, es ihn auch nur versuchen zu lassen.

Und so kam es, daß eines Morgens, als Mr Pedigree vor seiner Klasse döste, während die Schüler eine Landkarte zeichneten, Matty hereinhinkte, die Bücher auf dem Arm, und vor dem Lehrerpult stehenblieb.

»Großer Gott, Junge, wo kommst du denn her?«

Offenbar war die Frage für Matty zu unvermittelt oder zu
tiefgründig. Er antwortete nichts.

»Was willst du, Junge? Antworte, schnell!«

»Man hat mich geschickt, Sir. Zu C 3, Sir. Ins Zimmer
am Ende des Korridors.«

Mr Pedigree versuchte mühsam ein Grinsen und riß seinen Blick mit einem Ruck von dem Ohr des Jungen los . . .

»Aha. Unser Freund und Vetter, der sich von Ast zu Ast
schwingt. Lacht nicht, Bürschchen. Nun denn, bist du stu-
benrein? Verläßlich? Ein brillanter Kopf?«

Bebend vor Abscheu sah sich Mr Pedigree im Zimmer
um. Er besaß die Angewohnheit und machte sich das Vergnügen, die Sitzordnung nach dem Aussehen der Schüler zu
arrangieren, so daß die hübschesten Jungen in der ersten
Reihe saßen. Es gab für ihn überhaupt keinen Zweifel, wohin der Neue gehörte. Hinten rechts im Klassenzimmer ließ
ein hoher Schrank gerade noch Platz für ein Pult, das zur
Hälfte dahinter verschwand. Der Schrank konnte keinen
Zentimeter verrückt werden, weil er sonst das Fenster versperrt hätte. »Brown, du vollendetes Geschöpf, ich möchte,
daß du da herauskommst. Du kannst dich auf Barlows Platz
setzen. Ja, ich weiß, daß er wiederkommt, dann werden wir
eben erneut umgruppieren, nicht wahr? Jedenfalls bist du
ein Schlingel, stimmt's Brown? Ich weiß genau, was du da
hinten treibst, falls du meinst, ich könnte es nicht sehen.
Nun denn, wie heißt du gleich, Wandgrave, du kannst doch
für Ordnung sorgen, nicht wahr? Setz dich da in die Ecke,
verhalte dich still und sag mir Bescheid, wenn sich die anderen schlecht benehmen, ja? Ab mit dir!«

Er wartete und grinste in gewollter Heiterkeit, bis sich der
Junge gesetzt hatte und teilweise aus dem Blickfeld verschwunden war. Mr Pedigree stellte fest, daß er den Jungen
durch die Kante des Schranks in zwei Hälften teilen konnte,
so daß nur der mehr oder weniger unversehrte Teil seines
Gesichts zu sehen war. Er seufzte vor Erleichterung auf.
Solche Dinge waren wichtig.

»Gut. Alles in Ordnung. Arbeitet wieder. Zeig ihm, was
wir gerade machen, Jones.«

Er entspannte sich und gab sich weiter seiner unterhaltsa-

men Spielerei hin, denn Mattys unerwartete Ankunft lieferte
ihm den Vorwand für eine weitere Runde.

»Pascoe.«

»Sir.«

Es ließ sich nicht leugnen, daß Pascoe seine ohnehin nie
übertrieben große Anziehungskraft einzubüßen begann. Mr
Pedigree fragte sich wie nebenbei, was er in dem Jungen
überhaupt je gesehen habe. Zum Glück war die Geschichte
nicht sehr weit gediehen.

»Pascoe, mein Freund, würde es dir etwas ausmachen,
den Platz mit Jameson zu tauschen, damit Barlow, wenn er
zurückkommt – es macht dir doch nichts aus, ein klein wenig
weiter vom Richterstuhl weg zu sitzen? Nun, und was ist mit
dir, Henderson?«

Henderson saß in der Mitte der ersten Reihe, ein Kind von
sanfter, lyrischer Schönheit.

»Hättest du etwas dagegen, ganz dicht am Richterstuhl zu
sitzen, Henderson?«

Henderson blickte auf, lächelnd, stolz und voller Vereh-
rung. Sein Stern bei Mr Pedigree ging auf. Unsäglich bewegt
trat Mr Pedigree hinter seinem Pult hervor und stellte sich
neben Henderson, die Finger im Haar des Jungen.

»Wie scheußlich, mein Freund. Wann hast du denn all
diese gelbe Wolle hier zum letztenmal gewaschen?«

Henderson schaute auf, immer noch lächelnd und seiner
selbst sicher, denn er begriff, daß diese Frage eigentlich keine
Frage, sondern eine Mitteilung, Glanz und Herrlichkeit bedeutete. Mr Pedigrees Hand glitt herab und drückte seine
Schulter, bevor er sich zu seinem Pult zurückbegab. Zu seiner Überraschung hielt der Junge hinter dem Schrank die
Hand hoch.

»Was ist los? Was ist denn?«

»Sir, der Junge da. Er hat ihm einen Zettel gegeben. Das
ist doch nicht erlaubt, Sir?«

Einen Augenblick war Mr Pedigree zu erstaunt, um zu
antworten. Sogar die Klasse war still, bis den Jungen die
ganze Ungeheuerlichkeit dessen aufging, was sie da gehört
hatten. Dann buhten sie, erst schwach, bald immer lauter. »Schluß jetzt, ihr Burschen. Ich hab gesagt, Schluß!
Du da, wie heißt du noch. Du mußt ja direkt aus dem

Urwald kommen. Wir haben einen Polizisten in unserer Mitte!«

»Sir, Sie haben doch gesagt . . .«

»Ganz gleich, was ich gesagt habe, mußt du das *wörtlich* nehmen, du Kreatur? Du liebe Zeit, auf welchen Schatz sind wir gestoßen!«

Matty stand der Mund offen.

Es war danach wirklich sonderbar, daß Matty sich an Mr Pedigree hängte. Es war ein Zeichen seiner armseligen Menschenkenntnis, daß er dem Mann ergeben zu folgen begann und ihn auf diese Weise irritierte, denn Mattys Aufmerksamkeit war das letzte, was Mr Pedigree sich gewünscht hätte. In der Tat, für Pedigree hatte gerade der Aufwärtsschwung seiner Kurve begonnen und ihm war deutlich geworden, an welchem Punkt er sich befand. Viel deutlicher, als in den längst vergangenen Tagen an der Kirchenschule. Inzwischen wußte er, daß sich einzelne Punkte der Kurve vorher genau abzeichneten. Solange er Schönheit im Klassenzimmer bewunderte, wie unverhohlen seine Gesten der Zuneigung auch sein mochten, war alles ungefährlich und in Ordnung. Aber dann kam ein Punkt, wo er damit anfing – *anfangen mußte* –, den Jungen auf seinem Zimmer bei den Hausaufgaben zu helfen, obwohl es verboten, gefährlich und berauschend war; und dort würden seine Gesten wiederum eine Zeitlang unschuldig sein –

Eben jetzt, im letzten Monat vor Ferienbeginn, hatte die Natur Henderson zu hinreißender Schönheit erhoben.

Mr Pedigree selbst fand es sonderbar, daß es solch einen anhaltenden Nachschub dieser Schönheit geben konnte, der sich hier Jahr um Jahr einstellte. Es war für Mr Pedigree wie für Matty, der ihm mit absoluter Einfältigkeit anhing, ein seltsamer Monat. Seine Welt war so klein und der Mann so groß. Es war ihm unvorstellbar, daß eine ganze Beziehung auf einem Scherz beruhte. Er war Mr Pedigrees Schatz. Mr Pedigree hatte es gesagt. So wie manche Jungen im Gegensatz zu anderen Jahre im Krankenhaus zubrachten, so gab es eben auch Jungen, die im Gegensatz zu anderen ihre Pflicht taten und ihre Mitschüler verpetzten, selbst wenn sie sich damit entsetzlich unbeliebt machten.

Sein Aussehen hätten ihm seine Kameraden vielleicht nachgesehen, hätten es vergessen. Aber seine Art, alles wörtlich zu nehmen, seine Anständigkeit und seine Unkenntnis der Spielregeln ließen ihn zum Außenseiter werden. Doch der kahle Windup sehnte sich nach Freundschaft, und er lief nicht nur Mr Pedigree nach. Auch dem Knaben Henderson hängte er sich an die Fersen. Der Junge machte sich über ihn lustig und Mr Pedigree seinerseits –

»Jetzt nicht Wheelwright, jetzt nicht!«

Ganz plötzlich häuften sich Hendersons Besuche bei Mr Pedigree, in aller Öffentlichkeit fanden sie jetzt statt, und die Sprache, in der Mr Pedigree mit der Klasse redete, wurde noch ausschweifender, die Kurve erreichte ihren Scheitelpunkt. Den größten Teil einer Stunde widmete er einem Exkurs, einer Lektion über menschliche Unarten. Es gab ihrer sehr, sehr viele, und es war äußerst schwer, von ihnen zu lassen. Tatsächlich – und das würden sie selbst einmal feststellen, wenn sie älter wären – gab es Unarten, die sich überhaupt nicht abstellen ließen. Es war jedoch wichtig, genau zu unterscheiden zwischen Angewohnheiten, die für Unarten gehalten wurden, und solchen, die wirklich Unarten waren. Im alten Griechenland beispielsweise galten Frauen als niedere Wesen, grinst nicht, Burschen, ich weiß schon, was ihr denkt, ihr seid ein schlimmer Haufen, und die Liebe erreichte ihren höchsten Ausdruck unter Männern und zwischen Männern und Knaben. Manchmal fand ein Mann sich in Gedanken immer mehr mit einem hübschen kleinen Burschen beschäftigt. Stellt euch zum Beispiel vor, der Mann war ein großer Athlet, oder heute wäre es vielleicht ein Cricketspieler, ein Nationalspieler . . .

Die hübschen kleinen Burschen warteten gespannt auf die Moral der Ausführungen und in welchem Zusammenhang mit den Unarten sie stünde, aber sie kamen nie dahinter. Mr Pedigrees Stimme verlor sich, und der Vortrag kam eigentlich nicht zu einem Ende, sondern erstarb, und Mr Pedigree schaute verwirrt drein.

Die Menschen wundern sich, wenn sie entdecken, wie wenig einer vom anderen weiß. Und gleichermaßen müssen Menschen zu ihrem Erstaunen und zu ihrem Kummer oft feststellen, daß gerade jene Handlungen und Gedanken, von denen sie glaubten, sie seien verborgen im tiefsten Schoß der Nacht, sich im hellen Tageslicht und vor Zuschauern abgespielt haben. Manchmal ist die Entdeckung ein blendender, zerstörerischer Schreck, manchmal ist sie mild.

Der Rektor bat um die Berichtshefte über einige Schüler aus Mr Pedigrees Klasse. Sie saßen am Tisch im Rektorat, die grünen Aktenschränke im Rücken. Mr Pedigree erzählte ausführlich von Blake und Barlow, von Crosby und Green und Halliday. Der Rektor nickte und blätterte die Berichte durch.

»Das über Henderson haben Sie offenbar nicht dabei.«

Mr Pedigree verfiel in frostiges Schweigen.

»Sie wissen doch, Pedigree, das ist äußerst unklug.«

»Was ist unklug? Was ist unklug?«

»Manche von uns haben recht merkwürdige Schwierigkeiten.«

»Schwierigkeiten?«

»Geben Sie also bitte keine Nachhilfestunden auf Ihrem Zimmer. Wenn Sie Jungen bei sich im Zimmer haben möchten –«

»Aber es ist doch zum Besten der Jungen!«

»Sie wissen genau, es ist gegen die Vorschriften. Und da kursieren – Gerüchte.«

»Andere Jungen . . .«

»Ich weiß nicht, wie ich das Ihrer Meinung nach auffassen soll. Aber versuchen Sie, nicht so – so exklusiv zu sein.« Pedigree ging rasch und mit heißem Kopf davon. Er konnte klar und deutlich erkennen, wieweit die Verschwörung reichte; denn wenn in seinem zyklischen Leben die Kurve dem Scheitelpunkt zustrebte, verdächtigte er alle und jeden. Der Rektor, dachte Pedigree und war sich dabei seiner Torheit halb bewußt, ist selbst hinter Henderson her. Deshalb begann er einen Plan auszuhecken, mit dem er jedem Versuch des Rektors, ihn zu entlassen, zuvorkommen konnte. Ihm war klar, daß eine Art Alibigeschichte oder Tarnung das beste wäre.

Während er sich wieder und wieder fragte, was zu tun sei, verwarf er den Schritt zuerst als unmöglich, dann als unglaubwürdig, dann als einfach scheußlich – und merkte schließlich, daß er ihn tun mußte, obwohl seine Kurve noch nicht fiel. Er riß sich zusammen. Wenn die Klasse sich gesetzt hatte, machte er stets die Runde von einem Jungen zum anderen; diesmal aber fing er mit entsetzlichem Ekel hinten an. Mit Vorbedacht begab er sich in die Ecke, wo Matty halb verborgen neben dem Schrank saß. Matty lächelte ihn schief an, und gekrümmt vor Qual grinste Pedigree über den Kopf des Jungen weg.

»Ach du meine Güte! Das ist doch keine Karte des Römischen Weltreiches, mein junger Freund! Das ist das Portrait einer schwarzen Katze in einem Kohlenkeller bei Nacht. Jameson, gib mir deine Karte. Siehst du es jetzt, Matty Windrap? Oh Gott. Ich kann hier keine Zeit mit dir verschwenden. Ich habe heute nicht die Aufsicht bei den Schulaufgaben, deshalb gehst du heute nicht dorthin, sondern kommst mit deinem Heft und dem Atlas und allem anderen auf mein Zimmer. Du weißt, wo es ist, nicht wahr? Lacht nicht, ihr Burschen! Und wenn du es besonders gut machst, findet sich vielleicht ein Rosinenbrötchen oder ein Stück Kuchen – oh Gott –«

Mattys gute Seite strahlte wie die Sonne. Pedigree schaute flüchtig zu ihm hinab. Er ballte die Faust und schlug dem Jungen leicht auf die Schulter. Dann stürzte er nach vorn, als brauche er frische Luft.

»Henderson, du hübscher Kerl, ich kann dir heute abend keine Nachhilfe geben. Aber das ist ja auch gar nicht notwendig, oder doch?«

»Sir?«

»Komm her und zeig mir dein Heft!«

»Sir.«

»Siehst du?«

»Sir – bekomme ich oben keine Nachhilfe mehr, Sir?«

Ängstlich blickte Mr Pedigree dem Jungen ins Gesicht, der die Unterlippe vorschob.

»Oh Gott. Sieh mal, Scheusal. Hör zu –«

Er fuhr dem Jungen mit den Fingern durchs Haar und zog seinen Kopf näher an sich heran.

»Liebes Scheusal, die besten Freunde müssen sich einmal trennen.«

»Aber Sie haben gesagt –«

»Nicht *jetzt!*«

»Sie haben es gesagt!«

»Paß einmal auf. Am Donnerstag habe ich Aufsicht bei

der Arbeitszeit in der Halle. Da kommst du mit deinem Heft zu mir ans Pult.«

»Bloß, weil ich eine gute Karte gezeichnet habe! Das ist nicht gerecht.«

»Du!«

Der Junge hielt seinen Blick auf die Füße gesenkt. Langsam wandte er sich ab und ging zu seinem Pult zurück. Er setzte sich und beugte sich über sein Heft. Seine Ohren waren so rot, daß sie fast einen Hauch von Mattys Purpur an sich hatten. Mr Pedigree setzte sich ans Lehrerpult und legte die zitternden Hände darauf; Henderson warf ihm unter gesenkten Brauen einen Blick zu. Mr Pedigree schaute weg. Er versuchte, die Hände stillzuhalten, und murmelte: »Ich werde es wiedergutmachen an ihm.«

Von den dreien war nur Matty imstande, der Welt offen ins Gesicht zu sehen. Die Sonne strahlte von einer Seite seines Gesichts. Als die Zeit kam, zu Mr Pedigree hochzugehen, gab er sich sogar besondere Mühe, sein schwarzes Haar so zu kämmen, daß es den fahlweißen Schädel und das purpurrote Ohr verdeckte. Mr Pedigree öffnete ihm die Tür und schauderte wie im Fieber zusammen. Er wies Matty einen Stuhl an, lief aber selbst auf und ab, als sei die Bewegung ein schmerzlinderndes Mittel. Er begann mit Matty zu reden oder mit sonst jemand, als hielte sich ein verständiger Erwachsener im Zimmer auf, und er hatte kaum angefangen, als die Tür aufging und Henderson auf der Schwelle stand.

Mr Pedigree rief: »Weg, Scheusal! Weg mit dir! Ich *will* dich nicht sehen! Oh Gott!«

Da brach Henderson in Tränen aus und floh, polterte die Treppe hinunter, und Mr Pedigree stand an der Tür und starrte ins Treppenhaus, bis er das Schluchzen des Jungen und das Gepolter seiner Schritte nicht mehr hören konnte. Aber auch dann blieb er noch stehen und starrte ihm nach. Er wühlte in der Tasche, holte ein großes weißes Taschentuch heraus und fuhr sich damit über Stirn und Mund, und Matty blickte auf seinen Rücken und verstand gar nichts.

Schließlich schloß Mr Pedigree die Tür, sah Matty aber nicht an, sondern wanderte rastlos im Zimmer auf und ab. Er murmelte vor sich hin, sprach halb mit sich selbst, halb

mit dem Jungen. Er sagte, das Schrecklichste in der Welt
sei der Durst, und die Menschen litten Durst in jeder er-
denklichen Form und in Wüsten aller Art. Alle Menschen
seien trunksüchtig. Jesus selbst habe am Kreuz gerufen:
»Διψῶ!« Das Dürsten der Menschheit lasse sich nicht be-
herrschen, und deshalb dürfe man niemand daraus einen
Vorwurf machen. Es sei nicht gerecht, Menschen ihren
Durst vorzuwerfen, und hier irre sich Scheusal, dieses törichte, schöne, junge Geschöpf, aber er sei eben zu jung,
um das zu verstehen. Bei diesen Worten sank Mr Pedigree
auf seinen Stuhl am Tisch und legte das Gesicht in die
Hände.

»Διψάω.«

»Sir?«

Mr Pedigree antwortete nicht. Er nahm Mattys Heft und
teilte ihm so knapp wie möglich mit, was an der Karte falsch
sei. Matty begann zu berichtigen. Mr Pedigree trat ans Fenster und blieb dort stehen, sah über die Dachpfannen auf das
obere Ende der Feuerleiter und darüber hinweg auf den Horizont, wo wie eine Wucherung die Vororte Londons sichtbar wurden.

Henderson kehrte keineswegs zurück zur Schulaufgaben-
zeit in der Halle, auch nicht zur Toilette, die er als Vorwand
benutzt hatte, um die Halle verlassen zu können. Er ging
vielmehr ins vordere Gebäude zum Rektorat, wo er minuten-
lang vor der Tür des Direktors stehenblieb. Es war ein klares
Zeichen seines Elends, daß er die Zwischenstufen der Hier-
archie übersprang, was in seiner Welt keine Kleinigkeit bedeutete. Schließlich klopfte er jedoch an die Tür, erst
schüchtern, dann lauter.

»Na, Junge, was willst du?«

»Sie sprechen, Sir.«

»Wer schickt dich?«

»Niemand, Sir.«

Da merkte der Rektor auf. Er sah, daß der Junge eben
geweint hatte.

»In welcher Klasse bist du?«

»Bei Mr Pedigree, Sir.«

»Name?«

»Henderson, Sir.«

Der Rektor öffnete schon den Mund zu einem *Aha!*, schloß ihn jedoch wieder. Er kräuselte die Lippen. Im Hintergrund seines Bewußtseins begann sich erste Besorgnis abzuzeichnen.

»Also?«

»Es – es ist wegen Mr Pedigree, Sir.«

In seiner plötzlich riesengroßen Besorgnis sah der Rektor schon alles voraus: die Befragungen, die Feststellung des Vergehens, die ganzen Scherereien, den Bericht an die Schulaufsicht und ganz zum Schluß Gerichtsverfahren und Schuldspruch. Denn natürlich würde der Mann sich schuldig bekennen, oder, falls es nicht soweit gegangen war –

Er warf einen langen, abschätzenden Blick auf den Jungen.

»Ja und?«

»Sir, Mr Pedigree, Sir – er gibt mir Nachhilfe auf seinem Zimmer.«

»Ich weiß.«

Jetzt war wiederum Henderson verblüfft. Er starrte den Rektor an, der weise nickte. Der Rektor stand kurz vor der Pensionierung, und es lag nicht zuletzt auch an seiner Müdigkeit, daß er plötzlich umschwenkte und entschlossen war, den Jungen abzuweisen, bevor er irgend etwas sagen könnte, was sich nicht zurücknehmen ließ. Selbstverständlich mußte Pedigree gehen, aber das ließe sich ohne große Schwierigkeiten regeln.

»Das ist ja sehr nett von ihm«, begann der Rektor gewandt, »aber wahrscheinlich ist es etwas langweilig für dich – nicht wahr –, auch noch zusätzliche Stunden zu all den anderen Belastungen, gut, ich verstehe, du möchtest, daß ich mit Mr Pedigree rede, nicht wahr, ich werde nicht sagen, daß *du* es gewünscht hast, nur sagen, wir glauben, du bist nicht kräftig genug für Schularbeiten außer der Reihe, du brauchst dir also keine Sorgen mehr zu machen. Mr Pedigree wird dich nun nicht mehr auffordern, zu ihm zu kommen. Einverstanden?«

Henderson lief rot an. Er scharrte mit einem Zeh auf dem Läufer und schaute zu Boden.

»Und von deinem Besuch hier erzählen wir niemand, ja? Ich bin so froh, daß du zu mir gekommen bist, Henderson, sehr froh. Solche Kleinigkeiten lassen sich immer in Ordnung bringen, weißt du, wenn man mit einem – einem Erwachsenen darüber spricht. Gut. Nun lach mal wieder und geh zurück zu deinen Hausaufgaben.«

Henderson rührte sich nicht. Sein Gesicht rötete sich noch mehr, schien anzuschwellen, und aus den verquollenen Augen schossen die Tränen, als ob sein Kopf von ihnen überlaufe.

»Aber, aber, Junge. So schlimm ist es doch nicht!«

Aber es war noch schlimmer. Denn keiner von beiden wußte, was die wahre Ursache des Kummers war. Hilflos weinte der Junge, hilflos sah es der Mann, der verstohlen an das dachte, was er sich gar nicht recht vorstellen konnte, und fragte sich, ob es klug, ob es überhaupt möglich sei, den Jungen einfach wegzuschicken. Er sprach erst wieder, als die Tränen fast versiegt waren.

»Besser jetzt? Sieh mal, mein lieber Junge, setz dich lieber noch ein bißchen in den Sessel hier. Ich muß weg – ich bin in ein paar Minuten zurück. Und du gehst, wenn du dich besser fühlst, ja?«

Nickend, mit einem kameradschaftlichen Lächeln ging der Rektor aus dem Zimmer und zog die Tür hinter sich zu. Henderson setzte sich nicht. Er blieb auf dem Fleck stehen. Die Röte wich aus seinem Gesicht. Er schniefte und wischte sich die Nase mit dem Handrücken ab. Dann kehrte er an sein Pult in der Halle zurück.

Als der Rektor wieder in sein Arbeitszimmer trat und sah, daß der Junge gegangen war, fühlte er sich einen Augenblick lang erleichtert, weil nichts Unwiderrufliches ausgesprochen worden war; dann aber erinnerte er sich mit starkem Unbehagen an Pedigree. Er überlegte, ob er gleich mit ihm sprechen sollte, beschloß jedoch, die ganze unerquickliche Angelegenheit auf die ersten Stunden des Morgenunterrichts zu vertagen, wenn er ausgeschlafen hatte und sich kräftiger fühlte.

Es hatte Zeit bis morgen, länger freilich durfte er die Geschichte nicht hinausschieben; und als er an sein Gespräch von neulich mit Pedigree dachte, lief er vor aufrichtigem Zorn rot an. Dieser *törichte* Mann!

Als sich der Rektor am nächsten Morgen jedoch zu einem

Gespräch aufraffte, war es nicht an ihm, Schocks auszuteilen, sondern sie zu empfangen. Mr Pedigree war in seinem Klassenzimmer, nicht aber Henderson; und vor der großen Pause hatte der neue Lehrer Edwin Bell – in der ganzen Schule bereits als »Schmuddel« bekannt – Henderson gefunden und einen hysterischen Anfall erlitten. Mr Bell wurde fortgebracht, aber Henderson blieb an der Mauer liegen, wo ihn die Stockrosen verbargen. Es war eindeutig, daß er zwanzig Meter tief abgestürzt war, vom Dach oder von der Spitze der Feuerleiter, die aufs Dach führte, und daß er tot war. »Tot«, sagte Merriman, das Faktotum, mit Nachdruck und offensichtlichem Vergnügen, »kalt und steif wie der Tod«, und eben das hatte diesen Mr Bell aus der Fassung gebracht. Als Mr Bell schließlich beruhigt worden war, hatte man Hendersons Leiche aufgehoben und darunter einen Turnschuh gefunden – mit Mattys Namen.

An jenem Morgen saß der Rektor in seinem Zimmer und blickte auf die Stelle, wo Henderson vor ihm gestanden hatte und sah etlichen harten Tatsachen ins Auge. Er war sich völlig darüber im klaren, daß er selbst jetzt, wie er sich volkstümlich ausdrückte, an der Reihe war. Er sah eine scheußlich komplizierte Verhandlung voraus, bei der er bekennen mußte, daß der Junge zu ihm gekommen war und daß –

Pedigree? Der Rektor folgerte, daß er heute morgen auf keinen Fall wie stets unterrichtet hätte, wenn er gewußt hätte, was in der Nacht geschehen war. Das hätte vielleicht ein abgebrühter Verbrecher getan oder jemand, der zu minuziöser, kalter Berechnung fähig war – aber nicht Pedigree. Also wer?

Als die Polizei kam, wußte er noch immer nicht, was er tun sollte. Der Inspektor fragte nach dem Turnschuh, und der Rektor konnte nur antworten, die Jungen trügen oft Sachen anderer, der Inspektor wisse ja, wie Jungen seien. Der Inspektor wußte das keineswegs. Er wollte mit Matty sprechen, als wäre es ein Fall in einem Kriminalfilm. An diesem Punkt bat der Rektor den Anwalt herein, der die Schule vertrat. Der Inspektor verschwand also für eine Weile, und die beiden Männer fragten Matty aus. Er sagte etwas von einem ausgestreckten Schuh – jedenfalls verstanden sie ihn so. Der Rektor verbesserte ihn gereizt: man könne den Fuß

41

ausstrecken, aber nicht den Schuh. Der Anwalt klärte Matty über die Vertraulichkeit der Gespräche im juristischen Sinne auf, und er könne ruhig die Wahrheit sagen; sie würden ihn schützen.

»Warst du dabei, als es geschah? Warst du auf der Feuerleiter?«

Matty schüttelte den Kopf.

»Wo warst du denn?«

Hätten sie den Jungen besser gekannt, sie hätten gewußt, warum die Sonne wieder schien und die gute Seite seines Gesichts veredelte.

»Mr Pedigree.«

»*Er* war da?«

»Nein, Sir!«

»Sieh mal, Junge –«

»Sir, er war auf seinem Zimmer, mit mir, Sir!«

»Mitten in der Nacht?«

»Sir, er hat gesagt, ich soll eine Landkarte zeichnen –«

»Red keinen Unsinn. Er hat dich bestimmt nicht darum gebeten, ihm mitten in der Nacht eine Landkarte zu bringen!«

Aus Mattys Gesicht wich das Edle.

»Du solltest lieber die Wahrheit sagen«, begann der Anwalt erneut, »am Ende kommt sie doch heraus, weißt du. Du hast nichts zu befürchten. Also. Was ist mit diesem Schuh?«

Matty, der immer noch zu Boden schaute und nun gar nichts Edles mehr an sich hatte, sondern eher gewöhnlich aussah, murmelte etwas als Antwort.

Der Anwalt drängte.

»Das habe ich nicht verstanden. Eden? Was hat Eden mit einem Turnschuh zu tun?«

Matty murmelte wieder.

»So kommen wir nicht weiter«, sagte der Rektor. »Paß auf, Wildworth. Was hat der arme junge Henderson auf der Feuerleiter gemacht?«

Unter Mattys Brauen flammte ein leidenschaftlicher Blick, und aus seinem Mund kam das eine Wort:

»Böses.«

Daraufhin ließen sie Matty in Ruhe und schickten nach

Mr Pedigree. Er kam, schwach, grau im Gesicht, einer Ohnmacht nahe.

Der Rektor sah ihn mit einem Ausdruck angewiderten Mitleids an und bot ihm einen Sessel an, in dem Mr Pedigree versank. Der Anwalt erläuterte den mutmaßlichen Hergang und daß eine schwere Anklage zugunsten einer leichteren fallengelassen werden könne, wenn der Angeklagte sich schuldig bekenne, um Minderjährigen das Kreuzverhör zu ersparen. Mr Pedigree saß zusammengekauert und zitternd da. Sie gingen freundlich mit ihm um, aber während des ganzen Verhörs blitzte nur einmal ein Funke von Lebensgeist in ihm auf. Als der Rektor ihm freundlich erklärte, er habe einen Freund, denn der kleine Matty Windwood habe versucht, ihm ein Alibi zu verschaffen, verfärbte sich Mr Pedigrees Gesicht weiß, rot und wieder weiß.

»Dieser gräßliche, häßliche Junge! Ich würde ihn nicht einmal anrühren, wenn er der letzte auf der Welt wäre!«

Angesichts seines Einverständnisses, sich für schuldig zu erklären, wurde seine Verhaftung so diskret wie möglich vorgenommen. Trotzdem aber kam er die Treppe von seinem Zimmer in Polizeibegleitung herunter; und trotzdem lauerte ihm ein Schatten auf, der ihm hündisch auf Schritt und Tritt folgte, lauerte ihm auf, um seinen Abgang in Schmach und Schrecken mitanzusehen. Und deshalb schrie Mr Pedigree ihn in der großen Halle an:

»Du gräßlicher, gräßlicher Junge! Du bist an allem schuld!«

Seltsamerweise schien die ganze Schule Mr Pedigrees Meinung zu teilen. Der arme alte »Pedders« war bei den Jungen nun noch beliebter als in jenen sonnigen Tagen, als er ihnen Kuchen gab und sich gutmütig von ihnen hänseln ließ, solange sie ihn nur gern hatten. Niemand, weder der Rektor noch der Anwalt noch der Richter, erfuhr, was sich in jener Nacht wirklich abgespielt hatte – wie Henderson gebettelt hatte, eingelassen zu werden, abgewiesen worden war und auf dem Dach herumkletterte, bis er ausrutschte und abstürzte; denn Henderson war tot und konnte niemand mehr seine rasende Leidenschaft offenbaren. Aber das Ende vom Lied war, daß alle Matty die kalte Schulter zeigten und daß er in tiefen Kummer versank. Dem Kollegium war klar, daß er zu den Fällen gehörte, die sobald wie möglich aus der Schule entlassen werden müssen, und daß nur eine einfache, geistig nicht zu anspruchsvolle Tätigkeit seinen Kummer lindern, vielleicht sogar heilen konnte. Dem Rektor, der ein guter Kunde beim Eisenwarengeschäft Frankley an der Old Bridge am anderen Ende der High Street war, gelang es, Matty dort Arbeit zu verschaffen; und wie die Nummer 109732 Pedigree sah die Schule auch Matty nicht mehr.

Auch den Rektor sah sie nicht mehr lange. Daß Henderson zu ihm gekommen und weggeschickt worden war, war eine Tatsache, die sich nicht unterschlagen ließ. Ende des Schuljahrs wurde er aus Gesundheitsgründen pensioniert; und weil er der Tragödie mit Henderson wegen hinausgeworfen worden war, grübelte er in seinem Ruhesitz, einem Bungalow auf den weißen Klippen zur See hin, wieder und wieder über ihre schattenhaften Umrisse nach, ohne sie jedoch besser zu verstehen. Nur einmal stieß er auf einen Anhaltspunkt, wußte aber auch dann nichts Genaues. Er fand im Alten Testament ein Zitat: »Meinen Schuh strecke ich über Edom.« Wenn er nach dieser Entdeckung an Matty dachte, überlief es ihn jedesmal kalt. Das Zitat war natürlich ein primitiver Fluch, dessen tatsächliche Bedeutung die Übersetzung verschleierte, wie bei »Hüfte und Lenden zerschmettern« und dutzend anderen Rohheiten. So saß er da und grübelte und fragte sich, ob er den Schlüssel zu etwas gefunden habe, das noch dunkler als die Tragödie des jungen Henderson war. Dann nickte er und murmelte vor sich hin – »oh ja, *sagen* ist eine Sache: aber *tun* ist etwas ganz anderes.«

# III

Frankleys Eisenwarengeschäft war schon etwas Besonderes. Als der Kanal ausgehoben und die Old Bridge gebaut wurde, sanken an diesem Ende von Greenfield alle Anliegen im Wert. Die Firma Frankley zog in den ersten Jahren des 19. Jahrhunderts hier ein, in windschiefe Gebäude, die mit der Rückseite zum Treidelpfad standen und spottbillig zu haben waren. Das Alter der Gebäude war undefinierbar; manche Mauern waren aus Backstein, manche mit Schiefer bedeckt, einige bestanden aus Balken und Mörtel, und andere Mauern wiederum bildeten merkwürdige Holzkonstruktionen. Es ist nicht ausgeschlossen, daß Teile dieser Holzwände eigentlich mittelalterliche Fenster waren, die man auf übliche Weise einmal mit Brettern zugenagelt hatte und nun einfach für rissige Wände hielt. In dem ganzen Gebäudekomplex gab es mit Sicherheit keinen Balken, der nicht hier und da Kerben und Rillen oder gelegentlich auch ein Loch zeigte, Spuren von Bau und Umbau, Ausbesserung und Ersetzung, die über eine absurde Zeitspanne hinweg ausgeführt worden waren. Die Gebäude, die schließlich von Frankley übernommen wurden, bildeten ein Sammelsurium und wirkten so bizarr wie Korallenstöcke. Die Straßenfront zur High Street war erst 1850 renoviert und vereinheitlicht worden, und so war sie geblieben, bis die ganze Fassade anläßlich des Besuches Seiner Majestät König Edwards VII. im Jahre 1909 neu verputzt wurde.

Damals, wenn nicht schon früher, wurden alle Speicher und Dachböden, Emporen, Korridore, Ecken und Winkel als Lagerräume genutzt und mit Waren vollgestopft. Das war eine übertriebene Lagerhaltung. Aus jedem Zeitalter, aus jeder Generation, aus jedem Sortiment gab es bei Frankley einen Restbestand oder Ramsch. Ein Besucher, der in entlegenen Winkeln stöberte, hätte Kutschenlampen oder altes Säger-Werkzeug entdecken können, die keineswegs für ein Museum bestimmt waren, sondern für die vorbeifahrenden Postkutschen oder einen Sägewerksbesitzer, der sich weigerte, auf Dampfbetrieb umzustellen. Gewiß, zu Beginn des 20. Jahrhunderts unternahm Frankley einen entschlossenen Versuch, aus seinem Warenlager so viele Bestände wie irgend möglich im Erdgeschoß unterzubringen. Dabei bildeten sich, in einer Art Evolution ohne erkennbaren Antrieb, wie von selbst Sektionen oder Abteilungen für unterschiedliche Käuferinteressen, wie etwa für Werkzeug, Gartengerät, Croquet und Vermischtes. Nach den Erschütterungen des Ersten Weltkriegs verwandelte sich das ganze Geschäft in ein Spinnennetz aus Drähten, an denen das Geld in kleinen Holzbehältern entlangrollte. Jedermann vom Säugling bis zum Rentner war darüber entzückt. Ein Verkäufer schoß – kling – die Kapsel von seinem Ladentisch los, und wenn die fliegende Kapsel bei der Kasse ankam, schepperte eine Klingel. Dann griff der Kassierer nach oben, schraubte die Kapsel auf, entnahm ihr das Geld und prüfte die Rechnung, legte das Wechselgeld hinein und feuerte sie zurück – kling! . . . klang! Das war ungemein zeitraubend, aber spannend und vergnüglich wie mit einer Modelleisenbahn spielen. An Markttagen erklang die Klingel häufig und laut genug, um das Muhen des Viehs, das über die Old Bridge getrieben wurde, zu übertönen. An anderen Tagen jedoch schwieg die Klingel in Zeitabständen, welche im Lauf der Jahre immer länger wurden. Ein Besucher, der durch die dunkleren und entlegeneren Räume der Firma streifte, mochte schließlich eine weitere Eigenschaft der Holzbehälter entdecken. Durch eine Tücke der Konstruktion konnte das Läuten der Klingel wohl gedämpft ausfallen, und plötzlich schoß eine Kapsel wie ein Raubvogel über den Kopf des Kunden hinweg, drehte sich und verschwand in irgendeine völlig unerwartete Richtung.

Diese komplizierte Maschinerie war mit der Absicht entwickelt worden, daß nicht jeder Verkäufer im Laden eine eigene Kasse hatte. Dabei ergab sich als nicht vorhergesehene Folge, daß das Spinnennetz die Verkäufer isolierte. Der junge Mr Frankley übernahm das Geschäft vom seligen Mr Frankley und wurde selbst wieder der alte Mr Frankley und verschied, die Verkäufer aber, die vielleicht wegen ihres bescheidenen und gottesfürchtigen Lebenswandels gesund blieben, standen wie unbeweglich hinter ihren Ladentischen und überlebten. Der neue junge Mr Frankley, der noch frömmer als seine Vorgänger war, empfand die monetäre Hochbahn über den Köpfen als Demütigung dieser betagten

Herren und entfernte sie. Er war natürlich der berühmte Mr Arthur Frankley, der die Kapelle der Freikirche baute und den die Herren in den Ladenwinkeln, deren Sprache unbefleckt geblieben war von Zeitläufen, in denen sich die Kutsche ohne Pferde ausbreitete, kurz als »Mr Arthur« anredeten. Mr Arthur gab jedem Ladentisch seine hölzerne Kasse zurück und stellte die Würde der einzelnen Abteilungen wieder her.

Die Benutzung der Hochbahn hatte jedoch zweierlei bewirkt. Erstens hatte sie das Personal an relative Bewegungslosigkeit und Ruhe gewöhnt; und zweitens war das monetäre Oberleitungssystem so in Fleisch und Blut übergegangen, daß einer dieser altehrwürdigen Herren beim Entgegennehmen eines Geldscheins ihn unverzüglich hochhielt, als ob er das Wasserzeichen prüfen wollte. Dieser Geste aber folgte mit der weiteren Entwicklung oder, besser, dem Verfall des Ladens eine anhaltende Pause, in der sich der verloren dreinschauende Verkäufer zu erinnern mühte, was danach kam. Freilich wird die Bezeichnung »Verkäufer« dem Andenken dieser Männer kaum gerecht. An hellen Tagen, wenn sogar die trübe elektrische Beleuchtung ausgeschaltet wurde und der Laden mit den Fenstern oder den breiten, verrußten Oberlichtern auskommen mußte – Oberlichtern, die zum Teil innen lagen und nie das Tageslicht erblickt hatten –, behauptete sich in stillen Winkeln, in Ecken, in vergessenen Korridoren die Düsternis. An solchen Tagen konnte ein umherschlendernder Kunde wohl in einer sonst menschenleeren Ecke geisterhaft die Flügel eines glänzenden Kragens entdekken; und wenn sich seine Augen an das Dunkel gewöhnten, mochte er ein bleiches Gesicht wahrnehmen, das über den Kragenflügeln hing und weiter unten vielleicht ein Paar Hände in Höhe des unsichtbaren Ladentisches. Der Mann stand so reglos da wie seine Schachteln mit Dübeln und Nägeln und Schrauben und Bolzen und Reißnägeln. Als wäre er gar nicht anwesend, stand er da in einem unerfindlichen Geisteszustand, bei dem der Körper in Erwartung des letzten Kunden sein Dasein in aufrechter Haltung zubringen mußte. Selbst der junge Mr Arthur mit seinem Wohlwollen und seiner echten Mildherzigkeit war der Auffassung, daß ein Verkäufer nur in der Vertikalen ein anständiger Verkäufer war, und die Vorstellung, daß ein Verkäufer sich hinsetzen könnte, erschien ihm irgendwie unmoralisch.

Da der junge Mr Arthur ein frommer Mensch war, wurden, durch eines jener Geheimnisse der menschlichen Natur, ganz zweifelsohne die Verkäufer immer heiligmäßiger. In der Verbindung von Alter, Genügsamkeit und Frömmigkeit entwickelten sie sich zu den unbrauchbarsten und gleichzeitig würdevollsten Verkäufern der Welt. Sie waren dafür berüchtigt. Die heroische Entscheidung, das Spinnennetz betreffend, hatte die Tatkraft des jungen Mr Arthur erschöpft. Er war ein geborener Junggeselle, nicht so sehr aus Verabscheuung oder Verkehrung als aus einer Schwächung der sexuellen Interessen, und hatte vor, sein Geld seiner Freikirche zu hinterlassen.

Während des Zweiten Weltkriegs wurde das Unternehmen unrentabel, allerdings nur minimal. Für Mr Arthur gab es keinerlei Grund, warum das nicht so weitergehen sollte, solange er lebte. Die heiligen alten Männer mußten unterstützt werden; denn etwas anderes als das, was sie da taten, konnten sie nicht und eine andere Stelle hätten sie nicht gefunden. Als der fortschrittliche Enkel des Buchhalters, der für Mr Arthurs Vater gearbeitet hatte, ihm das Geschäftsuntüchtige einer solchen Einstellung vorwarf, murmelte Mr Arthur undeutlich:

»Du sollst dem Ochsen, der da drischt, nicht das Maul verbinden.«

Es läßt sich heute nicht mehr feststellen, ob die Wiedereinführung der getrennten Einzelkassen den Niedergang des Geschäfts in irgendeiner Weise beschleunigte. Sicher ist nur eins: als der Niedergang bedrohlichere Formen annahm, versuchte man sich mit krampfhaften Anstrengungen und einer scheinbaren Anpassung an die Zeiten zu retten. Nicht, daß die Firma ihre ehrenwerte Verpflichtung gegenüber den betagten Herren abgeschüttelt hätte, die so lange da gestanden und so wenig verkauft hatten. Doch in einem ersten Aufbäumen wurde eine schier unvorstellbare Menge Krimskram von einem Speicher in einen anderen verpackt und im ersten Stock ein Verkaufsraum für Bestecke und Glaswaren eröffnet, und da die betagten Herren samt und sonders hinter ihren eigenen Ladentischen beschäftigt waren, mußte Nachwuchs importiert werden. Im richtigen Alter und entsprechend billig war aber damals nichts zu haben, und mit dem Gehabe, endlich ins Reine zu kommen und die Tore des 20. Jahrhunderts aufzustoßen, heuerte das Geschäft – das Wort »einstellen« war zu männlich würdevoll – heuerte also eine Frau an. In jenem langgestreckten Verkaufsraum im ersten Stock wurde, wie strahlend der Tag auch sein mochte, das elektrische Licht, das obendrein noch aus viel stärkeren Glühbirnen als irgendwo sonstwo im ganzen Gebäude brannte, erst abgeschaltet, wenn um sechs Uhr abends die Ladentür geschlossen wurde. Schon der Treppeneingang zu diesem glitzernden Raum entsprach einer fundamentalen Frivolität, wie sie zu den ausgestellten Waren und zum Geschlecht der dort tätigen Person paßte, ein Stucküberbleibsel aus dem späten siebzehnten Jahrhundert; wie Derartiges ins Hausinnere statt an die äußere Fassade geraten war, ließ sich keinesfalls mehr klären. Nach kurzer Zeit kamen zu den Bestecken und Trinkbechern auch Karaffen, Weingläser, Porzellan, Gedeckunterlagen, Serviettenringe, Kerzenhalter, Salzfäßchen und Aschenbecher aus Onyx. Es war ein Laden innerhalb eines Ladens. Und doch hatte er mit dem erleuchteten, kapitellgekrönten Eingang, mit seinen teppichbelegten Stufen, dem gebohnerten Fußboden, dem Glanz von Glas oder Silber unter verschwenderisch hellem Licht etwas Unseriöses an sich. Unten blieben die Besenstiele, die Zinkeimer, die aufgereihten Werkzeuge mit Holzschaft. Der Laden oben paßte eigentlich nicht zu den Fächern aus verfärbtem, verzogenem Holz, die mit Nägeln oder Stiften oder Schrauben und Bolzen aus Eisen und Messing gefüllt waren.

Die alten Männer nahmen ihn einfach nicht zur Kenntnis. Sie müssen gewußt haben, daß das Experiment fehlschlagen würde, denn wie sie selbst auch trieb das Geschäft im Kielwasser von etwas, das nicht in den Griff zu bekommen war, des unabwendbaren Niedergangs. Trotzdem brachen nach der Einrichtung des neuen Verkaufsraums Kunststoffwaren über sie herein und ließen sich nicht abweisen. Es gab wahre Greuel aus Plastik, geräuschlose Eimer und Waschwannen, Spülbecken, Gießkannen und Tabletts, alles in schreienden Farben. Es ging noch weiter, der Kunststoff trieb sogar ganze Serien künstlicher Blüten, die sich im Zentrum der unteren Ladenräume zu einer Art Laube gruppierten. Die Laube wiederum führte zur Angliederung von Plastiktrennwänden und -spalieren, die ihrerseits wunderlicher Gartenmöbel bedurften. Auch das war ein femininer Bereich. Auch hier waltete eine Frau; doch handelte es sich hier nicht einfach um eine Frau, sondern um ein junges Mädchen. Sie hatte eine eigene Kasse wie alle anderen. Sie experimentierte mit farbiger Beleuchtung und versteckte sich in einem Märchenhain.

In diese mannigfache Unordnung aus alt und neu, dieses Abbild der großen Welt im kleinen, warf der Rektor Matty hinein. Seine Stellung war unklar. Mr Arthur meinte, der Junge solle nur kommen, es werde sich dann schon herausstellen, was man mit ihm anfangen könne.

»Ich denke«, sagte Mr Arthur, »wir können ihn bei der Warenzustellung einsetzen.«

»Und wie sieht es mit der Zukunft aus?« fragte der Rektor. »Mit seiner, meine ich?«

»Wenn er sich gut genug macht, kann er in den Versand kommen«, antwortete Mr Arthur mit einem Fernblick gewissermaßen auf Napoleon.

»Und wenn er einen Kopf für Zahlen hat, könnte er es sogar bis zur Buchhaltung schaffen.«

»Ich will Ihnen nicht verhehlen, daß der Junge keine großen Fähigkeiten zu haben scheint. Aber in der Schule kann er nicht bleiben.«

»Er kann bei der Warenzustellung anfangen.«

Die Firma Frankley lieferte im Umkreis von zehn Meilen frei Haus und gab Kredit. Für Pakete innerhalb Greenfields hatte sie einen Jungen mit Fahrrad und für längere Fahrten und schwerere Waren zwei Lieferwagen. Zum zweiten Wagen gehörten ein Fahrer und ein »Träger«, wie man ihn nannte. Der Fahrer litt unter so starker Arthritis, daß man ihn in den Sitz heben mußte und dort dann so lange sitzen ließ, als er ertragen konnte; manchmal auch länger. Das war wieder so ein Beispiel für Mr Arthurs phantasielose Mitmenschlichkeit. So behielt ein Mann seine Stellung, die ihn andauernd quälte und peinigte und sicherstellte, daß zwei Leute die Arbeit von einem taten. Obwohl der Ausdruck damals noch recht ungebräuchlich war, war Frankleys Geschäft »personalintensiv«. Es war genau das, was man gelegentlich als »eine gute alte Firma« bezeichnete.

Am Ende des Hofes, das an den schmalen Garten von *Goodchilds Antiquariat* grenzte, gab es in einem immer noch Remise genannten Gebäude eine Schmiede, vollständig ausgerüstet mit Amboß, Werkzeug, Feuer und einem natürlich betagten Schmied, der seine Zeit damit verbrachte, Spielzeug für seine Enkel herzustellen. Dorthin kam Matty; von jenem Winkel der Firma wurde er aufgesogen. Er bekam Taschengeld. Er schlief auf dem langgestreckten Dachboden unter den rosigen Ziegeln aus dem 15. Jahrhundert. Er hatte gut zu essen, denn das Essen gehörte zu den Dingen, die Mr Arthur taxieren konnte. Matty trug einen warmen, dunkelgrauen Anzug und einen grauen Overall. Er schleppte – er wurde der Laufbursche. Er trug Gartengeräte von einem Ende des Geschäfts zum anderen und ließ die Kunden den Empfang quittieren. Zeitweise tauchte er zwischen Stapeln von Packkisten vor der Schmiede auf, Packkisten, die er mit einer Art Brecheisen öffnete. Er wurde ein Meister im Auspacken. Er lernte, mit Blech, Kisten, Blechbändern, Winkeleisen, Trägern und Drähten umzugehen. In den stillen Geschäftsstunden war bisweilen zu hören, wie er auf den Speichern und Dachböden oben zwischen den gelagerten Waren herumtrampelte. Er pflegte seltsame Gegenstände dorthin hochzubringen, deren Namen er nicht kannte, von denen jedoch aus einer Bestellung von einem halben Dutzend vielleicht einer verkauft wurde, während die übrigen fünf verrosteten. Dort oben mochte ein gelegentlicher Besucher eine Garnitur Kaminbesteck oder sogar eine verbogene Packung der ersten nichtrauchenden Kerzen entdecken. Manchmal fegte Matty dort aus – fegte die Morgen von unebenen Bodenbrettern, wo der Besen den Staub lediglich aufwirbelte, so daß er unsichtbar, aber als Nießreiz spürbar, in den dunklen Ecken liegenblieb. Matty begann die geflügelten Kragen an ihren Tresen zu verehren. Der einzige Junge in seinem Alter oder nur unwesentlich älter als er war der Laufbursche, der zu Fuß oder mit dem Fahrrad, das er als sein Eigentum betrachtete, in der Stadt die Bestellungen ausführte. Das Rad war bereits älter als der Junge. Aber dieser Junge, stämmig gebaut und blond, mit geöltem Haar, das so verführrerisch glänzte wie seine Stiefel, hatte eine Methode entwikkelt, sich von der Firma fernzuhalten, daß er bei seinen Besuchen eher ein Kunde als ein Angestellter zu sein schien. Hatten die geflügelten Kragen so etwas wie den vollkommenen Stillstand erreicht, so hatte der andere Junge die unablässige Bewegung entdeckt. Matty blieb natürlich zu naiv, um wie der blonde Junge die Gegebenheiten zu seinem Vorteil zu nutzen. Er war stets beschäftigt, und wußte nicht, daß die Leute ihm Aufträge gaben, damit er aus ihrem Blickfeld verschwand. Wenn ihn der Schmied anwies, in einer Ecke des Hofes, wo er ihn nicht sehen konnte, die Zigarettenkippen aufzusammeln, so begriff Matty keineswegs, daß sich niemand aufregen würde, wenn er dort den ganzen Tag herumgelungert hätte. Er las die wenigen Stummel auf und meldete sich danach gleich zurück.

Er war erst wenige Monate bei Frankley, als sich ein Grundmuster aus seiner Zeit in der Foundlings School wiederholte. Er war bereits an der Laube aus Kunstblumen vorbeigekommen und hatte den Duft erschrocken eingeatmet. Vielleicht lag es an der unerträglichen und geruchlosen Fülle der Blumen, daß das Mädchen drinnen so entschlossen war, süß zu duften. Eines Morgens wurde Matty dann beauftragt, ein Bündel neuer Blumen zu Miss Aylen zu bringen. Er kam zur Laube, die Arme voll von Plastikrosen, bei denen man die Imitation von Dornen für überflüssig gehalten hatte. Er spähte durch eine Lücke zwischen seinen eigenen Rosen hindurch, während ein Blatt ihn an der Nase kitzelte. Er bemerkte, daß Miss Aylen in der Laubenwand bereits eine Lücke gemacht hatte, indem sie die Rosen von einem Regalbrett direkt vor ihm schon fortgenommen hatte. Deshalb konnte er nicht nur durch die Rosen in seinem Arm, sondern in die Laube hineinblicken.

Zunächst sah er eine Art schimmernden Vorhang, der oben spitzbogig abschloß – denn sie wandte ihm den Rücken zu – und sich nach unten hin leicht ausbreitete, bis er schließlich nicht mehr zu sehen war. Der Duft, den das Mädchen trug, kam und verging mit einer eigenen Gesetzmäßigkeit. Sie hörte Matty und drehte den Kopf herum. Da sah er, daß dieses Geschöpf eine Nase besaß, die in einem kurzen Bogen nach oben sprang, als verliehe sie ihrer Besitzerin das uneingeschränkte Recht auf Ungehörigkeit, und er sah das, obwohl sich der Vorhang von Haar durch die Kopfbewegung in eben jenem Augenblick unter der Nase verfing. Er sah auch, daß die Kontur ihrer Stirn von einem Brauenbogen begrenzt wurde, der sich mathematisch nicht hätte berechnen lassen, und daß sich darunter wiederum ein großes graues Auge befand, das zwischen langen schwarzen Wimpern eingepaßt war. Dieses Auge bemerkte die Plastikrosen, aber das Mädchen war mit einem Kunden auf der entgegengesetzten Seite beschäftigt und hatte nur Zeit für ein kurzes Wort.

»Danke.«

Das leere Bord stand unterhalb von Mattys Ellbogen. Er ließ die Rosen sinken, sie wippten hoch und versperrten ihm die Aussicht auf das Mädchen. Seine Füße drehten sich um, und er ging davon. Das »Danke« breitete sich aus, war mehr als nur ein kurzes Wort, war zugleich sanft und laut, jäh und von unendlicher Dauer. Nahe der Schmiede kam er teilweise zu sich. Er stellte die kluge Frage, ob noch weitere Blumen abzuliefern seien, aber man hörte ihn nicht, weil er nicht wußte, wie schwach seine Stimme geworden war.

Nun hatte er zwei Dinge, die ihn vollauf beschäftigten. Da war einmal, und das war grundverschieden vom zweiten, Mr Pedigree. Wenn der Junge auf dem Dachboden Staubwolken aufwirbelte und die rechte, ausdrucksvolle Seite seines Gesichts gequälter aussah, als es der Situation entsprach, dann lag ihm Mr Pedigree auf der Seele. Wenn sein Gesicht sich in jähem Schmerz verzog, so lag das nicht am Staub und nicht an den Spreißeln. Es war die Erinnerung an die Worte, die ihm in der Halle entgegengeschrien worden waren – »Es ist alles deine Schuld!« Einmal, und darüber sprach er nie, hatte er einen Stift ergriffen und ungeschickt in den Rücken der Hand gerammt, die den Besen hielt. Er hatte, allenfalls etwas bleicher als sonst, beobachtet, wie das Blut in einem langen Streifen lief, der am Ende einen Tropfen bildete – und all das, weil die lautlose Stimme ihn erneut angeschrien hatte. Nun war ihm, als erfülle der flüchtige Blick auf ein Halbprofil, dieser Duft, dieses Haar, gleichermaßen zwanghaft alle Teile seines Bewußtseins, die die Erinnerung an Mr Pedigree nicht gänzlich füllte. Die beiden Zwänge schienen ihn innerlich zu zerreißen, ihn gegen seinen Willen über sich selbst hinauszuheben, und er war ihnen wehrlos ausgeliefert, wußte kein Mittel dagegen als es einfach zu ertragen.

An jenem Morgen trieb es ihn vom Hof und er kletterte die Treppe zu den Speichern hoch. Er kannte sich aus, schlängelte sich hindurch zwischen Packkisten, die von Hobelspänen überquollen, vorbei an Stapeln von Farbtöpfen, durchquerte einen Raum, in dem sich nichts befand außer einer Garnitur rostiger Sägen und einem Turm aus ineinandergestapelten Sitzbadewannen, ging vorbei an ganzen Reihen der gleichen Petroleumlampen und erreichte den langgestreckten Lagerraum für Glas und Besteck. Hier befand sich in der Mitte ein großes Oberlicht aus Glasbausteinen, das den Hauptverkaufsraum unten über ein weiteres Oberlicht in der Decke mit Tageslicht versorgen sollte. Während er hinunterschaute, konnte er das Glimmen bunter Lichter erkennen, deren Schein in den Glasziegeln weiterwanderte, wenn er sich bewegte. Er konnte außerdem – und sein Herz begann schneller zu schlagen – eine verschwommene Farbenmasse dort unten wahrnehmen, wo sich der Blumenstand befand. Ihm war sofort bewußt, daß er hier nie wieder entlangkommen würde, ohne einen Blick auf das verschwommene Farbengemisch da unten werfen zu müssen. Er ging weiter, in einen weiteren Dachraum, der leerstand, dann ein paar Schritte treppabwärts. Die Stufen führten an der Mauer hinunter, wo sie am weitesten vom Hof entfernt lag. Er legte die Hand auf das Geländer, bückte sich und spähte unter die Decke.

Er konnte die Menge künstlicher Blumen sehen, aber die Öffnung, wo die Kunden bedient wurden, lag von ihm aus seitwärts. Zu dieser Seite hin konnte er Blumen erkennen und zur anderen hin die Rosen, die er allzu hastig abgelegt hatte. Im Zentrum war lediglich die Scheitelfläche eines leicht gebräunten Kopfes mit etwas Weißem auszumachen. Um einen besseren Blick zu erlangen, das war ihm schon klar, hätte er sich in den Laden hinunter begeben und die Augen dann seitwärts richten müssen, während er an der Laube vorbeiginge. Einen Augenblick lang überlegte er, daß man ja auch stehenbleiben und plaudern könnte, wenn man wie etwa der blonde Junge das Zeug dazu hatte. Sein Herz tat bei dem Gedanken daran und an seine Unmöglichkeit einen Sprung. Er lief deshalb eilig weiter, doch seine Füße schienen ihm dabei, ganz als hätte er ihrer zu viele, im Weg zu sein. Er ging im Abstand von einem Meter an dem Schalter vorbei, auf dem sich keine Blumen befanden und schaute zur Seite, ohne beim Vorbeigehen den Kopf zu wenden. Aber Miss Aylen hatte sich gebückt und nach allem, was er sehen konnte, mochte sich da niemand in der Laube aufhalten.

»Junge!«

Er fiel in einen watschelnden Trott.

»Wo bist du gewesen, Junge?«

Aber man wollte eigentlich gar nicht wissen, wo er sich aufgehalten hatte, obwohl man es sicher amüsiert zur Kenntnis genommen und ihn lieber gehabt hätte, falls man es gewußt hätte.

»Der Lieferwagen wartet schon eine halbe Stunde. Belade ihn.«

Und so warf er die Bündel in den Lieferwagen, Bündel von Metall, das krachend und scheppernd in die Ecke flog, lud noch ein halbes Dutzend Klappstühle ein und schwang seinen unbeholfenen Körper schließlich auf den Beifahrersitz.

»Was haben wir doch für viele Blumen!«

Mr Parrish, der gichtleidende Fahrer, stöhnte, Matty fuhr fort:

»Sie sind wirklich ganz wie die echten, nicht wahr?«

»Hab sie nie gesehen. Wenn du meine Knie hättest –«

»Sie sind schön, diese Blumen, schön.«

Mr Parrish beachtete ihn nicht, sondern widmete sich der Kunst, den Lieferwagen zu lenken. Mattys Stimme sprach praktisch wie von selbst weiter.

»Sie sind hübsch. Die künstlichen Blumen, mein ich. Und das Mädchen, die junge Dame –«

Die Geräusche, die Mr Parrish von sich gab, rührten aus seinen Jugendtagen, als er einen von Frankleys drei Pferdewagen gelenkt hatte. Er war nicht allzu viele Jahre, nachdem diese Neuerung im Handel war, auf einen motorisierten Lieferwagen versetzt worden und er hatte sich über die Jahre zweierlei erhalten – sein Kutschervokabular sowie die Überzeugung, er sei befördert worden. Es gab daher zunächst auch keinerlei Anzeichen dafür, daß er den Jungen überhaupt ge-

hört hatte. Er hatte jedoch jedes einzelne Wort verstanden –
wartete nur auf den richtigen Augenblick, um sein Schweigen
aufzuwickeln, es als Waffe zusammenzurollen und Matty eins
über den Kopf zu geben. Und genau das tat er eben jetzt.

»Wenn du mit mir sprichst, Bürschchen, redest du mich
gefälligst als ›Mr Parrish‹ an.«

Es war wahrscheinlich das letzte Mal, daß Matty versuchte, sich jemand anzuvertrauen.

Am selben Tag hatte er später noch einmal Gelegenheit,
durch die Speicher über dem Hauptgeschäft zu gehen. Wieder warf er einen seitlichen Blick auf die verschwommenen
Farben im Oberlicht, wieder spähte er von der Treppe aus
hinunter. Er sah nichts. Als der Laden zumachte, lief Matty
eilig auf den Bürgersteig vor dem Geschäft, sah aber niemand. Am folgenden Abend war er früher da und wurde mit
einem Anblick von lichtüberflutetem hellbraunen Haar, der
Krümmung offensichtlich nackter Knie und dem Schimmer
von zwei langen, glänzenden Socken belohnt, die vom Tritt-
brett des Omnibusses ins Wageninnere verschwanden. Der
nächste Tag war ein Samstag, ein halber Arbeitstag, und er
hatte den ganzen Morgen über viel zu tun, so daß sie schon
fort war, ehe er weg konnte.

Am Sonntag ging er wie immer zum Frühgottesdienst, aß
das reichhaltige, einfache Mittagessen, das in einem Raum
aufgetischt wurde, den Mr Arthur das Refektorium nannte,
und begab sich dann auf den Spaziergang, der ihm aus ge-
sundheitlichen Gründen befohlen war. Die Stehkrägen hielten derweilen ein Nickerchen auf ihren Betten. Matty ging
an Goodchilds Antiquariat und dem Sprawsonschen Anwesen vorüber und bog dann rechts in die High Street ein. Er
befand sich in einer sonderbaren Verfassung. Es war, als läge
ein hoher, singender Ton in der Luft, von dem er sich nicht
lösen konnte und der unmittelbar einer inneren Anspannung
entsprang, einer Beklemmung, die sich – beim Gedanken an
das eine oder andere – in Schmerz ausweiten konnte. Diese
Empfindung wurde so übermächtig, daß er zu Frankley zurückkehrte, ganz als könne ihm der Anblick des Gebäudes,
mit dem eines seiner Probleme zusammenhing, bei der Lö-
sung behilflich sein. Doch obwohl er stehenblieb und die
Eisenwarenhandlung und auch die Buchhandlung und das

Sprawson-Haus gleich neben der Buchhandlung nicht aus den Augen ließ, kam ihm keinerlei Hilfe. Er bog bei Sprawson's um die Ecke und schritt zur Old Bridge über den Kanal, und das eiserne Klo unterhalb der Brücke spülte automatisch, während er vorüberging. Er blieb stehen und schaute in dem uralten und unbewußten Glauben, dieser Anblick könne helfen und heilen, auf das Wasser des Kanals. Einen Augenblick lang erwog er, den Treidelpfad entlangzugehen, aber der war verschlammt. Er ging zurück, bog bei Sprawson's herum und kam wieder bei der Buchhandlung und bei Frankley an. Er blieb stehen und blickte in das Schaufenster der Buchhandlung. Die Titel halfen ihm nicht weiter. Die Bücher waren voller Wörter, eine physische Verdoppelung dieses endlosen Geschwätzes der Menschen.

Ein Teil des Problems begann sich herauszukristallisieren. Vielleicht wäre es möglich, in das Schweigen hinabzutauchen, durch alle Wörter, die Messer, die Schwerter wie *Es ist alles deine Schuld* und *Danke*, mit einer durchdringenden Süße tief, tief hinein in das Schweigen –

Links im Schaufenster, unter den Bücherreihen (*Mit Gewehr und Angelrute*), stand ein Tischchen, auf dem ein paar Sachen lagen, die strenggenommen überhaupt nichts mit Gelehrsamkeit zu tun hatten. So zum Beispiel eine Fibel mit dem ABC und dem Vaterunser und ein sorgfältig in ein Pasepartout eingeklebtes Pergamentblatt mit einer alten Notenhandschrift – eine Partitur mit viereckigen Noten. Gleichermaßen die Glaskugel auf einem Sockel aus schwarzem Holz gleich links neben dem alten Notenblatt. Matty musterte die Glaskugel mit einem Anflug von Einverständnis, weil sie nichts zu sagen versuchte und kein mit erstarrtem Gerede angefüllter Speicher war wie die dickleibigen Bücher. Sie enthielt nichts außer der Sonne, die in ihr, von weit her, leuchtete. Matty billigte die Sonne, die nichts sagte, sondern einfach dort lag, heller und heller, reiner und reiner. Sie loderte auf, wie wenn sie aus Wolken hervorträte. Sie bewegte sich, sobald er sich bewegte, bald jedoch bewegte er sich nicht, konnte er sich nicht mehr bewegen. Sie hatte ihn mühelos in ihrer Gewalt, eine Fackel, die ihm direkt in die Augen leuchtete, und ihm war sonderbar zumute, es war nicht unbedingt unangenehm, aber doch seltsam – ungewohnt. Zugleich wurde er sich eines Sinns von Ordnung und Wahrheit und Stille bewußt, jener Empfindung, die er später für sich selbst als ein Gefühl ansteigenden Wassers beschrieb; und die noch später Edwin Bell für ihn als Eintritt *in eine stille Dimension des Andersseins* umschrieb, in der ihm Dinge erschienen oder offenbart wurden.

Ihm wurde die Nahtseite offengelegt, wo die Fäden zusammenlaufen. Das ganze Gewebe all dessen, was getrennt und isoliert geschienen hatte, lag nun vor ihm als Kette und Schuß, aus denen das Wesen der Ereignisse und der Menschen gewirkt wird. Er sah Pedigree, sein anklagend verzerrtes Gesicht. Er sah einen Schwung von Haar und ein Profil und das Gleichgewicht, in dem sie sich befanden, das eine mit dem anderen. Das Gesicht des Mädchens, das er zwischen den Kunstblumen nie voll gesehen hatte, jetzt sah er es vor sich. Es war ihm sehr vertraut, doch er wußte, daß mit dieser wissenden Vertrautheit etwas nicht stimmte. Pedigree glich es aus. Mit diesem klaren Wissen um Pedigree und seine zerreißenden Worte hatte alles seine Richtigkeit.

Dann verbarg sich auf unaussprechliche Weise alles vor ihm. Eine neue Dimension tat sich vor ihm auf, die mit riesigen goldenen Buchstaben von rechts unten nach links oben reichte, er sah, daß es der untere Abschluß des Schaufensters war, auf dem in Goldbuchstaben GOODCHILD'S RARE BOOKS zu lesen stand. Und er merkte, daß er selbst schräg zur Seite lehnte, die goldenen Wörter jedoch waagerecht verliefen. Die Glaskugel auf dem Sockel aus schwarzem Holz war hinter dem von seinem Atem überhauchten Fenster fast verschwunden, und die Sonne glühte nicht mehr in ihr. Verwirrt erinnerte er sich, daß die Sonne den ganzen Tag über nicht geschienen, sondern dichtes Gewölk den Himmel bedeckt hatte, das ab und an der Regen durchstach. Er versuchte sich zu erinnern, was geschehen war, merkte dann jedoch, daß er veränderte, was geschehen war, wenn ihm die Erinnerung kam, ganz als lege er Farben und Formen über Bilder und Vorgänge; nicht wie beim Ausmalen der Flächen in einem Malbuch, in dem die Umrisse fest vorgegeben sind, sondern so, als wünsche er, daß etwas geschehe, und dann sah er es geschehen, oder sogar so, als *müsse* er sich etwas wünschen und sehe es dann eintreten.

Nach einer Weile wandte er sich ab und ging ziellos die High Street entlang. Der Regen tröpfelte, Matty zögerte und sah sich unschlüssig um. Sein Blick fiel auf die alte Kirche, auf halbem Wege an der linken Straßenseite. Er ging schneller, auf die Kirche zu, dachte erst nur daran, sich unterzustellen, begriff dann aber plötzlich, daß er genau das Richtige vorhatte. Er machte die Tür auf, ging hinein und setzte sich ganz hinten unter das Westfenster. Er zog die Hosenbeine sorgfältig hoch und kniete nieder, ohne eigentlich über das, was er tat, nachzudenken. Hier war er, fast ohne es beabsichtigt zu haben, in der richtigen Haltung und am richtigen Ort. Es war die Pfarrkirche von Greenfield, ein stattlicher Bau mit Querschiff und Seitenschiffen und voll von der langen, unbedeutenden Geschichte der Stadt: kaum eine Platte auf dem Boden, die ohne Grabspruch war, und an den Wänden gab es kaum unbeschriftete Flächen. Die Kirche war leer, nicht nur von Menschen. Sie schien Matty ganz der Eigenschaften bar zu sein, die die Glaskugel besaß, welche in ihm etwas ausgelöst hatten. Hier fand er keinerlei Berührungspunkt, und ihm saß ein Kloß im Hals, der zu groß war, als daß er ihn hätte hinunterschlucken können. Er begann, das Vaterunser zu beten und hielt inne, weil die Worte ihm nichtssagend vorkamen. Er blieb auf den Knien, verwirrt und kummervoll; und wie er da kniete, überkam ihn wieder die schmerzhafte, ungeheuerliche Notwendigkeit der künstlichen Blumen und des herabfallenden Haares.

*Die Töchter der Menschen.*

Lautlos schrie er es in sich hinein. Stille hallte wider in der Stille. Dann sprach eine Stimme, laut und deutlich.

»Wer bist du? Was willst du?«

Und das war die Stimme des Vikars, der in der Sakristei gewisse Dinge ausräumte. Er hatte sich selbst einer enthaltsamen Strenge unterworfen, von denen der Pfarrer nichts wußte, und war dabei von dem Geräusch eines Chorknaben überrascht worden, der sich an der Sakristeitür zu schaffen machte, weil er sich ein Comic-Heft holen wollte, das er dort liegengelassen zu haben glaubte. Aber Matty hörte die Stimme, als spreche sie in seinem eigenen Kopf und so antwortete er auch im Stillen. Doch bevor die Waagschalen im Gleichgewicht waren – die eine mit dem Gesicht eines Mannes, die

andere mit dem Feuer der Erwartung und Verlockung –
durchlebte er für eine Zeitlang nackte, weißglühende Angst.
Es war das erste Mal, daß er seine noch unerprobte Willens-
kraft einsetzte. Er wußte – und er kam überhaupt nicht auf
den Gedanken, diese Erkenntnis anzuzweifeln oder, schlimmer noch, sich mit ihr abzufinden und stolz darauf zu sein –,
daß er gewählt hatte nicht wie der Esel zwischen zwei un-
gleich großen Möhren, sondern in einem Bewußtsein des
Leidens. Die weißglühende, brennende Angst dauerte an. In
ihr verging eine ganze heraufdämmernde Zukunft, die sich
auf die Kunstblumen und das Haar konzentrierte; sie sank
aus dem Bereich des noch Möglichen auf den Boden dessen
zu, was vielleicht hätte sein können. Weil er wissend geworden war, erkannte er auch, wie grotesk und demütigend es
bei seinem unschönen Aussehen für ihn gewesen wäre, wenn
er sich dem Mädchen genähert hätte, und während er das
begriff, dachte er, so werde es ihm bei jeder Frau gehen. Er
weinte die Tränen eines Menschen, der nun erwachsen war,
mitten im Kern seines Wesens getroffen, weinte um eine
entschwundene Hoffnung, wie er um einen toten Freund
geweint hätte. Er weinte, bis er nicht mehr weinen konnte,
und erfaßte nie, was mit den Tränen aus ihm herausge-
schwemmt worden war, und am Ende merkte er, in welch
einer sonderbaren Haltung er sich befand. Er kniete, aber
sein Rücken stieß an die Kante einer Bank. Seine Hände
umklammerten die Bank vor ihm, und seine Stirn lag auf
dem kleinen Bord für die Gebets- und Gesangsbücher. Als er
die Augen öffnete und wieder klar zu sehen vermochte, fand
er sich nach unten auf das Naß seiner Tränen starren, die auf
den Steinboden gefallen waren und sich in den Rillen eines
alten Grabspruches gesammelt hatten. Er war zurückgekehrt
ins graue, stumpfe Tageslicht, und am Westfenster über ihm
hörte er das schwache Flüstern des Regens. Er begriff, wie
unmöglich es war, Pedigree zu heilen. Was das Haar anlang-
te, so mußte er fort, das war ihm klar.

60

# IV

Es war für Mattys kantigen und leidenschaftlichen Charakter bezeichnend, daß er, einmal zum Aufbruch entschlossen, so weit wie überhaupt möglich reiste. Es gehörte zu der sonderbaren Art, wie sich bei seiner Abreise alles rundum zu seinen Gunsten zu fügen schien – ganz als seien ihm bei allem Kantigen zu dieser Reise Stromlinien verliehen worden –, daß ihm der Weg nach Australien leichtgemacht wurde. Bei den Behörden traf er auf offensichtliches Mitgefühl, wo er auf Gleichgültigkeit hätte stoßen können; vielleicht lag es aber auch daran, daß die Leute, die beim Anblick seines verstümmelten Ohrs zusammenzuckten, ihn schleunigst aus ihrem Blickfeld hinausbeförderten. Jedenfalls hatte er innerhalb von Monaten Arbeit, kirchliche Betreuung und bei der Y. M. C. A. Unterkunft in Melbourne gefunden, alles, als hätte man auf ihn gewartet, in der Innenstadt, in der Fore Street nah beim Hotel London. Die Eisenwarenhandlung war nicht so groß wie die von Frankley, aber auch hier gab es Speicherräume im Obergeschoß, Packkisten im Hof seitlich nebenan und schließlich an Stelle der Schmiede einen Maschinenladen. Hier hätte er wohl Jahre – sein ganzes Leben lang – bleiben können, wenn sich seine naive Annahme erfüllt hätte, daß er mit der raschen Reise in die weite Ferne seinen Schwierigkeiten entkommen war. Doch ließ ihn Mr Pedigrees Fluch natürlich nicht los. Und überdies steigerten die Zeit oder Australien oder beides zusammen unbestimmte Empfindungen von Verwirrung zu völliger Perplexität, die schließlich irgendwo in seinem Bewußtsein Worte fand.

»Wer bin ich?«

Die einzige Antwort, die er darauf in sich selbst fand, lautete etwa: Du kamst von nirgendwo her, und nirgendwohin gehst du. Du hast deinen einzigen Freund verletzt; und du mußt alles opfern, Ehe, Sex, Liebe, weil, weil, *weil*... Bei kühlerer Betrachtung deiner Lage: dich will sowieso niemand haben. So steht's mit dir.

Er war außerdem ein Mensch, dem mehr Haut fehlte, als er wußte. Als ihm zu guter Letzt aufging, welche Anstrengung es auch die wohlwollendsten Leute kostete, sich ihr Erschrecken über sein Aussehen nicht anmerken zu lassen, wich er möglichst jeder Begegnung aus. Das betraf nicht nur die unerreichbaren Wesen, wie in Singapur bei einem vierzigminütigen Aufenthalt die puppenähnliche Gestalt in ihren glitzernden Kleidern, die unterwürfig neben der Wartehalle für Passagiere stand, sondern auch einen Pfarrer und dessen freundliche Frau und andere mehr. Seine Bibel, Dünndruck mit aufgequollenem Ledereinband, half ihm auch nicht. Ebenso wenig halfen ihm – wie er in seiner Unschuld erwartet hatte – seine englische Aussprache und die Herkunft aus der Alten Heimat. Wenn die Leute merkten, daß er sich keineswegs für etwas Besonderes hielt und nicht verächtlich auf Australien herabsah und keine Vorzugsbehandlung erwartete, wurden seine Arbeitskameraden unfreundlicher, als sie sonst vielleicht gewesen wären, aus purer Verärgerung, weil sie sich in ihm getäuscht hatten und ihnen so etwas entging. Außerdem kam es zu völlig unnötigen Mißverständnissen.

»Ist mir verdammt egal, wie du heißt. Wenn ich deinen Namen ›Matey‹ ausspreche, dann spreche ich ihn eben ›Matey‹ aus.«

Und, zum australischen Gegenstück von Mr Parrish gewandt: »Will mir beibringen, wie man das verdammte Englisch richtig ausspricht!«

Aber Matty verließ die Eisenwarenhandlung aus einem ganz simplen Grund. Als er zum ersten Mal einige Kisten Porzellan in die Abteilung für Hochzeitsgeschenke bringen mußte, stellte er fest, daß sie einem Mädchen – einem schönen und angemalten Mädchen – unterstand und deshalb unsäglich gefährlich war. Ihm ging sofort auf, daß die Reise keineswegs all seine Probleme gelöst hatte, und er wäre auf der Stelle sofort nach England zurückgefahren, nur war ihm das nicht möglich. Er tat das beste, was er tun konnte: er wechselte, so rasch es sich machen ließ, den Arbeitsplatz. Er fand eine Stellung in einer Buchhandlung. Mr Sweet, der sie führte, war zu kurzsichtig und zu zerstreut, um zu erkennen, wie sehr Mattys Gesicht dem Geschäft schaden mußte. Als jedoch die weder kurzsichtige noch zerstreute Mrs Sweet Matty kennenlernte, wußte sie, warum niemand mehr im Laden schmökerte wie früher. Die Sweets, die viel wohlhabender als englische Buchhändler waren, wohnten in einem

Landhaus außerhalb der Stadt und brachten Matty recht bald in einer winzigen Hütte unter, die sich an das Hauptgebäude anschloß. Er war Mädchen für alles, und nachdem Mr Sweet ihm das Autofahren beigebracht hatte, Chauffeur für die Fahrten zwischen Wohnung und Geschäft. Mit abgewandtem Gesicht machte Mrs Sweet Matty klar, daß sein Haar besser und dauerhafter sitzen würde, wenn er einen Hut trüge. Irgendein tieferes Wissen um sich selbst – was keineswegs gleichbedeutend war mit einem Identitätsbewußtsein – ließ ihn einen schwarzen Hut mit breiter Krempe wählen. Er paßte ebenso zu der heilen, traurigen Seite seines Gesichts wie zu der helleren, aber verzerrten, wo Mund und Auge nach unten gezogen waren. Der Hut saß so tief, bis hinunter auf seinem purpurroten Ohrknopf, daß nur selten jemand bemerkte, daß mit seinem Ohr etwas nicht stimmte. Stück um Stück – Jacke, Hosen, Schuhe, Socken, Rollkragenpullover und Overall – wurde er zum Mann in Schwarz, der schweigsam, zurückhaltend die ungelöste Frage mit sich herumtrug.

»Wer bin ich?«

Eines Tages, er hatte Mrs Sweet ins Geschäft gefahren und wartete, sie wieder heimzubringen, stöberte er vor dem Laden in dem Kasten mit alten, zerlesenen Büchern, die für fünfzig Cents oder weniger verkauft wurden. Ein Buch fiel ihm auf. Es hatte hölzerne Buchdeckel, und der Rücken war so abgewetzt, daß Matty den Titel nicht entziffern konnte. Er griff danach und sah: es war eine alte Bibel in Holzdekkeln, schwerer als seine eigene mit dem aufgequollenen Leder, obwohl sie sich im Papier kaum unterschieden. Er blätterte in den vertrauten Seiten, hielt plötzlich inne, blätterte zurück, dann nach vorn und wieder zurück. Er beugte sich dichter über das Papier und begann, leise zu murmeln, in einem Murmeln, das schließlich erstarb.

Zu Mattys Eigenarten gehörte die Fähigkeit zu völliger Unaufmerksamkeit. Reden spülten manchmal über ihn hinweg, ohne in seinem Bewußtsein eine Spur zu hinterlassen. Wahrscheinlich hat man in den australischen Kirchen, die er immer seltener aufsuchte – und in den englischen, ja, weit zurück im Unterricht während seiner Zeit in der Waisenschule – von der Schwierigkeit gesprochen, von einer Sprache in eine andere überzuwechseln; aber solche Erklärungen mußten vor diesem Tatbestand schwarzer Schrift auf weißem Papier versagen. Mitten im zwanzigsten Jahrhundert lag zwischen Matty und der unbeschwerten Welt seiner Mitmenschen eine Art primitives Gitter, das offenbar neunundneunzig Prozent dessen, was ein Mensch eigentlich aufnehmen sollte, herausfilterte und dem einen übrigen Prozent die schimmernde Härte von Stein gab. Und da stand er nun mit dem Buch in der Hand, hob den Kopf und starrte völlig entgeistert durch die Buchhandlung.

*Es ist anders!*

An jenem Abend saß er, beide Bücher vor sich, an seinem Tisch und begann, sie Wort für Wort zu vergleichen. Es war bereits nach ein Uhr früh, als er aufstand und sich ins Freie begab. Er wanderte die gerade, endlose Straße auf und ab, bis der Morgen kam und er Mr Sweet in die Stadt fahren mußte. Als er zurückkehrte und den Wagen abstellte, schien ihm, er habe noch nie wahrgenommen, daß die Geräusche der Vögel auf dem Lande eine Art wahnwitziges Gelächter waren. Es verstörte ihn dermaßen, daß er ganz unnötig den Rasen mähte, nur um sich im Lärm der Maschine zu verbergen. Beim ersten Rattern des Rasenmähers zog der Schwarm von Kakadus mit ihren schwefelgelben Kämmen, die in den hohen Bäumen hinter dem flachen Haus spukten, schreiend und kreischend davon, floh hinweg über das sonnenverbrannte Gras, wo die Pferde weideten, floh eine Meile weit zu dem einsamen Baum, den sie mit ihren weißen Federn, ihren Bewegungen, ihrem Lärmen füllten.

Nachdem er an jenem Abend in der Küche gegessen hatte, legte er beide Bücher mit der Titelseite vor sich hin. Er las beide Titelseiten mehrere Male. Schließlich lehnte er sich zurück und schloß das Buch mit dem aufgequollenen Ledereinband. Er nahm es an sich, ging nach draußen über den Rasen am Haus und weiter durch den Gemüsegarten. Er gelangte an den Zaun, der zwischen dem Garten und dem Weg lag, der zum Teich hinabführte, in dem die Yabbis schwammen. Er blickte hinweg über Meilen von monderhelltem Gras, das sich bis an die schwach erkennbaren Hügel am Horizont dehnte.

Er nahm seine Bibel und begann, die Seiten herauszureißen, eine nach der anderen, und jedesmal überließ er sie dem Wind, sie flatterten aus seiner Hand und drehten sich, weiter und weiter entfernt, bis sie schließlich im hohen Gras verschwanden. Dann kehrte er in seine Hütte zurück, las eine Weile in der Bibel mit den Holzdeckeln, sagte routinemäßig sein Nachtgebet, ging zu Bett und schlief ein.

Damit begann für Matty ein alles in allem beinahe glückliches Jahr. Zwar geriet er in einen Zwiespalt mit sich selbst, als sich das neue Mädchen, das im Dorfladen bediente, als hübsch erwies; doch es war dermaßen hübsch, daß es sich rasch verbesserte und durch ein anderes ersetzt wurde, dem Matty in ruhiger Gleichgültigkeit begegnen konnte. Zufrieden machte er sich überall im Haus und auf dem Grundstück zu schaffen, seine Lippen bewegten sich, die heile Seite seines Gesichts zeigte sich so fröhlich, wie das bei nur einer Gesichtshälfte möglich ist. Wo ihm Leute begegnen konnten, nahm er den Hut niemals ab, und im Dorf munkelte man daraufhin, er schlafe mit dem Hut auf dem Kopf, was keineswegs zutraf; mit dieser Art Hut mit einer so breiten Krempe hätte man überhaupt nicht schlafen können, was jedermann sehr wohl wußte; aber das Gerücht war ihm recht, es kam seiner Zurückgezogenheit zupaß. Die frühe Sonne und der Mond während der ganzen Nacht fanden ihn mit der langen Strähne seines schwarzen Haars fächerartig über dem Kissen in seinem Bett, und die weiße Haut seines Schädels und seiner linken Gesichtshälfte verschwand und trat wieder hervor, während er sich im Schlaf bewegte. Dann begannen die ersten Vögel zu spotten, und er fuhr hoch, um für wenige Augenblicke zurückzusinken, bevor er aufstand. Nach Toilette und Waschen setzte er sich hin, um in dem Buch mit den Holzdeckeln zu lesen, sein Mund folgte den Wörtern und auf der heilen Gesichtshälfte legte sich seine Stirn in Falten.

Und den ganzen Tag über bewegten sich seine Lippen, unentwegt, ob er den Gartensprenger durch den Staub des Gemüsegartens fuhr oder die Schläuche auslegte, an Verkehrsampeln wartete, während der Motor leise im Leerlauf puckerte, wenn er Pakete trug oder fegte, Staub wischte, polierte ...

Manchmal war Mrs Sweet ihm nahe genug, um ihn hören zu können.

»Eine silberne Schüssel, 130 Lot schwer, eine silberne Schale, siebzig Lot schwer, nach dem Lot des Heiligtums, beide voll Semmelmehl, mit Öl gemengt, zum Speiseopfer; 56. dazu einen goldenen Löffel, 10 Lot schwer, voll Räucherwerk, 57. einen jungen Farren, einen Widder, ein jähriges Lamm zum Brandopfer; 58. einen Ziegenbock –«

Manchmal konnte sie ihn im ganzen Haus hören, wenn nämlich seine Stimme lauter und lauter wurde und wie eine zerkratzte Schallplatte, auf der sich die Nadel in einer Rille gefangen hatte, immer den gleichen Vers wiederholte.

»21. Und er sprach zu ihnen – sprach zu ihnen, sprach zu ihnen –«

In solchen Augenblicken vernahm sie dann rasche Schritte und wußte, daß er in seine Hütte zurückgegangen war, um in dem Buch nachzusehen, das offen auf seinem Tisch lag. Kurz darauf kehrte er zurück, und durch das Reiben und das Quietschen des Fensterputzens hörte sie ihn aufs neue.

» – sprach zu ihnen: Zündet man auch ein Licht an, daß man's unter einen Scheffel oder unter einen Tisch setze? Mit nichten, sondern daß man's auf einen Leuchter setze. 22. Denn es ist nichts verborgen, das nicht offenbar werde, und ist nichts Heimliches, das nicht hervorkomme. 23. Wer Ohren hat –«

Ein glückliches Jahr, alles in allem betrachtet! Aber es gab da Dinge – wie er sich in einem Moment besonders heller und deutlicher Klarheit einmal sagte – Dinge, die sich unter der Oberfläche rührten. Wenn sich etwas auf der Oberfläche bewegte, mußte etwas getan werden. So gab es beispielsweise genaue Verhaltensvorschriften, falls ein Mann sich besudeln sollte. Was aber tun, wenn das, was sich unterhalb der Oberfläche bewegt, sich nicht fassen läßt, sondern unterschwellig bleibt, als ein Antrieb ohne irgendwelche klare Richtung? Dieses unklare Etwastun-Müssen trieb ihn zu Handlungen, die er nicht erklären konnte, sondern, wenn es unerträglich wurde, nichts zu tun, nur als Erleichterung empfand, wie etwa Steine zu

Mustern zu legen und über diesen Mustern zu gestikulieren, Staub langsam aus der Hand rieseln zu lassen oder gutes Wasser in ein Loch zu gießen.

In diesem Jahr hörte Matty auf, zur Kirche zu gehen, die sich nur oberflächlich bemühte, ihn zu halten. Nicht mehr zur Kirche zu gehen entsprach, diesmal allerdings klar und bestimmt, wie die anderen Gesten, ebenfalls einem inneren Drang. Doch der Jahreswechsel, der auf die übliche lautlose Weise hätte verstreichen können, ohne außerhalb des Kalenders eine Spur zu hinterlassen, kreischte für Matty diesmal wie eine rostige Türangel. Über Weihnachten und Neujahr kam Mrs Sweets verwitwete Schwester mit ihrer Tochter aus Perth zu Besuch, und der Anblick des Mädchens mit dem schönen blonden Haar und ebenso schönem Teint ließ Matty erneut bis in die frühen Morgenstunden die Straße entlangwandern und die Augen zum Himmel richten, als ob von dort Hilfe kommen könnte. Und siehe, am Himmel erkannte er ein vertrautes Sternbild. Es war Orion, der Jäger, strahlend, aber mit feurig zuckendem Dolch. Mattys Aufschrei weckte die Vögel wie eine Scheindämmerung; und als sie sich wieder beruhigt hatten, begriff er in der Stille, daß die Schöpfung gut war, und den Schrecken all dessen, was im Nichts hängt, die Sonne auf ihrem Zauberpfad, den umgekehrten Mond; und als er dazu an die Leichtigkeit dachte, mit der inmitten von Herrlichkeit und Grauen die Menschen da lebten, kreischte die rostige Angel, und die Frage, die ihn nie losließ, wurde zu einer anderen, wurde klarer.

Nicht mehr – »wer bin ich?«

»*Was* bin ich?«

Auf offener Straße, in den frühen Morgenstunden des Neujahrstages, ein paar Meilen außerhalb der Stadt Melbourne, fragte er laut und wartete auf eine Antwort. Es war töricht, wie natürlich so vieles, was er tat. Meilenweit war niemand wach; und als er sich endlich vom Fleck rührte, wo er aufgeschrien und dann seine Frage gestellt hatte, war er noch immer ohne Antwort, obwohl die Sonne inzwischen am Horizont die Hügel erhellte.

So kamen Winter und Sommer und Frühling und Herbst des zweiten Jahres, nur daß der Winter eigentlich kein Winter war, und auch der Frühling war eigentlich kein Frühling.

Während dieser Zeit stieg ihm die Frage immer brennender ins Bewußtsein, bis er allnächtlich davon träumte. Drei Nächte nacheinander träumte er, daß Mr Pedigree seine entsetzlichen Worte wiederholte und danach um Hilfe rief. Matty jedoch blieb in diesen drei Nächten stumm, wälzte sich unter der Bettdecke und versuchte, die Worte zu formen: *Wie kann ich helfen, bevor ich weiß, was ich bin?*

Wenn er in der Zeit danach morgens aufwachte, erkannte er, daß das laute Aufsagen seiner Bibellosung nicht das Richtige war. Es war schlimm genug, sprechen und zuhören zu müssen, wenn ihn immerzu diese eine Frage bedrängte; und weil er nicht wußte, wie er sie beantworten konnte, welchen Sinn sie hatte und wie er sie stellen sollte, ergaben sich bestimmte Folgerungen auf ähnliche Weise, wie die Frage sich für ihn neu ergeben hatte. Er erkannte, daß er fort mußte; und es gab sogar eine Zeit, da fragte er sich, ob das nicht der eigentliche Grund sei, weshalb Leute nicht an ihrem Ort blieben oder umherzogen, wie es Abraham getan hatte. Und an Wüste fehlte es hier gewiß nicht, wenn man nur ein paar Meilen hinausfuhr, doch sobald Matty verstanden hatte, daß er fort mußte, erkannte er auch, bewußt oder unbewußt, die Notwendigkeit, nach *Norden* zu gehen, wo der feurige Strahl des Oriondolches wenigstens etwas flacher sein mochte. Ein Mensch, der fort muß, weil er nicht ruhig bleiben kann, braucht nur einen kleinen Anstoß, um die Richtung zu wählen. Trotzdem vertat er, gefangen in der schieren Unmöglichkeit, auch nur etwas zu verstehen, so viel Zeit, daß sein viertes Jahr in Australien angebrochen war, bevor er sich endlich den Staub Melbournes von den Füßen schüttelte. Weil er nicht wirklich auszudrücken vermochte, warum er davonging oder was er zu finden hoffte, verbrachte er viel Zeit damit, sich für ein einfacheres Leben einzurichten. Von einem Teil des Lohns, den er so spärlich ausgegeben hatte, kaufte er sich ein sehr kleines, ungemein billiges und dementsprechendes altes Auto. Er besaß eine Bibel mit den Holzdeckeln, eine zweite Hose, ein zweites Hemd, Rasierzeug für seine rechte Gesichtshälfte, einen Schlafsack und eine Socke zum Wechseln; im letzteren bestand seine glänzendste Rationalisierung – er beschloß nämlich, jeden Tag eine Socke zu wechseln. Mr Sweet gab ihm noch ein wenig

Geld obendrein, wie auch ein sogenanntes Zeugnis, in dem es hieß, Matty sei arbeitsam, unbedingt ehrlich und absolut vertrauenswürdig. Und wie wertlos diese Charaktereigenschaften sind, wenn sie ohne sonstige Grundlagen ganz für sich allein stehen, zeigte sich darin, daß Mrs Sweet, nachdem sie sich von ihm verabschiedet hatte, in die Küche ging und vor lauter Erleichterung zu tanzen begann.

Was Matty anging, so empfand er beim Davonfahren eine geradezu sündige Freude. Die Strecke führte zunächst über die bekannten Routen seiner gelegentlichen sonntäglichen Spazierfahrten mit Mr und Mrs Sweet, aber er wußte, irgendwann mußte der Augenblick kommen, da ihn die Räder seines Wagens über die Spuren hinaus führten, die der Daimler allenfalls hätte hinterlassen haben können, hinausführten in eine neue Welt. Als der Augenblick endlich kam, war Matty nicht nur froh, ihn erfüllte schlichthin Entzücken – was er, seinem Wesen entsprechend, natürlich als um so größere Sünde empfand.

Matty arbeitete danach über ein Jahr bei einer Firma in der Nähe von Sydney, die Zäune herstellte. Das brachte ihm noch etwas mehr Geld, und dort konnte er sich von Menschen meist fernhalten. Er hätte die Firma früher verlassen, wenn sein kleines Auto nicht derart schadhaft geworden wäre, daß er ein halbes Jahr länger arbeiten mußte, um die Reparaturkosten bezahlen und erneut aufbrechen zu können. Die Frage brannte weiterhin in ihm, und es war ein trockenes, heißes Wetter, als er sich Queensland näherte. Bei Brisbane mußte er sich wieder Arbeit suchen. Aber ihn hielt es in dieser Stellung von allen bisherigen am wenigsten, die Eisenwarenhandlung in Melbourne eingeschlossen.

Er fing als Zuträger in einer Süßwarenfabrik an, die für Fließbandarbeit zu klein war; und wegen der Hitze, denn es war Sommer, und wegen seines Aussehens umschwärmten die Frauen den Geschäftsführer mit der Forderung, Matty zu entlassen, weil er sie unentwegt anstarre. Dabei waren sie es, die ihn anstarrten und flüsterten: »Kein Wunder, daß die ganze Sahne sauer geworden ist« und dergleichen. Matty, der sich selbst wie der Vogel Strauß für unsichtbar gehalten haben muß, wenn er selbst niemand ansah, wurde zum Geschäftsführer gerufen, und eben als ihm seine Papiere ausgehändigt wurden, öffnete sich die Tür und der Inhaber der Fabrik stürmte herein. Mr Hanrahan war etwa halb so groß wie Matty und viermal so breit. Sein Gesicht war verfettet, mit kleinen, schwarzen, flinken Augen, die ständig auf der Lauer lagen nach etwas, das sich hinter der Tür oder in einer Ecke verbergen mochte. Als er hörte, daß Matty entlassen worden war, schaute er ihm von der Seite ins Gesicht, musterte sein Ohr und danach die ganze Gestalt von Kopf bis Fuß.

»Das ist doch genau der Mann, auf den wir immer gewartet haben!«

Matty schien es, als sollte er endlich Antwort auf seine Fragen finden. Aber nichts geschah, außer daß Mr Hanrahan ihn nach draußen führte und ihm erklärte, er solle ihm den Berg hinauf nachfahren. Matty stieg in sein altes Auto, Mr Hanrahan in sein neues, ließ es an, sprang wieder heraus, stürzte zur Tür zurück, riß sie auf und starrte in das Büro. Ganz langsam kam er rückwärts wieder heraus, während er sorgfältig die Türe schloß, nicht ohne den Raum bis zur letzten Ritze wachsam im Auge zu behalten.

Die Straße wand sich von der Fabrik durch Wälder und Felder und im Zickzack bergauf. Mr Hanrahans Haus lag am Hang zwischen seltsamen Bäumen, die von Orchideen und Moos überwuchert waren. Matty parkte hinter dem neuen Wagen und folgte seinem neuen Arbeitgeber über eine Außentreppe in einen überdimensionalen Wohnraum, der nur gläserne Wände zu haben schien. Auf einer Seite konnte man ins Tal hinunterschauen – und dort unten lag die Fabrik, wie das Modell wirkte sie, das der Architekt von ihr entworfen haben mochte. Mr Hanrahan hatte kaum das Zimmer betreten, als er nach dem Fernglas auf dem großen Tisch griff und es auf das Modell richtete. Wutentbrannt stieß er den Atem aus. Er riß ein Telefon an sich und brüllte hinein.

»Molloy! Molloy! Da hinten schleichen sich zwei Mädchen heraus!«

Matty war unterdessen bereits völlig von den drei anderen Glaswänden gefangengenommen. Sie bestanden nur aus Spiegeln, sogar die Innenseiten der Türen; und nicht etwa aus gewöhnlichen, sondern aus Zerrspiegeln, in denen sich

Matty ein halbdutzendmal sah, seitlich auseinandergezogen und von oben zusammengepreßt, und Mr Hanrahan sah wie ein Sofa aus.

»Ha«, sagte Mr Hanrahan, »Sie bewundern meine Spiegel, wie ich sehe. Ein guter Einfall, nicht wahr, um täglich Buße zu tun für die sündhafte Hoffahrt. Mrs Hanrahan! Wo steckst du?«

Mrs Hanrahan erschien wie hergezaubert, denn bei den vielen Fenstern und Spiegeln ergab sich beim Öffnen einer Tür kaum mehr als ein wässeriger Zusammenfluß von Licht. Sie war dünner als Matty und kleiner als Mr Hanrahan und wirkte verbraucht. »Was gibt's, Mr Hanrahan?«

»Hier ist er, ich habe ihn gefunden!«

»Ach, der arme Mann mit dem zusammengeflickten Gesicht!«

»Ich werde es ihnen beibringen, was ist das für eine Frivolität, einen Mann wollen sie im Haus haben! Mädchen! Her mit euch alle miteinander!«

Daraufhin floß es nun an verschiedenen Stellen der Wand wässrig zusammen, dunkelte zwischenhin ab und hier und da entstand ein blendender Glanz.

»Meine sieben Töchter«, rief Mr Hanrahan und zählte sie eifrig. »Ihr wolltet einen Mann im Haus, was? Zu viele weibliche Wesen hier? Meilenweit kein Mann? Ich werde es euch zeigen. Hier ist der neue Mann im Haus. Seht ihn euch genau an!«

Die Mädchen hatten einen Halbkreis gebildet. Da waren die Zwillinge Francesca und Terese, kaum aus den Windeln, aber hübsch. Matty hielt instinktiv seine Hand so, daß seine ihnen zugekehrte linke Gesichtshälfte sie nicht erschreckte. Da war die etwas größere und hübsche und kurzsichtige Bridget, die angestrengt herüberblickte, und da war die noch größere, noch hübschere und mannbare Bernadette, und da war Cecilia, kleiner, doch ebenso hübsch und eher noch heiratsfähiger; und da war Gabriel Jane, nach der sich die Männer auf der Straße umdrehten, und schließlich die Erstgeborene, die zum Grillen im Garten angezogen war, Mary Michael: Und wer immer Mary Michael erblickte, war verloren.

Cecilia fuhr sich mit den Händen ins Gesicht und stieß einen leisen Schrei aus, während sich ihre Augen an das

Licht gewöhnten. Mary Michael drehte ihren Schwanenhals Mr Hanrahan zu und sprach berückende Worte.

»Oh Vater!«

Da schrie Matty wild auf. Er kriegte die Tür endlich auf und taumelte die Außentreppe hinunter. Er sprang in seinen Wagen und schleuderte die Kurven hügelabwärts. Er begann mit hoher Stimme zu rezitieren.

»Die Offenbarung des Johannes. Das 1. Kapitel 1. Johannes den sieben Gemeinden in Asien, die sieben goldenen Leuchter sind die sieben Gemeinden. 7. Die Wiederkunft des Herrn Jesus 14. Seine Macht und Herrlichkeit. Dies ist die Offenbarung Jesu Christi, die ihm Gott gegeben hat seinen Knechten zu zeigen –«

Und so ging es weiter, mit hoher Stimme, aber nach und nach senkte sie sich und klang wie immer, als er an die Stelle kam: »19. Und so jemand davontut von den Worten des Buchs dieser Weissagung, so wird Gott abtun sein Teil vom Holz des Lebens und von der heiligen Stadt, davon in diesem Buch geschrieben ist.«

Beim »Amen« zum Schluß stellte er fest, daß er Benzin brauchte, das er sich dann beschaffte; und während des Wartens ging ihm immer wieder Mary Michaels Bild durch den Kopf, so daß er aufs Geratewohl weiterfuhr, und aufs Geratewohl weiterzitierte –

»22. Kina, Dimona, Adada,

23. Kedesch, Hazor, Jithnan,

24. Siph, Telem, Bealoth,

25. Hazor – Hadattah, Kerijoth, Hezron – das *ist* Hazor –,

26. Amam, Schema –«

Und am Abend erreichte Matty die Stadt Gladstone, die eine große Stadt ist. Und hier verweilte er monatelang in Frieden und arbeitete als Totengräber.

Doch ähnliches wiederholte sich, die Frage stellte sich erneut ein und mit ihr kehrte die Unrast zurück und das Bedürfnis, weiterzuziehen an einen Ort, wo sich alles klären müßte. Matty begann also nachzudenken; oder vielleicht sollte es besser heißen, in Matty begann etwas über sich nachzudenken und legte ihm das Ergebnis vor. So stieß er ohne bewußte Absicht auf den Gedanken: *Sind alle Menschen so?*

Und dem Gedanken wurde hinzugefügt: *Nein. Denn die beiden Hälften ihres Gesichts sind gleich.*

Dann: *Bin ich nur im Gesicht anders als sie?*

*Nein.*

»Was bin ich?«

Danach sprach er mechanisch ein Gebet. Es war seltsam mit Matty: er konnte ebensowenig beten wie fliegen. Aber den Fürbitten für alle Leute, die er kannte, fügte er nun einige Worte hinzu, und zwar sinngemäß: wenn es statthaft sei, so wäre er froh, wenn ihm für seine persönliche, besondere Schwierigkeit Erleichterung verschafft werden könnte, und unmittelbar darauf formte sich ein anderer Gedanke in seinem Kopf, ein Zitat, ein schreckliches: *Manche haben sich um des Königreichs Gottes willen selbst entmannt.* Der Gedanke überfiel ihn, als er in einem Grab stand, dem angemessenen Ort also. Es trieb ihn in einer Art augenblicklicher Auferstehung sofort aus dem Grab heraus, und er war bereits meilenweit an der Küste entlanggefahren, in einem Land gewalttätiger und böser Menschen, als er das Zitat endlich aus seinem Bewußtsein verdrängen konnte; und das verdankte er den bösen Menschen. Die Polizei hielt ihn an, durchsuchte ihn und sein Auto und warnte ihn, an dieser Straße seien Morde begangen worden und weitere würden folgen, er fuhr jedoch weiter, weil er nicht zurückzufahren wagte und keinen Ort sonst wußte, wohin er hätte gehen können. An einer Tankstelle hatte er einen Blick auf eine Landkarte geworfen, aber in all den Jahren hier hatte er noch immer nicht gelernt, zwischen einem Land und einem Erdteil zu unterscheiden. In seiner Unwissenheit fuhr er weiter, in der Erwartung, die Strecke nach Darwin betrüge nur wenige Meilen und sei hinreichend mit Tankstellen und Lebensmittelläden und Brunnen ausgestattet. Er war nicht daran interessiert, Wissen zu erwerben, und die Bibel war zwar voll von Wildnis und Wüsten, erwähnte aber nichts von Tankstellen und Brunnen im Hinterland. Also bog er von einer Straße ab, die ohnehin schon keine Hauptstraße mehr gewesen war, und verfuhr sich gründlich.

Matty fürchtete sich nicht. Nicht, daß er mutig gewesen wäre. Er konnte sich Gefahr nicht vorstellen. Er war nicht *imstande*, sich zu fürchten. So schlidderte und holperte, schlingerte und rutschte er weiter, dachte, er hätte gern etwas zu trinken, wußte jedoch, er hatte nichts, sah, wie der Benzinanzeiger tiefer und tiefer sank und schließlich ganz nach unten schnellte, und noch immer lag vor ihm nichts als eine armselige Wagenspur, und dann blieb der Wagen stehen, ganz undramatisch und keineswegs an einer Stelle, die nach dem Schauplatz eines Dramas aussah. Er blieb einfach stehen, wo Dornengestrüpp den Boden befiederte, der eher wie Sand wirkte, und wo der stachlige Horizont nur unterbrochen wurde von drei geduckten, verkrüppelten Bäumen, die auch nicht beieinander standen, sondern nach Norden hin voneinander abrückten und weit entfernt schienen. Matty blieb lange im Wagen sitzen. Er sah die Sonne vor sich untergehen, und der Himmel war so wolkenlos, daß sie sich sogar an seinem untersten Rand für eine Weile mit den Dornen mischte und krümelte, bis sie sich zu guter Letzt aus dem Gesichtskreis schleppen konnte. Matty saß da und lauschte den Geräuschen der Nacht, die ihm inzwischen einigermaßen vertraut geworden waren, und nicht einmal das Vorüberstampfen eines großen Tieres im Dornengestrüpp erschreckte ihn. Matty rückte sich im Fahrersitz zurecht, als wäre das der richtige Platz, und schlief ein. Er wachte erst mit der Dämmerung auf; und was ihn weckte, war nicht das Licht, sondern der Durst.

Er konnte sich nicht fürchten, aber Durst empfand er sehr wohl. Er stieg aus dem Wagen in die feuchtkalte Morgendämmerung und spazierte umher, als könne er an einem Teich oder einer Snackbar oder einem Dorfladen vorbeikommen; dann, ohne irgendwelche Vorbereitungen und ohne viel Nachdenken, folgte er der Wagenspur. Er schaute sich nicht um, bis ein sonderbares Wärmegefühl im Rücken ihn veranlaßte, sich umzudrehen und in die aufgehende Sonne zu blicken. Unter der Sonne war kein Auto zu sehen, nur Gestrüpp. Er lief weiter. Und mit der steigenden Sonne stieg sein Durst.

Von Büchern darüber, wie man in freier Wildbahn überleben kann, hatte Matty nie etwas gehört. Er wußte nichts von Pflanzen, die in ihrem Gewebe Wasser speichern, nichts davon, wie man Löcher in den Sand gräbt oder das Verhalten der Vögel beobachtet; er spürte aber auch nichts vom Kitzel des Abenteuers. Er war einfach durstig, sein Rücken brannte, und die Holzdeckel seiner Bibel schlugen ihm gegen den rechten Hüftknochen. Vielleicht kam ihm nicht einmal in den Sinn, daß ein Mensch gehen und gehen kann, bis er umfällt, und doch kein Wasser findet. Er ging weiter, so eigensinnig, wie er sein ganzes Leben lang in allen Dingen gewesen war, sogar damals am Anfang schon.

Gegen Mittag begannen mit den Büschen merkwürdige Dinge zu geschehen. Sie verschwammen, als ob Mr Hanrahan sie in sein merkwürdiges Wohnzimmer geholt hätte. Das beeinträchtigte Mattys Wahrnehmung des Weges oder dessen, was er dafür hielt, und er blieb stehen, schaute zu Boden und blinzelte. Große schwarze Ameisen rannten ihm um die Füße, Ameisen, die offenbar die Hitze anregend und als Ansporn zur Arbeit empfanden, denn sie schleppten schwere Lasten, als hätten sie Großes vor. Matty sah ihnen ein Weilchen zu, aber in seiner Lage hatten sie ihm nichts zu sagen. Als er aufblickte, vermochte er nicht mehr zu erkennen, in welcher Richtung die Wegspur verlief. Seine eigenen Fußspuren brachten ihm keinerlei Hilfe, denn sie verloren sich aus dem Blickfeld, und überall breitete sich Gestrüpp aus. Er prüfte den geschlossenen Horizont so genau wie möglich und kam zu dem Schluß, in einer bestimmten Richtung sei eine Verdichtung oder zusätzliche Dicke oder Höhe auszumachen. Das könnten Bäume sein, dachte er; und wo Bäume waren, gab es Schatten, und darum beschloß er, in diese Richtung zu gehen, falls sie irgendwo nach Westen hin lag. Aber mittags ist es so nah am Äquator selbst mit einem Sextanten äußerst schwierig, sich nach der Sonne zu orientieren, und es geschah dabei lediglich das eine, daß Matty nämlich beim Blick in die Höhe einen Schritt zurücktrat und auf den Rücken fiel. Der Sturz nahm ihm den Atem, und einen Augenblick lang schien zwischen den kreisenden Strahlen und Blitzen vom Meridian herab etwas Dunkles, riesenhaft und in menschlicher Gestalt, aufzutauchen. Er stand auf, und natürlich war nichts da, nur die Sonne, die senkrecht herunterbrannte, und als er sich wieder den Hut aufgesetzt hatte, fiel der Schatten der Krempe über seine Füße. Er fand die Richtung zu der Verdickung hin und versuchte darüber nachzudenken, ob es vernünftig sei, ihr zu folgen, oder nicht, doch das einzige, was ihm in den Sinn

kam, war eine Reihe biblischer Vorschriften über die Größe
der rituellen Waschbecken aus Messing. Sie führten ihm
blitzartig Wasser vor Augen, und das wiederum vermischte
sich mit den Spiegeln in Mr Hanrahans Zimmer, und seine
Lippen fühlten sich an wie zwei Felsgrate in einer Wüsten-
landschaft. Er kämpfte sich voran durch Gestrüpp, das ihm
bis zur Schulter reichte, und dahinter stand ein großer Baum
voller Engel. Als sie ihn sahen, verspotteten sie ihn und
flogen auf und zogen Kreise und schwärmten fort durch den
Himmel, so daß ihm deutlich wurde, er sollte ihnen folgen,
und daß sie ihn verspotteten, weil er nicht fliegen konnte.
Aber seine Füße konnte er noch bewegen, und er kämpfte
sich weiter, bis er unter dem Baum stand, dessen Blätter
schräg zur Sonne standen und keinen Schatten spendeten,
und um den Baum herum war nichts als ein Fleckchen nackter, sandiger Boden. Er lehnte sich gegen den Baumstamm
und zuckte vor Schmerz zusammen, denn sein Rücken war
durch die Jacke hindurch von der Sonne verbrannt. Dann
stand am Rande des Sandes ein Mann, ein Abo. Und das war
der Mann, wie Matty erkannte, der vorhin, als er gestürzt
war, in der Luft zwischen ihm und der Sonne gewesen war.
Matty konnte ihn jetzt von unten bis oben betrachten; er war
gar nicht so groß, er war eigentlich ziemlich klein, doch sehr
dünn, und das ließ ihn größer erscheinen, als er war. Der
lange Holzstab mit der schwarz gebrannten Spitze, den der
Abo senkrecht in der Hand hielt, überragte sie beide. Matty
nahm im Gesicht des Abo eine Wolke war, was ihm ganz
natürlich vorkam, hatte er doch gesehen, wie der Mann
plötzlich in der Luft unter der Sonne entstanden war. Split-
ternackt war er außerdem.

Matty trat einen Schritt vom Baum weg und sprach:
»Wasser!«

Der Abo trat vor und spähte ihm ins Gesicht. Er warf das
Kinn hoch und sagte etwas in seiner Sprache. Er gestikulier-
te gewaltig mit seinem Speer und beschrieb einen großen
Bogen am Himmel, der die Sonne mit einschloß.

»Wasser!«

Anschließend zeigte Matty auf die Wolke, die den Mund
des Abos verbarg, dann auf seinen eigenen Mund. Der Abo
wies mit seinem Speer auf die dichteste Stelle des Gestrüpps.

Dann holte er einen kleinen blanken Stein aus der Luft, hockte sich hin, legte den Stein auf den sandigen Boden und besprach ihn murmelnd.

Matty war entsetzt. Er holte die Bibel aus der Tasche und hielt sie über den Stein, aber der Abo murmelte weiter. Matty schrie wieder auf.

»Nein, nein!«

Der Abo sah mit unerforschlichem Ausdruck auf das Buch. Matty steckte es wieder ein.

»Sieh her!«

Er scharrte einen Strich in den Sand, dann einen zweiten, der den ersten kreuzte. Der Abo starrte darauf, sagte aber nichts.

»Sieh her!«

Matty warf sich zu Boden. So lag er da, die Beine auf dem ersten Strich ausgestreckt, die Arme weit ausladend über dem zweiten. Der Abo sprang plötzlich auf. Die Wolke in seinem Gesicht wurde von einem breiten, blitzenden Weiß zerrissen.

»Scheißkerl! Großmaul! Gehört Jesus Christus!«

Er sprang in die Luft und landete mit seinen Füßen auf Mattys ausgestreckten Armen, auf den Armbeugen. Er stach mit der feuergehärteten Speerspitze in die offenen Handflächen. Er sprang ein weiteres Mal empor und landete mit beiden Füßen auf Mattys Lenden, und der Himmel, in dem der Abo verschwand, färbte sich schwarz. Matty rollte sich zusammen wie ein Blatt, wie ein durchschnittener Wurm, krümmte sich, und die Wellen der Übelkeit nahmen zu, wie auch die Schmerzen heftiger wurden, bis sie ihm die Besinnung raubten.

Als er zu sich kam, spürte er, daß er schrecklich verschwollen war, und versuchte, sich auf Händen und Knien weiterzuschleppen, aber die Übelkeit überkam ihn aufs neue. Also stand er auf, wie es seiner Natur entsprach, und die Welt drehte sich um ihn, und er hielt die Beine auseinander, und sein Unterleib zog schwer nach unten, weshalb er ihn mit beiden Händen umklammerte, damit er da unten nichts verlor. Er ging auf die Stelle zu, wo, wie er glaubte, vorher die Verdickung hinter dem Gestrüpp sichtbar gewesen war. Als er jedoch das Dickicht durchquert hatte, erreichte er eine offene Fläche mit Bäumen in einiger Entfernung. Innerhalb der offenen Fläche verlief, soweit das Auge reichte, ein elektrischer Zaun. Matty drehte sich mechanisch um und wollte am Zaun entlang weitergehen, als hinter ihm ein Auto hupte. In benommener Demut blieb er stehen. Das Auto war ein Landrover, der langsam an seiner linken Schulter vorbeifuhr und dann hielt. Ein Mann stieg aus und kam herüber. Er trug ein offenes Hemd und Jeans und einen breiten Hut mit seitlich hochgeschlagener Krempe. Er starrte Matty ins Gesicht, und Matty wartete wie ein Tier, zu anderem war er nicht mehr fähig.

»Donnerwetter. Dran glauben müssen, was? Wo ist denn Ihr Kumpel, Ihr Kamerad?«

»Wasser.«

Der Mann führte ihn vorsichtig zum Landrover und zischte ab und zu durch die Zähne, als ob Matty ein Pferd wäre. »Sie sind ganz schön zugerichtet worden, alter Junge. Oje, oje. Was *hat* Ihnen bloß so zugesetzt? Catcher? Trinken Sie.«

»Gekreuzigt –«

»Wo ist Ihr Widersacher?«

»Abo.«

»Sie haben einen Abo gesehen? Gekreuzigt? So was. Sehn wir uns mal Ihre Hände an. Das sind nur Kratzer.«

»Ein Speer.«

»Ein kleiner Dürrer? Mit einer kleinen fetten schwangeren Frau und zwei Bengeln? Das muß Harry Bummer sein. Das verdammte Schwein. Hat bestimmt so getan, als ob er kein Englisch versteht. Hat mit dem Kopf immer so gemacht, ja?«

»Nur ein Abo allein.«

»Die haben wohl was zu futtern gesucht, die übrigen, mein ich. Er ist nicht mehr der alte, seit sie den Film über ihn gemacht haben. Versucht es bei allen Touristen. Jetzt verbinden wir erst mal Ihre Dinger. Sie haben Glück, ich bin nämlich der Tierarzt. Wo ist Ihr Kumpel?«

»Allein.«

»Liebe Zeit. Sie waren allein da drin? Da kann einer immerzu im Kreis gehen, wissen Sie, immer im Kreis. Vorsicht, immer sachte, können Sie sich aufrecht halten? Ich leg meinen Arm drunter und zieh Ihnen die Hose runter. Liebe Zeit. Bei einem Bullenkalb würd ich sagen, da hat jemand Pfuscharbeit geleistet. Herrje. Wir machen 'ne Schlinge drum. Sonst arbeite ich ja eher mit entgegengesetztem Ziel, wenn Sie wissen, was ich meine.«

»Auto. Hut.«

»Eins nach dem anderen. Hoffentlich ist Harry Bummer nicht als erster da, das undankbare Schwein. Und das, obwohl er lesen und schreiben gelernt hat. Beine weit auseinander. Ich glaub, er hat's doch nicht geschafft, Ihre Familienjuwelen kaputt zu machen, viel zu ungeschickt. Hab schon so manches Mal einen Ochsen angeschaut und mich gefragt, was der wohl zu mir sagen würde, wenn er könnte. Was haben Sie da in der Tasche? Ach, Sie sind Prediger? Kein Wunder, daß Harry – ganz still liegen. Hände drunter. Es wird ein bißchen holprig, aber das läßt sich nicht ändern, und es ist nicht weit zum Krankenhaus, nicht sehr weit. Haben Sie das denn nicht gewußt? Sie hatten schon fast die Vororte erreicht. Sie haben doch nicht etwa gedacht, Sie sind wirklich draußen im Busch?«

Er startete und fuhr an. Matty verlor bald wieder das Bewußtsein. Der Tierarzt drehte sich nach ihm um, sah, daß er ohnmächtig war, drückte aufs Gaspedal und holperte und schlingerte durch den Sand und gelangte schließlich auf eine Nebenstraße. Dabei führte er Selbstgespräche.

»Muß ich wohl der Polizei melden. Noch mehr Ärger. Scheiße. Und Harry kriegen sie doch nicht. Der besorgt sich bei einem Dutzend seiner Leute ein Alibi. Der arme Teufel hier könnte sie sowieso nicht auseinanderhalten.«

# V

Im Krankenhaus kam Matty zu sich. Seine Beine waren hochgebunden; Schmerzen hatte er nicht. Sie kamen später, aber nicht so schlimm, daß seine hartnäckige Seele nicht damit fertiggeworden wäre. Harry Bummer – falls er es gewesen war – fand das Auto nicht, das samt Hemd und Hose zum Wechseln und der dritten Socke hergeschleppt wurde. Mattys hölzerne Bibel lag auf seinem Nachttisch, und er lernte sie weiter stückweise auswendig. In einer Fieberperiode redete er unverständliches Zeug, aber sobald die Temperatur wieder normal war, schwieg er erneut. Ruhig war er auch. Die Schwestern, die ihn so intim pflegten, fanden seine Ruhe unnatürlich. Er liege da wie ein Holzklotz, sagten sie, und ganz gleich, wie abstoßend auch das Unabwendige war, das er über sich ergehen lassen mußte, er schickte sich schweigend mit unbewegtem Gesicht darein. Einmal gab die Stationsschwester ihm ein Aerosol, damit er seine Genitalien kühlen konnte, und erklärte ihm zartfühlend, wieso manche Körperteile besonders gefährdet waren, aber er benutzte das Aerosol nicht. Schließlich wurden ihm die Beine losgebunden, er durfte sitzen, im Rollstuhl ausgefahren werden, an zwei Krücken humpeln und zuletzt wieder gehen. Im Krankenhaus war sein Gesicht so unbeweglich geworden, daß die entstellenden Narben wie aufgemalt wirkten. Nach dem langen Stilliegen waren seine Bewegungen bewußter. Er hinkte nicht mehr, ging jedoch mit leicht gespreizten Beinen wie ein Strafentlassener, dessen Körper die Erinnerung an die Ketten noch nicht abgestreift hat. Man zeigte ihm Fotos von verschiedenen Abos, aber nach einem Dutzend sprach er den Standardsatz der weißen Welt.

»Für mich sehen sie alle gleich aus.«

Es war der längste Satz, den er seit Jahren gesprochen hatte.

Die Presse berichtete über sein Abenteuer, und es wurde für ihn gesammelt, so daß er etwas Geld hatte. Die Leute hielten ihn für einen Prediger. Doch wer mit ihm in Berührung kam, konnte sich keinen Reim aus ihm machen: ein derart wortkarger Mann, mit einem so schrecklichen und ernsten Gesicht, ein Mann, der ohne Meinungen und ohne

Ziel zu sein schien. Doch die Frage, die sich jetzt verändert hatte und noch dringlicher geworden war, bedrückte ihn nach wie vor. Erst hatte sie gelautet *Wer bin ich*, dann *Was bin ich;* und mit dem Nachdruck der Kreuzfarce oder Kreuzigung durch den Schwarzen, der vom Himmel auf ihn niedersprang, veränderte sich die Frage aufs neue.

*Wofür bin ich da?*

Er bewegte sich in dieser merkwürdigen tropischen Stadt umher. Wo er auftauchte, schwarz gekleidet und mit einem Gesicht, das aus mehrfarbigem Holz hätte geschnitzt sein können, wurden die alten Männer auf den Eisenstühlen unter den Orangenbäumen still, bis er auf dem Weg zum anderen Ende des Parks vorübergegangen war.

Während seiner Genesung lief Matty viel umher. Er versuchte es mit den wenigen Freikirchen am Ort, und die Leute, die auf ihn zutraten, um ihn zu bitten, doch den Hut abzunehmen, kamen nahe an ihn heran, sahen, was da zu sehen war, und gingen wieder fort. Als er so weit laufen konnte, wie er wollte, wanderte er häufig hinaus und beobachtete die Abos in ihren Schuppen und Baracken am Rande der Stadt. Ihre Handlungen ließen sich meistens ganz leicht begreifen; aber ab und zu war da etwas, vielleicht bedeutete es nicht mehr als eine Geste, das Matty zutiefst faszinierte, obwohl er keinen Grund dafür angeben konnte. Ein, zwei Mal war es eine ganze Pantomime, die ihn fesselte – vielleicht ein Spiel mit Stöcken oder das Werfen von markierten Kieseln, dann die gespannte Betrachtung des Ergebnisses, das Atmen, das Blasen, das ständige Blasen –

Als Matty zum zweitenmal einen Abo beim Kieselwerfen beobachtete, eilte er zurück auf das Zimmer, das er im Abstinenzler-Hotel gefunden hatte, durch das Zimmer in den Innenhof, las drei Kiesel auf, hielt sie in der Hand –

Dann hielt er inne.

Eine halbe Stunde lang blieb Matty so stehen, ohne sich zu rühren.

Dann legte er die Kiesel wieder hin, begab sich auf sein Zimmer und holte sich Rat bei der Bibel. Er marschierte zum Regierungsgebäude, kam aber nicht hinein. Am nächsten Morgen versuchte er es noch einmal. Er gelangte nur bis zum Informationstisch aus blankpoliertem Holz, wo man ihn höflich empfing, aber keinerlei Verständnis zeigte. Also ging er wieder weg, kaufte Streichholzschachteln und war von nun an Tag für Tag vor dem Eingang zum Regierungsgebäude zu sehen, wo er die Schachteln auftürmte, höher und höher. Manchmal brachte er es auf dreißig Zentimeter, aber sie fielen stets wieder um. Zum ersten Mal in seinem Leben sammelten sich Menschen um ihn, Kinder und Stromer und gelegentlich Beamte auf dem Weg hinein oder heraus. Dann schickte ihn die Polizei von dort fort auf die Rasenflächen und Blumenbeete; und hier, vielleicht weil er weiter von der Staatsgewalt entfernt war, lachten die Leute und die Kinder lauter über ihn. Er kniete am Boden und baute seinen Turm aus Streichholzschachteln; und jetzt blies er manchmal dagegen, wie ein Abo auf die Kiesel bläst, und alle purzelten um. Das brachte Erwachsene wie Kinder zum Lachen; und ab und zu kam ein Kind angerannt, während der Turm noch im Bau war, und pustete ihn um, und alle Umstehenden lachten, und manchmal stürzte ein frecher Bengel herbei und stieß den Turm mit einem Fußtritt um, und die Leute lachten, sie schimpften und protestierten aber auch freundlich, denn sie waren auf Mattys Seite und hofften, daß es ihm eines Tages gelänge, sämtliche Streichholzschachteln aufeinander zu türmen, weil das offenbar sein Wunsch war. Wenn also ein unternehmungslustiger, frecher Junge – und sie alle waren frech und unternehmungslustig und wären durchaus fähig gewesen, »Steh auf, du Glatzkopf!« zu sagen, falls sie gewußt hätten, was unter dem Hut war –, wenn ein solcher Bengel kickte, schlug, spuckte, hopste und alle Schachteln auseinanderboxte – dann schrien die Erwachsenen, nette Frauen auf ihrem Einkaufsbummel und Rentner lachend, empört, sie riefen: »Aber nein! Der Mistkerl!«

Dann ging der Mann in Schwarz wieder auf die Knie und setzte sich zurück auf die Fersen und blickte langsam in die Runde, schaute unter der Krempe seines schwarzen Hutes, der sich an den lachenden Leuten vorbeidrehte, im Kreise umher, und weil sein wie aus Holz geschnittenes Gesicht undurchdringlich und feierlich wirkte, wurden sie, die da auf dem inzwischen bewässerten Rasen standen, still, einer nach dem anderen.

Nach sieben Tagen erweiterte Matty sein Spiel. Er kaufte

einen Tontopf, sammelte Zweige, und als diesmal wieder alle über die Streichholzschachteln zu lachen begannen, häufte Matty die Zweige zusammen, steckte den Topf oben drauf und versuchte, sie mit den Streichhölzern anzuzünden, was ihm aber nicht gelang. Wie er da in Schwarz neben den Zweigen und dem Topf und den Streichholzschachteln kauerte, sah er blöde aus, und ein frecher Junge warf mit dem Schuh seinen Topf um, und alle Erwachsenen riefen: »Oh nein! Du kleines Biest! Wie ungezogen! Du hättest den Topf zerbrechen können!«

Als Matty dann die Schachteln, die Zweige und den Topf zusammenpackte, zerstreute sich die Gruppe, und auch Matty ging davon, während ihn ein Parkwächter regungslos beobachtete.

Am nächsten Tag hatte sich Matty an eine andere Stelle begeben, wo die Zweige nicht von dem Wasser, das die automatische Sprinkleranlage auf die Rasenflächen vor dem Regierungsgebäude sprühte, feucht wurden. Er entdeckte eine Steinanlage in der Nähe des Parkplatzes im Zentrum, eine Art Niemandsland mit wucherndem Gras und Blumen, die unter der senkrechten Sonne mit Samen ins Kraut schossen. Er brauchte hier etwas länger, eine Gruppe um sich zu sammeln. Tatsächlich war er eine volle Stunde allein mit dem Turmbau beschäftigt und hätte es wohl auch geschafft, sämtliche Schachteln übereinander zu stellen – wie jedes Geduldsspiel am Ende gelingt, wenn man sich nur genügend Zeit läßt – aber da wehte ein leichter Wind, und deshalb kippte der Turm jedesmal spätestens bei acht oder neun Schachteln um. Doch schließlich kamen Kinder und blieben stehen und dann auch Erwachsene, und so hatte er wieder Aufmerksamkeit auf sich gelenkt und wieder war da das Lachen und ein frecher Junge, und die Rufe: »Oh nein! So ein übler Schlingel!«

So konnte er endlich seine Zweige zusammenlegen und den Topf obenauf stellen und ein Streichholz anreißen und die Zweige anzünden, und das Lachen wurde noch lauter, Beifall kam auf, als wäre er ein Clown, der plötzlich etwas Gescheites getan hat; und durch das Gelächter und das Klatschen hindurch konntest du das Knistern der Zweige unter dem Topf vernehmen, und die Zweige flammten auf, das

Gras fing Feuer, die Samenknospen der Blumen platzten auf im Stakkato ihrer Explosionen, eine Stichflamme leckte über das Ödland, und es gab Geschrei und Gebrüll, während die Leute aufeinander schlugen, um fortzukommen, sich entknäuelten und auf die Straße hinausliefen, und Bremsgekreisch und Krachen, als Autos auffuhren, und Schreie und Flüche.

»Wissen Sie«, sagte der Sekretär, »so etwas darf man nicht tun.«

Der Sekretär hatte dichtes silbergraues Haar, das sorgfältig modelliert war wie ein Silbergefäß. Matty hörte sofort heraus, daß er die gleiche Aussprache hatte wie vor so vielen Jahren Mr Pedigree. Der Sekretär sprach nachsichtig mit ihm.

»Versprechen Sie mir, es nicht wieder zu tun?«

Matty antwortete nicht. Der Sekretär blätterte in den Akten.

»Mrs Robora, Mrs Bowery, Mrs Cruden, Miss Borrowdale, Mr Levinsky, Mr Wyman, Mr Mendoza, Mr Buonarotti – ob das wohl ein Künstler ist, was meinen Sie? – Sie sehen, wenn so viele Menschen durch Ihre Zündelei zu Schaden kommen – und sie sind sehr, sehr aufgebracht – oh nein! Sie dürfen es wirklich nicht wieder tun?«

Er legte die Akte hin, legte einen silbernen Stift obenauf und schaute zu Matty herüber.

»Sie haben unrecht, müssen Sie wissen. Ich glaube, Menschen wie Sie haben immer unrecht. Nein, ich meine nicht den, den Inhalt dessen, was Sie sagen wollen. Wir wissen Bescheid über den Stand der Dinge, über die Gefahren, über den Wahnsinn, meteorologische Risiken einzugehen; aber wir sind die Elite, verstehen Sie. Nein. Sie haben unrecht, weil Sie annehmen, die Menschen könnten Ihre Botschaft nicht verstehen, Ihre Zeichen nicht deuten. Natürlich können wir es. Die Ironie liegt darin – die Ironie lag immer darin, daß Unheilsverkündungen von den Wissenden, den Gebildeten von jeher verstanden worden sind. Nur die Menschen, die am meisten darunter leiden müssen – die Armen und Schwachen – die Unwissenden also, die hilflos sind, haben solche Voraussagen nie begriffen. Verstehen Sie? Das ganze Heer des Pharao – und davor alle Erstgeburt der unwissenden Fellachen –«

Er erhob sich und trat ans Fenster. Er schaute hinaus, die Hände auf dem Rücken gefaltet.

»Der Sturmwind wird nicht über die Regierung hereinbrechen. Glauben Sie mir. Und auch die Bombe wird nicht sie treffen.«

Matty sagte noch immer nichts.

»Aus welcher Gegend in England kommen Sie? Bestimmt aus dem Süden. Aus London? Ich glaube, Sie täten gut daran, in Ihre Heimat zurückzukehren. Sie werden es ja doch nicht lassen können, das ist mir klar. Die können es alle nicht lassen. Jawohl. Fahren Sie lieber nach Hause. Schließlich –« er drehte sich plötzlich um – »wird Ihre Botschaft dort dringender gebraucht als hier.«

»Ich möchte ja zurück.«

Der Sekretär ließ sich erleichtert in seinen Sessel fallen.

»Das freut mich aber! Sie sind doch nicht wirklich – wissen Sie, wir hatten das Gefühl, schon wegen dieser ausgesprochen mißlichen Geschichte mit dem Eingeborenen, dem Aborigine – wußten Sie, daß sie darauf bestehen, *aboriginals* genannt zu werden, als wären sie Adjektive? – wir hatten jedenfalls das Gefühl, wir seien Ihnen vielleicht etwas schuldig –«

Er lehnte sich vor, auf die gefalteten Hände gestützt.

»Und bevor wir auseinandergehen – noch eine Frage. Haben Sie eine Art von – von Wahrnehmung, eine übersinnliche Wahrnehmung, eine Art Zweites Gesicht, mit einem Wort – sind Sie ein *Seher*?«

Matty schaute ihn an, den Mund verschlossen wie eine zugeschnappte Falle. Der Sekretär blinzelte.

»Ich meine nur, mein Bester, diese Nachricht, die Sie der sorglosen Welt nahebringen wollen, weil Sie sich dazu berufen fühlen –«

Matty sagte erst einmal nichts. Dann stand er, langsam zunächst, schließlich ruckartig auf und starrte über den Sekretär gegenüber hinweg zum Fenster hinaus. Ein Krampf schüttelte ihn, aber er gab keinen Laut von sich. Er ballte die Fäuste vor der Brust, und aus den zuckenden Lippen brachen die Worte, zwei Golfbälle, heraus.

»Ich empfinde!«

Dann wandte er sich ab, ging durch eine Flucht von Büroräumen in die marmorne Eingangshalle hinaus, die Stufen hinunter, und fort. Er kaufte sich einige seltsame Sachen und, weniger befremdlich, eine Landkarte, packte alles, was er besaß, in sein altes Auto, und ließ die Stadt hinter sich zurück. Was sein exzentrisches Verhalten betraf, so war im übrigen der ganze australische Kontinent seiner ledig; denn während der kurzen Frist, die er hier noch verweilte, fiel er allenfalls auf durch seine schwarze Kleidung und sein abstoßendes Gesicht. Wenngleich aber menschliche Wesen in Australien nicht mehr viel mit ihm zu schaffen hatten, so galt das nicht für andere Lebewesen. Für seine wunderlichen Einkäufe fuhr er viele Meilen weit und er schien eher nach etwas Großem als nach kleinen Dingen Ausschau zu halten. Er sehnte sich, wie es schien, nach einem tiefgelegenen Ort, wo er Wasser zu finden hoffte, und einem Ort, wo es zugleich heiß war und stank. Es gibt durchaus Orte, die diese spezifischen Eigenschaften auch in sich vereinen, mit dem Auto lassen sie sich jedoch meistens schwierig erreichen. Matty fuhr deshalb im Zickzackkurs durch sonderbare Gegenden und mußte oft im Wagen schlafen. Er entdeckte Weiler mit drei verfallenen Häusern, deren Wellblechdächer im heißen Wind quietschten und schepperten, und wo meilenweit kein Baum zu sehen war. Er fuhr anderwärts vorbei an Villen im Stile Palladios inmitten gewaltiger Bäume, wo die roten Galahs kreischten und Seerosen die gepflegten Teiche überzogen. Er kam an Männern vorbei, die in Einspännern, gezogen von Pferden mit zierlichem, hochbeinigem Gang, endlos ihre Runden drehten. Schließlich fand er, was kein Mensch sonst zu sehen gewünscht hätte, blickte hinein im hellen Tageslicht – obwohl die Sonne selbst am Mittag kaum bis zum Wasser durchdringen konnte – und beobachtete, vielleicht mit einem inneren Zittern, von dem seinem Gesicht nichts anzumerken war, die baumstammartigen Geschöpfe, die eins nach dem andern aus seinem Blickfeld glitten. Dann ging er wieder fort, sich einen höhergelegenen, sicheren Platz zu suchen und zu warten. Er las in seiner Bibel mit den Holzdeckeln und für den Rest des Tages zitterte er nunmehr ein wenig und schaute ihm vertraute Dinge gründlich an, als sei darin etwas verborgen, das ihm Trost bringen könnte. Am meisten schaute er natürlich auf die Bibel, betrachtete sie, als habe er sie vorher nie gesehen, sah, was immer das bedeuten mochte, daß die Deckel aus massivem Holz bestanden, fragte sich, warum wohl, und wie nebenhin fiel ihm ein, vielleicht zum Schutz, was sonderbar war, weil das göttliche Wort gewiß keines Schutzes bedurfte. Stundenlang saß er dort, während am Himmel die Sonne ihre gewohnte Bahn zog und unterging und die Sterne hervortraten.

Der Ort, den er sich angeschaut hatte, wurde noch befremdlicher in der Dunkelheit, die so undurchdringlich war wie das Dunkel des schwarzen Tuches, unter das früher die Photographen den Kopf gesteckt hatten. Doch jeder andere Sinn wäre reichlich mit Wahrnehmungen versorgt worden. Menschenfüße spürten den weichen, zähflüssigen Brei, halb Wasser, halb Schlamm, der rasch bis an die Knöchel und höher stieg und sich allseits hochdrückte, und dazwischen kein Stein, kein Splitter. Die Nase nahm die vielen pflanzlichen und tierischen Modergerüche wahr, während Mund und Haut – denn unter derartigen Umständen scheint die Haut einen Geschmackssinn zu besitzen – eine so warme und so schwer mit Wasser durchtränkte Luft schmecken, daß Zweifel bestehen mußten, ob der ganze Körper stand oder schwamm oder glitt. Die Ohren waren voll von dem Getöse der Frösche und der Angst der Nachtvögel; und sie hörten nicht nur, sie fühlten auch: das Vorüberstreifen von Flügeln, Fühlern, Gliedern, das einherging mit dem Gesirr und Gesumm, in dem sich offenbarte, daß auch die Luft voller Leben war.

Mit der Gewöhnung an die Dunkelheit, bei längerem Bleiben und unter Voraussetzung eines entschlossenen Willens – der Leib und Leben als Opfer bedeutet hätte –, um des Sehens willen alles hinzugeben, hätten dann auch die Augen wahrnehmen können, was es für sie zu entdecken gab. Es mochte ein schwaches Phosphoreszieren sein, das sich um die Pilze auf den Stämmen gestürzter Bäume herum bildete, die nicht eigentlich verfaulten, sondern wegschmolzen, oder die stärker funkelnde Bläue, wo die irrlichternden Sumpfgase hin und her huschten zwischen dem Schilf und den schwimmenden Inseln aus Pflanzen, die sich gleichermaßen von Insekten und vom breiigen Wasser nährten. Manchmal, und so schlagartig, als seien sie angeknipst worden, konnten die Lichter noch spektakulärer werden – ein jäher Funkenregen, der zwischen Baumstämmen aufblitzte, sich in eine Feuerwolke verwandelte, die kreiste und in sich zusammenbrach, zum Lichtstreifen wurde, der davonschoß, auf unbegreifliche Weise erlosch und den Ort dunkler zurückließ als er zuvor gewesen war. Dann mochte sich, seufzend vielleicht wie ein Schläfer, der sich umdreht, ein großer Körper wellenartig im unsichtbaren Wasser regen und träge ein Stück weiterziehen. Füße, die so lange ausgeharrt hätten, wären inzwischen eingesunken, der Schlamm, der warme Schlamm, wäre hochgeschwappt, zur Rechten, zur Linken; und dort unten, wo die Dunkelheit noch dunkler, das Heimliche noch geheimnisvoller war, hätten sich die Blutegel festgesaugt und mit traumwandlerischer Geschicklichkeit begonnen, ohne daß ihr Vorhandensein sonst offenkundig gewesen wäre, sich durch die verletzliche Haut hindurch zu nähren.

Aber es war dort an jenem Ort kein Mensch; und einem, der von weit her und bei Tageslicht dort hinuntergeschaut hatte, mußte es unmöglich vorkommen, daß seit Anbeginn des Menschen an jenem Ort je ein Mensch gewesen sein konnte. Die Funken des verfliegenden Lebens kamen zurück wie gejagt. Sie entflohen in einem langen Strahl.

Ein wenig später wurde der Grund zu dieser Flucht in eine bestimmte Richtung deutlich. Ein Licht, dann zwei Lichter kamen stetig auf den nähergelegenen Wald zu. Sie ließen Baumstämme, hängende Blätter, Moos, abgebrochene Äste wie Schattenrisse erscheinen, beleuchteten sie und machten sie kurz räumlich sichtbar, so daß sie manchmal wie Kohlen oder Holzscheite im Feuer aussahen, schwarz zunächst, dann glimmend und schließlich verzehrt, während sich die Zwillingslichter weiter durch den Wald auf den Sumpf zuschlängelten und jedes Licht eine tanzende, weißliche Wolke fliegender Wesen mit sich führte. Das alte Auto – und der Motor hatte nunmehr bis auf die fliegenden Geschöpfe alles verscheucht, sogar die Frösche waren verstummt und untergetaucht – hielt an, als zwischen ihm und der geheimnisvollen Dunkelheit des Wassers nur noch zwei

Bäume standen. Das Auto hielt, der Motor erstarb, die beiden Scheinwerfer wurden etwas schwächer, blieben jedoch hell genug, um die herumfliegenden Dinge und ein paar Schritt Moder neben einer früheren Wegspur zu beleuchten.

Der Fahrer blieb eine Weile bewegungslos sitzen; als jedoch das Auto so lange ruhig und still gestanden hatte, daß die Geräusche der Nacht wieder einsetzten, stieß er die rechte Tür auf und stieg aus. Er lief zum Kofferraum, öffnete ihn und holte mehrere scheppernde Gegenstände heraus. Er ließ den Kofferraum offen, ging zurück zum Fahrersitz, stand eine Weile dort und starrte zum unsichtbaren Wasser hinüber. Danach wurde er plötzlich geschäftig und tat völlig Unbegreifliches. Denn er zog sich aus, und im Widerschein des Scheinwerferlichts stand sein Körper da, dünn und blaß, um sofort von etlichen der weißlichen, flatternden Flugwesen und von einer großen Zahl der sirrenden und summenden angeflogen zu werden. Anschließend holte er einen merkwürdigen Gegenstand aus dem Kofferraum, kniete auf dem weichen Boden nieder und begann offenbar, den Gegenstand auseinanderzunehmen. Glas klirrte. Der Mann riß ein Streichholz an, heller als die Scheinwerfer, und jetzt – auch wenn ihm niemand zuschaute – wurde das, was er tat, begreiflich. Auf der Erde vor ihm stand eine Lampe, ein uraltes Stück, und er hatte die Glasglocke und den Zylinder abgenommen und zündete den Docht an, und die papierenen Wesen wirbelten und tanzten und flammten auf, wurden verbrannt oder krabbelten versengt davon. Der Mann drehte den Docht ganz niedrig und setzte den hohen Zylinder und die Glasglocke wieder auf. Als er sich vergewissert hatte, daß die Lampe sicher und aufrecht im weichen Boden stand, wandte er sich den Gegenständen zu, die er zuerst herausgeholt hatte. Er machte sich an ihnen zu schaffen, sie klirrten, und was er da vorhatte, ließ sich nicht enträtseln, konnte nur ihm klar sein, der ja eine Absicht verfolgte. Er stand auf; völlig nackt war er nicht mehr. Um die Hüften trug er eine Kette, und an der Kette hingen schwere Stahlräder; eins, das schwerste, bedeckte seine Lenden, so daß er absurd, aber anständig aussah, obwohl ihn niemand sehen konnte als die Naturgeschöpfe, auf die es nicht ankam. Er bückte sich wieder, mußte sich aber einen Augenblick an der Autotür festhalten, um nicht das Gleichgewicht zu verlieren, denn die schweren Räder machten das Hinknien schwierig. Schließlich aber kniete er doch und drehte langsam den Docht höher, und die weiße Lampenglocke überstrahlte die Scheinwerfer, die Bäume und die Unterseite der Blätter. Moder, Schlamm und Moos zeigten sich als feste Stoffe, die auch im Tageslicht noch vorhanden sein würden, und die weißen papierenen Wesen taumelten wild um die weiße Glasglocke und über das schimmernde Wasser, das so glatt, so still ruhte, und ein Frosch starrte aus zwei Diamanten ins Licht. Das Gesicht des Mannes war dicht bei der weißen Glocke, aber nicht das Licht machte die linke Seite mit dem halb geschlossenen Auge und dem verzerrten Mundwinkel auffällig.

Nun hob er die Lampe und stand, während er sich an der Autotür festhielt, langsam auf. Aufrecht stand er da, die Räder um seine Hüften klirrten, und er hielt die Lampe mit waagerechtem Sockel über seinem Kopf. Er drehte sich um und schritt vorsichtig, zielbewußt zum Wasser. Nun kam der Schlamm wirklich mit Menschenfüßen in Berührung, und der warme Schlamm schwappte hoch, erst links, dann rechts, je nachdem, welcher Fuß auftrat und einsank. Das Gesicht des Mannes verzerrte sich wie von unaussprechlichem Schmerz. Flackernd öffneten und schlossen sich seine Augen, die Zähne schimmerten und knirschten, die Lampe bebte. Er ging ins Wasser hinein, die Füße versanken, die Waden, die Knie; seltsame Wesen berührten ihn unter Wasser oder schlängelten sich über die gekräuselte Oberfläche fort, und noch immer schritt er weiter hinein ins Wasser. Das Wasser stieg ihm um die Hüften, stieg bis zur Brust. Der Frosch löste sich von dem hypnotisierenden Licht und tauchte unter. Das Wasser reichte dem Mann, der über die Mitte des Teichs hinausgekommen war, bis zum Kinn und stieg plötzlich noch höher. Der Mann verlor den Boden unter den Füßen, und das Wasser platschte. Ungefähr einen Meter weit blieb er verschwunden, und wer oder was immer zuschauen mochte, sah nichts als einen Arm und eine Hand und die alte Lampe mit der hellen weißen Glocke und den wild taumelnden Geschöpfen. Dann trieb schwarzes Haar weit ausgebreitet über dem Wasser. Drunten stieß er sich heftig mit den Füßen aus dem Schlick ab und brachte den

Kopf über Wasser und schnappte nach Luft. Danach trat er auf dem Weg zum anderen Ufer allmählich höher und höher heraus, und das Wasser rann von ihm herab, troff aus dem Haar und von den Rädern, aber nicht von der Lampe. Da stand er still; und obwohl die Luft heiß war und das Wasser dampfte, überliefen ihn Schauer, gingen ihm durch und durch, schüttelten ihn wie Krämpfe, so daß er die Lampe mit beiden Händen festhalten mußte, damit sie gerade blieb und nicht in den Schlamm fiel. Als ob dieses Erschauern eine Art Signal sei, drehte sich fast dreißig Meter entfernt im Wasser eine Rieseneidechse um und trollte sich in die Dunkelheit.

Die Schauer ließen immer mehr nach. Als sie zu einem bloßen Zittern abgeklungen waren, fand der Mann um den Teich herum seinen Weg zurück zum Auto. Das alles geschah feierlich und methodisch. Sorgsam hielt er die brennende Lampe hoch, schwenkte sie viermal, den vier Himmelsrichtungen entgegen. Danach schraubte er den Docht zurück und blies ihn aus. Die Welt wurde wieder zu dem, was sie gewesen war. Der Mann packte die Lampe, die Räder und die Kette in den Kofferraum. Er zog sich an. Er strich sich das sonderbare Haar glatt und setzte den Hut fest darauf. Er war ruhig geworden, und ein Schwarm von Leuchtkäfern kehrte zurück und tanzte, jeder mit seinem eigenen Spiegelbild, über dem schwachen Schimmer der Wasserfläche. Der Mann setzte sich auf den Fahrersitz. Er drückte auf den Anlasser und mußte es dreimal versuchen. Es war vielleicht der sonderbarste Laut überhaupt hier in der Wildnis, dieses Vorstadtgeräusch von Anlasser und anspringendem Motor. Langsam fuhr er davon.

Matty reiste nicht mit dem Flugzeug, obwohl er sich den billigsten Flug hätte leisten können, sondern mit dem Schiff. Mag sein, der Luftweg war ihm zu vermessen, zu hoch; oder vielleicht rührte sich in ihm dunkel eine Erinnerung, weniger die Erinnerung an das Puppengeschöpf mit den Glitzerkleidern in Singapur, sondern ein Unbehagen, das dem ganzen Flughafen von Singapur galt, einem Bild schillernder Verderbtheit. Denn zweifelsohne bewegte er sich nunmehr in der Gesellschaft von Frauen so unbefangen wie unter Männern, blickte durchaus hin und war von den einen so wenig

verunsichert wie von den anderen, wäre auch der großen
Hure mit ihrem Becher voller Greuel nicht mehr aus dem
Weg gegangen, weil er um seinen Seelenfrieden und um sei-
ne Tugend bangte.

Er verkaufte seinen Wagen, behielt aber die übrigen Habseligkeiten. Er versuchte, für die Fahrt als Seemann anzu-
heuern, aber für einen Mann seines Alters – wie alt er auch
immer sein mochte –, mit Erfahrung als Gelegenheitsarbei-
ter, Zuträger von Süßigkeiten, Totengräber, Chauffeur unter schwierigen Verhältnissen und vor allem im Bibellesen
war keine Stelle frei. Es nützte ihm auch nichts, daß er von
Leuten aller Art Zeugnisse besaß, die an ihm samt und sonders Redlichkeit, Verläßlichkeit, Ehrlichkeit, Treue, Fleiß
(Mr Sweet) und Verschwiegenheit lobten und keineswegs
erwähnten, daß sie diese Eigenschaften im Grunde als ziemlich abstoßend empfunden hatten.

So begab er sich denn schließlich mit seinem kleinen Koffer zum Hafen, der das Rasierzeug für seine rechte Gesichtshälfte enthielt, eine Hose, ein Hemd und eine dritte Socke
zum Wechseln sowie einen Waschlappen und ein Stück Sei-
fe. Eine Weile sah er an der Flanke des Schiffs hoch. Am
Ende blickte er auf seine Füße und schien in Gedanken ver-
sunken. Schließlich hob er den linken Fuß und schüttelte ihn
dreimal, bevor er ihn wieder auf den Boden setzte. Er hob
den rechten Fuß, schüttelte ihn dreimal und setzte ihn wieder auf den Boden. Er drehte sich um, schaute hinüber zu
den Hafengebäuden und zu der flachen Hügellinie; mehr
hatte der Erdteil nicht aufzubieten, um ihm Lebewohl zu
sagen. Matty schien durch die Berge hindurch auf die Tau-
sende von Meilen zu blicken, die er durchmessen hatte, auf
die Hunderte von Menschen, die er bei allen Bemühungen
zwar nicht kennengelernt, aber doch gesehen hatte. Er starrte den Kai entlang. Im Windschutz eines Pollers lag Staub.
Er ging hin, hob eine Handvoll Staub auf und streute ihn
sich über die Schuhe.

Er kletterte die Leiter hinauf, fort von den vielen Jahren,
die er in Australien verbracht hatte. Man zeigte ihm seinen
Schlafplatz in einem Raum mit elf anderen Passagieren, von
denen aber noch keiner gekommen war. Als er seinen Koffer
verstaut hatte, begab er sich wieder an Deck und verharrte

dort regungslos, schweigend, mit dem Blick auf den Kontinent, von dem er wußte, daß er ihn zum letzten Mal sah. Ein einziger Tropfen rollte aus seinem guten Auge, lief schnell die Wange hinab und fiel aufs Deck. Seine Lippen bewegten sich, doch er sagte kein Wort.

# VI

Während Matty sich in Australien aufhielt, wurde Mr Pedigree aus dem Gefängnis entlassen und von einer Reihe von Wohltätigkeitsverbänden gehegt und gepflegt. Von seiner Mutter – die alte Dame war im Verlauf seiner Haft gestorben – hatte er etwas Geld geerbt. Das Geld machte ihn zwar nicht unabhängig, verschaffte ihm aber doch einen gewissen Bewegungsspielraum. Deshalb konnte er den Leuten entkommen, die sich ohne große Hoffnung bemühten, ihm zu helfen, und ins Zentrum von London ziehen. Bald darauf wanderte er aufs neue ins Gefängnis. Als er diesmal entlassen wurde, war er um viele Jahre mehr gealtert als der verbüßten Strafe entsprach, denn die Mitgefangenen hatten sich, wie er, vor Selbstmitleid weinend, zu sich sagte, ruchlos gegen ihn verbündet. Er hatte von jeher nichts zuzusetzen gehabt und hatte nun gar ein wenig von dem verloren, was er eigentlich nicht entbehren konnte. Er hatte sogar Falten bekommen, war krumm und schief geworden, und daß sich im ausgeblichenen Strohblond das Grau breitmachte, ließ sich auch nicht mehr leugnen. Er hatte sich erst einmal auf einer Bank eines Londoner Hauptbahnhofs niedergelassen, die aber die Polizei um ein Uhr morgens unter ihm wegzog, und vielleicht hatte London nach diesem Erlebnis für ihn schlagartig die Anziehungskraft verloren; denn danach arbeitete er sich langsam nach Greenfield vor. Dort hatte schließlich Henderson gelebt; Henderson, der mit seinem Tode für Mr Pedigree zum Ideal der Vollkommenheit aufrückte. Er entdeckte in Greenfield eine Pension, von deren Existenz er früher nicht das Mindeste gewußt hatte, auf die er damals aber auch nicht angewiesen gewesen war. Sie war unerbittlich sauber; die großen Räume waren unterteilt in Schlafkammern, und in jeder Kammer standen ein schmales Bett, ein Stuhl und ein Tisch. Hier wohnte er, von hier aus unternahm er seine Ausflüge in die Welt: einen zur Schule, wo er durch das Tor spähte und die Stelle entdeckte, wo Henderson aufgeschlagen war, und darüber die Feuerleiter und die bleierne Dachkante. Es gab zwar kein Gesetz, das ihm verboten hätte, sich näher heranzuwagen; aber er hatte sich der Spezies der Mauerschleicher zugesellt oder war im Begriff, einer von ihnen zu werden – heruntergekommenen Männern, die sich stets an einer Mauer entlangbewegen, um ganz sicher zu gehen, daß wenigstens von einer Seite keinerlei Gefahr droht. Er war jetzt ein Mann jenes Schlages, den ein Polizist instinktiv zum Weitergehen auffordert; und daraus entwickelte sich allmählich bei ihm das Gefühl, er dürfe nirgends stehen bleiben; und sobald er einen Polizisten sah, ging er schnell weiter oder bog so rasch wie möglich um eine Ecke.

Immerhin verfügte er noch über bescheidene Einkünfte und hatte, von seiner zwanghaften Veranlagung abgesehen – deretwegen er in vielen anderen Ländern überhaupt keine Scherereien bekommen hätte –, keinerlei Laster. Er besaß so gut wie nichts und lebte davon, ohne sich je als notleidend zu empfinden. Was er an Besitztümern hatte, trug er am Leib. Seine viktorianischen Briefbeschwerer waren draufgegangen; er hatte sie leider verkauft, bevor sie Hochkonjunktur hatten, und seine wenigen Netsuken, die allerdings mehr eingebracht hatten, war er bis auf eine einzige ebenfalls los. Übriggeblieben war das Stück, das er seinen Glücksbringer nannte und immer in der Tasche mit sich herumtrug, so daß er das glatte Elfenbein zu allen Zeiten zwischen den Fingern halten konnte. Es war nicht größer als ein Knopf – was eine Netsuke im Grunde ja auch ist –, und zeigte zwei Knaben, die erregt und auf ach so erregende Weise miteinander verschmolzen. Manchmal verbrannte er sich an der Netsuke die Finger, und nach einem solchen Verbrennen begann einer seiner nunmehr regelmäßigen Gefängnisaufenthalte ein weiteres Mal. Diesmal legte man ihm die Möglichkeit einer Operation nahe, aber er schrie und schrie, so durchdringend, so von Sinnen, daß selbst der Psychiater des Innenministeriums aufgab. Nach seiner Entlassung kehrte er wieder nach Greenfield zurück, und es schien, als sei sein Verstand jetzt eingerastet auf einfache Verhaltensmuster, auf rituelle Handlungen und Vorstellungen reduziert. Gleich am ersten Tag ging er die High Street hinunter, wobei ihm die stetig wachsende Zahl der Farbigen auffiel. Er schlich weiter und fand sich schließlich vor dem Sprawsonschen Haus, mit der Buchhandlung und Frankleys Eisenwarenhandel zur einen Seite und zur anderen die Old Bridge. Diesseits lag am Fuß der Brücke eine altmodische Bedürfnisanstalt, eine gußeiserne Konstruktion von malerischem Reiz, wo es nicht stank, nur muffig roch, und wo es nicht schmutzig war, sondern nur nach Schmutz aussah (das schwarze Kreosot). Hier sorgte außerdem ein technisches Wunder aus 1860er Jahren dafür, daß sich der Wasserspültank unablässig neu füllte und leerte, Tag und Nacht, mit der Zuverlässigkeit der Sterne und Gezeiten. Es war der Schauplatz des bescheidenen Triumphes, der Mr Pedigree die jüngste Gefängnisstrafe eingebracht hatte; aber er kehrte nicht allein aus vernunftgesteuerter Hoffnung oder aus Sehnsucht zurück. Er ging wieder hin, weil er dort schon gewesen war.

Er entwickelte sich. Im Lauf der Jahre war er vom rückhaltlosen Entzücken an der sexuellen Aura der Jugend dazu übergegangen, die mit solcher Erregung einhergehende Verletzung von Tabus um so höher zu schätzen, je schmutziger und armseliger das Resultat war. Natürlich gab es auch im Park öffentliche Toiletten, weitere befanden sich am Parkplatz im Zentrum sowie am Marktplatz – oh, der ganze Flecken war gesprenkelt mit öffentlichen Toiletten; es gab derer weitaus mehr, als sich jemand ohne Mr Pedigrees Spezialkenntnisse je hätte träumen lassen. Da ihm die Schule für immer versperrt war, bedeuteten die öffentlichen Toiletten den nächsten Schritt auf seinem Weg, wohin der auch führen mochte. Mr Pedigree wollte eben hervortreten aus dem Schmutz, den die Ecke des Sprawsonschen Hauses ihm bot, als er einen Mann aus dem Haus herauskommen und die Straße hinaufgehen sah. Pedigree starrte ihm nach, warf einen Blick zurück auf das Pissoir, dann wieder dem Mann nach, der davonging. Als er sich schlüssig wurde, galoppierte er los, vornübergebeugt, schaukelnd, die High Street hinauf. Während des Laufens richtete er sich auf. Er überholte den Mann und drehte sich um.

»Bell, nicht wahr? Edwin Bell? Sind Sie nicht noch aus meiner Zeit? Bell?«

Bell zögerte und blieb stehen. Er stieß einen hohen Wieherlaut aus.

»Wer? Wer?«

Die Jahre, all die siebzehn Jahre, hatten Bell sehr viel

weniger angetan als Pedigree. Obwohl auch Bell seine Schwierigkeiten hatte, das unangenehme Problem des Dikkerwerdens gehörte nicht dazu. Er hatte auch den unverwechselbaren Kleidungsstil von Studenten Ende der dreißiger Jahre beibehalten, ausgenommen die weiten Hosen von damals, und ihn umgab, sichtbar schon in der Art, wie er die Stupsnase trug, ein Hauch von Autorität, die Widerspruch nicht gewöhnt war.

»Pedigree. Natürlich werden Sie sich an mich erinnern. Sebastian Pedigree. Erinnern Sie sich noch?«

Bell fuhr hoch. Er schob die Fäuste tief in die Manteltaschen und verschränkte sie dann voller Entsetzen vor seinen Genitalien.

Er stieß eine Art Klagelaut aus.

»Hal-lo! Ich –«

Und mit tief vergrabenen Fäusten, hochgereckter Nase, offenem Mund, begann Bell auf Zehenspitzen zu gehen, als könne er sich mit dieser simplen Taktik über die peinliche Situation hinwegheben; doch fiel ihm unterdessen ein, daß es einem toleranten Menschen schlecht zu Gesicht gestanden hätte, einfach auf die andere Straßenseite zu wechseln, und aus diesem Grunde ließ er sich wieder voll auf die Füße fallen, wobei er ins Stolpern geriet.

»Pedigree! Mein lieber Kollege!«

»Ich war fort, wissen Sie, habe fast ganz den Kontakt verloren. Bin pensioniert, und ich habe gedacht – o ja, ich habe gedacht, ich könnte doch einen Besuch –«

Sie sahen einander jetzt offen an, die buntgewürfelte Menge floß an ihnen vorbei. Bell starrte in das Gesicht des alten Mannes, diese zerfurchte, törichte Maske, die ängstlich zu ihm aufblickte.

»Ich könnte doch die alte Schule einmal besuchen«, sagte das zerfurchte, törichte Gesicht kläglich. »Ich glaube, Sie sind der einzige, der aus meiner Zeit noch da ist. Es war die Zeit von Henderson.«

»Hören Sie, Pedigree – Sie – ich bin jetzt verheiratet, wissen Sie –«

Aberwitzig wollte er fragen, ob Pedigree auch verheiratet sei, konnte sich aber eben noch bremsen. Pedigree merkte nichts davon.

»Ich habe nur gedacht, ich könnte mal einen Besuch in der alten Schule machen –«

Und zwischen ihnen stand, ganz klar und präzis, die Gewißheit, daß Sebastian Pedigree, sobald er den Fuß ins Schulgebäude setzte, wegen vorsätzlichen Herumlungerns verhaftet werden würde, und gleichermaßen klar und präzis außerdem die Gewißheit, daß die Justiz zunächst einmal nichts unternehmen würde, wenn Edwin Bell Arm in Arm mit ihm hineinginge; aber das hätte keinem von beiden geholfen, wenngleich Pedigree das natürlich mit anderen Augen sah; und ein Heiliger hätte Pedigree wahrscheinlich in die Schule mitgenommen, oder Jesus oder vielleicht Gautama und Mohammed ganz bestimmt, ich darf jetzt nicht an Mohammed denken, sonst verliere ich den Boden unter den Füßen, und *Allmächtiger,* wie werde ich ihn los?

»Wenn Sie also ohnehin auf dem Weg zur Schule sind –«

Edwin schnellte wieder auf die Zehenspitzen. Die Fäuste in den Manteltaschen schlugen gegeneinander wie im Krampf.

»Ach, wie dumm! Jetzt fällt es mir wieder ein. So was – ich muß sofort zurück. Sehen Sie, Pedigree –«

Und schon hatte er sich umgedreht und dabei eine sehr bunte Farbige mit der Schulter gestreift.

»Tut mir leid, sehr leid, wie ungeschickt! Hören Sie, Pedigree, ich melde mich bei Ihnen –«

Er wandte sich ab, ging auf Zehenspitzen zurück und wußte ohne hinzusehen, daß Pedigree ihm folgte. Und so spielte sich dann eine verworrene Scharade ab, bei der sich Edwin Bell, immer noch die Fäuste vor den Genitalien, zwischen den Frauen im Sari hindurch duckte und schlängelte und Pedigree ihm so dicht wie möglich auf den Fersen blieb, während sie beide gleichzeitig redeten, als könne das Stillschweigen etwas anderes laut werden lassen, etwas Tödliches. Und das Ende der Scharade – als sie Sprawson's erreicht hatten und sich deutlich die Gefahr abzeichnete, daß Pedigree einfach mitkäme, am Anwaltsbüro vorbei, die Treppen hoch, hinauf in die Wohnung – das Ende war Edwin Bells nacktes Eingeständnis des Entsetzens, ein Verbot, mit ausgestreckten Händen, abwehrend erhobenen Handflächen, hoher Stimme –

»Nein, nein, *nein!*«

Er riß sich los, als wäre er an Pedigree gefesselt gewesen, floh die Treppen hinauf und ließ Pedigree, der immer noch von der Möglichkeit redete, an die Schule zurückzukehren, und von Henderson sprach, als befände der Junge sich noch dort, allein in der Halle stehen. Als Pedigree innehielt, wurde ihm bewußt, wo er sich befand, nämlich in einem Privathaus mit einer Glastür zum Garten, mit Treppen auf beiden Seiten und Türen, von denen mindestens eine zu einem Anwaltsbüro führte. Da verwandelte sich Mr Pedigree wieder in einen Mauerschleicher und ging die beiden Stufen zum Kopfsteinpflaster vor dem Haus hinunter und fort. Er eilte über die Straße, zu den Schaufenstern hinüber, wo er relativ sicher war, und sah sich um. An einem der oberen Fenster erspähte er Edwins Gesicht, Edwinas daneben, und dann wurde der Vorhang hastig zugezogen.

So wurde der zurückgekehrte Mr Pedigree zum Problem, nicht nur für die Polizei, die einiges, wenn nicht alles, über ihn wußte, nicht nur für den Parkwächter und den jungen Mann im grauen Regenmantel, dessen Pflicht es war, Elemente wie Mr Pedigree zu überwachen, sondern vor allem für Edwin Bell, den einzigen Mann, der noch aus den alten Zeiten von Greenfield übriggeblieben war. Daß Mr Pedigree immer stärker das Gefühl hatte, zwischen ihm und Bell bestehe eine Verbindung, läßt sich rational nicht erklären. Vielleicht brauchte er jetzt, da seine Rituale ihn nach und nach aufzuzehren begannen, ein Bindeglied zur sogenannten normalen Welt. Als er Bell oder vielmehr Bell ihn verlassen hatte, machte sich Mr Pedigree auf zum verführerischen Pissoir an der Old Bridge und wäre auch hineingegangen, hätte sich nicht eben jetzt der Kühler eines Streifenwagens die Brücke heraufgeschoben. Behende für sein Alter ging Mr Pedigree die Treppe hinab und stellte sich auf dem Treidelpfad am Fuß der Brücke unter, als ob es regne. Er streckte sogar mit dramatischer Geste die Handfläche aus und suchte sie dann nach Regentropfen ab, ehe er weiterging, den Treidelpfad entlang. Er wollte gar nicht dort entlang, aber das war nun einmal die Richtung, die er vor sich hatte, und die Straße hinter ihm war ihm durch den Streifenwagen verleidet. So schlug Mr Pedigree denn entgegen dem Uhrzeigersinn einen Kreis, der im Grunde ein Rechteck war. Er ging den Treidelpfad längs, vorbei an den alten Ställen hinter Sprawson's, vorbei an den kunterbunten Dächern auf der Rückseite von Frankleys Eisenwarenhandlung, vorbei an der langen Mauer, die das Altersheim vor den Gefahren des Wassers schützte; kam an eine Schwingtür zu seiner Linken (zur Rechten lag Comstock Woods), erreichte über den Fußweg die Seitenstraßen, bog wieder links ab, passierte, nun in umgekehrter Reihenfolge, Altersheim, Frankley, Goodchilds Antiquariat und Sprawson's, bog noch einmal links ab und strebte dann, in heimlichem Triumph über den abgeschüttelten Streifenwagen, wieder auf die Old Bridge und das schwarze Pissoir zu.

Nicht die fehlgeschlagene Begegnung mit Bell – eine Begegnung, die sich nicht wiederholen sollte, weil Bell es nach seinem Rückzieher tunlichst vermied, erneut auf Pedigree zu stoßen – war befremdlich und traurig und normal, sondern die Tatsache, daß es überhaupt zu keinen Begegnungen kam. Sim Goodchild war hinter den Büchern seines Schaufensters verschwommen im Laden zu erkennen gewesen. Als Pedigree zum zweiten Mal an Sprawson's vorüber kam, war dort eine Frauenstimme laut und schrill geworden, die Stimme von Muriel Stanhope, die eben jenen Streit vom Zaun brach, der sie schließlich zu Alfred und nach Neuseeland führte. Hohe Mauern, undurchdringlicher als Backstein, als Stahl, unerbittliche Mauern standen überall, zwischen allem und jedem. Lippen taten sich auf und sprachen, und zurück kam nur ein Widerhall der Mauer. Es war eine unumstößliche, bittere Tatsache, und das Wunder bestand allein darin, daß nicht alle Menschen, die mit ihr leben mußten und nicht einmal wußten, was sie da ertrugen, wie aus einem Munde aufschrien. Nur Sim Goodchild in seiner Buchhandlung jammerte gelegentlich. Die anderen, Muriel Stanhope, Robert Mellion Stanhope, Sebastian Pedigree glaubten, einzig und allein ihnen, ihnen persönlich werde übel mitgespielt von der Welt, die alle anderen besser behandle. Ausgenommen die Pakistanis, die Männer in den grellen Anzügen, die Frauen in den farbenfrohen, mit einem Zipfel vors Gesicht gezogenen Gewändern und ausgenommen die Schwarzen *war* die Welt anders.

Mr Pedigree trat aus dem Pissoir und ging die High Street zurück, wobei er sich so nah wie möglich an jede sich bietende Mauer drückte. Bei Sprawson's warf er einen Blick hinauf zu dem Fenster oben, aber die Bells waren natürlich nicht mehr zu sehen. Er strebte zum Park. Er ging hinein, an der Tafel mit den unvermeidlichen Verboten vorbei, und für seine Verhältnisse gab er sich dabei vollkommen sicher. Er war ja auch dem Tiefpunkt seiner Kurve nahe. Deshalb war er auch imstande, sich einen Sitzplatz zu suchen, und er nahm auf den eisernen Streben Platz und hantierte mit der Netsuke, während er das Terrain erkundete. Er befand sich, wie er das manchmal für sich nannte, auf einem Schaufensterbummel. Die Kinder spielten grüppchenweise, manche mit Bällen, manche mit Luftballons, und manche versuchten, ohne viel Erfolg, im leichten Wind Drachen steigen zu lassen. Die Erwachsenen saßen reihum auf den Bänken – drei Rentner, ein verliebtes Paar, das nicht wußte wohin, und der junge Mann im grauen Regenmantel, dessen Anwesenheit Mr Pedigree nicht als überraschend empfand. In der entgegengesetzten Ecke standen die Toiletten. Wenn er aufstünde und dort hinüberginge, käme der junge Mann, wie Mr Pedigree genau wußte, hinter ihm her, um ihn zu beobachten.

Da nunmehr neben einem Besuch der Old Bridge auch die Möglichkeit bestand, daß er auf Bell stieß, machte Mr Pedigree Tag für Tag auf seiner vorgeschriebenen Bahn die Runde durch Greenfield. Zu dieser Zeit brach eine merkwürdige Epidemie in der Stadt aus. Die Leute betrachteten sie allerdings erst dann als eine Epidemie, als der Höhepunkt längst überschritten und das Ganze fast vorüber war. Dann dachten sie zurück, manche jedenfalls erinnerten sich und glaubten zu wissen, wem sie zuzuschreiben sei, von Anfang an, vom ersten Tag an, denn jener erste Tag ereignete sich bald nach Mr Pedigrees Zusammentreffen mit Bell nach seiner neuerlichen Rückkehr aus der Pensionierung. Eine junge Frau, eine Weiße, kam aus der Pudding Lane in die High Street getrabt. Sie trug Schuhe mit flachen Absätzen, wodurch ihr Trab noch komischer wirkte als er ohnehin gewesen wäre, denn sie gehörte zu den jungen Frauen, die nur laufen können, indem sie mit den Armen rudern und die Beine von sich werfen, eine Fortbewegungsart, die der raschen Beschleunigung hinderlich ist. Ihr Mund stand offen, und sie sagte mit ersterbender Stimme immerzu: »Hilfe, Hilfe, ach Hilfe!«, fast als ob sie mit sich selbst spräche. Aber dann entdeckte sie vor einem Geschäft einen Kinderwagen mit einem Baby darin, und das schien sie zu beruhigen, denn nachdem sie das Kind begutachtet und den Wagen ein paarmal geschaukelt hatte, schob sie ihn davon, sagte nichts mehr und sah sich nur nervös oder auch einfältig um. Am selben Tag hatte der Hauptwachtmeister Phillips wirklich Grund, ein einfältiges Gesicht zu machen, weil er nämlich einen Kinderwagen mit einem Baby darin vor Goodchilds Antiquariat entdeckte und weder Sim Goodchild noch seine Frau Ruth die leiseste Ahnung hatten, wie er dahingekommen war. So mußte denn Inspektor Phillips den Wagen die High Street entlangschieben, bis er sein Auto erreicht hatte und über Funk eine Beschreibung durchgeben konnte. Die Mutter war bald ermittelt; sie hatte den Kinderwagen samt Baby vor dem Alten Supermarkt neben der Getreidebörse abgestellt. Ein paar Tage später wiederholte sich das Ganze. Etwa einen Monat lang wurden Kinderwagen verschoben, als wolle irgendwer die Aufmerksamkeit auf sich lenken und benutze dazu eine Art Zeichensprache. Mr Pedigree wurde überwacht; und obwohl er nie dabei ertappt worden war, hörten daraufhin die Kinderwagenentführungen auf, und der Monat ging ins Gedächtnis der Leute ein als die Zeit, in der man nirgendwo einen Kinderwagen ohne Aufsicht stehenlassen konnte.

In Vergessenheit geriet ein recht unerquicklicher Zusammenstoß Mr Pedigrees (der im Alten Supermarkt Getreideflocken kaufen wollte und das winzige Töpfchen mit Gentleman's Relish in der Hand hielt, das er in George's Superior Emporium erstanden hatte) mit einigen Damen, die ihn bemerkten, als er sich schüchtern zwischen den Kinderwagen hindurchschlängelte, die draußen wie Boote am Landesteg abgestellt worden waren. Wie Mrs Allenby später bei einer Tasse Kaffee zu Mrs Appleby sagte, als sie im Tadsch-Mahal-Kaffeehaus den Fall erörterten, konnte Mr Pedigree von Glück sagen, daß er sich auf englischem Boden befand. Natürlich nannte sie ihn nicht Mr Pedigree, sondern diesen widerlichen alten Kerl.

Es gab keinen Anlaß, Mr Pedigree mit dem Verschwinden von Kinderwagen in Zusammenhang zu bringen. Doch Sim Goodchild war sich mit Edwin Bell darin einig, daß Menschen vom Schlage Pedigrees im Verfolgen ihrer perversen Interessen oft recht gerissen vorgingen, und solche Fähigkeiten lägen darin begründet, daß sie nicht imstande seien, an etwas anderes zu denken. Und in dem letzten Punkt hatten sie recht. In dieser Hinsicht war Mr Pedigree – abgesehen von Interessen, die er seiner kostspieligen Bildung verdankte und mit denen er sich hin und wieder flüchtig beschäftigte – in dieser Hinsicht war Mr Pedigree wie Matty; er war gänzlich auf ein einziges Ziel ausgerichtet. Aber im Gegensatz zu Matty kannte er sein Ziel nur zu gut; wußte er, worauf alles hinauslief, sah es herankommen oder sah sich gezwungen, ihm entgegenzusteuern, unaufhörlich erfüllt von einer nagenden Angst, die ihn unverhältnismäßig stark altern ließ. Es ist nicht überliefert, ob es in Greenfield damals einen Menschen gab, der Mitleid mit ihm empfand. Die Damen im Supermarkt, die daran gehindert worden waren, ihm die Augen auszukratzen, hätten sicherlich vor Empörung aufgeschrien, wenn jemand die Vermutung geäußert hätte, es sei immerhin möglich, daß er nie einen Kinderwagen angerührt habe. Es konnte schließlich kein Zufall sein, daß Greenfields Kinderwagen vor fremdem Zugriff sicher schienen, seit er den Damen entkommen war.

So blieb Mr Pedigree eine Weile der High Street fern, ging nur noch bis zur Ecke der Waisenschule, wo er Edwin Bell zu treffen hoffte, der aber auf der Hut war und sich nicht blicken ließ. Der alte Mann, eingerastet wie eine beschädigte Schallplattenrille, stand draußen vor dem vergitterten Tor zur Schule, trauerte um das idealisierte Bild des kleinen Henderson und verfluchte den Jungen mit dem zusammengeflickten Gesicht, der inzwischen auf einem griechischen Frachter in Falmouth in Cornwall gelandet war und wieder im Eisenwarenhandel arbeitete, in Falmouth selbst, weil die Bibel, die er um Rat gefragt hatte, ihm auftrug, nur einen Sabbatweg zu gehen. Am selben Tag, an dem die Damen versuchten, Mr Pedigree zu verstümmeln, begann Matty in Cornwall aus einem ganz außergewöhnlichen Grund sein folgendes Tagebuch.

# VII

17. 5. 65

Ich habe dieses Buch zum Schreiben gekauft und einen Kugelschreiber, weil etwas eingetreten ist, und ich will es in
dem Buch festhalten als Beweis, daß ich nicht verrückt bin.
Sie waren nicht wie das Gespenst, das ich in Gladstone gesehen habe, das war ein Gespenst, es muß eins gewesen sein.
Sie sind gestern nacht erschienen. Ich hatte meine Lektionen
gelesen und aus dem Gedächtnis wiederholt, und ich saß auf
dem Bettrand und zog die Schuhe aus. Es war um elf Uhr
vierzig, ich meine es war elf Uhr vierzig, als es anfing. Zuerst
dachte ich, es ist kalt für Mai, aber in meinem Zimmer ist es
eigentlich immer kalt, doch es wurde kälter und kälter. Alle
Wärme wich aus mir heraus, als würde sie von mir abgezogen. Jedes Haar an mir, ich meine jedes kurze Haar, nicht
das lange Haar auf meinem Kopf, das kribbelte, sondern
jedes kurze Haar stellte sich auf, jedes auf einem Buckel. Es
ist, was die Leute Furcht nennen, und nun weiß ich, daß es
schrecklich ist. Ich konnte nicht atmen und nicht rufen, und
ich dachte, ich müßte sterben. Dann erschienen sie mir. Ich
kann nicht genau sagen wie. Mit der Erinnerung ändert sich
alles. Ich kann nicht sagen wie. Aber verrückt bin ich nicht.

18. 5. 65

Sie sind heute nacht nicht wiedergekommen. Nein, jetzt
muß ich sagen gestern nacht. Ich habe bis zwölf Uhr gewartet, und als es zwölf schlug, da wußte ich, sie würden nicht
kommen. Was kann das nur bedeuten, frage ich mich. Der
eine war blau angezogen und der andere rot, mit einem Hut.
Der Blaue hatte auch einen Hut, aber keinen so teuren. Sie
erschienen und blieben, ich weiß nicht wie lange, von elf
Uhr vierzig an und blickten mich nur an. Es war schrecklich.
Das Gespenst hatte überhaupt keine Farbe, aber diese waren
rot und blau, wie ich schon gesagt habe. Ich kann nicht
sagen, wie ich sie sehe, wenn ich sie sehe, ich sehe sie eben,
aber in der Erinnerung ist es anders. Soll es eine Warnung
sein, frage ich mich, habe ich etwas unterlassen. Ich dachte
weit zurück und konnte nichts finden außer natürlich meine
große und furchtbare Sünde, die ich ungeschehen machen

würde, wenn ich wüßte wie, doch die Bibel hat mich hierher geschickt, und er ist nicht hier, was soll ich nur tun. Es ist alles verborgen. Ich habe viele Zeichen in Darwin im Nordterritorium gegeben vor fast zwei Jahren, und es ist nichts geschehen. Mein Glaube soll geprüft werden.

17. 5. 66

Ich greife ein Jahr danach zur Feder um festzuhalten, daß sie wiedergekommen sind. Ich wußte, sie würden kommen, als ich die Kälte fühlte und die Wärme aus meinem Körper abgezogen wurde. Ich wartete, doch sie sprachen nicht, sondern sahen mich nur immer an. Ich kann nicht sagen, wann sie fortgingen. Sie kamen nach elf und gingen, bevor die Uhr geschlagen hatte, genau wie vor einem Jahr. Vielleicht kommen sie jedes Jahr. Ich glaube, es hat vielleicht etwas zu tun mit meinem Gefühl, daß ich im Mittelpunkt von etwas ganz Wichtigem stehe und immer gestanden habe. Die meisten Leute werden nicht dreißig, ohne zu wissen was es heißt, sich zu fürchten, und die meisten Leute haben Angst vor Gespenstern und sehen keine Geister.

21. 5. 66

Ich las am Tisch die Offenbarung, als ich plötzlich begriff. Und mir war unmittelbar so, als wären die Geister erschienen, sie sind aber nicht erschienen. Ich fror, zitterte und die kurzen Haare an mir standen zu Berge. Ich sah, daß ein UNHEILVOLLER TAG naht, weil der Kalender das sagt. Zuerst wußte ich nicht, was ich tun sollte. Deshalb müssen die Geister mir erschienen sein. Sie müssen wiederkommen und mir mitteilen, was ich tun soll. Mein Warten auf sie ist ein Webopfer. Ich muß ein Hebopfer bringen, aber ich habe so wenig und da fällt es schwer zu erkennen, was mir für ein Hebopfer noch geblieben ist.

22. 5. 66

Im Laden ist mir eingefallen, was ich als Hebopfer bringen könnte, doch es ist so schrecklich, daß ich es zurückhalte.

23. 5. 66

Ich binde mich von dem, was ich esse und trinke, mehr aufzuheben und lege es dann auf den Altar. Ich binde mich, alles was ich spreche als Opfer darzubringen, außer dem was unbedingt gesprochen werden muß. Es ist kaum noch Zeit. Ich bete sooft ich kann.

30. 5. 66

Anfangs fühlte ich mich bei so geringer Nahrung sehr schwach und elend, dann habe ich einen Weg gefunden, alles was ich nicht gegessen und getrunken habe, auf dem Altar als Opfer zu sehen, und das hat mir geholfen. Kaltes Wasser darf ich außerdem trinken, aber ich habe eine starke und lebhafte Erinnerung an heißen Tee mit Milch und Zukker, wie ich ihn in Melbourne getrunken habe. Manchmal kann ich den Tee sogar riechen und spüren, wie heiß er ist. Ich habe mich deshalb gefragt, ob die Engel mir Speise reichen, wie es geschrieben steht. Mr Thornbury meint, ich soll zum Arzt gehen, aber er begreift nichts. Weil ich mein Reden als Hebopfer darbringe, täte ich unrecht, es ihm zu erklären.

31. 5. 66

Ich bin bei den Baptisten und Methodisten und Quäkern und den Ernsten Brüdern gewesen, aber da ist nirgends Furcht und Licht. Dort wird mir nichts klar außer manchmal, wenn ich im Gedächtnis meine Bibellektion aufsage. Wenn ich zu diesen verschiedenen Leuten hingehe, stellen sie mir manchmal Fragen. Dann lege ich die Hände über den Mund, und ich sehe an ihrem Lächeln, daß sie ein wenig begreifen. Heute ist mir den ganzen Tag über kalt gewesen, weil ich an den Kalender gedacht habe. Ich hatte gemeint, daß unter so ungewöhnlichen Umständen die Geister vielleicht wiederkommen, aber es ist bereits nach zwölf, und obwohl mir beim Glockenschlag kälter wurde, es geschah nichts, und ich sage mir, der Kelch ist voll, aber noch nicht *gepreßt* voll und am Überlaufen. Ich habe mir auch gesagt, wenn es anfängt, dann fängt es vielleicht zuerst unten an, und dann fiel mir ein, daß geschrieben steht *plötzlich, in einem Augenblick,* und es würde also in Melbourne, Sydney, Gladstone, Darwin, Singapur, Hawaii, San Francisco, New York und Greenfield und auch in Cornwall im selben Augenblick eintreten.

1. 6. 66

Es ist schrecklich mitanzusehen, wie die Tage vergehen, wo
der Kelch schon voll ist und darauf wartet, daß er *niedergelassen* wird. Ich esse nichts und trinke nur ein wenig kaltes
Wasser. Als ich heute die Treppe zu meinem Zimmer hochstieg, bin ich vor Schwäche gestolpert, aber das ist nicht
wichtig, denn jetzt ist nicht mehr viel Zeit. Es kam zu mir
wie in einem Blitz, eine große Offenbarung, während ich
gerade diese letzten Wörter schrieb, und eine Hand kam über
mich und ich verstand, was ich an DEM TAG tun soll. Es ist
meine Aufgabe, Cornwall EINE LETZTE CHANCE zu geben!!

4. 6. 66

Vorbereitungen brauchen nicht getroffen zu werden. Morgen will ich die ganze Nacht auf der Hut sein, *auf daß wir
nicht schlafend gefunden werden.* Ich glaube, am 1. 6. 66 hat eine
Stimme mir gesagt, was ich tun soll, doch ich bin mir nicht
sicher. Es ist alles durcheinander wie damals, als der große
Hund die Vitrine umgeworfen hat.

6. 6. 66

Ich habe die ganze Nacht gewacht, nachdem ich am Tag
vorher alles zurechtgelegt hatte. Mich zu schneiden war viel
schwerer als ich mir vorgestellt hatte, aber ich habe es als
Opfer gebracht. Als es morgens hell wurde, sang ein Vogel,
und ich hatte die schreckliche Gewißheit, daß er zum letzten
Mal sang. Ich nahm Blut und schrieb mit Zahlen so hoch wie
mein Daumen die schreckliche Zahl 666 auf Papier. Ich
steckte das Papier, wie mir aufgetragen war, so in das Hut-
band, daß die Zahl von vorn gesehen werden konnte. Ich
wiederholte meine Bibellektion, weil ich annahm, ich würde
später keine Gelegenheit mehr dazu haben, sondern in das
Gericht kommen, und bei dem Gedanken hatte ich große
Angst. Dann ging ich nach draußen. Die Straßen waren so
leer, ich dachte, das Gericht wäre schon vorbei und ich wäre
ganz allein auf der Welt, aber später merkte ich, daß es nicht
so war, weil Leute kamen und Waren zum Markt brachten.
Ich glaube, manche sind erschrocken und manche vielleicht
sogar in sich gegangen, als sie mich die schreckliche Zahl mit
Blut geschrieben an meinem Kopf durch die Straßen tragen

sahen. Ich bin mit dem Hut auf dem Kopf durch alle Kirchen und Kapellen der Stadt gegangen, nur in die nicht, die abgeschlossen waren. An den verschlossenen Türen habe ich dreimal geklopft und mir den Staub der Schwelle dann von den Füßen geschüttelt, bevor ich weiterging. Die ganze Zeit über war ich sehr müde, und ich hatte solche Angst, daß ich kaum gehen konnte. Doch als es dunkel war, bin ich auf mein Zimmer zurückgegangen, auf Händen und Knien die Treppe hinauf, und ich habe gewartet bis Mitternacht und habe dies danach niedergeschrieben und um nicht zu lügen müßte deshalb das Datum lauten 7. 6. 66. Viele Menschen werden sich fleischlicher und irdischer Lüste erfreuen, weil sie an diesem Tag am Leben geblieben sind und nicht vor das große Gericht gerufen wurden. Niemand außer mir hat erlebt, wie schrecklich traurig es ist, nicht im Himmel zu sein und das große Gericht hinter sich zu haben.

11. 6. 66

Ich habe Ausschau gehalten nach dem Gericht, das am Sechsten stattfinden sollte, aber ich kann nichts finden. Sara Jenkins ist gestorben, sie möge in Frieden ruhen, und die Frau vom Arzt hat im Dorfkrankenhaus einen Sohn bekommen. Unten am Fish Hill ereignete sich ein kleiner Unfall. Ein Junge (P. Williamson) ist vom Rad gefallen und hat sich das linke Bein gebrochen. Sein Wille geschehe.

15. 6. 66

Ich bin sehr erleichtert, wenn ich bedenke, daß all die Menschen jetzt Zeit haben, Buße zu tun. Doch inmitten dieser Erleichterung empfinde ich eine große Betrübnis, und wenn ich nicht betrübt bin, dann spüre ich eine große Leere und meine Frage kehrt zu mir zurück. Ich frage mich, wozu ich da bin. Wenn ich da bin, um Zeichen zu geben, warum kommt dann nicht das Gericht. Ich werde weitermachen, weil ich sonst nichts tun kann, aber ich spüre eine Leere.

18. 6. 66

Sie sind wieder gekommen. Ich habe es gleich gewußt, als ich die Kälte spürte und sich mir die Haare sträubten. Ich war diesmal besser gerüstet, weil ich mir bei der Arbeit im

Laden überlegt habe, was ich tun soll. Ich habe sie gefragt, ob sie DIENER UNSERES HERRN sind, und dabei geflüstert, damit Mr Thornbury hinter der Trennwand nichts hört. Ich habe erwartet, sie sagen entweder gar nichts oder sprechen ganz laut oder sie flüstern vielleicht, statt dessen jedoch war es ein Geheimnis. Denn nachdem ich geflüstert hatte, sah ich, daß sie ein großes Buch aufgeschlagen zwischen sich hielten mit SEINEM NAMEN in leuchtendem Gold. Es ist also alles in Ordnung, aber natürlich trotzdem schrecklich. Die Haare an meinem Körper wollen sich nicht legen, solange sie anwesend sind.

19. 6. 66

Sie wollen nicht auf eine gewöhnliche Art sprechen. Sie halten wunderbares, weißes Papier mit Wörtern hoch oder auch ganze Bücher, die schneller gedruckt werden als Zeitungen, wie man es im Fernsehen sieht. Ich habe sie gefragt, warum sie zu mir kommen. Sie zeigten mir dann auf einem Stück Papier die Worte: Wir kommen nicht zu dir. Wir bringen dich vor uns.

2. 7. 66

Sie sind heute nacht erneut gekommen, der rote Geist mit dem teuren Hut und der blaue, der ebenfalls einen Hut trägt, aber keinen so teuren. Ihre Hüte zeigen ein Amt an, aber ich kann nicht ausdrücken, was ich meine. Mit dem roten Gewand und dem blauen Gewand verhält es sich ebenso. Auf welche Weise ich sie sehe, weiß ich nicht, doch ich sehe sie. Ich habe noch immer Angst, wenn sie kommen.

11. 7. 66

Heute nacht habe ich sie gefragt, warum sie von allen Menschen auf der Welt ausgerechnet mich vor sich bringen. Sie zeigten: Du bist der Mitte der Dinge nahe. Das hatte ich stets angenommen, als ich darüber jedoch Stolz empfand, sah ich beide viel undeutlicher. Deshalb warf ich mich innerlich nieder, so demütig ich konnte, und harrte so aus. Aber sie gingen fort oder, wie ich eigentlich sagen sollte, sie entfernten mich aus ihrer Gegenwart. Jetzt besteht meine Angst nicht mehr nur aus der Kälte, sie äußert sich anders. Sie geht tiefer, durch und durch. Mir wurde kalt, als sie kamen, aber nicht mehr so kalt wie beim ersten Mal, und die Haare sträuben sich nur noch ein bißchen.

13. 7. 66

Die Angst geht mir durch und durch und in die Angst mischt sich auch Traurigkeit und Kummer, aber nicht nur mein eigener, sondern der aller Dinge. Dieses Gefühl empfinde ich selbst dann, wenn sie vor mir verborgen sind.

15. 7. 66

Es gibt viel zuviel aufzuschreiben, aber ich muß es aufschreiben als Beweis. Große Dinge kündigen sich an. Sie waren viermal da, immer wenn ich meine Bibellektion wiederholt hatte. Als sie mich das erstemal vor sich brachten, habe ich sie gefragt, warum sie mich vor sich bringen. Sie zeigten: Wir tun unser Werk mit dem, was uns zur Verfügung steht. Ich war über diese Antwort tief befriedigt und ich fragte sie meine alte Frage: wozu ich da bin. Sie zeigten: Das wird offenbar werden zu seiner Zeit. Als sie das nächstemal erschienen, fragte ich, was ich bin, die frühere Form meiner großen Frage, und sie zeigten: Auch das wird offenbar werden. Als sie mich das drittemal vor sich brachten, war es schrecklich für mich. Ich habe sie gefragt, was ich tun soll. Da zeigte der Rote: Wirf dein Buch von dir. Ich habe gedacht, er meint dieses Buch hier, und bin von der Bettkante aufgesprungen – denn dort scheine ich immer zu sitzen, wenn sie mich zu sich holen – und habe nach diesem Buch gegriffen, um es zu zerreißen. Aber während ich das tun wollte, zeigte der Rote ganz deutlich: Rühr nicht den Bericht über unsere Begegnungen mit dir an. Wir meinen, daß du deine Bibel wegwerfen sollst. Ich glaube, daraufhin habe ich geschrien und sie stießen mich von sich und waren vor mir verborgen. Ich habe die ganze Nacht nicht schlafen können, ich hatte solche Angst, und am nächsten Tag im Laden hat Mr Thornbury mich gefragt, was mit mir los ist. Ich habe geantwortet, ich hätte eine schlechte Nacht gehabt, was ja auch stimmt. Ich habe mich den ganzen Tag über gefragt, ob sie mich für immer von sich verstoßen haben, weil ich nicht würdig bin, der Mitte der Dinge nahe zu sein, und ich habe gedacht, wenn sie wiederkommen oder besser – ich muß darauf achten, auch wenn es schwierig ist – wenn sie mich aufs neue vor sich bringen, muß ich ihnen Fragen stellen, um sie zu prüfen. Satan kann als Engel des Lichts erscheinen, und es ist bestimmt noch leichter für ihn, als roter Geist oder als blauer Geist mit einem Hut zu erscheinen. In der Nacht sind sie wirklich gekommen, das vierte Mal hintereinander. Ich habe sie sofort gefragt: Seid ihr wahre Diener UNSERES HERRN? Sie haben gleich das große Buch zwischen sich hochgehalten mit SEINEM NAMEN in leuchtendem Gold. Ich habe ganz genau hingeschaut, weil ich weiß, daß DIESER NAME Satan zerschmettert und verzehrt wie eine Säure. Aber das wunderbare Papier war wie immer und das Gold auch. Ich hatte mir vorgenommen, mich nicht verführen zu lassen und deshalb habe ich gefragt, obwohl ich Angst hatte und mir kalt war: Was meint ihr mit IHM. Da zeigten sie: Wir beten IHN an, DEN HERRN ÜBER DIE ERDE UND ÜBER DIE SONNE UND DIE PLANETEN UND ALLE GESCHÖPFE, DIE AUF IHNEN SIND. Da warf ich mich innerlich auf mein Angesicht und flüsterte: Was will ER von mir? Ich bin bereit. Darauf zeigten sie: Gehorsam, und daß du deine Bibel wegwirfst. Es war viertel vor zehn. Ich zog meinen Mantel von der Wohlfahrt an und nahm meine Bibel und trat hinaus in die Nacht und ging den ganzen Weg bis zur Landzunge. Es war sehr dunkel und wolkig und die ganze Zeit über hörte ich Wind und Meer immer lauter werden, während ich näherkam. Ich stand unmittelbar am Felsrand und sah im Dunkeln nichts, nur ein paar weiße Flecke ganz unten, wo das Wasser um die Felsen spült. Ich stand eine Zeitlang dort und hatte Angst vor dem Werfen und Angst vor dem Fallen, obwohl ich glaube, das Fallen wäre leichter gewesen. Ich habe eine Weile gewartet in der Hoffnung, daß der Befehl aufgehoben würde, aber da war nichts, nur der Wind und das Meer. Ich warf meine Bibel so weit ins Meer hinaus, wie ich konnte. Dann ging ich sehr schwach und durstig zurück und meine Knie versagten, als ich die Treppe hochstieg. Aber schließlich habe ich es geschafft und bin sofort in ihre Gegenwart getreten. Ich flüsterte: Ich habe es getan. Da hielten sie das große Buch zwischen sich hoch, und ich sah, daß es voll war von Worten des Trostes.

17. 7. 66

Sie brachten mich vor sich und zeigten: Obwohl jeder Buchstabe in dem Buch gilt von Ewigkeit zu Ewigkeit, reicht doch der große Teil, den du auswendig gelernt hast, für deine Lage und für das aus, was dir von Anfang an bestimmt war. Ich entgegnete, es sei schrecklich, bei einer solchen Sache zu wissen, was man tun soll oder was man nicht tun soll. Ich sagte, es ist wie auf einem Drahtseil hoch über der Straße. Da zeigten sie: Sei gehorsam und du wirst nicht fallen.

25. 7. 66

Heute nacht zeigten sie mir sofort, als ich vor sie trat: Du sollst auf Reisen gehen. Ich antwortete: Ich bin bereit, wohin soll ich gehen? Darauf zeigten sie: Das wird dir bald offenbar werden. Aber es freut uns, daß du so bereitwillig zugestimmt hast und als Belohnung erlauben wir dir, uns zu fragen, was du möchtest, vorausgesetzt, daß du es nicht schon einmal gefragt und darauf eine Antwort erhalten hast. Da dachte ich eine Weile nach und fragte, warum sie nicht jede Nacht kommen oder mich vor sich bringen. Sie zeigten: Wisse, wir sehen dein geistiges Antlitz, und es ist durch eine Sünde so schlimm entstellt, daß wir großen Mut fassen müssen, dich anzusehen. Doch bist du unter den gegebenen Umständen das beste Werkzeug für unser Wirken. Ich fragte sofort, was mein geistiges Antlitz denn so entstellt habe, und ich weinte bitterlich, als sie mir zeigten, was ich schon erraten hatte. Denn wie unwissend ein Mensch auch sein mag, er weiß stets um seine Sünden, so er nicht ganz verloren ist, falls das überhaupt möglich ist. Doch es ist das entsetzliche Unrecht, das ich meinem lieben Freund angetan habe, obwohl ich ihn vielleicht nicht so nennen sollte, weil er so hoch über mir stand, Mr Pedigree. Wirklich, es vergeht kein Tag, ohne daß ich irgendwann höre, was er zu mir gesagt hat, als sie ihn abführten. Kein Wunder, daß mein geistiges Antlitz das Licht verdunkelt, das die Geister mit sich bringen und das sie umgibt.

27. 8. 66

Sie haben mich lange Zeit nicht vor sich gebracht. Wenn sie es tun, ist mir kalt und ich habe Angst, wenn sie es aber nicht tun, bin ich einsam, selbst wenn Menschen um mich sind. Ich wünsche mir so sehr, ihnen gehorsam zu sein und die Reise zu tun, von der sie sprechen. Ich frage mich, ob mein Wunsch, Cornwall zu verlassen, auf ihre Führung zurückgeht. Manchmal, wenn die Geister nicht erscheinen und ich an meine Bibel denke, die in ihren Holzdeckeln im Meer treibt und untergeht, sträubt sich mir ein wenig das Haar und mir wird kalt, aber es ist nicht die gleiche Kälte. Aber dann erinnere ich mich, daß ich in der Mitte der Dinge stehe und zufrieden warten muß, ganz gleich, wie lang es dauert.

22. 9. 66

Ich greife zur Feder um aufzuschreiben, daß sie mich seit über drei Wochen nicht mehr vor sich gebracht haben. Ich weiß, ich muß warten, aber ich mache mir manchmal Sorgen, denn vielleicht bringen sie mich nicht vor sich, weil ich etwas falsch gemacht habe. Manchmal, wenn ich sehr niedergeschlagen bin, wünsche ich mir so sehr eine liebe Frau und kleine Kinder. Manchmal habe ich große Sehnsucht, dahin zurückzukehren, wo ich vielleicht mein Zuhause habe, nach Greenfield, in die Stadt, wo die Waisenschule lag.

25. 9. 66

Sie sind wieder gekommen. Ich habe ihnen gesagt, daß ich nicht wußte, ob ihre Mitteilung an mich, zu reisen, sich damit erschöpfte oder ob ich auf weitere Anweisungen warten sollte. Sie zeigten: Du ɹust recht zu warten. Du sollst jetzt mehr essen und trinken, damit du stark wirst für die Reise. Du sollst dich zu Curnows Geschäft begeben und unter den gebrauchten Fahrrädern, die du dort gesehen hast, eines für dich aussuchen. Du sollst lernen, darauf zu fahren.

3. 10. 66

Sie zeigten: Wir freuen uns über deine wachsende Kraft und deine Fortschritte im Radfahren. In einer kurzen Zeit werden wir dich auf die Reise schicken. Wir sind mit dir zufrieden und erlauben dir, alle Fragen zu stellen, die du stellen möchtest. Da war ich kühn genug, etwas zu fragen, das mir seit einigen Monaten auf der Seele liegt. Als ich nicht weiter wußte, habe ich das Sprechen als Hebopfer dargebracht.

Nun aber, sagte ich, hatten sie mir erlaubt, mehr zu essen und zu trinken. Ob ich vielleicht auch mehr sprechen dürfte, denn in meiner Jugend habe ich viel geredet und meine Rede war nicht nur ja, ja und nein, nein, ich habe darüber hinaus vieles geredet, was vom Übel ist. Nachdem ich ihnen das gesagt hatte, wurde ihr Licht trübe und eine halbe Stunde lang war eine Stille im Himmel. Deshalb habe ich mich selbst auf dem Altar dargebracht. Schließlich zeigten sie: Du bist so oft in unseren Gedanken und du bist uns so vertraut, daß wir uns nicht immer erinnern, wie von Natur aus böse ihr irdischen Geschöpfe seid. Daraufhin sagte der rot gekleidete Geist (ich glaube, er ist eine Art Präsident): Deine Zunge wurde gebunden, damit du in der Zeit der Verheißung, die kommen wird, Worte sprechen sollst, die wie ein Schwert aus deinem Munde gehen. Ich dankte beiden sehr, insbesondere dem Geist in Rot, weil er ein höherer Geist ist als der andere. Dann zeigten sie: Wir sehen, daß du im geistigen Königreich unser Freund bist trotz deines furchtbaren Gesichts und trotz deiner irdischen Bosheit, und so wollen wir dir deinem Begehren nach Sprechen ein wenig entgegenkommen. Wenn die Qual, nicht sprechen zu dürfen, unerträglich wird (und wir wissen, daß geistige Qualen dreimal schlimmer sind als irdische Qualen), dann darfst du an einem dunklen Ort den Toten predigen. Aber laß es keinen Lebenden hören. Das tröstete mich sehr, und ich danke ihnen erneut.

7. 10. 66

Für einen Erwachsenen ist es leichter, Auto zu fahren als radfahren zu lernen, aber heute geht es meinen Knien und Ellbogen besser und die Prellungen sind zurückgegangen. Ich bin viel stärker und stolpere nicht mehr auf der Treppe oder wenn ich Kisten vom Hof hereintrage.

11. 10. 66

Sie kamen und zeigten: Du sollst Mr Thornbury um Lohnerhöhung bitten, und wenn er sich weigert, sollst du den Staub Cornwalls von den Füßen schütteln und nach Greenfield aufs Arbeitsamt gehen. Du sollst keinen Gedanken daran verschwenden, welche Art Arbeit dir dort angeboten wird, sondern annehmen, was sich ergibt.

12. 10. 66

Mr Thornbury hat die Lohnerhöhung abgelehnt. Er hat erklärt, ich hätte sie verdient, kann es sich aber, so wie die
Geschäfte stehen, nicht leisten. Er hat mir ein Zeugnis gegeben, in dem es heißt, daß ich zwei Jahre lang für ihn gearbeitet
habe und daß ich nüchtern bin und arbeitsam und grund-
ehrlich. Mir tut es weh, daß er kein gottesfürchtiger Mann ist.
Ich frage mich, was aus ihm werden wird.

19. 10. 66

Exeter ist kein guter Ort zum Übernachten. Es ist besser,
auf dem Land ein Privatquartier zu suchen, aber eine allein-
stehende Frau würde mich nicht ins Haus lassen wegen
meines Gesichts. Mein Fahrrad hält durch. Wenn die Geister mir nicht gesagt hätten, daß ich das Rad kaufen soll,
wäre ich mit dem Zug gefahren und es wäre billiger gewesen. Ich gebe Geld aus wie ein reicher Mann. Das schöne
Wetter hält an.

22. 10. 66

Das Land zwischen Salisbury und Basingstoke ist flach und
kahl, und die Straßen sind über lange Strecken gerade. Den
ganzen Tag sah ich Platzregen nach allen Seiten, aber sie
kamen mir nicht nahe. Ich sehe darin ein Zeichen, daß meine
Reise geheiligt ist und im Geiste Abrahams.

28. 10. 66

Greenfield hat sich sehr verändert. Ich habe daran gedacht, die Waisenschule zu besuchen, aber natürlich wäre
mein lieber Freund Mr Pedigree nicht dort, weil er verach-
tet und verstoßen worden ist. Niemand würde wissen, was
aus ihm geworden ist. Vielleicht gehe ich später einmal
hin. Hier gibt es viele neue Gebäude und Scharen von
Menschen. Hier wohnen jetzt viel mehr schwarze und
braune Männer und Frauen. Die Frauen tragen fremdlän-
dische Kleidung aller Art, die Männer nicht. Gleich neben
den Adventisten des Siebten Tages ist ein Heidentempel
errichtet worden!! Als ich ihn und auch die Moschee sah,
kam der Geist über mich. Ich hatte ein großes Verlangen
zu prophezeien: Jerusalem, Jerusalem, die du tötest die

Propheten, wie ich da auf dem Sattel saß mit einem Fuß auf dem Pflaster, und ich mußte mir den Mund mit beiden Händen zuhalten. Aber die Kirche steht noch. Ich bin hineingegangen und habe eine Weile auf demselben Platz gesessen, wo es mir widerfahren ist vor ich weiß nicht wie vielen Jahren. Ich habe auch bei Goodchilds Antiquariat hineingeschaut, aber die Glaskugel ist fort, und in dem Teil des Ladens sind jetzt Kinderbücher ausgestellt, darunter zwei mit biblischen Geschichten. Das Arbeitsamt war heute geschlossen, deshalb habe ich mir ein Zimmer gesucht und bin mit dem Rad noch etwas durch die Stadt gefahren. Dann bin ich hierher zurückgekommen, um meine Bibellektion zu wiederholen.

29. 10. 66

Der Mann auf dem Arbeitsamt hat all meine Zeugnisse entgegengenommen und sie gelesen und einen guten Eindruck von ihnen gehabt. Er sagte, daß er vielleicht eine Stelle in einer Schule für mich hat. Mir war gleich ganz sonderbar zumute, weil ich an Foundlings, die Waisenschule denken mußte und an Mr Pedigree und die ganze traurige Geschichte, aber nein. Er hat gesagt, es handelt sich um Wandicott House School draußen auf dem Land, warten Sie, während ich dort anrufe. Er hat mit der Schule telephoniert und dem Mann am anderen Ende meine Referenzen vorgelesen, und sie haben alle beide gelacht, und das hat mich gewundert, denn in meinen Zeugnissen gibt es nichts zum Lachen, auch nicht für fleischlich gesinnte Menschen. Aber der Mann erklärte, daß der Quästor mich sofort sprechen will und ich meine Zeugnisse mitbringen soll. Ich bin die High Street entlang gefahren und auf der Old Bridge über den Kanal, wo viel mehr Boote als früher liegen. Dann bin ich weitergefahren durch Chipwick, dann unter Bäumen einen Reitweg mit einer tiefen Furche hinauf (gefahren bin ich nicht, das wäre eine Lüge, ich habe das Rad geschoben). Dann habe ich auf der anderen Seite das Dorf Wandicott erreicht wo die Schule liegt und wo ich mich jetzt befinde. Es liegt sechs Meilen von Greenfield entfernt, mit den Hügeln dazwischen. Der Marinekapitän im Ruhestand O. D. S. Thomson, der einen

Orden hat, hat mich interviewt. Er hat gefragt, wieviel Geld ich will. Ich antwortete, genug, um Leib und Seele zusammenzuhalten. Er nannte eine Summe, und ich erwiderte, das ist zuviel, das belastet mich. Er schwieg eine Weile still und erklärte mir dann die Inflation und daß ich das überflüssige Geld bei ihm lassen kann und nicht mehr daran denken sollte, bis ich es brauche. Ich muß hier jedermann zu Diensten sein. Als er das sagte, erkannte ich mit Freuden, daß es genau das ist, was die Geister wollen und daß es meine Aufgabe ist, gehorsam zu sein außer wenn man verlangt, daß ich Böses tue.

30. 10. 66

Ich habe ein Zimmer mit dem Chefgärtner zusammen, aber er ist grob und mürrisch und will nicht, daß ich seine Toilette benutze, weil es fast fünfzig Meter weit weg beim Geräteschuppen noch eine gibt. Ich muß nicht oft zur Toilette, weil ich soviel von meinem irdischen Leben aufgegeben habe.

7. 11. 66

Die Geister haben mich seit dem Abend vom 11. 10. 66 nicht mehr vor sich gebracht. Sie haben alles mir überlassen. Wie sie zeigten, bin ich selbst dafür verantwortlich, mich immer daran zu erinnern, daß ich der Mitte der Dinge nahe bin und daß alle Dinge offenbar werden. Diesen Abend habe ich damit verbracht, einen Flicken auf meine Arbeitshosen (ein Einzelpaar aus Armeebeständen) zu setzen, wo der Sattel sie durchgescheuert hat.

12. 11. 66

Die Schule hier ist ganz anders als Foundlings. Ich habe nicht gewußt, daß es solche Schulen gibt. Die Jungen sind reich und vornehm, und um sie kümmern sich mehr Leute, als es hier Kinder gibt. Man kann eine Meile gehen und befindet sich noch immer auf dem Areal der Schule, wenn auch Weiden mit Vieh dazugehören. Man könnte die Auffahrt vom Tor zu den Schulgebäuden für eine richtige Straße halten, so lang ist sie, und von Bäumen überdacht. Ich habe natürlich nichts mit den Kindern zu tun, sondern nur mit den geringsten Leuten. Mr Pierce, der Chefgärtner, hat etwas gegen mich. Ich glaube, es macht ihm Spaß, mir schwere Dinge und niedrige Arbeiten aufzutragen, aber es ist der einzige Weg, auf dem ich vielleicht erfahren kann, wozu ich da bin. Ich habe jede Woche einen halben Tag frei. Mr Braithwaite hat mir mitgeteilt, ich könne nach Absprache auch abends frei haben, doch ich arbeite lieber.

20. 11. 66

Ich helfe den Gärtnern beim Jäten und beim Aufsammeln von Unrat. Mr Pierce ist immer noch grob und mürrisch und gibt mir Arbeit, bei der ich mich schmutzig mache; es ist sein Charakter. Ich habe Mr Squires in den Garagen geholfen. Wir haben eigene Zapfsäulen.

22. 11. 66

Ich habe mit den Jungen nichts zu tun, aber die Lehrer und die Frau des Rektors, Mrs Appleby, sprechen gelegentlich mit mir. Mein Gesicht scheint ihr nichts auszumachen, aber innerlich stört es sie doch, und ich habe das Gefühl, daß sie darüber spricht, wenn ich nicht dabei bin.

24. 11. 66

Ich habe den Jungen einen Rugbyball aus den Büschen geholt, und ihnen hat mein Gesicht überhaupt nichts ausgemacht, sie haben nur geschaut, und ich glaube, ich kam ihnen seltsam vor, aber ausgemacht hat es ihnen nichts.

26. 11. 66

Schließlich habe ich doch Mut gefaßt, obwohl die Geister mir nichts darüber gesagt haben, und bin allein zur Waisenschule Foundlings geradelt. Ich habe hineingeschaut und konnte die Stelle sehen, wo früher die vielen Stockrosen gestanden haben und wo S. Henderson abgestürzt ist. Es ist alles wie früher. Während ich hineinschaute, öffnete jemand Mr Pedigrees Fenster (ich meine das Fenster ganz oben, das auf das Dach hinausgeht und wo ich S. Henderson sah, nachdem ich ihm nachgegangen war und gewartet hatte).

Es war eine Frau, ich erkannte es an der Form ihres Arms. Vielleicht war sie beim Saubermachen. Natürlich habe ich meinen armen Freund nicht gesehen. Aber ich habe den jungen Lehrer gesehen, der Hendersons Leiche fand, nachdem er abgestürzt war. Es war Mr Bell. Er ist sehr gealtert. Ich saß auf meinem Rad auf dem Pflaster, als Mr Bell aus der Eingangstür neben dem Rektorat trat und durch das Tor kam und die High Street entlangging; er war angezogen wie damals, mit dem riesigen Schal. Es verlangte mich ihm zu folgen, und er ging in das Sprawsonsche Haus an der Old Bridge. Es war ein großer Kummer für mich, daß er an mir vorbeiging, als ich auf dem Rad saß, ohne mich zu erkennen; das ist die Wahrheit. Offenbar habe ich keinen Teil mehr an Greenfield, und ich hatte doch gemeint, daß es mein Zuhause ist, nicht weil ich angenommen hätte, mein einziger Freund befinde sich noch hier, nur scheine ich ihn in meinen Gedanken mit Foundlings in Verbindung zu bringen.

31. 12. 66

Heute nacht, während ich wartete, daß die Kirchenuhr in Wandicott zwölf schlägt (und dann wollen einige Lehrer, die in den Ferien hiergeblieben sind, das neue Jahr einläuten, aber nicht aus Gottesfurcht, sondern zum Vergnügen), habe ich das Buch hier von Anfang an durchgelesen. Ich habe zu schreiben begonnen als Nachweis, daß die Geister mich besuchten, für den Fall, daß man mich für wahnsinnig hält und wegbringen und in eine Heilanstalt stecken will wie R. S. Jones in Gladstone, aber wie ich sehe, habe ich auch viele andere Dinge niedergeschrieben. Ich entdecke an mir auch, daß ich Worte niedergeschrieben habe statt sie auszusprechen, und das ist ein kleiner Trost. Das geistliche Leben ist eine Zeit der Prüfung und ohne die tröstlichen Worte und die Mitteilung der Geister, daß ich der Mitte der Dinge nahe bin und daß alles offenbar wird, wäre ich versucht, mir wie R. S. Jones ein Leid anzutun. Denn meine Frage, wer bin ich und wozu bin ich da, ist noch unbeantwortet und ich muß *ausharren* wie ein Mann, der ein schweres Gewicht hochhebt. Jetzt hat das Wechselläuten der Glocken begonnen, und ich möchte so gern weinen, aber es scheint mir nicht möglich.

5. 2. 67

Etwas Wundervolles ist geschehen. Das Wetter ist so kalt, daß die Spielplätze gefroren sind und die Jungen nicht spielen können. Sie gehen statt dessen auf dem Schulgelände spazieren. Ich hatte eine Hofecke beim Geräteschuppen saubergemacht (denn Mr Pierce findet immer Arbeit für mich, auch wenn die Luft gefriert und die Erde nicht einmal mit einem Pickel aufzuschlagen ist), als drei Jungen kamen und bei mir stehenblieben. Schüler kommen selten in meine Nähe, aber die drei sind stehengeblieben und haben mich betrachtet. Dann hat mich der größte, ein Weißer, gefragt, warum ich einen schwarzen Hut trage! Ich mußte rasch überlegen, denn obwohl ich nicht mehr als notwendig spreche, waren dies Kinder, von denen Er gesagt hat, Wehret ihnen nicht usw. Ich entschied, daß es zum Gehorsam gehört zu tun, worum sie bitten, und sie hatten mich gebeten, ihnen zu antworten. Deshalb entgegnete ich, ich trage den Hut, damit mein Haar besser sitzt, was sie zum Lachen brachte und einer sagte, ich soll meinen Hut abnehmen. Ich nahm ihn ab, und sie lachten so laut, daß ich lächeln mußte und ich habe ihnen angesehen, daß ihnen mein geflicktes Gesicht nichts ausmachte, sondern daß sie dachten, jemand hätte sich einen Spaß mit mir gemacht. Für sie war ich ein Clown. Aus dem Grund habe ich das Haar von der kahlen Seite meines Kopfes weggehoben und ihnen mein häßliches Ohr gezeigt, und sie waren sehr aufmerksam und kein bißchen erschrokken und abgestoßen. Als sie gegangen waren, war ich so glücklich wie noch nie. Ich habe meinen Hut wieder aufgesetzt und weiter saubergemacht, doch ich habe gedacht, wenn ich nur an meinem Freund Mr Pedigree alles wieder gutmachen könnte, dann würde ich am liebsten bei Kindern leben und lieber hier als anderswo. Ich frage mich, ob das, wozu ich da bin, vielleicht etwas mit Kindern zu tun hat.


13. 4. 67

Ich habe den Platzwarten geholfen, die Rugbypfosten einzusetzen. Sie arbeiteten nicht so hart wie sie sollten. Einer erzählte den anderen, daß sich Mr Pierce Geld verschafft, indem er heimlich Obst und Gemüse aus dem Garten verkauft, das eigentlich für die Schule bestimmt ist. Sie erzählten mir auch von den Eltern einiger Schüler, hörten aber bald damit auf, als sie merkten, wie wenig ich antwortete. Sie erzählten, daß zwei Männer hier Kriminalbeamte seien und einer auch als Gärtner arbeitet, und ich überlege welcher, Mr Pierce ist es ganz bestimmt nicht. Das alles geht mich allerdings gar nichts an, ermahne ich mich. Es bereitet mir großen Kummer, daß ich nicht weiß, ob ich dem Marinekapitän Thomson von Mr Pierce und den Gartenerzeugnissen berichten soll.

20. 4. 67

Ich habe eine schlimme Erkältung und hohes Fieber, so daß sich alles um mich dreht. Aber als ich meine Bibellektion wiederholt hatte, sind ganz wie sonst die Geister erneut erschienen, der Rote und der Blaue. Sie zeigten: Wir sind erfreut über deinen Gehorsam Mr Pierce gegenüber, obwohl er ein schlechter Kerl ist. Er wird es zahlen müssen. Doch um dich zu trösten, erlauben wir dir uns zu fragen, was immer du willst und wenn es nichts Unrechtes ist, werden wir antworten. Ich fragte, was mich schon seit langem unentwegt bekümmert, warum in Cornwall so wenig Wirkung sichtbar wurde, als ich die schreckliche mit Blut geschriebene Zahl durch die Straßen trug. Sie zeigten: Das Gericht ist keine so simple Sache, wie du meinst. Die Zahl hat viel Gutes getan nicht nur in der Stadt, sondern auch in so weit entfernten Orten wie Camborne und Launceston. Frag weiter. Da habe ich nachgedacht und gefragt, ob mein geistiges Antlitz jetzt geheilt sei oder für sie noch immer so häßlich sei. Sie zeigten: Nein, es ist immer noch schrecklich für uns, wir ertragen es jedoch gern um deinetwillen. Frag weiter. Daraufhin fragte ich, ohne recht zu wissen, was ich da tat: Wer bin ich? Was bin ich? Wozu bin ich da? Hat es etwas mit Kindern zu tun? Da zeigten sie: Es handelt sich um ein Kind. Und als du die schreckliche Zahl durch die Straßen trugst, wurde ein Geist, der schwarz ist mit etwas Purpurrot darin wie bei den Stiefmütterchen, die Mr Pierce unter die Eberesche gepflanzt hat, niedergeworfen und besiegt, und das Kind wurde, gesund an Leib und Seele, mit einem Intelligenzquotienten von hundertzwanzig geboren. Frag weiter. Da schrie ich: Was bin ich? Bin ich ein Mensch? und vernahm, wie sich Mr Pierce

laut aufschnarchend im Bett umdrehte und die Geister
brachten mich von sich fort, doch auf ganz freundliche Weise. Mir scheint, daß ich heute nacht vielleicht keinen Schlaf
brauche.

22. 4. 67

Es muß fast drei Uhr morgens gewesen sein, glaube ich, da
brach ich plötzlich in Ströme von Schweiß aus und hatte
nach dem allen ein großes Schlafbedürfnis. So schlief ich und
am nächsten Tag fand ich es schwer, die Arbeit zu tun, die
Mr Pierce mir auferlegte. Doch ich bin glücklich, wenn ich
daran denke, daß ich dazu da bin, mit diesen kleinen Jungen
zu tun zu haben, obwohl Mr Pierce immer versucht, mich
von ihnen fernzuhalten. 120 war der IQ von Jesus von Naza-
reth.

2. 5. 67

Heute war ich an einem freien halben Tag in Greenfield.
Mrs Appleby, die Frau des Rektors, die oft mit mir spricht,
hat mich gebeten, ein paar Sachen für sie zu besorgen, und es
kam mir so sonderbar vor, als sie sagte: Sie bekommen das
bei Frankley! Also bin ich zu Frankley gegangen. Dann habe
ich in GOODCHILDS ANTIQUARIAT hineingeschaut und war ein
wenig traurig, weil die Glaskugel nicht mehr da ist, verkauft
nehme ich an, sonst hätte ich sie kaufen können. Aber als ich
in das Schaufenster sah, kamen zwei kleine Mädchen von
Sprawson's herüber, wo ich vor langer Zeit das Kaminbesteck hingebracht habe, und schauten in das Fenster mit den
Kinderbüchern. Sie waren schön wie Engel, und ich gab mir
Mühe, meine schlimme Seite wegzuhalten. Sie gingen zurück zu Sprawson's, und die Tür zum Laden stand offen,
und so konnte ich drinnen eine Frau sagen hören, daß Stanhopes kleine Mädchen unzertrennlich sind und einander alles
bedeuten. Ich stieg auf mein Rad und fuhr fort, aber ich
mußte mir einfach wünschen, daß sie es sind, für die ich da
bin. Ich meine damit nicht, daß ich sie angesehen habe wie
Miss Lucinda oder die Töchter von Mr Hanrahan, das ist
alles vorbei, glaube ich, und aus meinem Kopf verschwunden, als wenn es nie dagewesen wäre. Ich finde es merkwürdig, daß alle Ereignisse vom 20. 4. 67 unklar sind, so daß ich

mich nicht deutlich erinnern kann, ob das Wort im Buch Kind oder Kinder hieß. Vielleicht habe ich mit den kleinen Mädchen, Stanhope heißen sie, oder mit einem von ihnen zu tun, es wäre aber doch schön, wenn es beide wären. Während ich darauf warte herauszufinden, wozu ich da bin, werde ich an meinen freien halben Tagen auf sie achten. Wenn die Geister das nächste Mal kommen, werde ich sie nach den kleinen Mädchen fragen. Eines ist dunkel und eines blond. Ich setze sie auf die Liste der Menschen, für die ich bete.

9. 5. 67

Die Geister haben mich nicht wieder vor sich gebracht. Heute an meinem freien Tag war ich aufs neue in Greenfield und wollte nach den kleinen Mädchen sehen, sie sind aber nicht aufgetaucht. Ich werde sie vielleicht nicht oft sehen, doch das wird sich natürlich nach Gottes Willen fügen. Ich habe ihr Haus gesehen. Es ist groß, doch befindet sich in einem Teil eine Anwaltskanzlei und außerdem eine Etagenwohnung.

13. 5. 67

Die Geister sind wieder gekommen. Ich habe sofort nach den kleinen Mädchen gefragt, und sie zeigten: Das wird sein, wie es sein wird. Ich hatte plötzlich Angst, daß ich in die Gefahr gerate, eine Sünde zu begehen, wenn ich die kleinen Mädchen allen anderen vorziehe. Sie haben diesmal nicht gewartet, bis ich meine Frage geflüstert hatte, sondern sofort gezeigt: Du hast recht. Geh nicht nach Greenfield, wenn du nicht hingeschickt wirst. Sie schienen etwas streng mit mir zu sein, dachte ich. Sie stießen mich schnell von sich. Jetzt muß ich wieder tun, was mir schwerfällt. Ich muß mit meinem Schicksal zufrieden sein, und hier und da mit den kleinen Jungen sprechen und darauf vertrauen, daß es gute Geister (Engel) gibt, die auf die kleinen Mädchen achten, und natürlich gibt es sie.

Und da sie einander alles bedeuten, brauchen sie mich nicht.

ZWEITES BUCH

# Sophy

# VIII

Was Mrs Goodchild zu Mr Goodchild bemerkt hatte, traf durchaus zu. Die Zwillinge, Sophy und Toni Stanhope, waren sich ein und alles und fanden das unerträglich. Wären sie einander zum Verwechseln ähnlich gewesen, hätte es vielleicht angehen mögen, aber sie waren so verschieden wie Tag und Nacht, Nacht und Tag, eins davon bist du, Nacht und Tag. Sogar damals schon, als Matty sie erstmals sah, eine Woche vor ihrem zehnten Geburtstag, hatte Sophy eine genaue Vorstellung davon, wie verschieden sie waren. Sie wußte, daß Toni dünnere Arme und Beine hatte und daß bei Toni die Linie von der Kehle bis zum Ansatz der Beine nicht so glatt und vollkommen verlief. Tonis Knöchel und Knie und Ellbogen waren ein wenig verdickt wie Knöpfe, und ihr Gesicht war noch magerer als die Arme und Beine. Sie hatte große braune Augen und lachhaftes Haar. Es war lang und dünn. Es war nicht viel dicker als – ja nun, wenn es noch eine Idee dünner gewesen wäre, wäre *überhaupt* nichts dagewesen. Und als ob es sich auf sein Verschwinden vorbereiten wolle, hatte es sich völlig seiner Farbe entledigt. Sophy dagegen wußte, daß sie selbst am oberen Ende eines glatteren, runderen und stärkeren Körpers lebte, in einem Kopf mit einer Fülle dunkler Locken. Sie sah durch Augen in die Welt, die etwas kleiner als Tonis Augen und umrahmt waren von dichten, langen schwarzen Wimpern. Sophy war rosig und weiß, aber Tonis Haut farblos wie ihr Haar. Man konnte gewissermaßen durch diese Haut hindurchsehen; und Sophy, die sich keine Gedanken darüber machte, woher sie ihr Wissen hatte, kannte die Beschaffenheit des Wesens sehr gut, das mehr oder weniger in dieser Haut steckte. »Mehr oder weniger« – genauer ließ sich das einfach nicht ausdrücken, denn Toni lebte nicht ausschließlich innerhalb ihres Kopfes da oben, sondern nur zeitweilig in Verbindung mit ihrem mageren Körper. Sie hatte die Angewohnheit, sich hinzuknien, aufzuschauen und nichts zu sagen, was eine merkwürdige Wirkung auf Erwachsene ausübte. Der Anblick machte sie rührselig. Das war zum Auswachsen, vor allem deshalb, weil Toni, wie Sophy wußte, in solchen Augenblicken überhaupt nichts tat. Sie dachte nichts, sie fühlte nichts, sie war überhaupt nicht vorhanden.

Sie war einfach aus sich selbst fortgeweht wie Rauch. Diese riesigen braunen Augen, die aus dem Vorhang verwaschen blonder Haare herausschauten! Es war ein Zauber, und er wirkte, und in solchen Augenblicken zog Sophy sich, sofern möglich, in sich selbst zurück, oder sie erinnerte sich an die herrlichen Zeiten, als Toni nicht dagewesen war. In einer solchen Zeit war einmal ein ganzes Zimmer voll gewesen mit Kindern und Musik. Sophy konnte den Schritt und hätte ihn immer und immer weiter tanzen mögen, eins, zwei, drei, hops! Eins, zwei, drei, hops; das ruhige Vergnügen daran, daß sich durch die drei Schritte die Füße beim Hopsen immer abwechselten – und aus irgendeinem Grund ohne Toni in der Nähe. Vergnügen bereitete es außerdem, weil einige Kinder diesen einfachen, wunderbaren Tanz nicht schafften.

Dann war da außerdem das längliche Quadrat. Später dachte sie natürlich daran als an ein Rechteck zurück, das besondere daran war jedoch, daß sie Daddy ganz für sich hatte, und Daddy hatte wirklich einen Spaziergang vorgeschlagen, und sie war vor lauter Glück darüber so verwirrt gewesen, daß sie erst später verstand, warum er den Vorschlag gemacht hatte: wenn ihr Toni gefehlt hätte, wäre sie ihm zur Last gefallen! Doch was er auch für Gründe haben mochte, er nahm sie bei der Hand, die sie nach ihm ausstreckte, und sie schaute – bah! – mit schlichtem Vertrauen auf in das gutaussehende Gesicht, und sie waren die beiden Eingangsstufen herabgeschritten, über die paar Grasbüschel hinweg auf die Straße hinaus. Er hatte sie umworben, es gab dafür kein anderes Wort. Er hatte sie rechts ab geführt und ihr die Buchhandlung nebenan gezeigt. Dann waren sie stehengeblieben und hatten in das große Schaufenster der Eisenwarenhandlung Frankley geschaut, und er hatte ihr von den Rasenmähern und den Werkzeugen erzählt und ihr erklärt, daß die Blumen aus Kunststoff waren, und dann war er mit ihr an der Reihe kleiner Häuser entlanggegangen, an denen sich oben beschriftete Schilder befanden. Er hatte ihr erklärt, das seien Ausgedinghäuser für Frauen, deren Männer gestorben waren. Dann hatte er sie nach rechts durch einen schmalen Durchgang geführt, ein Fußweg war das, und dann durch eine Schwingtür, und sie hatten den Treidelpfad am Kanal erreicht. Da hatte er ihr von den Schleppkähnen erzählt, zu denen früher Pferde gehört hatten. Er bog erneut nach rechts ab und blieb vor einer grünen Tür in der Mauer stehen. Plötzlich begriff sie. Es war wie ein neuer Schritt, eine neue Erfahrung, alles fügte sich zusammen. Sie erkannte, daß die grüne Tür die Hintertür zu ihrem Garten war und daß Daddy sich schon königlich langweilte, wie er da auf dem Treidelpfad vor der blasigen Farbe stand. Deshalb rannte sie weg, zu nahe ans Wasser heran und bei den Stufen zur Old Bridge hinauf fing er sie ein, ganz wie sie es beabsichtigt hatte, er war jedoch verärgert. Er zerrte sie förmlich nach oben. Sie versuchte, ihn aufzuhalten und wollte bei der öffentlichen Toilette oben stehenbleiben, aber er wollte nicht. Sie versuchte, ihn geradeaus zu ziehen, als er nach rechts abbog, versuchte ihn dazu zu bringen, daß er mit ihr über die High Street spazierenging, aber er wollte nicht, und sie bogen nach rechts, und da lag die Front ihres Hauses. Sie waren im Kreise gegangen und wieder zurückgekommen, und sie wußte, daß er verärgert war und sich langweilte und daß es ihm am liebsten gewesen wäre, wenn sich sonst jemand um sie gekümmert hätte. In der Diele kam es zu einem kurzen Gespräch. »Daddy, kommt Mammy zurück?«

»Natürlich.«

»Und Toni?«

»Aber Kind, du brauchst dir wirklich keine Sorgen zu machen. Natürlich kommen sie zurück!«

Mit offenem Mund hatte sie ihm nachgesehen, als er in seinem Arbeitszimmer verschwand. Sie war noch zu klein, als daß sie hätte aussprechen können, was sie dachte und was einem Mord an Toni gleichkam: *Aber ich will nicht, daß sie wiederkommt!*

An dem Tag jedoch, an dem Matty die beiden sah, waren sie einander tatsächlich mehr oder weniger alles. Toni hatte vorgeschlagen, die Buchhandlung aufzusuchen, um nachzusehen, ob unter den neuen Büchern dort irgendwelche waren, die sie gern gehabt hätten. Nächste Woche hatten sie Geburtstag, und da mochte es sich lohnen, der derzeitigen Tante, die man immer anstubsen mußte, ein paar Hinweise zu geben. Als sie jedoch von der Buchhandlung zurückkehrten, stand Großmutter in der Diele und die Tante war fort. Großmütterchen packte ihre Sachen und nahm sie in ihrem kleinen Wagen mit, die ganze lange Strecke bis Rosevaer, ihrem Bungalow am Meer. Das war so aufregend, daß Sophy darüber Bücher und Tanten und Daddy vollkommen vergaß, und der zehnte Geburtstag verging, ohne daß sie ihn wahrnahm. Außerdem entdeckte Sophy damals, wieviel Spaß ein Bach macht. Er war viel interessanter als ein Kanal und bewegte sich schwatzend und glucksend. Sie lief in der Sonne am Bach längs, zwischen hohem Gras und Butterblumen, deren buttergelbe Blütenblätter mit dem gelben Staub in Kopfhöhe so wirklich waren, daß durch sie auch Nähe, Ferne und Raum Wirklichkeit wurden. Alles war so grün überall, und von allen Seiten gleichzeitig strömte die Sonne her. Und wenn sie dann das dichte Grüne, das grüne Gras auseinanderschlug, sah sie hier und da Wasser, andere Ufer, ferne Länder, Wasser dazwischen, Nil, Mississippi, tröpfelnd, plätschernd, schwatzend, plappernd, prickelnd und funkelnd! Und dann die Vögel, die durch die Dschungel der fremden Länder stolzierten! O dieser schwarze Vogel mit dem weißen Schlüsselloch auf der Stirn und seiner zwitschernden, quietschenden, zirpenden, flaumigen Brut, die kletterte und strampelte und zwischen den Gräsern auf den Rücken purzelte! Sie gelangten hinaus ins Wasser, die Mutter und die Küken, alle zehn aufgereiht wie an einer Schnur. Sie ließen sich im Bach treiben, und Sophy ging ganz in ihren Augen auf, ging völlig auf im Sehen, Sehen, Sehen! Es war, als ob man mit den Augen nach etwas griffe und es erobere. Es war ganz, als ob der oberste Teil des Kopfes vorwärts gezogen würde. Es war wie ein Saugen, ein Trinken, das war etwas.

Am Tag darauf ging Sophy suchend durch die hohen buttergelben Blumen und das Wiesengras zum Bach hinunter. Als wenn sie die ganze Nacht auf sie gewartet hätten, waren sie da. Die Mutter schwamm den Bach hinab, die Schnur Küken hinter sich. Hin und wieder sagte sie »Kuck!« Sie war nicht erschrocken, nicht aufgescheucht – nur eben ein bißchen mißtrauisch.

Es war das erste Mal, daß Sophy merkte, wie »selbstverständlich« sich manchmal etwas ergibt. Sie konnte ein wenig werfen, aber nicht gut. Nun aber – und hier kam dies »Selbstverständlich« ins Spiel – nun aber lag da ein großer

Kieselstein griffbereit im Gras und austrocknendem Schlamm, wo kein Kiesel eigentlich etwas zu suchen gehabt hätte, es sei denn, daß jene »Selbstverständlichkeit« sich einschaltete. Sophy kam es so vor, als habe sie sich gar nicht nach einem Stein umsehen müssen. Sie bewegte nur ihren Wurfarm, und ihre Handfläche legte sich wie dazu geschaffen um das glatte Oval. Wie kam ein glatter, ovaler Stein hierher, warum lag er nicht unter dem Schlamm, nicht einmal im Gras, sondern so weit oben, daß der Wurfarm ihn fand, ohne daß man auch nur hinzusehen brauchte? Da war der Stein, in ihre Hand geschmiegt, während sie zwischen den cremefarbenen Büscheln von Mädesüß hindurchspähte und die Mutter samt den Küken eifrig den Bach hinabpaddeln sah.

Für ein kleines Mädchen ist das Werfen eine schwierige Angelegenheit und außerdem im allgemeinen keineswegs etwas, das man wie die Jungen stundenlang zum Spaß übt. Doch auch später, bevor Sophy lernte, die Dinge ganz einfach zu nehmen, konnte sie nie ganz begreifen, auf welche Weise sie so genau voraussah, was dann geschah. Das war's, ein Faktum wie alles andere auch, sie *sah* den Bogen, dem der Stein folgen würde, sah den Punkt, den dieses letzte Küken da erreichen würde, während der Stein noch auf seiner Bahn flog. »Würde«? Denn – und das war feinsinnig – wenn immer sie später zurückblickte, schien ihr etwas Zukünftiges, sobald sie es begriff, unausweichlich. Doch unausweichlich oder nicht, sie konnte nie verstehen – oder jedenfalls nicht bis zu einer Zeit, als Verstehen irrelevant geworden war –, wie sie, den linken Arm seitwärts gestreckt, mit dem Oberarm, der vom Ellbogen an am linken Ohr vorbei rotierte, als kleines Mädchen dazu imstande gewesen war, nicht nur den Oberarm nach vorn zu stoßen, sondern den Stein auch im richtigen Augenblick, im richtigen Winkel, mit der richtigen Geschwindigkeit loszulassen, wie sie ihn unbehindert durch einen Finger, einen Nagel, das Polster der Handfläche – und nicht einmal mit voller Absicht –, so werfen konnte, daß der Stein in diesem Bruchteil eines Bruchteils von Sekunden aufs genaue – als handle es sich um eine Wahl zwischen zwei von Anfang an bestehenden, voll überlegten Möglichkeiten, die Küken, Sophy, der griffbereite Stein, alles und jedes wie ausgerichtet auf diesen Punkt – jene Flugbahn nahm, auf deren Endpunkt das Küken jetzt eifrig zuschwamm, das letzte Küken in der Reihe, das eben dort ankommen mußte, wie einem stummen Befehl gehorchend *tu, was ich dir sage.* Und dann die tiefe Befriedigung – das Aufklatschen im Wasser, das Davonstieben der Mutter halb im Flug mit einem Schrei wie das Bersten von Mauern, das rätselhafte Verschwinden aller Küken, bis auf das letzte, nun ein Haufen Flaum zwischen sich breitenden Ringen, mit einem Fuß seitlich hochragend und leicht zitternd, sonst aber reglos, bis auf das Schaukeln des Wassers. Es folgte ein anhaltendes Vergnügen, das Betrachten des Fetzens Flaum, der sich sanft drehte, während die Strömung ihn aus dem Blickfeld trug.

Sie machte sich auf die Suche nach Toni und stand groß zwischen den Mädesüßpflanzen, und die Butterblumen streiften ihre Hüften.

Sophy warf nie wieder einen Stein auf die Bläßhühner, und sie wußte sehr wohl warum. Es war eine klare, aber auch heikle Einsicht. Nur einmal durfte man dem Stein erlauben, sich in die vorbestimmte Hand, die vorbestimmte Flugbahn zu fügen, und auch das nur einmal, wenn ein Küken mitspielt und sich unausweichlich so bewegt, daß sein Schicksal sich mit dir verknüpft. Sophy spürte, daß sie all das und mehr noch begriff; wußte aber auch, daß Wörter unnütz waren, wenn es darum ging, dieses »Mehr« durchschaubar zu machen, es zu erklären, mit jemand zu teilen. Dieses »Mehr« – es war beispielsweise das Wissen darum, daß der Vater nie, nie wieder mit dir zusammen das längliche Quadrat, das Rechteck, abschreiten würde, vorbei an der Außenseite der alten Stalltür. Es lag auch in der Gewißheit, die du ganz ohne Zweifel besitzt, daß der werbende Daddy nicht mehr bei dir sein würde, weil er nirgends mehr war, irgend etwas hatte ihn umgebracht oder hatte sich selbst umgebracht und hatte das Habichtprofil einem stillen oder gereizten Fremden gelassen, der seine Zeit mit irgendeiner Tante oder im Arbeitszimmer verbrachte.

Vielleicht brachten Großmütterchens Haus und der Bach und die Wiese aus diesem Grund eine solche Erleichterung, denn obwohl die Wiese der Ort war, wo man etwas über das »Mehr« erfuhr, war sie doch vor allem zum Vergnügen da.

Und als sich die Ferien hinzogen, inmitten der fröhlichen, mit Butterblumen gespickten Vergnügungen auf der Bachwiese, unter Schmetterlingen und Libellen und Vögeln auf Zweigen und Gänseblumenketten, dachte sie *wie ein Rohling* an das andere, an die Flugbahn, den Stein, den Flaum nur noch als an einen schlichten Glücksfall, Glück, ja, Glück hatte sie gehabt, Glück erklärte alles! Oder verbarg alles. Wenn sie mit dem kleinen Phil Ketten aus Gänseblümchen flocht oder Toni und sie in einem seltenen Zustand von Einigkeit als Indianer im Wigwam saßen, so wußte Sophy, das waren Glücksfälle. In dieser Zeit, einer Zeit zum Tanzen, zum Singen, einer Zeit des Neuen und da man neue Leute kennenlernte, denen man nicht hätte gestatten dürfen, wieder fortzugehen (was sie aber taten) – die große, rothaarige Frau, der Junge, der nur wenig jünger war als sie selbst und der ihr erlaubte, seinen blauen Overall mit den aufgenähten roten Tieren anzuziehen, der große Hut, Partyzeit – o es war Glück, und wenn es nicht Glück war, wer fragte danach! Dieser Sommer war auch das letzte Mal, daß sie bei Großmutter waren, und das letzte Mal, daß Sophy die Bläßhühner beobachtete. Sie verließ Toni, die im Gras am Weg nach kleinen Insekten suchte, und watete durch das höhere Gras, durch Mädesüß und Wiesenampfer, und als sie die Mutter mit ihren Küken sah, jagte sie die Gesellschaft den Bach hinab. Die Mutter stieß ihren Warnschrei aus, rauh, stakkatissimo, schwamm schneller, die Küken auch, schneller und immer schneller. Sophy rannte neben ihnen her, bis die Mutter endlich mit ihrem ohrenbetäubenden Kreischen aufflog und das Wasser aufschäumte und die Küken verschwanden. Sie verschwanden so plötzlich, als hätten sie sich in Luft aufgelöst. Im einen Augenblick war die flaumige Reihe noch bemüht, rascher zu schwimmen, Hälse ausgereckt, Füße unter Wasser paddelnd, und im nächsten Moment kam ein Gurgellaut und der Flaum war verschwunden. Es war so erstaunlich, so verblüffend, daß Sophy nicht weiterrannte, sondern eine Weile stehenblieb und schaute. Erst als die Mutter wieder zu sehen war, wie sie eifrig im Bach schwamm und ihren Schrei wie einen Hammer schwang, merkte Sophy, daß ihr der Mund offenstand und sie schloß die Lippen. Vielleicht eine halbe Stunde später kehrten Mutter und Küken gemeinsam zurück, und Sophy jagte sie erneut. Sie stellte fest, daß sich die Küken nicht in Luft, sondern in Wasser auflösten. Ihre Angst schlug an einem bestimmten Punkt um in Hysterie, und dann tauchten sie unter. So klein sie auch waren – und Küken konnten kaum viel kleiner sein als diese hier –, wenn man sie jagte, tauchten sie schließlich unter und brachten sich in Sicherheit, so schnell man auch rannte, so groß man auch war. Sie lief über die Wiese und teilte Toni die erstaunliche Neuigkeit mit, einerseits voller Bewunderung für die Küken, andererseits über ihr Verhalten verärgert.

»Bist du blöd«, sagte Toni, »es sind doch Tauchvögel.«

Daraufhin blieb Sophy nichts anderes übrig, als die Zunge herauszustrecken, die Daumen in die Ohren zu stecken und mit den Fingern zu wackeln. Es war unfair, wie sich Toni manchmal verhielt, da war sie meilenweit entfernt, ganz bestimmt nicht in der Nähe ihres dünnen Körpers mit dem leeren Gesicht; und dann bewies sie einfach so, daß sie doch da war. Sie kam aus der Luft herunter und befand sich wieder in ihrem Kopf. Und dann schlug sie sozusagen einen Haken, anders konnte man das nicht nennen, und brachte Dinge miteinander in Verbindung, wie es sonst niemand eingefallen wäre, und dann stand man da, und eine Sache war entschieden oder aber, was noch ärgerlicher war, vor etwas völlig Selbstverständlichem. Aber Sophy hatte gelernt, Tonis Wesen nicht mehr so einfach und verächtlich abzutun wie früher. Sie wußte, wenn die wahre Toni sich einen Meter über Tonis Kopf aufhielt, rechts davon vielleicht, so bedeutete das keineswegs immer, daß Toni nichts tat oder in den Schlaf oder ein Koma oder das schiere Nichts wegglitt. Es konnte bedeuten, daß sie behende durch unsichtbare Zweige flitzte in einem unsichtbaren Wald, wo Toni der Förster war. Es konnte sein, daß die Toni da oben an gar nichts dachte; aber es konnte auch sein, daß sie gerade dabei war, die Welt für sich so zu verändern, wie sie sie haben wollte. So konnte es beispielsweise vorkommen, daß die Gestalten einer Buchseite sich verwandelten in Gestalten aus Fleisch und Blut. Es war denkbar, daß die Toni dort oben mit zerstreuter Neugier einen Ball untersuchte, der sich aus einem Kreis gebildet hatte, oder einen Würfel aus einem

Quadrat oder das Dingsda aus einem Dreieck. Sophy hatte das alles über Toni herausgefunden, ohne sich sonderlich anzustrengen. Schließlich waren sie Zwillinge, irgendwie schon.

Nachdem Toni auf die Verbindung zwischen dem Verhalten der Bläßhühner und ihrem Namen hingewiesen hatte, kam sich Sophy betrogen vor, und sie ärgerte sich. Der Zauber verflog. Sie beugte sich über Toni und überlegte, ob sie die Küken aufs neue jagen sollte. Ihr ging auf, daß sie die Küken eigentlich nicht bachabwärts jagen sollte; sie mußte es bachaufwärts versuchen. So würde die Strömung für Sophy arbeiten und die Küken behindern, und sie könnte mit ihnen Schritt halten, sie unter Wasser genau beobachten und sehen, wo sie auftauchten. Schließlich, dachte sie, müssen sie doch irgendwo wieder auftauchen! Doch sie war nicht mit dem Herzen bei der Sache. Das Geheimnis war nicht länger ein Geheimnis und nützte keinem was, nur den blöden Vögeln selbst. Sie zog sich die Haare von den Ohren.

»Komm, wir gehen zurück zu Großmutter.«

Sie arbeiteten sich durch die üppigen Wiesen bis zur Hekke vor, und unterdessen fragte sich Sophy, ob es irgendeinen Sinn habe, Großmutter zu fragen, warum Erklärungen einem die ganze Freude an den Dingen verdarben; doch zweierlei lenkte sie von der ganzen Geschichte ab. Zunächst einmal trafen sie den kleinen Phil von der Farm, den lockigen kleinen Phil vom Bauernhof, der ganz wie der kleine Phil aus dem Buch *Die Kuckucksuhr* aussah, und sie spielten auf einem Feld seines Vaters mit ihm. Dort ließ Phil sie sein Ding besichtigen, und sie zeigten ihm ihre Dinger, und Sophy schlug vor, daß sie jetzt alle drei heiraten sollten. Aber der kleine Phil meinte, er müsse zurück zum Hof und mit seiner Mami fernsehen. Als er weg war, entdeckten sie an der Kreuzung einen Briefkasten und machten sich einen Spaß daraus, Steine hineinzuwerfen. Und als sie zum Bungalow zurückkehrten, teilte ihnen die Großmutter mit, sie führen am nächsten Tag beide zurück nach Greenfield, weil sie selbst ins Krankenhaus mußte.

Toni trumpfte mit einem unerwarteten Wissen auf, das sie wer weiß wo versteckt gehalten hatte.

»Kriegst du denn ein Baby, Großmutter?«

Die Großmutter lächelte auf verkrampfte Weise.

»Nein, kriege ich nicht. Ihr versteht das nicht. Wahrscheinlich tragen sie mich mit den Füßen voran wieder heraus.«

Toni wandte sich auf ihre übliche Art, von oben herab zu sprechen, Sophy zu.

»Sie meint, daß sie sterben wird.«

Großmutter machte sich daran, die Sachen der Kinder zu packen, warf sie eigentlich aber nur wild durcheinander. Sie war offenbar sehr wütend, was Sophy als ungerecht empfand. Später, als sie beide im Bett lagen, Toni in jenem Schlaf, in dem sie überhaupt nicht zu atmen schien, blieb Sophy lange noch in Gedanken wach, bis es am Ende sehr, sehr dunkel war. Das Krankenhaus und Großmutter und das Sterben ließen sie in der Dunkelheit frösteln. Trotzdem dachte sie angestrengt über den Vorgang des Sterbens nach, so weit sie darüber Bescheid wußte. Wirklich, es machte einen frösteln – aber wie aufregend! Sie warf sich im Bett herum und sagte laut:

»Ich werde nicht sterben!«

Die Worte klangen so laut, als hätte jemand anders sie ausgesprochen. Sie jagten Sophy wieder unter die Decke. Dort entdeckte sie, daß sie, wie im Zwang, ja, so war es, an diesen Ort, diesen Bungalow denken mußte, als ob das jetzt alles Bestandteil dieser neuen Entwicklung wäre, Großmutters Sterben – Großmutters Schlafzimmer mit dem Bett, das fast zu groß für den Fußboden war, die massigen Möbel, die in kleinen Zimmern gedrängt standen, als wäre ein großes Haus hier zusammengezogen worden; die gewaltige, dunkle Anrichte mit den geschnitzten Schnörkeln und die Schränke, die man wie bei Ritter Blaubart nicht öffnen durfte, und jetzt die Dunkelheit, als säße in jedem Raum ein Wesen; und Großmutter selbst, die geheimnisvoll geworden, nein, schrecklich geworden war, weil sie auf ungeheuerliche Art, mit den Füßen voran, das Krankenhaus verlassen würde. Und genau an diesem Punkt machte Sophy eine Entdeckung. All die Geheimnisse und die Vorstellung von Großmutter, die mit den Füßen voraus herauskommen sollte, trieb Sophy von allen Seiten in sich selbst. Sie begriff etwas von der Welt. In alle

Richtungen bis auf eine breitete sich die Welt von Sophys Kopf aus, und die eine Richtung war ungefährlich, weil es Sophys eigene war, es war die Richtung durch ihren Hinterkopf hindurch, *dort,* wo Dunkel herrschte wie das Dunkel dieser Nacht, aber es war ihr eigenes Dunkel. Sie wußte, daß sie am äußersten Ende dieser dunklen Richtung lag oder stand, als säße sie am Ausgang eines Tunnels und blickte hinaus in die Welt, ob es nun dämmerig oder dunkel oder taghell war. Als sie erkannte, daß sich der Tunnel hinten in ihrem Kopf befand, empfand sie ein merkwürdiges Erschauern, das ihr durch den ganzen Körper schoß und den Wunsch in ihr aufkommen ließ, in das Tageslicht zu entfliehen und so zu sein wie alle anderen; aber es gab kein Tageslicht. Da erfand sie das Tageslicht, hier und jetzt, und füllte es mit Menschen, die ohne einen Tunnel im Hintergrund ihres Bewußtseins lebten, heiteren, fröhlichen, arglosen Leuten; und darüber mußte sie eingeschlafen sein, denn jetzt rief Großmutter nach ihnen und weckte sie. Beim Frühstück in der Küche war Großmutter sehr fröhlich und erklärte, sie sollten sich das, was sie gesagt hatte, nicht so sehr zu Herzen nehmen, es werde schon alles gut werden, und heutzutage könnte die Medizin ja wahre Wunder vollbringen. Sophy hörte das alles und auch das lange Gespräch, das darauf folgte, aber sie paßte eigentlich gar nicht auf, sie war viel zu sehr damit beschäftigt, Großmutter anzuschauen, konnte den Blick nicht von ihr wenden wegen dieser Ungeheuerlichkeit, daß Großmutter sterben würde. Und das alles wirkte noch sonderbarer, weil Großmutter es nicht verstand. Sie versuchte, sie aufzuheitern, als ob *sie* sterben sollten, ein blanker Unsinn, den man einfach nicht ernst nehmen konnte angesichts der deutlich sichtbaren Umrißlinie, die Großmutter inzwischen umgab, und in ihrer Hinwendung zum Verlassen des Krankenhauses mit den Füßen nach vorn von der übrigen Welt absonderte. Doch da mußten sich noch weitere interessante Dinge ergeben, und ungeduldig wartete Sophy ab, bis Großmutter ihre Bemühungen, sie aufzuheitern, beendete und sobald in den langen Ausführungen – daß sie doch noch so klein seien, so sehr sie auch ihre Großmutter liebten, und andere Menschen finden würden, und das habe sie ihnen doch noch sagen wollen –

eine Pause eintrat und Großmutter Luft holte, wurde Sophy endlich ihre Frage los.

»Großmutter, wo wirst du denn begraben?«

Großmutter ließ einen Teller fallen und brach in ein recht merkwürdiges Gelächter aus, das anderen Lauten Platz machte, und dann lief sie doch wirklich hinaus und knallte die Schlafzimmertür hinter sich zu. Die Zwillinge saßen am Küchentisch, wußten nicht was tun, und aßen schließlich weiter, aber in respektvollem Schweigen. Später kam Groß-mutter aus dem Schlafzimmer zurück, lieb und strahlend. Sie hoffe doch, daß die beiden wegen ihrer armen alten Großmutter nicht gar zu traurig sein und sich an die schönen Zeiten erinnern würden und wie schön sie drei es immer miteinander gehabt hätten. Sophy dachte, schön sei es aber überhaupt nicht gewesen, jedenfalls nicht zu dritt, und daß Großmutter ganz schön wütend werden konnte, wenn man sich die Schuhe schmutzig machte; aber sie begann zu ler-nen, den Mund zu halten. So beobachtete sie Großmutter, die immer noch von diesem seltsamen Umriß gezeichnet war, beobachtete sie mit ernsten Augen über ihre Tasse hin-weg, während Großmutter heiter plauderte. Sie würden es ja so gut haben, wenn sie zu ihrem Vater zurückkämen, denn eine neue Dame werde sich um sie kümmern. Großmutter sprach von einem »au pair«-Mädchen.

Die nächste Frage kam von Toni.

»Ist sie nett?«

»Aber gewiß«, antwortete Großmutter mit der Stimme, mit der sie stets das Gegenteil von dem ausdrückte, was sie sagte. »Sie ist sehr nett. Dafür wird euer Vater schon sorgen, meint ihr nicht?«

Sophy interessierte sich nicht für die neue Tante, weil sie mit Großmutters Umriß beschäftigt war. Toni stellte noch weitere Fragen, so daß Sophy sich ihren eigenen Gedanken und Beobachtungen hingeben konnte. Nichts Ungewöhnli-ches an Großmutter (außer dem Umriß) ließ erkennen, daß sie sterben sollte, und deshalb brachte Sophy reihum ein paar Veränderungen an, damit sie dann über das Ergebnis nachdenken konnte. Sie war enttäuscht und leicht entrüstet, als ihr klar wurde, daß Großmutters Tod sie sehr wahr-scheinlich der Butterblumenwiese berauben und ihr die

Tauchvögel und den kleinen Phil und den Briefkasten nehmen würde. Sie war nahe daran, Großmutter dieses Problem vorzutragen, ließ es dann aber doch bleiben. Und da – Toni mußte etwas gesagt haben! Großmutter war schon wieder weg, und die Schlafzimmertür knallte. Die Zwillinge sagten nichts, saßen nur da; und dann fanden ihrer beiden Augen gleichzeitig zueinander, und sie brachen in heilloses Kichern aus. Es war einer der wenigen Augenblicke, in denen sie einander tatsächlich alles waren und es auch genossen.

Großmutter kam zurück, nicht mehr so heiter, packte die Sachen der Mädchen zusammen und fuhr sie in völligem Schweigen zum Bahnhof. Die Fahrt heimwärts ließ Sophy über die Zukunft nachdenken. Sie stellte eine Frage, in der sie es sorgfältig vermied, Großmutter und Großmutters Zukunft zu berühren.

»Werden wir sie mögen?«

Es war eine Frage, die Großmutter verstand.

»Natürlich.«

Eine Weile später und zwei Verkehrsampeln weiter ergriff Großmutter aufs neue mit jener Stimme das Wort, die immer ausdrückte, daß sie genau das Gegenteil meinte.

»Und ich bin überzeugt davon, daß sie euch beide sehr lieb haben wird.«

Als sie in Greenfield ankamen, stellten sie fest, daß das »au pair«-Mädchen ihre dritte Tante war. Wie die beiden anderen schien sie aus dem Zimmer hinter dem Treppenabsatz gekommen zu sein – es war, als ob das Zimmer dort Tanten hervorbrachte wie warmes Wetter die Schmetterlinge. Die dritte Tante hatte entschieden mehr von einem Schmetterling an sich als ihre Vorgängerinnen. Sie hatte gelbes Haar, roch wie ein Friseursalon und verbrachte täglich viel Zeit damit, sich Sachen ins Gesicht zu schmieren. Ihre Art zu sprechen war grundverschieden von allem, was die Zwillinge je gehört hatten, ob zu Hause, ob in Dorset oder auf der Straße, ob von Weißen, Gelben, Braunen oder Schwarzen. Sie erklärte den Zwillingen, sie komme von »Sydney«. Sophy hielt Sydney zunächst für eine Person, was einige Verwirrung stiftete. Jedenfalls war die »au pair«-Tante – Winnie wurde sie genannt – munter und vergnügt, sobald sie mit ihrem Gesicht zufrieden war. Sie pfiff und sang und rauchte viel, und obwohl sie soviel Lärm machte, störte das den Vater nicht im geringsten. Wenn sie nicht selbst zu hören war, dann hörte man zumindest ihr Kofferradio. Wo Winnie war, da war auch das Radio. Man brauchte nur nach dem Radio zu lauschen und wußte sofort, wo Winnie sich gerade aufhielt. Als Sophy begriff, daß Sydney eine große Stadt am anderen Ende der Welt ist, faßte sie den Mut, Winnie eine Frage zu stellen.

»Neuseeland ist doch auch auf der anderen Seite der Welt?«

»Glaub schon, Spätzchen. Hab nie darüber nachgedacht.«

»Eine Tante, es ist schon lange her, sie war unsere erste Tante, und sie hat gesagt, Mutter sei heimgegangen zu Gott. Da hat Vater gesagt, sie sei fortgegangen, um mit einem Mann in Neuseeland zu leben.«

Winnie kreischte vor Lachen.

»Läuft doch wohl aufs selbe hinaus, mein Zuckerpüppchen, was?«

Durch Winnie änderte sich vieles. Das Stallgebäude hinten am Ende des Gartens wurde jetzt offiziell das Zuhause der beiden Zwillinge. Winnie beschwatzte sie, sagte, sie könnten sich stolz und glücklich schätzen, ein eigenes Haus zu haben, und sie waren noch so jung, daß sie ihr eine Zeitlang glaubten. Später, als sie sich daran gewöhnt hatten, brauchte dann natürlich nichts mehr geändert zu werden. Vater war darüber besonders froh und setzte ihnen auseinander, daß sie nun nie mehr vom Klappern seiner Schreibmaschine gestört werden würden. Sophy, die der verläßliche Klang der Maschine manchmal in den Schlaf gewiegt hatte, sah darin nur ein weiteres Anzeichen dafür, was sie in ihrem Vater (Vater da drüben, Vater dort, dem Vater, der dort entlangging, dem Vater in der Ferne) für einen Vater hatten. Aber sie sagte nichts.

Winnie fuhr mit ihnen ans Meer. Das sollte eine große Sache werden, doch ging alles schief. Sie lagen am Strand inmitten einer riesigen Menschenmenge, die meisten in Liegestühlen, und dazwischen wimmelte es von Kindern. Die Sonne schien nicht, ab und zu gab es Regenschauer. Vor allem aber machte ihnen das Wasser einen Strich durch die

Rechnung, und nicht nur ihnen, den Erwachsenen auch. Die Zwillinge untersuchten eben ein paar Zentimeter geriffelten Sand unmittelbar am Rande des Wassers, als plötzlich alles aufschrie und die Leute den Strand hochliefen. Auf dem Meer stand ein weißer Gischtrand, der näherkam, sich in eine grüne Wölbung aus Wasser verwandelte und über sie niederbrach, und da war eine Zeit des Schreiens und Röchelns, während Winnie, die beiden unter dem Arm, durch die Flut watete, vornübergebeugt, ankämpfend gegen das Wasser, das an ihnen riß und sie mit sich fortziehen wollte. Sie fuhren sofort nach Hause. Winnie war wütend, es schüttelte sie alle drei vor Kälte, das Kofferradio ging nicht mehr, und ohne Radio war Winnie völlig anders als sonst. Sobald sie zu Hause und wieder trocken waren, brachte sie als erstes das Radio zur Reparatur. Aber die Woge – die sich niemand, auch die Erwachsenen nicht, erklären konnte, obwohl sogar das Fernsehen darüber berichtete – die Woge hatte die schlimme Angewohnheit zurückzukehren, wenn man schlief. Toni schien davon unberührt, aber Sophy litt. Sie wachte ein paarmal auf, weil sie sich schreien hörte. Mit Toni war das eine merkwürdige Sache. Einmal kauerten sie beide vor dem Bildschirm und sahen sich eine vergnügliche Sendung an über alle möglichen Abenteuer, Skiabfahrten zum Beispiel, und es waren auch Aufnahmen vom Wellenreiten im Pazifik eingeblendet. Einen Augenblick lang füllte sich der Bildschirm mit einer heranrauschenden Woge, die Kamera rückte ihr näher, immer näher, so daß man eintauchte in diese riesige grüne Wölbung. Sophy spürte einen Stich im Magen und überwältigende Angst, und als sie die Augen schloß, hörte sie noch immer die Woge oder irgendeine Woge rasen und toben. Als der Sprecher dann ankündigte, na, wie wär's mit einem Wechsel vom Wasser in die Luft, da wußte sie, daß Aufnahmen vom Fallschirmspringen folgten, und sie öffnete die Augen und stellte fest, daß Toni, ihre so andersgeartete Zwillingsschwester mit dem bleichen Haar und dem ewigen Gleichmut, in Ohnmacht gefallen war.

Danach schwebte Toni lange Zeit, Wochen über Wochen, für gewöhnlich hoch über allem in ihrem privaten Wald oder was auch immer. Als Sophy bei einer Gelegenheit die Woge erwähnte (weil sie inzwischen nicht mehr kam), um sich angenehm zu gruseln, antwortete Toni nach langem Schweigen.

»Welche Woge?«

Winnies Kofferradio kam aus der Werkstatt zurück und begleitete sie wieder überall. Manchmal klang aus der Küche erneut ein dünnes Orchester herüber oder eine Männerstimme in Kniehöhe quer durch den Garten. Als die Zwillinge die High Street entlang an der neuen Moschee vorbei zur Schule gebracht wurden und Bekanntschaft machten mit den herumstehenden Kindern, kam die Stimme des kleinen Mannes mit und ließ sie dort zurück, Hand in Hand, als ob sie einander gern hätten. Winnie holte sie nach der Schule ab, worüber manche Kinder lachten. Einige waren schon fast erwachsen, wenigstens einige der Schwarzen.

Winnie hielt sich viel länger als die anderen Tanten, obwohl sie so grundverschieden von Vater war. Sie zog in sein Schlafzimmer, samt Kofferradio und allem Drum und Dran. Sophy mißfiel das, aber sie wußte eigentlich nicht warum. Winnie erwirkte den Zwillingen die Erlaubnis, die alte grüne Tür zu benutzen, die vom Stall zum Treidelpfad führte; sie erklärte dem Vater, sie müßten sich an das Wasser gewöhnen.

Und so geschah es, daß die Zwillinge im Sommer und Herbst jenes Jahres den Treidelpfad erkundeten, von der Old Bridge aus, wo eine Tafel den Namen des Erbauers festhielt – der für das stinkende Pissoir oben auf der Brücke nicht verantwortlich sein mochte – immer weiter, oh, vielleicht ein oder zwei Meilen den Pfad entlang, der schmaler wurde zwischen Beerensträuchern und Blutweiderich und Schilf, bis zu der anderen Brücke draußen auf dem Land. Dort, an jener Brücke, befand sich ein großer Teich mit einem verfallenen Schleppkahn, der viel älter war als die Reihe der Motorboote und Ruderboote und umgebauten (aber vermodernden) Boote und Kähne, die sie von der grünen Tür daheim aus am anderen Kanalufer liegen sahen. Einmal gingen sie sogar noch weiter, folgten auf der gegenüberliegenden Seite des Kanals einer Wagenspur immer weiter bergauf, an der tiefen von Zweigen überhangenen Fahrrinne entlang, immer weiter bergauf, bis sie auf dem Kamm der Hügel standen und zur einen Seite auf Greenfield und den Kanal und zur anderen auf ein waldiges Tal hinabblicken konnten. Sie kehrten spät nach Hause zurück, was jedoch niemand auffiel. Niemand fiel überhaupt je etwas auf, und manchmal wünschte sich Sophy, es wäre anders. Aber Sophy wußte, auf ganz einfache, unvermittelte Art, daß Winnie sie den Gartenweg hinunter ins Stallgebäude vertrieben hatte – und wie gemütlich es da war, ach, diese glücklichen Kinder! –, damit sie aus dem Weg und möglichst weit von ihrem Vater entfernt waren. Sie konnten im Stallgebäude machen, was sie wollten, konnten sich verkleiden mit allem, was sie in den uralten Truhen fanden, dem Strandgut der Geschichte, der Familie Stanhope seit den Anfängen, Brennscheren und Reifen für Reifröcke, Kleider, Hemden, Stoffe, unglaublicherweise auch eine Perücke, schwach duftend, in der noch ein Hauch von weißem Puder hing, Schuhe – sie packten alles aus und probierten fast alles an. Sie durften alles; um Erlaubnis mußten sie nur fragen, wenn sie andere Kinder mitbringen wollten. Als die Geschichte mit der Woge etwas abgeflaut war, abgesunken dahin, von wo gelegentlich Alpträume heraufdrücken, begann Sophy darüber nachzudenken, daß sie und Toni jetzt gezwungenermaßen einander wieder alles sein mußten. Eines Tages kam ihr das so klar zu Bewußtsein, daß sie Toni an den Haaren zog, um das Gegenteil zu beweisen. Aber Toni hatte inzwischen eine eigene Kampfmethode entwickelt, schlug wild mit den dünnen Armen und Beinen um sich und sah dabei unentwegt mit den großen braunen Augen ins Leere, als wäre sie entkommen und hätte ihren mageren Körper, der sich nunmehr in die Länge streckte, hinter sich zurückgelassen, damit er nach Belieben Schaden und Schmerzen zufügte. Sophy verlor die Lust an den Prügeleien. Natürlich, in der Schule gab es derart brutale Kinder, fast schon Männer, daß man sich am besten aus allen Querelen heraushielt und ihnen die Mitte des Spielplatzes überließ. Die Zwillinge spielten im Stallgebäude, sozusagen nebeneinander her, gingen gesittet über die High Street, sich des Unterschieds zu den Schwarzen, Gelben und Braunen durchaus bewußt, oder tobten den Treidelpfad zwischen Kanal und Wald entlang. Sie entdeckten eine Möglichkeit, auf den alten Schleppkahn zu klettern, der innen ganz lang war und Schränke hatte. In einem

Schrank ganz vorn befand sich auch eine alte Toilette, so alt, daß sie nicht einmal mehr stank, jedenfalls nicht schlimmer als der ganze alte Kahn.

Und über Schule, Wohnen im Stallgebäude und einer Einladung zum Tee, bei der sie Mr und Mrs Bell ganz im Stil der Erwachsenen bewirteten, verging unversehens ein Jahr und dann vertauschten sie dicke Hosen und Pullover mit Jeans und leichten Blusen, und am Horizont zeichnete sich ihr elfter Geburtstag ab. Toni meinte, es sei an der Zeit, sich nach Büchern umzusehen, die sie sich zum Geburtstag wünschen könnten. Sophy verstand sofort; Vater würde ihnen Geld schenken, das war bequemer als sich mit ihnen zu beschäftigen. Winnie Bücher aussuchen zu lassen, wäre eine lachhafte Vorstellung gewesen. Sie mußten Winnie ihre Wünsche einflüstern, ohne daß sie es merkte, denn bei Geburtstagsgeschenken war diese entsetzliche Geheimniskrämerei zu beachten, und Winnie mußte glauben, sie sei von allein darauf gekommen. Und so gingen sie denn vom Stall am Ende des Gartens den Weg zwischen den Schmetterlingssträuchern längs die Stufen zur Glastür hinauf, an Winnie vorbei, die in der Küche ihr Transistorgerät laufen hatte, vorbei an Vater in seinem Arbeitszimmer, wo er auf seiner elektrischen Schreibmaschine spielte, und die beiden Stufen hinab, die sie vors Haus führten, wo es die High Street überschaute. Sie wandten sich nach rechts zu GOODCHILDS ANTIQUARIAT, und da standen sie nun zwischen den beiden Wühlkästen vor dem Schaufenster, beide voll mit spottbilligen Büchern, die zu kaufen niemand je eingefallen würde.

Mr Goodchild hielt sich nicht im Laden auf, aber Mrs Goodchild war hinten am Pult neben einer Tür, die nirgendwohin führte, mit irgendwelchen Schreibarbeiten beschäftigt. Die Zwillinge nahmen keine Notiz von ihr, nicht einmal, als sie die Ladentür aufmachten und beim Scheppern der Ladenglocke doch ein ganz klein wenig erschraken. Sie sahen sich bei den Kinderbüchern um, die sie jedoch fast alle schon besaßen, denn Bücher gehörten zu den Dingen, die man offenbar von allen Seiten bekam und zwar oft interessant, aber nicht sonderlich wertvoll waren. Sophy hatte bald heraus, daß die Bücher hier zu einfach waren, und wollte schon gehen, als sie sah, wie Toni mit ihrer besonderen, stillen Aufmerksamkeit die alten Bücher auf den Regalen untersuchte; Sophy wartete also, blätterte in *Ali Baba* und fragte sich, wer wohl so ein Buch haben wollte, wo doch in Vaters Arbeitszimmer vier dicke Bände standen, die man mitnehmen konnte, wenn einem nach solchen Geschichten war. Dann trat der alte Mann herein, der sich stets so hilfsbereit zu den kleinen Jungen im Park verhielt. Toni ignorierte ihn, weil sie inzwischen ganz von einem Buch für Erwachsene gefangen war, Sophy jedoch grüßte ihn höflich, denn sie mochte ihn zwar nicht, war aber neugierig; außerdem legten alle Tanten und Putzfrauen und Kusinen so großen Wert auf Höflichkeit gegenüber jedermann. Er fiel zwar sicherlich unter die strikte Anweisung, auf der Straße niemals mit Fremden zu reden, aber Mr Goodchilds Geschäft war ja keine Straße. Der alte Mann stöberte zwischen den Kinderbüchern herum und ging nach hinten, wo Mrs Goodchild am Schreibtisch saß. Eben da kam Mr Goodschild mit einem Kling! von der Straße herein und begann unverzüglich ein recht scherzhaftes Gespräch mit den Zwillingen. Doch er war noch gar nicht so recht in Schwung, als er den alten Mann erblickte und innehielt. In das Schweigen hinein hörten sie den alten Mann sagen, der Mrs Goodchild ein Buch hinhielt: »Für meinen Neffen, wissen Sie.« Toni, die ihre Nase in das Buch für Erwachsene gesteckt, den alten Mann aber offenbar mit dem Hinterkopf wahrgenommen hatte, merkte hilfsbereit an, er habe das andere Buch vergessen, das er in die rechte Tasche seines Regenmantels gesteckt habe. Danach überschlugen sich die Ereignisse. Die Stimme des alten Mannes wurde schrill wie eine Frauenstimme. Mrs Goodchild erhob sich und sagte zornig etwas von der Polizei, und der alte Mr Goodchild trat auf den alten Mann zu und verlangte das Buch, und zwar sofort und ohne Fisimatenten, sonst. Der alte Mann schlängelte sich in einer Art Tanz, sein Körper wand sich, die Knie knickten nach innen, die Arme wirbelten fast, aber doch nicht ganz, seine hohe Frauenstimme jammerte, an den Regalen vorbei, unter den Kästen her durch den Laden, und Sophy machte ihm kling! die Tür auf und schloß sie hinter ihm, denn auch darin lag etwas von dem vorbestimmten Ablauf, der sich gelegentlich einstellte. Mr Goodchilds Gesicht verlor relativ rasch seine Röte, und er wandte sich den Zwillingen zu, aber erst einmal sprach Mrs Goodchild zu ihm, und zwar in jenem Ton und jener Ausdrucksweise, die nicht für Kinder gemeint sind.

»Ich weiß wirklich nicht, warum sie diesen Mann aus dem – du weißt schon, was ich meine – entlassen haben. Natürlich wird er es wieder tun, und dann ist der nächste arme Kleine –«

Mr Goodchild unterbrach sie.

»Jetzt wissen wir wenigstens, wer die Kinderbücher eingesteckt hat.«

Danach nahm er wieder seine alberne Art an und verbeugte sich vor den Zwillingen. »Und wie geht es den Misses Stanhope? Ich hoffe, gut?«

Sie antworteten in schönem Einklang.

»Ja, danke, Mr Goodchild.«

»Und Mr Stanhope? Ist er wohlauf?«

»Ja, danke, Mr Goodchild.«

Sophy hatte längst begriffen, daß die Leute gar nicht wirklich wissen wollten, ob es einem gut ging. So gehörte es sich eben, wie es sich schickte, sich eine Krawatte umzubinden.

»Ich will doch hoffen, Mrs Goodchild«, sagte Mr Goodchild noch alberner als sonst, »daß wir den Misses Stanhope eine kleine Erfrischung anbieten können?«

So gingen sie mit der gemütlichen Mrs Goodchild, die niemals albern, sondern stets ruhig und sachlich war, in das schäbige Wohnzimmer hinter der Verbindungstür zum Laden, wo Mrs Goodchild sie nebeneinander auf ein Sofa vor dem ausgeschalteten Fernsehapparat plazierte und Limonade holen ging. Mr Goodchild stand auf den Zehen wippend vor ihnen, lächelte und sagte, wie reizend es sei, sie zu sehen, und sie sähen einander fast jeden Tag, nicht wahr. Er hatte ja selbst ein kleines Mädchen, jetzt sei es freilich schon ein großes Mädchen geworden, eine verheiratete Frau mit zwei kleinen Kindern und sie lebe weit weg, in Kanada. Mitten in seinem nächsten Satz, bei dem es darum ging, daß ein Haus mit Kindern doch viel fröhlicher sei – und natürlich mußte er gleich wieder etwas Albernes anfügen wie »vielmehr nicht Kindern im allgemeinen, sondern zum Beispiel zwei so bezaubernden jungen Damen wie euch«, obwohl sie, wenn sie einmal von zu Hause weggingen, falls sie weggehen sollten, dann wirklich sehr weit weg gehen würden – mitten in diesem verwickelten Satz überkam Sophy irgendwann die nackte Erkenntnis der Macht, die sie über Mr Goodchild hätte haben können, wenn sie wollte, über diesen großen, alten, dicken Mann mit seinem Laden voller Bücher und seiner albernen Art; alles hätte sie mit ihm anstellen können, absolut alles, was sie nur gewollt hätte; aber es war nicht der Mühe wert. Die Zwillinge saßen da, reichten mit den Zehenspitzen knapp auf den alten Teppich, und starrten über die Limonade weg die Gegenstände im Zimmer an. An einer Wand hing ein Plakat, auf dem stand, am soundsovielten werde BERTRAND RUSSELL vor der PHILOSOPHISCHEN VEREINIGUNG GREENFIELDS im Sitzungssaal über MENSCHLICHE FREIHEIT UND VERANTWORTUNG sprechen. Das Plakat war alt, schon leicht vergilbt, und merkwürdigerweise hing oder klebte es an einer Stelle, wo andere Leute Bilder aufhängen; doch dann erkannte Sophy im dusteren Licht unter dem großgedruckten Namen BERTRAND RUSSELL kleingedruckt: Vorsitzender S. Goodchild, und begriff, mehr oder weniger jedenfalls. Mr Goodchild redete immer noch. Sophy fragte nach dem, was sie wirklich interessierte. »Bitte, Mrs Goodchild, warum hat der alte Mann Bücher eingesteckt?« Danach entstand eine längere Pause. Mrs Goodchild trank erst einmal ausgiebig von ihrem Pulverkaffee, ehe sie antwortete.

»Er hat gestohlen, mein Liebes.«

»Aber er ist alt«, entgegnete Sophy über den Rand ihres Glases hinweg. »Er ist uralt.«

Mr und Mrs Goodchild blickten sich über den Pulverkaffee weg sehr lange an.

»Weißt du«, sagte Mr Goodchild endlich, »er will sie Kindern schenken. Er ist – er ist krank.«

»Manche Leute würden sagen, daß er krank ist«, sagte Mrs Goodchild, und es war deutlich herauszuhören, daß sie keineswegs zu diesen Leuten gehörte, »und daß er einen Arzt braucht. Andere aber –« und zu jenen anderen mochte Mrs Goodchild ihrem Ton nach durchaus gehören – »halten ihn einfach für einen widerlichen, verdorbenen alten Mann, den man –«

»Ruth!«

»Ja. Natürlich.«

Sophy konnte spüren und förmlich sehen, wie die Jalousien heruntergingen, die Erwachsene grundsätzlich immer herunterlassen, wenn du etwas wirklich interessant findest. Aber Mrs Goodchild schlug einen Haken.

»Wir haben es doch schon schwer genug, seit die W.-H.-Smith-Kette sich breitmacht und die alten Versammlungsräume übernommen und alles verdorben hat und seit der Supermarkt die Taschenbücher so gut wie verschenkt. Der widerliche alte Pedigree hat uns gerade noch gefehlt.«

»Wenigstens wissen wir jetzt, wer der Ladendieb ist. Ich werde mit Hauptwachmeister Phillips sprechen.«

Dann merkte Sophy ihm an, daß er innerlich das Thema wechselte. Er wurde dicker, rosiger, und strahlte sie mit leicht seitwärts geneigtem Kopf an. Er breitete sich aus, in der einen Hand die Tasse, in der anderen die Untertasse.

»Aber da die Misses Stanhope unsere Gäste sind –«

In die Pause hinein meldete sich Toni zu Wort, und zwar mit jener leisen, klaren Stimme, die jede Silbe so deutlich hervortreten ließ wie einen Strich auf einer guten Zeichnung.

»Mrs Goodchild, was ist trans-zen-den-ta-le Phi-lo-so-phie?«

Mrs Goodchilds Tasse klirrte auf der Untertasse.

»Großer Gott! Bringt euch euer Vater solche Wörter bei?«

»Nein, Vater bringt uns gar nichts bei.«

Sophy merkte, daß Toni wieder davonflog, und erläuterte Mrs Goodchild den Sachverhalt.

»Das steht auf einem Buch in Ihrem Laden, Mrs Goodchild.«

»Transzendentale Philosophie, mein Liebes«, sagte Mr Goodchild munter, obwohl ihm deutlich anzuhören war, daß es hier eigentlich nicht um etwas Munteres ging, »könnte man einerseits bezeichnen als ein Buch, aus dem einem nur heiße Luft entgegenkommt. Andererseits könnte man sie auch die höchste Stufe der Weisheit nennen. Zahle Lehrgeld, wie es heißt, dann wähle. Von schönen jungen Damen erwartet man im allgemeinen nicht, daß sie es nötig haben, transzendentale Philosophie zu verstehen, einfach, weil sie selbst das Wahre, Gute und Schöne verkörpern –«

»Sim!«

Es war klar, daß man von Mr und Mrs Goodchild nichts lernen konnte. Eine Weile lang spielten Toni und Sophy noch die »bemerkenswerten Kinder«, und dann sagten sie gleichzeitig – das gehörte zu den wenigen Annehmlichkeiten des Zwillingsdaseins –, daß sie nun aber gehen müßten, rutschten vom Sofa, bedankten sich artig und hörten noch, als sie sich durch den Laden zurückzogen, wie der alte Mr Goodchild von »bezaubernden Kindern« sprach und Mrs Goodchild ihn unterbrach –

»Sprich lieber heute nachmittag noch mit Phillips. Der alte Pedigree hat bestimmt wieder einen seiner gräßlichen Schübe. Sie sollten ihn wirklich nicht mehr frei herumlaufen lassen.«

»Stanhopes kleine Mädchen rührt er bestimmt nicht an.«

»Spielt es eine Rolle, wessen Kind es ist?«

In jener Nacht grübelte Sophy in ihrem Bett noch lange nach, diesmal fast auf Tonis Art, sie entschwand fast nach oben in luftigen Zweigen. »Stanhopes kleine Mädchen?« Ihr kam es vor, als wären sie niemandes kleine Mädchen. Im Geist ließ sie die Reihe der Leute passieren, die ihr einfielen; Großmutter, die zusammen mit Rosevear und allem, was dazugehörte, aus ihrem Leben verschwunden war; Vater, die Putzfrauen, die Tanten, ein Lehrer, vielleicht auch zwei, ein paar Kinder. Sie erkannte klar und deutlich, daß sie beide nur zueinander gehörten und zu niemand sonst. Weil sie nicht zu Toni und Toni nicht zu ihr gehören wollte, wurde ihr bewußt, daß sie erst recht nicht zu jemand sonst gehören wollte. Und dann – was war mit jener ganz eigenen, ganz abgeschiedenen Richtung im Hinterkopf, mit jenem schwarzen Ort, von dem aus sie hinausschaute auf alles, auf all diese Menschen, selbst auf Toni, nach *draußen* – wie konnte das Geschöpf namens Sophy, das dort am Ausgang des Tunnels saß, der hinter ihr lag, irgend jemand gehören als sich selbst? Das war doch alles unsinnig. Und wenn jemand gehören bedeutete, daß man eine Art Zwilling war von all den Leuten da draußen, so wie Vater mit Tanten gelebt hatte, wie die Bells miteinander lebten und die Goodchilds und all die anderen – aber Vater hatte sein Arbeitszimmer, in das er verschwinden konnte, und wenn er darin verschwunden war – plötzlich, die Knie ans Kinn gezogen, begriff sie – dann konnte er noch weiter fortgehen, wie Toni, und in seinem Schachspiel verschwinden.

Bei diesem Gedanken öffnete sie die Augen, und im Licht, das durchs Dachfenster schimmerte, wurde das Zimmer sichtbar, so daß sie die Augen wieder schloß, weil sie in sich drinnen bleiben wollte. Sie wußte, daß sie anders als die Erwachsenen dachte, und von ihnen gab es so viele, und sie waren so groß –

Und wenn schon.

Sophy wurde ganz ruhig und hielt den Atem an. Der alte Mann und die Bücher. Sie begriff etwas. Es war ihr oft genug erklärt worden, aber jetzt begriff sie es. Du konntest wählen, ob du so zu Leuten gehören wolltest wie die Goodchilds und Bells und Mrs Hugeson; die waren gut und handelten so, wie sie es für richtig hielten. Aber du konntest dich für das entscheiden, was wirklich war und was du als wirklich erkanntest – das eigene Ich, das mit seinen eigenen Wünschen und eigenen Gesetzen in sich am Tunnelausgang sitzt.

Vielleicht bestand darin der einzige Vorteil, alles zusammen mit einem Zwilling zu sein und Toni bis ins Letzte zu kennen, daß Sophy am nächsten Morgen ohne Zögern den nächsten Schritt mit ihr besprechen konnte. Sie schlug vor, Süßigkeiten zu stehlen, und Toni hörte nicht nur zu, sondern steuerte eigene Überlegungen bei. Sie meinte, sie sollten sich an einen pakistanischen Laden halten, weil die Pakis den Blick nicht von ihrem Haar losreißen konnten; sie würde also den Verkäufer ablenken, während Sophy das Stehlen übernähme. Sophy erkannte, wie vernünftig der Vorschlag war. Wenn Toni sich das Haar übers Gesicht fallen ließ und es mit gespielt kindlichem Ungeschick wieder in Ordnung bringen wollte und zwischen den Strähnen aufschaute, grenzte das fast an Zauberei. Sie gingen also zum Laden der Brüder Krischna, und es war einfach zu leicht. Der jüngere Krischna stand in der Ladentür und sprach wohltönend mit einem Schwarzen: »Jetzt hau aber ab, Schwarzer. Du bist ein unerwünschter Kunde.« Die Zwillinge stahlen sich an ihm vorbei, und im Ladeninneren kam der ältere Krischna zwischen Säcken mit braunem Zucker – die der Zuckerschaufeln wegen offenstanden – hervor und sagte, sie sollten das Geschäft ganz als das ihre betrachten. Dann drängte er ihnen doch tatsächlich merkwürdige Süßigkeiten auf und legte noch ein paar sonderbare Stäbchen dazu, Räucherstäbchen, wie er sagte, und weigerte sich Geld anzunehmen. Es war demütigend, und sie gaben ihren Plan in der Erkenntnis auf, daß es ihnen bei Mr Goodchild ebenso gehen würde, und die Bücher dort waren sowieso albern. Außerdem gab es da einen Aspekt, der Sophy erst jetzt richtig aufging. Sie besaßen ja schon mehr Spielzeug als sie wollten, und mehr Taschengeld als sie brauchten. Dafür sorgten alle Putzfrauen und Kusinen des Vaters. Am ärgsten störte sie es jedoch, daß eine Gruppe von Kindern ihrer Schule, wie sie herausfanden, das Gleiche machte, nur in größerem Umfang; sie stahlen *richtig*, brachen manchmal sogar ein und verkauften die Beute dann an Kinder, die sich das leisten konnten. Sophy erkannte, daß Stehlen je nach Einstellung falsch oder richtig, auf alle Fälle aber langweilig war. Der wahre, der eigentliche Grund, das Stehlen bleiben zu lassen, war die Langeweile. Ein-, zweimal dachte sie so scharf und durchdringend über das alles nach, daß ihr »falsch« und »richtig« und »langweilig« vorkamen wie Zahlen, die man addieren und subtrahieren konnte. Und mit jenem durchdringenden Scharfsinn erkannte sie auch, daß eine weitere Zahl dazu gehörte, ein X, das hinzugezählt oder abgezogen werden mußte, dessen Größe sie allerdings nicht zu bestimmen vermochte. Das Zusammenkommen von Scharfsinnigkeit und unbestimmbarer vierter Zahl ließ sie Unruhe empfinden, die sich zu anhaltender kalter Furcht gesteigert hätte, wenn sie nicht den Ausgang des schwarzen Tunnels gehabt hätte, wohin sie sich in dem Bewußtsein zurückziehen konnte, nicht Sophy, sondern *Dieses Da* zu sein. *Dieses Da* lebte und schaute zu, empfindungslos, ohne jede Anteilnahme, und schwenkte oder manipulierte das Geschöpf Sophy wie eine komplizierte Puppe, ein Kind mit allen Listen und Tücken und dem kalkuliert entzückenden Wesen eines unbefangenen, ach, recht unschuldigen, naiven, vertrauensvollen kleinen Mädchens – schwang sie vor, zwischen all den anderen Kindern herum, den weißen, gelben, braunen und schwarzen, den Kindern, die ganz bestimmt ebenso unfähig gewesen wären, sich mit dieser Art des Addierens zu beschäftigen, wie sie ja schon gewöhnliche Zahlen nicht im Kopf zusammenzählen konnten, sondern mühsam aufschreiben mußten. Dann, plötzlich, bisweilen, wäre es leicht – flip! –, hervorzutreten und sich unter sie zu mischen.

Diese Entdeckung wäre wohl als sehr wichtig empfunden worden, wenn nicht der elfte Geburtstag der Zwillinge für Sophy einen schrecklichen Monat eingeleitet hätte, und vielleicht war es auch für Toni ein schrecklicher Monat, obwohl sie davon nicht so berührt zu sein schien. Es geschah am Geburtstag selbst. Da gab es eine Torte, gekauft bei Timothy's, mit zehn Kerzen im Kreis obendrauf und einer in der Mitte. Vater kam tatsächlich aus seinem Arbeitszimmer heraus und den ganzen Weg herüber, um bei der Feier dabeizusein, war auf eine Art und Weise lustig, die zu ihm oder seinem Habichtprofil gar nicht paßte, das Sophy immer an Prinzen und Piraten erinnerte. Und die Geburtstagswünsche waren kaum ausgesprochen, die Kerzen noch nicht ausgeblasen, da sagte er es ihnen. Er teilte ihnen mit, daß er und Winnie heiraten wollten, damit sie wieder, wie er das nannte, eine richtige Mutter hätten. In dem schmerzlichen Augenblick, der diesen Worten folgte, wurde Sophy vieles deutlich. Ihr wurde der Unterschied klar zwischen einer Winnie, die ihre Kleider im Tantenzimmer aufbewahrte und Vater besuchte, und der Winnie, die gleich auf sein Zimmer ging, sich dort auszog, zu Bett ging und Missis Stanhope genannt wurde und vielleicht (in Geschichten kam so etwas vor) Babys bekam, die Vater haben wollte, so wie er eben die Zwillinge, seine Zwillinge, sie gehörten niemand sonst, nicht haben wollte. Es war ein Augenblick tödlichen Erschreckens – Winnie mit ihrem bemalten Gesicht, ihrem gelben Haar, ihrer wunderlichen Sprechweise und dem Geruch eines Frisiersalons, Sophy wußte, das konnte nicht wahr sein, das durfte nicht zugelassen werden. Aber das war kein Trost, und als sie die Kerzen ausblasen wollte, konnte sie den Mund nicht spitzen, sondern er wurde statt dessen breiter und sie begann zu weinen. Doch selbst das Weinen war ganz verkehrt; denn es begann aus Kummer, dann aber, weil sie ihre Tränen vor Winnie und, schlimmer noch, vor Vater zur Schau stellte und ihn damit wissen ließ, wie wichtig er war, verkehrte sich Kummer in Wut. Außerdem wußte sie, daß auch nach dem Weinen sich an der lastenden, unerträglichen Tatsache nichts geändert haben würde.

Sie hörte Winnie reden.

»Deine Sache, Macker.«

Macker, das war Vater. Er kam und sagte etwas über ihre Schulter und berührte sie, so daß sie sich ihm entwand, und dann herrschte eine Weile Schweigen. Vater brüllte in fürchterlicher Wut auf.

»Verdammt! Kinder!«

Sie hörte ihn die Holztreppe zur Remise hinunterpoltern und über den Gartenweg laufen. Die Tür zur Halle flog so heftig zu, es war ein Wunder, daß die Glasscheibe nicht zerbrach. Winnie lief ihm nach.

Als Sophy alle ihre Tränen los war, ohne daß sich die Lage dadurch verbessert hatte, setzte sie sich auf ihrem Couchbett auf und blickte zu Toni hinüber, die auf ihrer Couch saß. Toni war wie immer, nur ihre Wangen waren ein wenig gerötet – aber ohne jede Träne. Sie sagte nur, ganz beiläufig:

»Heulsuse.«

Sophy fühlte sich zu elend, um zu antworten. Sie wollte nur eines, weglaufen, jetzt gleich, Vater verlassen, ihn selbst und seinen Verrat vergessen. Sie rieb sich das Gesicht und meinte, sie sollten auf dem Treidelpfad laufen, weil Winnie es ihnen verboten hatte. Sie gingen sofort, obwohl es ihnen kläglich vorkam und keine auch nur halbwegs angemessene Antwort war auf die grauenhafte Neuigkeit. Erst als sie den alten Kahn an der Schleuse erreichten, verloren Vater und Winnie ein wenig an Größe und wirkten nicht mehr ganz so nah. Sie durchstöberten den Kahn und entdeckten ein Gelege Enteneier, das dort schon sehr lange liegen mußte, und beim Anblick der Eier war für Sophy mit einem Male alles klar. Sie stellte sich vor, wie sie Winnie und Vater quälen würde, sie so lange quälen würde, bis sie beide um den Verstand gebracht und vertrieben hatte, bis beide wie Mr Goodchilds Sohn fortgebracht würden in eine Heilanstalt.

Von da an ereignete sich alles ganz wie nach Plan. Sie fanden auf eine ganz »selbstverständliche« Weise zueinander; und es war, als arbeite die ganze Welt ihnen in die Hände. Daß sie, nachdem sie sich wieder ihrer Geburtstagstorte widmeten und den Zuckerguß probiert hatten – es wäre sinnlos gewesen, die Torte stehenzulassen – den Entschluß faßten, den alten Lederkoffer aufzumachen, den sie nicht öffnen durften, und darin einen Bund rostiger Schlüssel fanden, ergab sich von selbst. Mit den Schlüsseln ließ sich alles aufmachen, was gewöhnlich verschlossen war. Als Sophy in dieser Nacht im Bett saß und die Knie gegen ihre neuen Brüste hochzog, erkannte sie deutlich, daß von den alten Eiern eines für Winnie bestimmt war. Im Dunkeln überkam sie der leidenschaftliche Wunsch, eine Hexe zu sein – es gab kein anderes Wort dafür, sie wollte eine Hexe sein und Macht haben. Sie fürchtete sich und kuschelte sich ins Bett, doch der dunkle Tunnel war immer noch da, und in dieser sicheren Entfernung dort sah sie, was zu tun war.

Am nächsten Tag merkte sie, wie leicht sich alles anstellen ließ. Sie mußte nur nach jenen Zonen der Unachtsamkeit Ausschau halten, von denen es bei Erwachsenen eine Menge gibt, und einfach durch sie hindurchgehen. Du konntest frisch drauflos gehen, und keiner würde dich hören oder sehen. Deshalb schloß sie ganz unbekümmert die Schublade des Tischchens neben Vaters Bett auf, schlug das Ei darin auf und lief munter davon. Sie hängte den Schlüssel an den schweren Schlüsselring zurück, der offenbar seit Jahren nicht benutzt worden war, und hatte das Gefühl, sie sei der Hexerei so nahe wie irgend möglich gekommen, aber befriedigend war das eigentlich noch nicht. An jenem Tag war sie in der Schule so geistesabwesend, daß sogar Mrs Hugeson es bemerken mußte und fragte, was denn los sei. Nichts natürlich.

In dieser Nacht grübelte sie unter dem Dachfenster im Stall darüber nach, was es mit dem Hexen auf sich hatte. Sie versuchte, alle Einzelheiten, die sie über Hexerei wußte, auf einen Nenner zu bringen, aber es brachte nichts. Mit Arithmetik ließ sich nichts anfangen. Alles befand sich im Fluß, der eigene Tunnel, die Dinge, die sich von selbst ergaben, und – ach, vor allem das tiefe, wilde, schmerzende Verlangen, Winnie und Vater da oben in ihrem Schlafzimmer weh zu tun. Sie grübelte und wünschte und versuchte zu denken und grübelte erneut; und schließlich verlangte es sie so verzweifelt danach, dies eine Mal hexen zu können, daß sie

brennend vor sich sah, wie es sein müßte. Sie sah sich selbst
den Gartenweg entlanggleiten, durch die Glastür, die Treppe hinauf, sah sich durch die Schlafzimmertür zum großen
Bett gleiten, wo Vater lag und Winnie sich mit dem Rücken
zu ihm zusammenrollte. Dann glitt sie zu dem Tischchen,
auf dem jetzt neben der Nachttischlampe drei Bücher lagen,
und stieß die Hand mit dem Ei durch das verschlossene
Holz, schlug das zweite Ei neben dem ersten auf, so eklig, so
faulig, so stinkig, und ließ die ganze Schweinerei dort liegen.
Daraufhin drehte sie sich um und schaute nach unten und
richtete den dunklen Teil ihres Kopfes auf Winnie und ver-
setzte ihr einen Alptraum, so daß sie im Bett auffuhr und laut
schrie; und dieser Aufschrei weckte Sophy sozusagen –
weckte sie nicht wirklich, denn sie hatte ja gar nicht geschla-
fen – und sie lag da in ihrem Bett, hatte selbst geschrien und
war zu Tode erschrocken über ihre Hexerei und rief nach
dem eigenen Aufschrei laut »Toni! Toni!« Doch Toni schlief
und war wer weiß wo, und Sophy lag noch lange so da,
zusammengerollt, bebend und voller Angst. Sie sah ein, daß
sie das Hexen nicht durchhalten konnte, zumal die Erwachsenen am Ende doch gewinnen würden, weil man vom Hexen selbst krank wurde. Aber dann traf Onkel Jim aus dem
beschissenen Sydney ein.

Zuerst hatten sie alle zusammen viel Spaß mit Onkel Jim,
sogar Vater, der meinte, Onkel Jim sei der geborene Komö-
diant. Eine Woche nach der verpatzten Geburtstagsfeier fiel
Sophy bereits auf, wieviel Zeit er mit Winnie zusammen
verbrachte; und das wunderte sie und sie erschrak bei dem
Gedanken, daß sie ihn vielleicht herbeigehext hatte. Aber
immerhin temperierte er gewisserweise die Atmosphäre, sagte sie sich, stolz, einen Ausdruck gefunden zu haben, der
noch besser als einfach der richtige Ausdruck war – er temperierte die Gefühle aller und machte sie – nun ja, temperiert
eben.

Am siebten Juni, etwa vierzehn Tage nach dem Geburtstag, als Sophy schon daran gewöhnt war, sich als elfjähriges
Mädchen zu betrachten, hockte sie hinter dem alten Rosen-
strauch und beobachtete die Ameisen, die mit nichts und
wieder nichts beschäftigt taten, als Toni über den Gartenweg
sauste und die Holztreppe zu ihrem gemeinsamen Zimmer

hinaufstürmte. Das war so überraschend, daß Sophy ihr neugierig folgte. Toni vergeudete keine Zeit mit Erklärungen.

»Komm.«

Sie packte Sophy am Handgelenk, aber Sophy wehrte sich.

»Was –«

»Ich brauch dich!«

Sophy war so verblüfft, daß sie sich von Toni führen ließ. Toni eilte über den Gartenweg und in die Eingangshalle des Hauses. Sie blieb vor der Tür zum Arbeitszimmer stehen und strich sich die Haare glatt. Sie hielt Sophy noch immer am Handgelenk fest und machte die Tür auf. Drinnen saß Vater vor seinem Schachbrett. Die Hängelampe brannte und war tief heruntergezogen, obwohl draußen die Sonne schien.

»Was wollt ihr?«

Sophy bemerkte, daß Toni zum erstenmal, so weit sie sich erinnerte, rot anlief. Sie holte kurz Luft und erklärte mit ihrer schwachen, farblosen Stimme: »Onkel Jim hat im Tantenschlafzimmer ein sexuelles Verhältnis mit Winnie.«

Vater stand ganz langsam auf.

»Ich – ihr –«

Es folgte eine Pause, eine Art wollener Stille, stechend, heiß, unbehaglich. Vater trat rasch zur Tür und durch die Eingangshalle. Sie hörten ihn auf der Treppe.

»Winnie? Wo bist du?«

Die Zwillinge rannten, Toni war ganz weiß geworden, durch die Glastür in den Garten, Sophy voran. Sophy rannte den ganzen Weg bis zum Stall, wußte kaum warum und warum sie aufgeregt und entsetzt und ängstlich und voller Triumph zugleich war. Erst im Zimmer merkte sie, daß Toni nicht mitgekommen war. Sie kam ungefähr zehn Minuten später, noch weißer als sonst.

»Was ist passiert? Ist er wütend? Haben sie das wirklich gemacht? Wie in Bio? Toni! Warum hast du gesagt: ›Ich brauch dich?‹ Hast du etwas gehört! Hast du ihn gehört! Was hat Vater gesagt!«

Toni lag auf dem Bauch, die Stirn auf den Handrücken.

»Nichts. Er hat die Tür zugemacht und ist wieder runter gekommen.«

Drei Tage lang geschah nichts, dann aber, als die Zwillinge nachmittags aus der Schule heimkehrten, gerieten sie mitten hinein in einen wütenden Erwachsenenstreit. Es überstieg ihren Horizont, und Sophy ging den Gartenweg entlang, halb in der Hoffnung, die Hexerei tue ihr Werk, aber zugleich fragte sie sich doch, ob es in Wahrheit nicht ausschließlich Tonis Werk sei, weil sie ja Vater ein Geheimnis verraten hatte. Wie immer es aber auch zugegangen sein mochte: an jenem Tag erledigte sich alles. Winnie und Onkel Jim fuhren noch am selben Abend ab.

Toni – der es offensichtlich gleichgültig war, ob sie aus der Entfernung hexen konnte – war so nahe wie möglich bei den Erwachsenen geblieben und berichtete Sophy alles, was sie gehört hatte, ohne daß sie es zu erklären versuchte. Sie berichtete, Winnie sei mit Onkel Jim gegangen, weil er ein australischer Digger war und die Fickerei mit Engländern hatte sie satt und es war sowieso ein Fehler gewesen und Vater war viel zu alt und man mußte auch an die Kinder denken und sie hoffte, daß da keinerlei böse Gefühle zurückblieben. Sophy war froh und traurig zugleich, als ihr aufging, daß sie Winnie nicht durch Hexerei losgeworden war. Aber Onkel Jim war ein echter Verlust. Toni ließ eine Information fallen, der Sophy entnahm, wie sorgfältig ihre Zwillingsschwester alles geplant und vorbereitet hatte.

»Sie hatte einen Reisepaß. Sie war eine Ausländerin. Ihr richtiger Name war gar nicht ›Winnie‹, sondern ›Winsome‹«.

Die Zwillinge fanden den Namen so komisch, daß sie eine ganze Weile glücklich miteinander waren.

Nach Winnie kamen keine Tanten mehr, ihr Vater fuhr in regelmäßigen Abständen nach London, wohnte dort in seinem Club und machte Rundfunksendungen über Schach. Eine ganze Serie von Putzfrauen kam, eine nach der anderen, und reinigte den Teil des Hauses, der nicht von den Anwälten und den Bells bewohnt war. Ab und zu kam auch für ein paar Tage eine Art Kusine von Vater, besserte die Kleider der Zwillinge aus und sprach von Golf und Menstruation. Sie war jedoch eine derart farblose Person, daß es sich weder lohnte, sich mit ihr anzufreunden, noch sie zu ärgern.

Tatsächlich blieb nach Winnies Abgang die Zeit stehen.

Es war, als wären sie einen Abhang hinaufgeklettert und auf eine endlose Hochebene gelangt. Vielleicht lag es daran, daß Vater von ihrem zwölften Geburtstag keine Notiz genommen hatte, weil keine Winnie oder andere Tante ihn daran erinnerte. Beiden Zwillingen wurde im Laufe dieses Jahres bedeutet, sie besäßen eine »phänomenale Intelligenz«, aber das war eigentlich nichts Neues, wirklich nicht, es mochte höchstens erklären, warum ihnen alle anderen Kinder so dämlich vorkamen. Für Sophy war die Wendung »phänomenale Intelligenz« nichts als eine Umschreibung für nutzlosen Krempel, der in ihrem Kopf herumlag und nichts mit dem zu tun hatte, das zu tun oder zu besitzen sich gelohnt hätte. Für alle, die sie nicht so gut kannten wie Sophy, schien Toni unverändert. Der Unterschied zeigte sich vielleicht darin, daß die beiden plötzlich in manchen Fächern, aber nicht in allen, verschiedene Kurse besuchten. Es zeigte sich tiefgründiger in der Art und Weise, wie Toni manchmal ganz lässig etwas sagte und damit eine Frage ein für allemal beantwortete. Man spürte dann, daß sie ihre Worte lang im voraus überlegte; sonst gab es darauf keinerlei Hinweise.

Als die Menstruation eintrat, hatte Sophy während ihrer Perioden, die sie in Rage versetzten, Schmerzen. Toni schien sie gleichgültig hinzunehmen, als könne sie ihren Körper seinen Funktionen überlassen, während sie selbst ganz woanders war, weitab von all diesen emotionalen Dingen. Sophy hatte selbst solche langen Zeiten der Stille; aber sie wußte auch, daß sie in solchen Zeiten nicht nachdachte, sondern nur grübelte. Mit dem Beginn der Periode und dem Einsetzen der Schmerzen grübelte sie auch zum ersten Mal seit Winnies Abgang wieder über Hexerei nach und ob etwas daran sei. Sie ertappte sich außerdem bei sonderbaren Handlungen. Einmal, kurz vor Weihnachten, betrat sie das verlassene Tantenzimmer und fragte sich dann, warum sie eigentlich hereingegangen sei. Sie stand am Kopfende des Einzelbetts, auf dem die alte Heizdecke lag, zerknittert und fleckig von rostigem Staub, abstoßend wie chirurgisches Gerät, und grübelte weiter über das *Warum* nach, bis ihr aufging, daß es wohl aus einem vagen Wunsch heraus geschehen sei, herauszubekommen, was denn eine Tante eigentlich war und was sie alle gemeinsam hatten; und dann, bebend vor Erregung

und Ekel, ging ihr auf, daß sie herausfinden wollte, was an
ihnen Vater veranlaßt hatte, sie in sein Bett zu holen. Und
in Gedanken hörte sie ihn aus seinem Arbeitszimmer kommen, die Treppe herauflaufen, mindestens zwei Stufen auf
einmal, und die Tür zum Badezimmer zuschlagen. Sie hörte das Wasser laufen. Sie dachte an das Entenei in seinem
Nachttisch und fragte sich, warum er wohl nie ein Wort
darüber verloren habe. Aber solange er im Bad weilte,
konnte sie nicht in sein Schlafzimmer gehen, um nachzusehen. So blieb sie neben dem Einzelbett stehen und wartete
darauf, daß er wieder hinunterging.

Jede vernünftige Tante mußte froh gewesen sein, aus die-
sem Zimmer herauszukommen. Neben dem Bett lag ein alter
Vorleger, es gab einen Stuhl, einen Frisiertisch, einen großen
Schrank, sonst nichts. Sie ging auf Zehenspitzen zum Fenster
und sah über den Gartenweg hinweg zum Dachfenster im
Stallgebäude. Sie zog die oberste Schublade des Frisiertisches
auf und fand in einer Ecke Winnies kleines Kofferradio. So-
phy holte es hervor und untersuchte es in dem angenehmen
Gefühl, vor Winnie sicher zu sein. Sie empfand ein leichtes
Triumphgefühl, als sie den Apparat einschaltete. Die Batterie
war noch nicht ganz leer, so daß eine Kleinstpopgruppe
Kleinstmusik machte. Hinter ihr öffnete sich die Tür.

In der Tür stand Vater. Sie blickte ihn an und wußte
plötzlich, warum Toni eine so weiße Haut hatte. Lange
herrschte zwischen beiden Schweigen. Sie sprach zuerst.

»Darf ich es behalten?«

Er sah auf den lederbezogenen kleinen Kasten in ihrer
Hand, nickte, schluckte und ging ebenso schnell, wie er gekommen war, wieder die Treppe hinunter. Triumph!
Triumph! Triumph! Als hätte sie Winnie gefangen und in
einen Käfig gesperrt und ließe sie niemals wieder heraus –
Sophy beschnupperte den Kasten sorgfältig; von Winnies
Duft war nichts geblieben. Sie nahm das Radio mit ins Stallgebäude. Sie legte sich auf ihr Couchbett und dachte sich
eine winzige, im Kasten eingesperrte Winnie aus. Natürlich
war das ein alberner Gedanke – aber als sie sich das sagte, fiel
ihr noch etwas Albernes ein: es war albern, die Periode zu
haben! Albern! Albern! Man sollte sie mit einem Entenei,
mit Dreck, mit Gestank traktieren.

Sophy verfiel ganz dem Radio, in dem Winnie eingesperrt war. Sie hielt es für wahrscheinlich, daß alle Kofferradios ihren Besitzer in sich trugen, und fand es daher gut, daß dieser Transistor schon bewohnt war. Sie hörte oft zu, preßte manchmal das Ohr an den Lautsprecher, holte gelegentlich auch den Ohrstöpsel aus der Halterung, um ganz für sich allein zu sein. Auf diese Weise hörte sie zwei Vorträge, die sich nicht an das kleine Mädchen mit dem reizenden Lächeln (dem Liebling der ganzen Welt) richteten, sondern unmittelbar an jenes Sophy-Ding, das im Ausgang ihres privaten Tunnels saß. Ein Vortrag handelte davon, warum das Universum seinem Ende entgegenging, und sie merkte, daß sie das schon immer gewußt hatte, es erklärte so vieles, es lag doch auf der Hand, das erklärte, warum Idioten Idioten waren und warum es so viele von ihnen gab. Der zweite Vortrag handelte von einigen Leuten, die, öfter als ihnen statistisch gesprochen eigentlich möglich sein konnte, die Farbe von Spielkarten erraten konnten. Sophy hörte gebannt, was der Sprecher über diesen Unsinn, wie er es nannte, zu sagen hatte. Er betonte, mit Magie habe das nichts zu tun, und wenn diese Leute die Spielkarten wirklich öfter richtig errieten als statistisch möglich sei, dann, jetzt wurde er heftig, schrecklich heftig, sicher quollen ihm die Augen aus dem Kopf, *dann müssen eben die Statistiken überprüft werden.* Darüber mußte selbst das Sophy-Ding kichern, weil es in Zahlen schwimmen konnte, wenn es wollte. Das Sophy-Ding erinnerte sich an das Entenei und an das Kind Sophy, das durch diese Zonen der Unachtsamkeit hindurchgegangen war, und erkannte, woran es bei diesen Zauberversuchen fehlte und weshalb die Ergebnisse so enttäuschend ausfielen – der verpönte Gestank fehlte, das Übertreten von Vorschriften, die Manipulation von Menschen, der brunnentiefe Wunsch, das Durchdringende, das – ja was? Das andere Ende des Tunnels, er mußte doch mit einem zweiten Ausgang verbunden sein.

Als sich abends das alles für sie zusammenfügte, sprang sie aus dem Bett, und der Wunsch, hexen zu können, war wie ein Geschmack im Mund, ein Hungern und Dürsten nach Zauberkraft. Und da war sie überzeugt: wenn sie nicht etwas täte, was nie getan worden war, nicht etwas sähe, was

niemals gesehen werden durfte, dann sei sie verloren auf alle
Zeit und werde ein junges Mädchen werden. In ihr erhob
sich ein Drängen, Schieben, Begehren. Sie versuchte, das
rostige Dachfenster zu öffnen, und bekam es einen Spalt
breit auf; dann weiter, und die Angeln kreischten wie bei der
Falltür zu einer Gruft. Aber sie konnte nichts wahrnehmen
als den schimmernden Kanal. Dann aber hörte sie Schritte
auf dem Treidelpfad. Mit Gewalt ruckte sie den Kopf zur
Seite, zum Spalt hin, und ja, nun konnte sie sehen, was
niemand vorher gesehen hatte, nein, keine lebende Seele hatte das alles je aus diesem Blickwinkel gesehen, nicht nur den
Treidelpfad und den Kanal, sondern den ganzen Treidelpfad
bis zur Old Bridge, sogar noch ein Stück mehr von der Brük-
ke, und ja, auch das stinkige, plätschernde Pissoir, in das der
alte Mann, der bei Mr Goodchild Bücher stahl, eben hinein-
ging, und sie hielt ihn dort fest, wirklich! Sie wollte, daß er
an diesem widerlichen Ort blieb wie Winnie im Transistor,
sie wollte nicht, daß er herauskam; und ein Mann mit einem
schwarzen Hut radelte steif über die Old Bridge ins Land
hinein, und ein Bus schob sich schwerfällig die Brücke herauf, und sie hielt den Mann dort fest! Aber mehr vermochte
sie nicht. Der Mann mit dem schwarzen Hut fuhr weiter ins
Land hinaus, der Bus bog in die High Street ein. Ihre innere
Kraft ließ nach, so daß sie nicht mehr sagen konnte, ob sie
den alten Mann an dem widerlichen Ort festhielt oder nicht.
Trotzdem, dachte sie, als sie sich vom Fenster abwandte,
trotzdem, er ist dringeblieben, und wenn ich nicht sicher
sein kann, daß ich ihn dort festgehalten habe, dann kann ich
ebensowenig sicher sein, daß ich ihn nicht festgehalten habe.
Und dann, ganz plötzlich, weil die innere Kraft nachließ und
sie wieder das Kind Sophy wurde, das im Schlafanzug mitten im mondhellen Zimmer stand, fiel Angst über sie wie der
Zylinder eines Zauberers, und ihr gefror das Blut in den
Adern und sie schrie panikartig auf.

»Toni! Toni!«

Aber Toni schlief fest und ließ sich auch nicht wachrüt-
teln.


Während ihres fünfzehnten Lebensjahres spürte Sophy in
einer ganz bestimmten Stunde oder sogar einem bestimmten

Augenblick, daß sie ins volle Tageslicht hinaustrat. Es geschah in der Schule, und das einzige gleichaltrige Mädchen der Klasse war Toni. Die anderen waren älter, hatten massige Brüste und dicke Hintern, und sie stöhnten, als wäre die Algebra ein zäher Leim, in dem sie steckenblieben. Sophy lehnte sich zurück, weil sie fertig war. Auch Toni hatte sich zurückgelehnt, weil sie nicht nur fertig war, sondern sich auch verflüchtigt und ihren Körper mit hochgeneigtem Kopf hinter sich gelassen hatte. Da geschah es. Sophy *sah* und erkannte, daß es eine Dimension gab, durch die sie hindurchging, und als sie das erkannte, sah sie noch etwas anderes. Es ging nicht darum, daß Toni die fade Toni war – obwohl sie fade *war*, eine fade Transuse war und bleiben würde – aber sie war, ja, sie war schön, ein schönes junges Mädchen – nein, nicht schön mit ihrem nebelgrauen Haar, ihrem dünnen, nicht schlanken Körper, dem Gesicht, durch das man hindurchsehen konnte – sie war nicht eigentlich schön. Sie war *phantastisch*. Es gab Sophy einen Stich durch und durch, als sie es so klar erkannte; und nach dem Stich kam die Wut, daß ausgerechnet Toni, diese Transuse –

Sie bat, hinausgehen zu dürfen, und prüfte sich eindringlich vor dem schmierigen Spiegel. Ja. Nicht wie Tonis Schönheit, aber auch nicht schlecht. Natürlich dunkel und nicht so durchsichtig, aber wirklich hübsch, o Gott, *gesund,* frisch, gewinnend, einladend, vielleicht auch stark und – ja, dies war die beste Seite für ein Foto; wirklich sehr zufriedenstellend, wenn man nur nicht immer diese Transuse von Schwester neben sich hätte, für die sich jetzt nicht mehr so leicht ein Wort finden ließ – Sophy starrte also ihr Bild an im schmierigen Spiegel und sah mit einem Male alles in hellstem Tageslicht. Abends, nach den französischen Verben und der amerikanischen Geschichte, lag sie auf ihrer Couch, Toni auf der ihren. Sophy drehte das neue Kofferradio auf, bis der Ton für einen Moment lang aufschrillte – eine Herausforderung, vielleicht gar eine Beleidigung, auf jeden Fall aber ein rüder Stich gegen die schweigende Zwillingsschwester.

»Ich bitte dich, Sophy.«

»Dir ist das doch egal, oder?«

Toni wechselte die Stellung und kniete jetzt halb. Mit

ihren neuen Tageslichtaugen sah Sophy, wie sich die un-
glaubliche Kurve änderte, und von der Stirnlinie unter dem
rauchigen Haar, den Bogen des langen Halses hinab, die
Schulter, die Andeutung einer Brust hinabglitt, und die Linie floß weiter und endete dort, wo sich ein Zeh bewegte und
die Sandale abstreifte.

»Es stört mich allerdings.«

»Dann wirst du es eben aushalten müssen, meine liebe,
liebe Toni.«

»Ich bin nicht mehr Toni. Ich bin Antonia.«

»Und ich bin Sophia.«

»Wie du willst.«

Und schon trieb das seltsame Geschöpf wieder davon, ließ
ihren Körper dort liegen, wie er war, unbewohnt. Sophy
hatte Lust, mit dem Radio das Dach in die Luft zu jagen,
aber das wäre eine Reaktion aus der Kindheit gewesen, die
sie doch nun beide plötzlich hinter sich gelassen hatten. Sie
legte sich statt dessen zurück und blickte auf die Decke mit
dem großen feuchten Fleck. Mit einem neuen Erkenntnisstoß
begriff sie, daß in dem neuen Tageslicht die dunkle Richtung
im Hintergrund ihres Bewußtseins noch unglaublicher wirkte, zugleich aber noch deutlicher war. Ganz deutlich war es
zu erkennen.

»Ich habe Augen im Hinterkopf.«

Sie setzte sich ruckartig auf, als sie merkte, daß sie laut
gesprochen hatte, sah die Kopfwendung des anderen Mädchens und den langen Blick.

»Oh?«

Keine sagte mehr ein Wort, und Toni wandte sich sofort
wieder ab. Es war unmöglich; Toni konnte gar nicht Bescheid wissen. Aber Toni wußte Bescheid.

Ich habe nach hinten hin Augen am Kopf. Der Winkel ist
noch da, weiter jetzt, das Ding, das Sophy heißt und eigentlich keinen Namen hat, kann dort sitzen und durch diese
Augen blicken. Es kann sich entscheiden, ob es ins Tageslicht hinausgehen oder für sich liegenbleiben will in diesem
privaten Eck einer unendlichen Tiefe und Weite, in diesem
Hinterhalt einer Abgeschiedenheit, aus der alle Kraft
kommt –

Plötzlich schloß sie erregt die Augen. Sie stellte eine offenbar richtige Verbindung her zwischen dem neuen Gefühl und einem alten, das mit dem faulen Ei zusammenhing, dem leidenschaftlichen Wunsch, hexen zu können, auf der anderen Seite zu stehen, dem Verlangen nach den unmöglichen Dingen der Finsternis, sie ins Dasein herzuholen, um die platte Normalität des täglichen Lebens zu durchbrechen. Wenn sie die vorderen Augen schloß, war es, als ob sich die anderen in ihrem Hinterkopf öffneten und in eine Finsternis hineinblickten, die sich unendlich weit erstreckte, ein Kegel aus schwarzem Licht.

Sie löste sich aus dieser Betrachtung und schlug die gewöhnlichen Augen auf. Da lag die andere Gestalt, auf dem anderen Bett zusammengerollt, Kind und Frau – und sicherlich auch Ausdruck nicht der sinnlosen Nadelstiche des Lichts mit seinem Aufbersten, Aufblühen, sondern der Dunkelheit und des Niedergangs?

Von diesem Augenblick an unterließ Sophy viele der Gesten, die man in der Welt von ihr erwartete. Sie hielt einen eigenen Maßstab in der Hand. »Soll« und »muß« und »will« und »brauche« wurden überprüft. Was im Augenblick nicht zu dem Mädchen mit dem hübschen Gesicht und den alternativen Augen im Hinterkopf paßte, berührte sie mit ihrem Zauberstab, und es verschwand. Hei, presto.

Kurz nachdem sie fünfzehn geworden waren, meinten die Lehrer, Toni sollte ein College besuchen, aber Toni war davon nicht recht überzeugt und erwiderte, sie wolle lieber als Mannequin arbeiten. Sophy wußte überhaupt nicht, was sie tun wollte, das College erschien ihr jedoch genauso sinnlos wie ein Beruf, wo man sich Tag für Tag mit anderer Leute Kleidern behängt. Während sie sich noch kaum vorstellen konnte, anderswo zu leben, brannte Toni nach London durch und blieb lange fort, worüber Vater außer sich war, die Schule übrigens auch. Und da man Mädchen für eine leicht verderbliche Ware hält, wurde sie nach einigen Tagen tatsächlich als vermißt angesehen, bei Interpol geführt und über das Fernsehen gesucht. Als nächstes erfuhr man dann, daß Toni ausgerechnet in Afghanistan aufgetaucht war und in großen Schwierigkeiten steckte, weil die Leute, von denen sie sich im Auto hatte mitnehmen lassen, mit Drogen handelten. Es sah eine Zeitlang so aus, als müsse Toni jahrelang im Gefängnis bleiben. Sophy war verblüfft über Tonis Unternehmungsgeist und auch etwas neidisch, und sie beschloß, ihre eigene Weiterbildung voranzutreiben. Da sie sicher war, daß Toni ihre Jungfräulichkeit längst verloren hatte, prüfte sie als erstes einmal die eigene mit einem strategisch plazierten Spiegel. Stark beeindruckt war sie nicht. Sie probierte es mit einigen Jungen, die sich aber als wenig sachkundig erwiesen und deren Technik lachhaft war. Immerhin lernte sie dabei die verblüffende Macht kennen, die ihr hübsches Aussehen ihr über Männer verlieh. Sie befaßte sich mit der Verkehrslage in Greenfield und entdeckte die günstigste Stelle, am Briefkasten, etwa hundert Meter jenseits der Old Bridge. Dort wartete sie, wies einen Lastwagenfahrer und einen Mann auf dem Motorrad ab und entschied sich für den dritten.

Er fuhr einen kleinen Lieferwagen, war dunkel, attraktiv, und erklärte, er fahre nach Wales. Sophy ließ sich von ihm mitnehmen, weil sie den Eindruck gewonnen hatte, er sage die Wahrheit, und ihn nicht wiederzusehen, empfand sie bei ihrer Absicht als Erleichterung. Fünfzehn Kilometer außerhalb von Greenfield bog er in eine Nebenstraße ein, hielt am Waldrand und umklammerte sie schwer atmend. Sie schlug vor, sich in den Wald zu begeben, und dort stellte sie fest, daß es an seiner Kompetenz keinerlei Zweifel gab. Er tat ihr mehr weh, als sie für möglich gehalten hatte. Als er seinen Anteil an der Sache erledigt hatte, zog er sich zurück, wischte sich ab, zog den Reißverschluß zu und blickte voller Triumph und Vorsicht auf sie herab.

»Du sagst aber niemand was, kapiert?«

Sophy war leicht überrascht.

»Warum sollte ich darüber reden?«

Die Vorsicht im Blick des Mannes ließ nach, der Triumph überwog.

»Du warst noch Jungfrau. Jetzt nicht mehr. Ich hab dich gehabt, kapiert?«

Sophy zog die Tücher heraus, die sie für diesen Zweck mitgenommen hatte, und wischte eine Blutspur vom Oberschenkel. Der Mann sagte bester Laune und mehr zu sich selbst: »'ne Jungfrau gehabt!«

Sophy zog den Schlüpfer an. Sie trug ein Kleid statt

164

Jeans, was zwar ungewohnt, aber wohlbedacht war. Neugierig betrachtete sie den Mann, der im Augenblick ganz offensichtlich mit seinem Leben zufrieden war.

»Ist das alles?«

»Was meinst du?«

»Sex. Ficken.«

»Großer Gott. Was hast du erwartet?«

Sie antwortete nicht, und es war auch nicht nötig, etwas zu sagen. Dann wurde ihr eine Lektion erteilt über Männerart, falls dieses Exemplar hier typisch für die Gattung war. Dieses Werkzeug ihrer Einweihung erklärte ihr, auf welche Gefahr sie sich da eingelassen habe, sie hätte doch an irgendwen geraten können, sie könnte jetzt hier liegen, erwürgt, so etwas dürfe sie nie, nie wieder tun. Wenn sie seine Tochter wäre, würde er sie verhauen, so was, sich einfach mitnehmen lassen, und das mit siebzehn, sie könnte – sie könnte –

Da verlor Sophy die Geduld.

»Ich bin noch nicht sechzehn.«

»Großer Gott! Aber du hast gesagt –«

»Erst im Oktober.«

»Großer Gott –«

Sie hatte einen Fehler gemacht. Sie begriff das sofort. Noch eine Lektion. Immer bei einer Lüge bleiben, genau wie bei der Wahrheit. Er war wütend, und er hatte Angst. Aber als er sich jetzt aufplusterte, von einem tödlichen Geheimnis redete, ihr drohte, er werde sie finden und ihr die Kehle durchschneiden, da wurde ihr klar, wie jämmerlich und wie dumm er war, mit all seinem Gerede über Schweigen wie ein Grab; vergessen müsse sie ihn, und wenn sie auch nur ein Wort sage, auch nur erwähne, daß *irgend jemand* sie aufgelesen habe – Gelangweilt klärte sie ihn auf.

»Ich hab dich aufgelesen, du Dummkopf.«

Er wollte sie schlagen, und sie sprach schnell weiter, bevor er sie zu fassen bekam. »Die Karte, die ich eingeworfen habe, als du bei mir angehalten hast. Darauf steht die Nummer von deinem Lieferwagen. Die Karte geht an meinen Vater. Wenn ich sie nicht abfange –«

»Du großer Gott!«

Er machte einen unsicheren Schritt.

»Das glaub ich nicht.«

Sie wiederholte die Nummer seines Lieferwagens. Sie erklärte ihm, er müsse sie dahin zurückbringen, wo er sie mitgenommen hatte, und als er fluchte, erwähnte sie wieder die Postkarte. Natürlich fuhr er sie schließlich zurück, weil, wie sie sich sagte, ihr Wille stärker war als seiner. Der Gedanke gefiel ihr so gut, daß sie ihren vor kurzem gefaßten Entschluß rückgängig machte und es ihm ausdrücklich unter die Nase rieb. Er wurde aufs neue sehr wütend, aber das machte ihr Spaß. Dann aber passierte das Allerverrückteste an der ganzen Geschichte – er wurde nun völlig blöd, erzählte ihr, sie sei wirklich ein süßes kleines Ding und solle sich nicht wegwerfen. Wenn sie nächste Woche zur selben Zeit am selben Platz wäre, könnten sie richtig miteinander gehen. Es würde ihr gefallen. Er hatte etwas Geld –

Sophy hörte sich das alles schweigend an und nickte ab und zu, was ihn zu weiteren Plänen ermutigte. Aber ihren Namen oder ihre Anschrift wollte sie ihm nicht geben.

»Willst du denn nicht wissen, wie ich heiße, Kleines?«

»Um die Wahrheit zu sagen, nein.«

»Um die Wahrheit zu sagen, nein! Zum Teufel mit euch Klugscheißern. Dich bringt eines Tages noch einer um. Bestimmt. Bald.«

»Setz mich bitte am Briefkasten ab.«

Er rief ihr nach, er werde nächste Woche zur selben Zeit am selben Ort sein, sie schenkte ihm ein Lächeln, um ihn loszuwerden, und wählte dann einen langen Heimweg durch alle Seitenstraßen und Gassen, die ihr einfielen, damit der Lieferwagen ihr nicht folgen konnte. Immer noch war sie von der Verwunderung benommen, daß so wenig dran war. Es war·eine so banale Angelegenheit, wenn man von dem unumgänglichen und nicht wiederholbaren Schmerz beim ersten Mal absah. Es bedeutete gar nichts. Es war kaum mehr Empfindung dabei, als wenn man mit der Zunge die Innenseite der Wange berührte – gut, es war ein wenig mehr, aber nicht viel.

Es hieß doch auch immer, wenn die Leute davon sprachen, daß das Mädchen nachher weinte.

»Ich habe nicht geweint.«

Da bebte ihr Körper, ganz von selbst, und sie wartete eine Weile, aber das war auch schon alles gewesen. Natürlich

enthielten die Lehrbücher kurze Abschnitte über Zweierbe-
ziehung und Orgasmus, der einem jungem Mädchen vielleicht lange Zeit versagt bliebe – aber was für ein banaler Akt
war es doch in Wirklichkeit, wichtig nur durch das mögliche,
aber doch sehr unwahrscheinliche Ergebnis. Während sie
heimging, das letzte Stück auf dem Treidelpfad, kam es ihr
mehr oder weniger vor, daß die ganze Sache, von der so viel
Aufhebens gemacht wurde – den Balgereien im Fernsehen,
dem Gegrunze auf der Breitwand, der ganzen Poesie und
Musik und Malerei und der allgemeinen Meinung, daß die
Liebe eine Himmelsmacht sei – die einfachste Sache von der
Welt war, und wahrhaftig, es war wirklich so ziemlich die
einfachste Sache, wenn man bedachte, wie das ablief – nun,
es war albern.

Freundlich stimmte sie Vaters Putzfrau zu, daß sie aber
recht früh aus der Schule heimkomme, horchte, ob die elektrische Schreibmaschine zu hören war und besann sich, daß
heute Vaters Schulfunknachmittag war. Sie ging ins Badezimmer, wusch sich aus, wie man es in den Filmen tat, und
war leicht angewidert von der Schweinerei aus Blut und
Schleim. Sie biß sich fest auf die Unterlippe, während sie tief
in sich hineintastete und das birnenförmige Ding im Leib da
fand, wo es sein sollte, passiv, eine Zeitbombe, obwohl man
sich das von sich und seinem Körper nicht vorstellen konnte.
Der Gedanke an eine mögliche Detonation der Zeitbombe
veranlaßte sie, noch gründlicher nachzufassen und zu waschen, ob es nun weh tat oder nicht; und dann ertastete sie
eine andere Form, hinten, dem Schoß entgegengesetzt, eine
Form, die hinter einer glatten Wand lag, sich aber leicht
ertasten ließ, die rundliche Form ihres Kots, der sich durch
den gewundenen Darm arbeitete, und sie krampfte sich zusammen und spürte – ohne es auszusprechen – spürte jede
Silbe: *Ich hasse! Ich hasse! Ich hasse!* Es gab für dieses Verb kein
Objekt, sagte sie sich, als sie ruhiger geworden war. Es war
eine Empfindung an sich.

Doch als sie gewaschen und gereinigt war, als sie menstru-
iert und sich davon erholt hatte, sickerte dieser aktive Haß
wie eine Flüssigkeit in den Boden der Dinge, und sie war
wieder ein junges Mädchen, empfand auch, daß sie es war;
ein junges Mädchen, das bewußt dem Klang des Raums

lauschte, verwirrt über die Möglichkeiten von Hexenkunst und Zauberei, weil es so viele Spielarten davon gab, entschlossen, allen Vorschlägen der Lehrer zu widerstehen, durch eine letzte Anstrengung die unbestrittene Intelligenz zu nutzen; oder auch – ganz unversehens – ein kichernder Backfisch, Kleider im Kopf und Jungen, und wer geht mit wem, und ja, ist er nicht toll, und Redewendungen aufschnappen und Popstars sammeln und sammeln, sammeln, denn Sammeln kann einfach sein.

Trotzdem, wenn Sophy jetzt, da Tonis Schicksal immer noch ungewiß war, sich selbst in das gleichgültige Gesicht starrte, bereitete es ihr doch Kummer, daß es so gar nichts bedeutete, obwohl doch auch das im Grunde so einfach war, wie man es sich nur denken konnte. Sie durchwanderte den ganzen Kreis der Menschen, die sie kannte, dachte sogar an die tote Großmutter und die vergessene Mutter und erkannte, daß sie leere Umrisse waren, und das quälte sie. Es war fast besser, wenn zwei gezwungenermaßen einander alles waren, als wenn man nur für sich selbst und mit sich selbst lebte. In der verworrenen und durch und durch naiven Erwartung, daß Reichtum und Bildung mehr aus der Sache machen würden – außerdem war sie jetzt sechzehn! – suchte sie sich einen teuren Wagen aus, stellte dann aber fest, daß der Fahrer viel älter war als er aussah. Diesmal waren die Übungen im Wald nicht schmerzhaft und wesentlich langwieriger, und sie verstand sie nicht. Der Mann bot ihr Geld, mehr, als sie je auf einmal gesehen hatte, wenn sie verschiedene Handlungen an ihm ausführe, sie tat es, fand, daß einem dabei ein bißchen übel wurde, aber auch nicht mehr als bei der Untersuchung des eigenen Innern. Erst als sie heimkam – ja, Mrs Emlin, die Schule war heute früh aus! – dachte sie: *Nun bin ich eine Hure!* Nach dem Badezimmerritual lag sie auf der Couch und dachte daran, daß sie nun eine Hure sei, aber selbst, wenn sie das Wort laut aussprach, sagte es ihr nichts, es schien sie nichts anzugehen, es war einfach vorhanden. Nur der Packen blauer Fünfpfundnoten war real. Sie dachte, daß es eben auch nichts bedeutete, eine Hure zu sein. Es war nicht anders, als wenn man Süßigkeiten stahl, man konnte es tun, wenn man Lust dazu hatte, aber es war langweilig. Es brachte das Sophy-Ding nicht einmal dazu, daß es sagte *ich hasse!*

Danach schob sie den Sex beiseite, als erkundete, geprüfte und abgelegte Banalität. Sex war erledigt, bis auf das lässige Spiel mit sich selbst im Bett, begleitet von sehr ungewöhnlichen, jedenfalls scheinbar sehr ungewöhnlichen Phantasien, sehr intimen.

Antonia wurde im Flugzeug nach Hause gebracht und hatte mit Vater fürchterliche, kalte Auseinandersetzungen im Arbeitszimmer. Zwar kam es im Stallgebäude zu einer geringen, sehr geringen Gemeinsamkeit, aber Toni war nicht bereit, Zug für Zug zu berichten. Sophy erfuhr nie, warum oder wie Toni und Vater es geregelt hatten – jedenfalls wurde Toni kurz darauf in einem staatlichen Londoner Heim untergebracht, das sie von allem abschirmen sollte. Sie bezeichnete sich als Schauspielerin und versuchte sich in dem Beruf, war aber trotz ihrer Intelligenz und ihrer Transparenz unbegabt. Offenbar kam außer einem Studium nicht viel für sie in Frage, aber sie schwor, daß sie nicht studieren werde, und begann wild über Imperialismus zu reden. Auch über Freiheit und Gerechtigkeit. Für Jungen und Männer schien sie noch weniger Verwendung zu haben als Sophy, obwohl sie ihrer unnahbaren Schönheit in Scharen nachliefen. Niemand wunderte sich wirklich darüber, als sie wieder verschwand. Aus Kuba schickte sie eine herausfordernde Postkarte.

Sophy nahm eine Stellung an, die nichts verlangte, in einem Reisebüro. Bald darauf erklärte sie ihrem Vater, sie wolle nach London übersiedeln, aber das Zimmer im Stallgebäude behalten.

Er sah sie mit deutlichem Mißfallen an.

»Um Gottes willen, geh hin und heirate irgendwen!«

»Du bist nicht gerade eine wandelnde Heiratsanzeige.«

»Du auch nicht.«

Später, als sie darüber nachdachte und die Bemerkung verstand, war sie halbwegs entschlossen, heimzufahren und ihm ins Gesicht zu spucken. Aber dieser Abschied verhalf ihr zu der Erkenntnis, daß sie ihn tief haßte; mehr noch – daß sie einander gründlich haßten.

# IX

Die Arbeit bei Runways Travel war langweilig, aber auch nicht anstrengend. Entgegen dem, was sie ihrem Vater gesagt hatte, reiste sie für einige Zeit täglich hin, dann fand die Frau des Geschäftsführers für sie ein gutes, wenn auch teures Zimmer. Die Frau des Geschäftsführers machte Inszenierungen für ein kleines Amateurtheater und überredete Sophy, als Schauspielerin mitzumachen, aber Sophy war kein bißchen besser als Toni. Sie ging ab und zu mit Jungen aus, wollte aber, wenn sie damit kamen, von dem langweiligen Sexkram nichts wissen. Eigentlich mochte sie wirklich nur vor dem Fernsehapparat liegen und sich unterschiedslos alles ansehen, Werbung oder sogar das Fernsehkolleg an sich vorbeiflimmern lassen. Manchmal ging sie ins Kino, gewöhnlich mit einem Jungen, einmal auch mit Mabel, der schlaksigen Blondine, die neben ihr arbeitete, aber besonderen Spaß machte ihr das nicht. Zuweilen fragte sie sich, warum ihr nichts wichtig war und warum sie so empfand, sie dürfe ihr Leben durch die Finger rinnen lassen, wenn sie es wollte, aber für gewöhnlich machte sie sich nicht einmal darüber Gedanken. Was sich da von ihr der Außenwelt zeigte, war das Bild eines hübschen Dings, das lächelte und flirtete und was es sagte, klang gelegentlich sogar ernst – »Doch, ich verstehe genau, was du meinst. Wir machen alles kaputt!« Aber dieses Gedankenbild, das ganz weit abgerückt war, sagte stumm und klanglos: *Als ob mir das nicht egal wäre.*

Irgendwer – Vater? die Putzfrau? – schickte ihr eine Karte von Toni nach. Diesmal war das Bild von arabischen Schriftzeichen umrahmt. Toni schrieb nur: »Ich (und dann hatte sie das ›ich‹ wieder ausgestrichen) wir brauchen dich!!«

Sonst nichts. Sophy stellte die Karte auf den Kaminsims ihres Zimmers und dachte nicht weiter daran. Sie war siebzehn und mit einer solchen Unterstellung, daß sie und ihre Schwester einander ein und alles bedeuteten, nicht für dumm zu verkaufen. Ein gravitätisch seriöser Mann begann ihren Schatten aufzusuchen und sich über Reisen und Flüge zu erkundigen, die er, wie sie annahm, überhaupt nicht unternehmen wollte. Beim dritten Mal lud er sie ein, mit ihm auszugehen, und so ging sie mit ihm aus und gab sich dabei recht erschöpft, wie man es von einem siebzehnjährigen, hübschen Mädchen erwartete. Er hieß Roland Garrett, und nachdem sie zweimal mit ihm ausgegangen war – einmal ins Kino, danach in eine Diskothek, wo sie aber nicht tanzten, weil er nicht tanzen konnte – schlug er ihr vor, im Haus seiner Mutter in Untermiete zu wohnen. Das sei billiger. Das war es in der Tat. Sie bekam das Zimmer fast umsonst. Als sie Roland fragte, warum das Zimmer so wenig kostete, erklärte er, so sei seine Mutter nun mal. Er hatte ein Mädchen unter seinen Schutz genommen, das war für sie Grund genug. Sophy wollte es vorkommen, als ob Mrs Garrett da wen beschütze, doch sie hielt den Mund. Mrs Garrett war eine hagere Witwe mit gefärbtem braunem Haar, die über ihre Knochen hinaus wenig physische Substanz besaß. Sie stand in der offenen Tür von Sophys Zimmer, lehnte, die mageren Arme verschränkt, gegen den Türpfosten, und im Mundwinkel hing ihr eine tote Zigarettenkippe.

»Sie haben sicherlich viel Ärger, weil Sie so sexy sind, nicht wahr?«

Sophy legte Unterwäsche in eine Schublade.

»Was für Ärger?«

Danach folgte ein langes Schweigen, das Sophy nicht unterbrechen mochte. Mrs Garrett brach es schließlich selbst.

»Roland ist sehr beständig, müssen Sie wissen. Sehr beständig.«

Mrs Garretts große Augenhöhlen wirkten wie verkohlt. Die tiefliegenden Augen schienen im Kontrast dazu um so leuchtender und feuchter. Sie hob einen Finger und führte ihn ganz behutsam an eine Augenhöhle. Sie überlegte.

»Er ist Beamter, meine Liebe. Er hat sehr gute Aussichten.«

Sophy verstand, wieso sie das Zimmer für eine so geringe Miete erhalten hatte. Mrs Garrett tat, was sie konnte, um ihren Sohn und Sophy zusammenzubringen, und bald schon hatte Sophy in der Freiheit, welche die Pille begründet, sein schmales Bett mit ihm geteilt; und er tat alles richtig, ganz so, als handle es sich um die Pflichterfüllung eines Beamten, eines Bankangestellten, eines Soldaten. Doch während er seinen Spaß zu haben schien, ging Sophy wie gewöhnlich dabei ziemlich leer aus. Mrs Garrett begann, Sophy zu bearbeiten, sich als Verlobte ihres Sohnes zu betrachten. Es war phantastisch. Sophy erkannte, daß sich Roland nicht selbst ein Mäd-

chen besorgen konnte und daß seine Mammi es für ihn tun
mußte. Der Gedanke, an Roland mit seinen guten Karriere-
chancen gebunden zu sein, ließ Sophy schaudern und kichern.
Natürlich empfand sie dabei auch ein wenig angenehme Wärme und überdies, wie sie sich selbst sagte, den Kitzel einer
leisen Verachtung für die beiden, obwohl sie das erfolglos in
Worte zu fassen versuchte. Roland hatte ein Auto, sie fuhren
aus, besichtigten Sehenswürdigkeiten, besuchten Kneipen,
und sie sagte, warum machen wir eigentlich kein Segelfliegen,
das ist doch ein neuer Sport, du weißt schon. Und er entgegnete, so etwas würde ich dir niemals erlauben, das ist zu gefährlich. Natürlich nicht, gab sie zurück, sie hätte ja dabei nicht an
sich, sondern an ihn gedacht. Aber er brachte ihr das Autofahren bei, und er wünschte, ihren Vater kennenzulernen. Das
amüsierte sie, und sie nahm ihn mit zu Sprawson's – natürlich
war Daddy an dem Tag in London. Sie gingen durch die
Stallgebäude. Roland zeigte eine Art von routinemäßigem
Interesse an der Anlage, als wenn er Architekt oder Archäologe
wäre.

»Dies wird für die Kutscher gewesen sein und die Stallbur-
schen und Pferdeknechte. Siehst du? Sie müssen gebaut worden sein, ehe der Kanal angelegt wurde, denn jetzt kann hier
keine Kutsche mehr hinausfahren. Deshalb ist das Haus auch
so heruntergekommen.«

»Heruntergekommen? Unser Haus?«

»Hier müssen doch noch mehr Ställe gewesen sein –«

»Nur Lagerhäuser. Als ich klein war, gab es hier auch eine
Eisenwarenhandlung, Frankley, glaub ich.«

»Was ist hinter der Tür?«

»Treidelpfad und Kanal. Und gleich danach die sogenannte
Alte Brücke mit dem dreckigsten Klo von der ganzen Stadt.«

Roland sah sie streng an.

»Solche Ausdrücke solltest du nicht gebrauchen.«

»Entschuldige, Papa. Aber ich wohne – wohnte hier, wie du
weißt. Zusammen mit meiner Schwester. Komm, schau es dir
an.«

Sie führte ihn die enge Treppe hinauf.

»Euer Vater könnte das Gebäude herrichten lassen und als
Ferienwohnung vermieten.«

»Es gehört uns. Toni und mir.«

»Toni?«

»Antonia. Meine Schwester.«

Er sah sich um.

»Und das war also euer Haus?«

»Es gehört uns beiden – gehörte uns beiden.«

»Gehörte?«

»Es ist ewig lang her, daß sie zu Hause war. Ich weiß nicht mal, wo sie jetzt ist.«

»All die Flecke, wo Bilder gehangen haben!«

»Sie hatte einen religiösen Tick. Ganz schön christlich. Meine Güte, war das komisch!«

»Und du?«

»Wir sind ganz anders.«

»Dabei seid ihr Zwillinge.«

»Woher weißt du das?«

»Das hast du doch selbst erzählt.«

»Wirklich?«

Roland nahm sich den Haufen Sachen auf dem Tisch vor.

»Was ist das? Mädchengeheimnis?«

»Haben Männer keine Geheimnisse?«

»So was nicht.«

»Das da ist keine Puppe, es ist eine Kasperlfigur. Hier, man steckt die Finger hinein. Ich hab das oft gemacht. Manchmal fühlte ich –«

»Was fühltest du?«

»Ist doch egal. Dies hier hab ich getöpfert. Es schaukelt immer, weil ich den Boden nicht ganz glatt hinkriegen konnte. Trotzdem kam es in den Brennofen. Um mir Mut zu machen, sagte Miss Simpson. Aber ich hab mich nie wieder damit abgegeben. Zu langweilig. Man kann Sachen zum Aufbewahren reintun.«

Roland zog ein winziges Messer mit Perlmuttgriff und glatter Silberklinge heraus. Sie nahm es ihm aus der Hand und klappte es auf; das ganze Ding war nicht länger als zehn Zentimeter.

»Zur Verteidigung meiner Ehre. Genau die richtige Größe.«

»Und du weißt nicht, wo.«

»Was wo?«

»Toni, deine Schwester.«

»Die hat sich in die Politik vernarrt, wie sie es vorher mit Jesus hatte.«

»Was ist in dem Schrank?«

»Geheimnisse. Familiengeschichten.«

Trotzdem öffnete er die Schranktür, als habe sie es ihm gestattet, und diese seine unnötige Dreistigkeit ärgerte sie dermaßen, daß in ihr plötzlich die Frage aufstieg: Was tut der eigentlich hier? Warum ertrage ich ihn überhaupt? Aber da hatte er schon begonnen, ihre alten Kleider zu durchwühlen und sogar das Ballettrikot, und das alles duftete noch schwach vom Parfum. Er griff nach einer Handvoll Rüschen und wandte sich plötzlich zu ihr.

»Sophy . . .«

»Bitte, doch nicht jetzt . . .«

Aber er umarmte sie trotzdem und begann heftig zu atmen.

Sie seufzte innerlich, legte ihm dann aber doch die Arme um den Hals, weil sie gelernt hatte, daß es in dieser Angelegenheit weniger lästig war, mitzumachen als den eigenen Willen durchzusetzen. Ergeben fragte sie sich, wie das wohl diesmal ablaufen würde, und natürlich verlief es wieder nach Rolands üblichem Schema, nach seinem Ritual sozusagen. Er versuchte, sie auf die Couch zu legen und ihnen beiden gleichzeitig die hinderlichen Kleidungsstücke auszuziehen, ohne das bemühte Stöhnen zu lassen, das er für besonders verführerisch hielt. Sie gehorchte, denn er war noch ziemlich jung und stark, sah einigermaßen passabel aus mit seinen breiten, flachen Schultern und seinem flachen Bauch. Doch während sie sich willig gab, rührte sich irgendwo in ihr die Frage – ganz als ob *diese Gestalt* dort flüsterte, wo sie, sogar bei hellem Tageslicht, am Ausgang des Tunnels auf der Lauer läge – eine Frage, das Leben betreffend, das die Leute für so unerhört wichtig hielten, du mußt dein Leben leben, du hast nur ein Leben, usw. – ein so banales Leben, wenn es sich um solche Belanglosigkeiten drehen mußte wie Antonias Jesus oder die Politik oder dieses Grunzen und Aufstöhnen. Und so lag sie hilflos da, unter Fleisch und Knorpeln und Knochen. Das hatte kein Gesicht, das war lediglich ein Mop aus Haaren, der an ihrer linken Schulter bebte. Ab und zu hielt der Mop still, verwandelte sich augenblicksweise in ein verwirrtes Gesicht und dann wieder zurück in den zitternden Mop.

»Ich tu, was du magst, nicht wahr?«

»Viel mehr als das –«

Und er fing wieder an, höchstens noch entschlossener, energischer. Während sie da so unter seinem Gewicht lag, versuchte sie herauszufinden, was denn noch mehr daran sei. Das Gewicht war – angenehm. Die Bewegung war natürlich und – angenehm. Auch die verschiedenen Grade von Willfährigkeit, die sie dem alten Mann mit dem teuren Auto erwiesen hatte, waren irgendwie angenehm, wie auch das Geld; so etwas wie das Betreten eines geheimen Bereiches, nein, wie das Sicheinlassen auf – Schande. Und diese sich hinziehende rhythmische Tätigkeit, von der so viel gesprochen wurde und um die sich so viel – gesellschaftliches Brimborium – bildete? Diese – lächerliche – Intimität, die ja doch irgendwie vorherbestimmt sein mußte, da die Teile so gut zueinander paßten? Und Roland, dieser irritierende und sie plötzlich nervende Roland bewegte sich rascher und rascher, als handle es sich um eine athletische Übung, um ein privates Theater im Anschluß an das öffentliche. Da gab es Erregung, ganz zweifelsohne; und sie suchte nach Wörtern für diese Empfindung, die sicherlich interessanter, intensiver sein würde, wenn an ihrer Schulter ein anderer Kopf bebte. Die Wörter, die sie fand, gefielen ihr so gut, daß sie sie laut aussprach.

»Ein schwaches, kreisartiges Vergnügen.«

»Wie?«

Er fiel keuchend und wütend zusammen.

»Du hast mich absichtlich gestört – und gerade als ich mitten im – und bei dir auch!«

Eine tiefe Wut stieg in ihr hoch. Sie spürte, daß sie in der rechten Hand noch immer die ihr so wohlvertraute Form des kleinen Messers hielt und stieß es heftig in Rolands Schulter. Sie spürte den Widerstand der Haut, wie die Haut dann aufbrach und sich löste, sich vom Fleisch abtrennte, in die Klinge hineinglitt – Roland brüllte, sprang auf und lief gebückt und schmerzerfüllt fluchend und stöhnend durch das Zimmer. Sie lag still und breit auf der Liege und spürte den Durchbruch durch die Haut und das sanfte Gleiten der Klinge in sich selbst. Sie hielt sich das kleine Messer vor Augen, das rot verschmiert war. Nicht mein Blut. Seines.

Da geschah etwas Seltsames. Was sie vom Messer empfand,

weitete sich aus, füllte sie ganz, erfüllte den ganzen Raum. Es wuchs an zu einem Beben und Schaudern und schließlich zu einem unaufhaltsamen Aufbäumen ihres Körpers. Sie schrie mit zusammengebissenen Zähnen. Nie geahnte Nerven und Muskeln ergriffen Besitz von ihr und rissen sie hoch, in einem wollüstigen Krampf nach dem anderen, in ein Loch zerstörerischer Erfüllung, in das sie hineinstürzte. Danach, für eine Endlosigkeit von Zeit, war Sophy sich selbst entrückt. Kein altes Objekt mehr. Nichts als Erlösung, eine Erleichterung, die sich auf unvorstellbare Weise verselbständigte. »Ich blute noch immer!«

Sophy fand zu sich zurück, seufzte schläfrig erregt. Es gelang ihr, die Augen zu öffnen. Er kniete jetzt neben dem Bett und hatte immer noch die Hand auf die Schulter gepreßt. Er flüsterte.

»Ich fühl' mich so schwach.«

Sie kicherte und ertappte sich beim Gähnen.

»Ich mich auch.«

Er nahm die Hand von der Schulter und sah sich die Handflächen an.

»Oh, oh.«

Jetzt sah sie seine Schulter. Die Wunde war winzig klein und schwach und blau. Sie blutete eigentlich nur, weil er mit der Hand darauf gedrückt hatte. Im Vergleich mit dem kleinen Stich wirkte er massig, mit all seinen Muskeln und seinem albernen, groben Männergesicht. In ihre Verachtung mischte sich fast so etwas wie Zärtlichkeit.

»Leg dich ein bißchen aufs Bett. Nein, nicht auf Tonis. Auf meins.«

Sie stand auf, und da lag nun er, die Hand erneut auf die Schulter gepreßt. Sie zog sich an und saß eine Weile in dem alten Armsessel, den sie eigentlich immer hatten neu polstern lassen wollen, und es war doch nie etwas daraus geworden.

Aus einer Lehne quoll immer noch Füllung heraus. Roland begann prustend zu atmen und zu schnarchen, aber so leise, als sei er im Schlaf ohnmächtig geworden. Sophy dachte wieder an den Aufruhr in ihrem Körper zurück, der so viel geändert, erhellt, beruhigt hatte. Orgasmus. So nannten es die Aufklärungsbücher, davon hatten sie alle gesprochen, geschrieben, gesungen. Aber niemand hatte erwähnt, wie sehr dabei ein Messer nützen konnte – war das spleenig?

·Mit einem Mal kam ihr ein Wort in den Sinn. Es war alles ein Teil – eine natürliche Folge? eine Erweiterung? – jener Einsicht, die ihr vor langer langer Zeit gekommen war, als sie in einem Schreibtisch versteckt gesessen hatte. Es war alles ganz einfach, das war's. Die mit *ihren* Filmen und Büchern und Dingen; mit *ihren* großaufgemachten Zeitungsberichten von entsetzlichen Ereignissen, die das ganze Land wochenlang in ihren Bann schlugen und verzauberten – ja, natürlich waren alle empört und entrüstet und vielleicht auch verängstigt, wie Roland – und doch konnten sie alle nicht aufhören zu lesen, hinzusehen, mitzuerleben: die Empfindung beim Eindringen des Messers, das Seil, das Gewehr, der Schmerz – nicht in der Lage, mit dem Lesen, Hinhören, Hinsehen aufzuhören. Der Kieselstein oder das Messer in der Hand. Einfach handeln. Oder diese einfache, naive Klarheit zu erweitern zum Absoluten des Sonderbaren, ganz gleich ob das Sonderbarsein nun einen Sinn hat oder nicht – wie es gar nicht anders sein konnte, wenn das magische Bemühen vor Schmutz *eitert* – sich jenseits all dieser albernen Vorstellung und Vortäuschung zu befinden. Zu leben. Roland gab einen prustenden Laut von sich. Er setzte sich auf. »Meine Schulter.«

»Ist doch nichts passiert.«

»Ich brauch sofort eine, rasch.«

»Was denn?«

»Anti-Tet.«

»Anti was?«

»Tetanus. Kieferstarre. O Gott. Eine Injektion. Und – «

»Du grüne Neune!«

Es gelang ihr gerade noch, sich in seinen Wagen zu zwängen, er war völlig mit sich beschäftigt und in gewalttätiger Stimmung.

»Was war denn los, wenn du als Junge hingefallen bist?«

Er war einfach zu sehr mit dem Steuern des Wagens beschäftigt.

Er brachte seinen großen, verletzten Körper ins Krankenhaus, und es war ihm ganz gleich, ob sie mitkam oder nicht. Als er dann aus dem Raum trat, wo man ihn – vermutlich sachgemäßer – gestochen hatte, glitt er ohnmächtig zu Boden. Als er sich wieder etwas erholt hatte, fuhr er sie schweigend zum Haus seiner Mutter und ging wortlos auf sein Zimmer.

Sophy meuterte. Sie ging allein aus, zurück zu der Diskothek mit dem Namen The Dirty Disco. Das war witzig gemeint, aber sie war wirklich sehr schmutzig. Im Vergleich dazu waren sogar ihre Jeans und der verschwitzte Pullover mit aufgemaltem BUY ME sauber und nett. In der Diskothek herrschte ein pfundiger Lärm, doch sie hatte kaum ein paar Sekunden im Saal gesessen, als sich ein junger Mann durch die Tanzenden drängte und sie ins Gewühle zog. Er war, wie sich zeigte, einfach großartig, einfallsreich und, ach, so herrlich stark, ohne sich etwas darauf einzubilden, und es hob sie beide auf ein Niveau, wo Sophy merkte, daß sie auch großartig war. Bald bildete sich ein freier Platz um die beiden, die in ihrer Zweisamkeit wilder und wilder wurden, von Zügellosigkeit zur Zügellosigkeit, ohne aufzuhören. Der ganze Saal, bis auf die Beatband natürlich, klatschte und rief Beifall, so daß das Rufen und das Klatschen und die Musik sich gegenseitig steigerten. Als die Band aufhörte, starrten sie sich an, völlig außer Atem. Dann murmelte er *bis später* und kehrte an seinen Tisch zurück, wo ein zweiter Mann saß, und irgendein Typ packte sie und zog sie wieder unter die Tanzenden. Als er sie endlich losließ, suchte sie nach dem jungen Mann, und sie trafen sich auf halbem Wege – wie alte Freunde. Er rief ihr zu (seine ersten Worte):

»Zwei Lebewesen ohne jeden Gedankenballast!«

Ihr war, als ginge die Sonne auf. Diesmal ließen sie, ohne daß sie sich darüber erst verständigen mußten, alle Kunststücke beiseite und flüsterten – brüllten – einander Fragen zu. Sie sah den anderen Mann am Tisch sitzen, aber diesen hier kannte sie, Gerry, o ja, dieser eine war nicht sonderbarer und verrückter als sie selbst, und alles war gleich in Ordnung.

Er schrie.

»Wie geht's deinem Vater?«

»Meinem Vater?«

Während sie das sagte, schwieg der Beat – so schlagartig, daß es Gerry überrempelte und seine Antwort in die Stille hineinschoß.

»Der Typ, mit dem du neulich hier warst – der ältere Herr im Straßenanzug.«

Als er seine eigene Stimme hörte, schlug er die Hände über die Ohren, nahm sie aber gleich wieder herunter.

»O mein Gott! Aber ein Mädchen wie du und so weiter. Nun ist es raus, wie der Affe sagte. Wir passen zueinander wie Hand und Handschuh.«

»Hm?«

»Richtig fürs Lieben?«

»Natürlich.«

»Versprochen?«

»Ist das nötig?«

»Trotzdem. Spatz in der Hand, du weißt. Nein? Aber nicht heute nacht, Josephine?«

»Darum geht's nicht. Nur –«

Sie mußte sich irgendwie vorbereiten. Roland von sich abwaschen. Sie alle abwaschen, samt und sonders.

»Nur?«

»Nicht heute abend. Aber ich versprech' es dir. Ehrlich. Hand aufs Herz. Schau.«

Sie setzten sich hin, er gab ihr seine Anschrift, und sie saßen so da und schließlich erklärte Gerry, er sei hundemüde, und sie verabschiedeten sich; und erst, nachdem sie sich getrennt hatten, fiel ihr ein, daß sie gar keinen Termin für ein Wiedersehen vereinbart hatten. Ein Schwarzer folgte ihr bis zum Haus, und sie klingelte, denn das Haus war nicht nur abgeschlossen, sondern auch verriegelt. Nach allerkürzester Zeit erschien Mrs Garrett, schloß auf und entriegelte die Tür, ließ Sophy ein und warf dabei einen raschen Blick auf den Schwarzen, der auf der anderen Straßenseite herumlungerte. Mrs Garrett folgte Sophy dann aufs Zimmer und stand wieder im Türrahmen, diesmal aber nicht an den Pfosten gelehnt, sondern steif aufgerichtet.

»Sie lernen dazu, nicht wahr?«

Sophy entgegnete nichts, sondern blickte nur gutgelaunt den Augen entgegen, die so feucht in ihrem verkohlten Becher schimmerten. Mrs Garrett fuhr mit der Zunge über die dünnen Lippen.

»Mit Roland ist das eine andere Sache. Aus Knaben werden Knaben – Männer, wollte ich sagen. Und schließlich will er einen Hausstand gründen. Ich weiß, heute sind die Dinge anders –«

»Ich bin müde, gute Nacht.«

»Sie können es schlechter treffen, wissen Sie. Viel schlechter. Sie können beruhigt sein. Ich würde von dem da nichts erwähnen.«

»Von wem?«

»Dem Nigger.«

Sophy lachte schallend.

»Der! Aber warum eigentlich nicht?«

»Da muß ich Sie aber bitten! Ich hab noch nie erlebt –«

»Und dann: ich möchte wirklich gern sehen, was ich tu.«

»Sie möchten *sehen!*«

»Nur ein Witz. Schauen Sie, ich bin müde. Wirklich.«

»Haben Sie Krach mit Roland gehabt?«

»Er ist im Krankenhaus gewesen.«

»Niemals! Warum? An einem Sonntag? War er –«

Sophy suchte in ihrer Schultertasche, fand das kleine Messer und nahm es heraus. Sie wollte lachen, besann sich aber.

»Er hat sich geschnitten. Mit meinem Obstmesser. Und deshalb ist er hingefahren, um sich das zu beschaffen – wie heißt es noch? – Anti-Tet.«

»Geschnitten hat er sich?«

»Er dachte, das Messer wäre vielleicht nicht sauber.«

»Er war doch immer – aber was hat er denn überhaupt mit einem solchen Ding gemacht?«

Die Worte *natürlich Obst schälen* kamen Sophy in den Sinn und auf die Lippen. Aber als sie in diese feucht funkelnden Augen blickte, war ihr plötzlich klar, wie leicht es war, ihnen aber auch alles zu verweigern, sich ihnen gänzlich zu verschließen. Sie hatten keinen Einblick. Sophy war in ihrem Gehäuse sicher. Diese Augen im Gesicht von Mama Garrett waren nicht mehr als Spiegel.

Sie sahen nur, was das Licht ihnen zuwarf. Man konnte standhalten, den eigenen Augen gestatten, Licht zu empfangen und zurückzuwerfen; und die beiden Menschen dahinter, jeder unsichtbar hinter seinen Spiegeln, brauchten von sich selbst nichts preiszugeben, nichts zu sagen. Es war alles ganz einfach.

Aber während sie noch immer hinblickte, erkannte sie noch mehr. Im unmittelbaren Widerspruch zu ihrer neuen Einsicht erkannte Sophy – sei es aufgrund ihrer bisherigen Welterfahrung, sei es, daß sich dies aus den leisesten Verän-

180

derungen in der Haltung der Frau, ihres Atems, ihrer Gesichtszüge ablesen ließ – auf einmal mehr, als diese Augenspiegel sagen wollten. Sie sah, wie die Worte, *Sie ziehen jetzt besser hier aus* Mrs Garretts Lippen bewegen wollten, dann jedoch von anderen Gedanken, anderen Wörtern in Schach gehalten wurden. *Was würde Roland sagen, vielleicht ist sie doch die Richtige, und wenn er in sie vernarrt ist . . .*

Sophy wartete und erinnerte sich an die einfache Regel: Tu nichts, warte ab.

Mrs Garrett knallte die Tür zwar nicht zu, aber sie schloß sie mit einer so perfekten Geräuschlosigkeit, daß es ihre Wut nicht minder gut zum Ausdruck brachte. Sophy folgte noch kurz den schnellen Schritten auf der Treppe und atmete dann tief aus. Sie trat ans Fenster, und der Nigger stand noch immer auf der Straßenseite gegenüber und starrte unergründlich auf das Haus; doch während sie ihn noch beobachtete, warf er einen Blick seitwärts und rannte um die Ecke davon. Ein Polizeiauto kam die Straße herunter. Sophy stand noch eine Weile am Fenster, zog sich dann langsam aus und rief sich das Erlebnis der Fülle ins Gedächtnis, diese Befreiung von Not und drängendem Druck wie beim Zusammensturz eines großen Gewölbebogens; und es fiel ihr leichter, das Verdienst daran nicht Roland zuzuschreiben, als vielmehr einer namenlosen Männlichkeit. Oder, wenn es unbedingt einen Namen haben mußte, dann gib ihm Gerrys Namen, Gerrys Gesicht. Es gab ja morgen.

# X

Den ganzen Tag über konnte Sophy sich nichts alberner
vorstellen, als Leuten erklären zu müssen, was sie für einen
Flug nach Bangkok zu bezahlen hätten, wie man von Aber-
deen nach Margate reiste oder von London mit irgendeinem
gewünschten Zwischenaufenthalt nach Zürich flog oder wie
man ein Auto nach Österreich bugsierte. Es war nicht nur
blöd, es wurde auch, während der Tag zwischen den Fingern
verrann, langweiliger und langweiliger. Sie eilte nach Ar-
beitsende heimwärts und schaute auf die Uhr, bis die Diskothek frühestens öffnen konnte – und auf war sie und davon.
Von Zeit zu Zeit lief sie ein paar Schritte, als hätte sie Angst,
zu spät statt zu früh da zu sein. Aber Gerry war nicht da.
Von Gerry war nichts zu sehen.

Und Gerry war immer noch nicht da. Schließlich tanzte
sie ein bißchen und wehrte mechanisch alle Annäherungen
ab, mit einem Lächeln wie bei Statuen. Sie spürte, wie unerträglich, wie ganz und gar unmöglich das alles außerdem
war; und wenn ein Mädchen nicht hexen kann – wie doch
alte Gedanken wiederkehren konnten –, blieb nur eines zu
tun, wenn der Mann nicht war, wo man sich ihn wünschte.
Am nächsten Morgen ging sie statt zur Arbeit unverzüglich
zu der Adresse, die ihr Gerry gegeben hatte. Er wachte spät
und muffig auf, als er sie an der Tür hörte, und tappte mit
halbgeschlossenen Augen ungeschickt herum, um sie einzulassen.

Sie schob sich mit den Einkaufstüten, in denen sie ihre
Habseligkeiten verstaut hatte, seitwärts herein. Sie hatte für
ihre eigene Unordnung schon eine Entschuldigung auf den
Lippen, ließ sie aber bleiben, als sie das Zimmer sah und –
roch.

»Pfui.«

Er schämte sich, obwohl ihm das gegen den Strich ging.

»Entschuldige die Unordnung. Ich bin nicht mal rasiert.«

»Du brauchst dich nicht zu rasieren.«

»Willst du mich nun mit Bart oder ohne?«

Er hatte einen Kater. Mit sozusagen automatischem Begehren griff er nach ihr, aber sie schwang eine Tragetasche
dazwischen.

»Jetzt nicht, Gerry. Ich bin gekommen, um hier zu bleiben.«

»Himmel. Ich muß aufs Klo. Und mich rasieren. Pfui Teufel. Mach Kaffee, ja?«

Sie machte sich in der schmutzigen Ecke zu schaffen, wo der Spülstein stand. Man mußte schon ein Auge zudrücken und – das fiel ihr ein, als sie für den Kessel Platz machte – die Nase zuhalten, um hier von einer Wohnung sprechen zu können. Aber Männer sollten ja auf Gerüche weniger empfindlich reagieren. Gerry selbst hatte sich erstaunlich schnell zurechtgemacht. Als er sich angezogen und sogar rasiert hatte, setzte sie sich auf den Stuhl, und er setzte sich auf das ungemachte Bett. Sie sahen sich über die Kaffeebecher hinweg an. Er hatte genau die richtige Größe, war ein wenig höher gewachsen als sie, aber eher schmächtig und schlaksig, und Kopf und Gesicht waren bei Tageslicht – nein, hübsch war das falsche Wort, und gutaussehend traf es auch nicht, aber was tat's? Der Rhythmus war's – und als ob er das Wort in ihrem Bewußtsein gelesen hätte, weil er tief hinein, hinter die Spiegel sah, begann er sozusagen tonlos die Andeutung eine Melodie zu pfeifen und den Takt mit einem Finger auf dem Becher zu klopfen. Rhythmus bedeutete alles für ihn, und deshalb –

»Gerry, ich bin arbeitslos.«

»Gefeuert?«

»Gegangen. Zu langweilig.«

Die angedeutete Melodie wurde durch einen hörbaren Pfiff ersetzt, der Überraschung ausdrückte. Über ihnen entfachte sich ein kurzer Wortwechsel, es folgten einige dumpfe Aufschläge, dann trat wieder eine relative Ruhe ein.

»Angenehme Nachbarschaft. Wart einen Augenblick.«

Gerry trank den Kaffee aus, holte einen Kassettenrecorder hervor und schaltete ihn ein. Schwingungen. Entspannt nahm er den Rhythmus auf, nickte mit dem Kopf, hielt unterdessen die Augen geschlossen, die vollen Lippen gekräuselt – Lippen, die das übliche, billige Wort nicht aussprechen würden, das sie selbst auch nie gebrauchten; dies hier konnte deshalb ja auch nichts mit Paarung wie bei den Enten zu tun haben, oder?

»Mit was für einem flotten Vogel warst du denn zusammen?«

»Nichts von einem flotten Vogel, Süße. War ein Typ, den ich kenne.«

Seine Augen, große, dunkle Augen, öffneten sich ruckartig, und er strahlte sie rundum lächelnd an. Welches Mädchen würde, könnte so einem Lächeln, solchen Augen, diesem schwarzen Haar, das nach vorn fiel, widerstehen?

»Wirklich?«

»Ziemlich benebelte Nacht.«

»Und das war alles?«

»Ehrenwort eines Offiziers und Gentleman.«

»Also *das* –«

»Das. Willst du mein Offizierspatent sehen? Wer es einmal hat, behält es auch, selbst wenn er nicht mehr mitmacht. Leutnant. Stell dir vor, in Ulster beschossen zu werden. Paff!«

»Hat man auf dich schon mal geschossen? Richtig?«

»Na ja. Wenn ich dabeigeblieben wäre, hätte man's bestimmt getan.«

»Ich wollte, ich hätte dich in Uniform gesehen.«

Er zog sie aufs Bett und umarmte sie. Sie erwiderte die Umarmung und küßte ihn. Er wurde intimer.

»Nicht jetzt, Gerry. Es ist zu früh am Tag. Ich wäre nachher zu nichts mehr zu gebrauchen.«

»Nachher ist nichts zu tun. Nicht, bevor sie öffnen.«

Aber er nahm die Hände trotzdem von ihr.

»Hör zu, mein Schatz. Du mußt dich für die Arbeitslosenunterstützung melden. Ich erwarte von dir außerdem eine gelegentliche finanzielle Spritze.«

Sie schaute zärtlich zu ihm herab. Sie war dankbar für die Gemeinsamkeit, die sich zwischen ihnen gleich in diesen wenigen ersten Sekunden eingestellt hatte, dieses sich gegenseitig voll Akzeptieren, oder jedenfalls das völlige Akzeptieren dessen, was sich jeder unter dem anderen vorstellte.

»Wir sollten aber besser nicht zugeben, daß wir zusammenleben.«

»Aha, wir leben also zusammen, meinst du?«

»Ein eindeutiger Gewinn, mathematisch betrachtet.«

»Und du könntest ja immer etwas nebenher verdienen.«

»Hm?«

»Kannst ja die rote Lampe ins Fenster stellen.«

»Das wäre mir zu sehr wie richtige Arbeit. Ich habe – na gut. Und du?«

»Immer auf dem Quivive. Kennst du nicht ein paar reiche alte Damen?«

»Nein.«

»Gab es früher massenhaft. Wir haben gestern abend noch davon gesprochen. Heute sind sie alle nur alt und arm. Unfair gegenüber jungen Offizieren. Nein, Liebling, die Alternative heißt Arbeitslosengeld oder paffpaff.«

»Paff?«

»Söldner. Machen dich gleich zum Hauptmann, wenn du nachweisen kannst, daß du Offizier und Gentleman in Ihrer Majestät Streitmacht gewesen bist. Geld haufenweise.«

»Das mag ja für dich ganz schön sein –«

»Ach Gott, wirklich? So schön auch wieder nicht, wenn du verwundet oder gefangen wirst. Es gab eine Zeit, wo niemand verwundet oder gefangen wurde. Nigger hatten einen feinen Sinn dafür, wer was war. Nun wird man selbst erschossen wie diese armen Schweine auch. Andererseits hab' ich ja durchaus Aussichten, gewisse Aussichten – nein. Ich werde es dir nicht erzählen, du süßes, molliges Plappermäulchen.«

Sie packte ihn am Arm und schüttelte ihn.

»Keine Geheimnisse!«

»Du willst mich loswerden? Du brauchst mein Arbeitslosengeld so gut wie ich deins.«

Sie fiel ihm kichernd auf die Brust. Ihr platzten die Wörter heraus: »Gott sei Dank, daß ich mich nicht mehr verstellen muß.«

Für ein oder zwei Tage, da sie auf dem Arbeitsamt vorsprach und versuchte, Gerrys Wohnung für zwei Personen bewohnbar zu machen, war sie manchmal allein und nutzte die Zeit, um über ihn nachzudenken. Nein, wirklich, das übliche harte Wort hatten sie nicht ausgesprochen, sie durften es auch mit all seinem Nuancenreichtum nicht, doch wenn man jung ist und sich bereits klargeworden ist, wie so vieles purer Unsinn ist, muß man doch gelegentlich einen Blick auf die unmittelbare Situation werfen und sich fragen: Und ist's das wirklich, was ich mir immer gewünscht habe?

Man dachte über die merkwürdige Tatsache nach, daß dieser Zwilling, diese Entdeckung eines Zwillings, einen schockieren konnte, aber niemals zur Last fiel. Da gab es Augenblicke, in denen beide plötzlich gleichzeitig etwas komisch fanden, sich kichernd und liebkosend in die Arme fielen, ohne ein Wort sagen zu müssen – und auch jene Augenblicke, wenn ein Lächeln um diese großen Augen, eine Strähne, die ihm in die Stirn fiel, ein wohliges Gefühl im Magen hervorriefen – ach, er war süß!

Und als sie im Arbeitsamt stand, vor dem Schalter mit dem gesichtslosen Beamten und der unbeschäftigten Bevölkerung dahinter, entfuhr es ihr laut: »Du bist süß!« nur um sogleich zusammenzuknicken, als das Gesicht vor ihr hinter dem Schalter plötzlich in erstauntem Lächeln aufblitzte und dann rot anlief. Und außerdem, überlegte sie, als sie das ausgefüllte Formular herüberreichte, außerdem weiß ich, er arbeitet nicht, weil er nicht arbeiten kann. Das ist bei ihm nicht drin. Wie könnte ein Kind arbeiten? Jetzt, wo er alles von mir und meinem Körper besitzt, wartet er, ohne daß es ihm bewußt ist, auf den Kasten mit Bausteinen oder die elektrische Eisenbahn –

In der vierten Nacht erzählte ihr Gerry von seinem Freund Bill.

»Ein komischer Kerl. Auf den ist tatsächlich geschossen worden. Es erwischte seinen kommandierenden Offizier. Da ballerte Bill los und legte ein halbes Dutzend von ihnen um.«

»Er hat wirklich Leute erschossen?«

»Und da haben sie ihn rausgeschmissen! Stell dir das vor! Was zum Teufel denken die eigentlich, wozu Soldaten da sind?«

»Ich weiß überhaupt nicht, wovon du sprichst.«

»Er sagte, es ist Spitze. Phantastisch. Ist doch verständlich, oder? All diese Millionen – die würden es ja nicht tun, wenn es nicht natürlich wäre. Ach du liebe Zeit! Gott im Himmel!«

»Ach du – ja, ja.«

»So ein Blödsinn, das ganze.«

»Dieser Freund von dir, dieser Bill –«

»Ist ein bißchen behämmert. Aber man erwartet doch von einem Soldaten nicht, daß er denkt. Prima Kamerad, würde ich sagen. Sollte im roten Rock der verdienten Kämpfer in Chelsea enden. Und dann gehen sie hin und schmeißen ihn raus!«

»Aber *warum* –?«

»Hab' ich's nicht gesagt? Es machte ihm Spaß, verstehst du? Er liebte das Töten. Ganz Naturmensch. Und da haben sie ihm gesagt, das hätte er nicht tun dürfen, so etwas nicht, wie er sich ausdrückte. Er sagte, sie meinten wohl, er hätte Tränen in seinen Scheißaugen haben sollen. Verzeih, so redet er eben.«

»Wie Onkel Jim. Ist er aus Australien?«

»Britisch bis ins Mark.«

»Ich möchte ihn gern kennenlernen.«

»Wirst du auch. Er ist kein hübscher Kerl wie ich, Süße, aber denke trotzdem daran, wessen Kätzchen du bist.«

»Ich beiße.«

Sie biß.

Sie lernte Bill in einer Kneipe kennen. Er hatte etwas Geld, es reichte gerade für sie drei – woher er es hatte, ließ er im unklaren. Er war viel älter als Gerry, behandelte ihn aber mit großem Respekt und redete ihn zuweilen mit »Sir« an, was Sophy zum Lächeln brachte. Er ähnelte Gerry äußerlich, hatte aber weniger Stirn und stärkere Kinnbacken.

»Gerry hat mir von Ihnen erzählt.«

Bill saß sehr still da, Gerry half weiter.

»Nichts, was dir nicht recht wäre. Das ist alles vorbei –«

»Natürlich ist's ihm recht, nicht wahr, Bill?«

»Ist sie in Ordnung, Sir, Gerry?«

»Wie ist das, Bill?«

»Wie ist was, Miss, Sophy?«

»Leute umbringen.«

Langes Schweigen. Gerry schauerte plötzlich zusammen und nahm dann ohne Absetzen einen langen Schluck. Bill betrachtete Sophy mit steinhartem Blick.

»Man gibt uns schließlich Munition.«

»Kugeln würdest du sagen, Liebes. Scharfe Sachen.«

»Ich meine – war das sozusagen vorbereitet? War das alles arrangiert, als Sie es taten – so wie man einen Stein findet, der nur geworfen zu werden braucht?«

»Es gab Instruktionen.«

Darauf schwieg nun wieder sie eine ganze Weile. Was will ich denn wissen? Ich will etwas über Kieselsteine wissen und das Zischen im Transistor und die Verfolgung, die Verfolgung, die nicht enden wollende Verfolgung!

»Ich hab' die Nase voll von all dem, was die Leute reden. Ich will – ich will wissen, wie es wirklich ist!«

»Da gibt es nichts zu wissen, Kleine. Ist eben so. Bett und Tisch.«

»Genau, Sir, Gerry. Man muß den Tatsachen ins Auge sehen.«

»Und was passiert dann?«

»Bill, ich glaube, sie meint: Was passiert, wenn du einen umlegst.«

Erneutes Schweigen. Sophy starrte Bill an und bemerkte, wie ein leises Lächeln über sein Gesicht kam. Seine Blickrichtung änderte sich. Seine Augen glitten über ihren Körper, kehrten zurück, bis sie ihr wieder in die Augen schauten. Dann wandte er sich ab. Sie wußte, mit einem Prickeln im Körper, was da vor sich ging. Sie sagte es sich: *Er will mich haben*. Und wie er mich haben will! Bill sah Gerry an.

»Die Weiber sind alle gleich.«

Er blickte sie an, mit einem leichten, wissenden Lächeln um den Mund.

»Man drückt. Pip! Er fällt um.«

»Alle fallen um, Liebes. Das ist alles. Hopplahopp.«

»Tut es weh? Dauert es lange? Ist da etwas – ist da viel –«

Das Lächeln wurde breiter, er begann zu verstehen.

»Nicht, wenn es ein glatter Schuß ist. Einer zappelte. Ich gab ihm einen zweiten. Fini.«

»Eine äußerst komplizierte Angelegenheit, Kindchen. Zerbrich dir nicht dein hübsches Köpfchen. Überlaß das mal uns. Euch geht das nichts an.«

Bill nickte und grinste ihr ins Gesicht, als ob sie einander verständen. O wie er mich haben will; aber nein, du tust es nicht, ermahnte sie sich, nicht mit der Feuerzange anfassen, wie es heißt, du dummes animalisches Wesen.

Sie schaute weg.

Es wurde bald deutlich, daß die beiden Männer nicht

bloß zum Trinken zusammengekommen waren. Nach allerhand Andeutungen schwiegen sie, Bill sah Sophy an, Gerry klopfte ihr auf die Schulter.

»Schätzchen, wäre es nicht am besten, du würdest dir mal die Nase pudern?«

»Puder doch deine eigene, Liebling.«

»Ha«, sagte Bill und imitierte, so gut es ging, die Stimme eines Mädchens aus feinem Hause, »puder doch deine eigene, Liebling! Entschuldigung, Miss, Sophy wollte ich sagen.«

Sie ging dann doch, es machte ja nichts, und sie witterte ein Geheimnis, das sie später schon ans Tageslicht bringen würde. Am nächsten Tag sprach Gerry von einer Verabredung, und er war sehr aufgeregt und zitterte ein wenig. Da entdeckte sie auch, daß er Pillen nahm, kleine schwarze Tabletten, die man unter dem Daumennagel oder in einer Ritze zwischen zwei Brettern verstecken konnte. Er kam in der Nacht sehr spät nach Hause, erschöpft, weiß im Gesicht, und sie machte einen Witz darüber, meinte, er sei doch wohl bei einer Biene, und was für einer Biene gewesen. Aber sie wußte, um was es sich handelte, als er einen Revolver, einen echten oder auch ein Spielzeugmodell, in seine Schublade zurücklegte. Sie schliefen miteinander und lagen am Ende in dem einzigen Bett der Wohnung, mit seinem Kopf auf ihrer nackten Brust. Am nächsten Tag war er wieder ganz der alte, zog einen Haufen Banknoten hervor und behauptete, er habe sie beim Hunderennen gewonnen – offensichtlich hatte er vergessen, daß sie den Revolver gesehen hatte. So kam denn alles ans Licht. Er und Bill drehten gelegentlich ein Ding miteinander.

Es folgten einige herrliche Tage. Einmal trafen sie Bill mit seiner derzeitigen Freundin, Daisy. Sie war eine ziemlich komische Nummer, ein richtiger Punk, lief auf zwölf Zentimeter hohen Absätzen, trug einen billigen Hosenanzug, ein totenbleiches Gesicht, totenschwarzes Make-up um die Augen, Strohhaar wie ein Schober, das auf der einen Seite glatt nach unten und an der anderen steil in die Höhe geklebt war. Sophy meinte, die könnte man sich in Zukunft sparen, aber Daisy hatte, wie sich dann herausstellte, etwas mit Gerrys schwarzen Pillen zu tun.

Gerry nahm sie zu einer anderen Party mit, wo weder

Daisy noch Bill, dafür aber einige sehr merkwürdige Typen auftauchten. Die Party fand in einer richtigen schönen Wohnung mit mehreren Räumen statt, bei viel Musik und Schwatzen und Trinken, und sie gingen allein, weil Gerry meinte, Bill wäre dort fehl am Platze. Er bat sie, ganz das ordentliche Mädchen aus feinem Hause hervorzukehren – wegen des Mannes, mit dem er dort Verbindung aufnehmen wollte, aber die Sache lief auf sonderbare Weise schief. Während sich der Lärm zum Party-Krach steigerte, begannen ein paar Leute ein albernes Spiel mit einem Tintenklecks auf einem Stück Papier. Jeder sollte sagen, was der Klecks alles darstellte, und einige der Antworten waren ungemein witzig und obszön. Doch als Sophy an der Reihe war, blickte sie auf die schwarze Form in der Mitte des Papiers, und nichts geschah. Sie fand sich dann als nächstes auf dem Sofa liegend, starrte an die Decke, der Party-Lärm war verstummt, Leute standen um sie herum und blickten auf sie herunter. Sie stützte sich auf einen Ellbogen und sah die Gastgeberin an der offenen Tür mit jemandem sprechen, der draußen stand.

»Nichts, mein lieber Lois, es ist überhaupt nichts.«

»Aber dieses entsetzliche lange Schreien!«

Gerry brachte sie nach Hause und erklärte ihr, sie sei von der Hitze ohnmächtig geworden, und es dauerte einen oder zwei Tage, bis ihr alles klargeworden war und bis sie wußte, warum ihre Kehle so heiser war. Doch in jener Nacht, meinte Gerry, nachdem sie die Party verlassen hatten, sie bräuchten Ruhe. So saßen sie denn am nächsten Abend ruhig in einer Kneipe vor ihren Gläsern und blickten auf den Fernseher, der in einer Ecke hoch oben an der Wand angebracht war. In der Tat, Sophy, die sich über ihr inneres Dunkel wunderte, fand es dort allzu ruhig und machte den Vorschlag, anderswo hinzugehen. Doch Gerry wollte bleiben. Er verfolgte gespannt und mit einem Lächeln die Fernsehsendung.

»Du großer Gott!«

»Was ist denn?«

»Fido! Mein alter Freund Fido!«

Gezeigt wurde Hallenturnen. Ein junger Mann mit schwellenden Muskeln turnte an hohen Ringen. Für Sophy schien er sich von den anderen Wettkämpfern nicht zu unter-

scheiden; vielleicht lag das nur daran, daß er mit so hinge-
bungsvollem Ernst turnte.

»Fido! Der war mit mir zusammen!«

»Wo?«

»Er ist jetzt Lehrer. Gibt Sportunterricht. In Wandicott.«

»Wandicott kenne ich, kannte ich. Es liegt in unserer
Richtung in der Nähe von Greenfield.«

»O gut gemacht, Fido! Toller Kerl! Himmel, er schwitzt
wie der Sonntagsgrill!«

»Und warum tun sie das?«

»Imponiert ihren Mädchen. Bringt Preise. Beförderung.
Gesundheit, Wohlstand, Ruhm – die Show ist vorbei.«


Sophy überredete Gerry und Bill, sie mitmachen zu lassen.
Daisy kam nicht, Daisy wollte nicht mitkommen, das war
nicht ihr Terrain. Sie filzten drei Läden und kehrten mit
knapp über 200 Pfund zurück. Sophy erschien das Risiko
entsetzlich groß, und sie machte den Männern klar, sich besser an pakistanische Läden zu halten. Und das war für eine
Weile auch eine höchst befriedigende Tätigkeit. Pakis wurden ganz klein, wenn Gerry ihnen seine Attrappe vor die
Nase hielt. Sophy verbesserte ihre Arbeitsmethode dadurch,
daß sie Bill drohen ließ, die Organisation würde den Laden
mit einer Bombe sprengen, wenn es irgendwelchen Ärger
gebe. Es machte Spaß, die Pakis in höchster Eile Geld in den
Beutel stopfen zu sehen, als handle es sich um Süßigkeiten
oder Weihrauch. Sie konnten sich gar nicht schnell genug
davon trennen.

Sophy stellte eine Rechnung auf, verglich das Risiko auf
der einen Seite mit dem Gewinn auf der anderen. Sie redete
im Bett mit Gerry.

»Das hat keinen Sinn, weißt du.«

Er gähnte in ihr Ohr.

»Was hat keinen Sinn?«

»Ladenkassen ausrauben.«

»Ach du gutes Seelchen! Bist du religiös geworden?«

»Zu großes Risiko, geschnappt zu werden.«

»Eins zu hundert.«

»Und wenn du hundert Läden gefilzt hast?«

Daraufhin gab es eine lange Pause.

»Ich meine – wer hat denn Geld? Das richtige, große Geld, verstehst du? Das Zeug, das dir ein richtiges Leben ermöglicht, das dich frei macht, du kannst gehen, wohin du willst, tun, was dir Spaß macht –«

»Also Banken sind tabu, Püppchen. Die sind längst gewitzt. Technisch aufs beste ausgerüstet.«

»Araber.«

Sie merkte, daß er sich vor Lachen schüttelte.

»Eine Invasion ist nicht drin. Dafür würden wir alle drei Waffengattungen brauchen. Gute Nacht, du Prachtstück.«

Sie legte die Lippen an sein Ohr und mußte wegen der schieren Kühnheit ihres Einfalls kichern.

»Auf welche Schulen schicken sie ihre Kinder?«

Diesmal dauerte die Pause noch länger. Schließlich sagte Gerry: »Beim blutigen Christus, wie Bill sagen würde. Gott im Himmel!«

»Wandicott, Gerry. Wo dein Freund unterrichtet. Die Schule wimmelt von ihnen. Prinzen – soviel du willst.«

»Mein Gott. Du – bist wirklich –«

»Dein Freund – wie heißt er noch? Fido? Gerry, wir könnten uns einen Jungen schnappen und irgendwo verstecken und – wir könnten eine Million oder eine Milliarde verlangen, und sie würden bezahlen – sie müßten bezahlen, oder wir – Gerry, küß mich jetzt, ja, faß mich an, nimm mich, wir hätten einen Prinzen als Faustpfand in unserer Hand zum Verhandeln, und wenn, das tut gut, wir ihn versteckt hielten und gefesselt und geknebelt und wenn – oh – wenn, oh, nichts, nichts, nichts und weiter und weiter und weiter, oh, oh, oh.«

Und dann lagen sie wieder nebeneinander, sie hatte ihren Arm über die Brust eines offensichtlich erschöpften und in der Dunkelheit verwirrten Gerry gelegt. Als er dann wieder gleichmäßig atmete, schüttelte sie ihn – und schüttelte ihn kräftig.

»Du, ich hab' keinen Witz gemacht oder nur so getan. Es war nicht bloß ein Gedanke, um zu kommen. Ich meine es ernst. Nicht dieser Kinderkram mit den Läden! Da könnten wir ebensogut Milchflaschen stehlen!«

»Das geht nicht.«

»Für uns geht das schon, Gerry. Für mich ist das gerade

richtig. Wenn wir weiter Läden filzen, werden wir geschnappt, weil das kleine Sachen sind. Aber das – Wir brauchen ein einziges großes Ding, es muß so ungeheuerlich sein, daß niemand erst versucht, sich dagegen zu wehren –«

»Es geht zu weit. Und ich möchte pennen.«

»Und ich möchte reden. Bei Läden mache ich nicht mehr mit. Das steht fest. Wenn du mich haben willst, wirst du – Wir könnten fürs ganze Leben reich werden!«

»Niemals.«

»Sieh mal, Gerry. Wir könnten doch wenigstens hinfahren und uns die Schule ansehen. Deinen Freund Fido besuchen. Ihn hineinziehen, vielleicht. Wir könnten hinfahren und mal sehen, wie da alles läuft –«

»Gänzlich ausgeschlossen.«

»Wir werden hinfahren und sehen, was sich da machen läßt.«

»Nein, werden wir nicht.«

Daran schloß sich ein langes Schweigen, das Sophy diesmal nicht zu unterbrechen wagte. Doch als er wieder ruhig und regelmäßig atmete, sagte sie lautlos zu sich selbst:

»*Oh doch, wir werden, mein Liebling. Du wirst schon sehen!*«

# XI

Sie ließen den Wagen an der Stelle stehen, wo der von Bäumen überdachte Weg zum Hügelkamm führte. Sie gingen hinauf und fanden die alte Straße, die über den Hügeln entlanglief, verlassen und windig vor. Wie Szenen im Film wechselten Wolken und heller Sonnenschein über den Wellen des landschaftlichen Grüns und dem indigoblauen Horizont. Nur die Wolken bewegten sich, sonst nichts. Selbst den Schafen schien eine völlige Regungslosigkeit zu gefallen. Eine Meile vor ihnen stiegen die Hügel an zu einer stumpfen Höhe. Der Weg, eine Unebenheit nach der anderen, führte schließlich darüber hinweg, bis in das ferne Zentrum des Landes. Sophy blieb bald stehen. »Warte mal.«

Er wandte sich ihr zu und grinste. Sein Gesicht war gesund und frisch, das Haar fiel ihm in die Stirn. Als sie wieder zu Atem gekommen war, dachte sie, so hübsch wie in diesem Augenblick sei er noch nie gewesen.

»Das Laufen liegt dir wirklich nicht, mein Schatz.«

»Du hast längere Beine.«

»Manche Leute finden das Laufen toll.«

»Ich nicht. Möchte wissen, was die dabei finden.«

»Die Schönheiten der Natur. Du bist selbst eine Naturschönheit und deshalb . . .«

Sie entwand sich seinen Armen.

»Wir haben etwas zu tun. Könntest du dich bitte mal darauf konzentrieren?«

Sie gingen weiter, Seite an Seite. Ein Pärchen auf einem Landausflug.

Gerry zeigte auf den Betonsockel auf der Anhöhe.

»Das ist ein fester Punkt für die Landvermessung.«

»Weiß ich.«

Er blickte sie überrascht an. Entfaltete die Landkarte aber trotzdem.

»Wir legen sie auf die Platte und schauen uns um.«

»Warum?«

»Nur zum Vergnügen. Macht doch jeder.«

»Warum?«

»Weißt du, mir macht es *wirklich* Spaß. Es erinnert mich wieder an die alte Zeit von ›Vorwärts Leute!‹«.

»Und wonach halten wir Ausschau rundum?«

»Wir identifizieren sechs Grafschaften.«

»Kann man das?«

»Wird dauernd gemacht. Große britische Tradition, Grafschaften zu identifizieren. Laß nur, alte Maus, ich besteh' nicht darauf. Merkst du irgend etwas an der Luft?«

»Wie sollte ich?«

»Aber sie haben ganze Bücher darüber geschrieben!«

Er stand am Betonsockel, sein Haar und die Karte flatterten, und er begann zu singen. »Gib mir Leben, das ich liebe . . .«

Tief aus ihrem Innern erfaßte sie ein wahrer Wutanfall, schüttelte sie.

»Um Gottes willen. Gerry! Weißt du nicht, wer . . .«

Sie fing sich und redete rasch weiter:

»Ich bin gereizt. Merkst du das gar nicht? Du weißt nicht, wie das ist, wenn man – Entschuldige.«

»Schon gut. Sieh mal, Sophy, aus der Sache kann nichts werden, stimmt's?«

»Du hast ja gesagt. Du hast zugestimmt.«

»Zu einer Geländeerkundung.«

Sie starrten sich über den Sockel weg an. Irgend etwas, vielleicht die Luft, erinnerte ihn, so kam es ihr vor, an andere Orte und andere Menschen. Er war unerbittlich und zog sich von ihr zurück, fast als wollte er ihr – entkommen.

Der Mann im Lieferwagen. *Mein Wille ist stärker als seiner.*

»Gerry, lieber Gerry. Wir haben uns doch zu nichts verpflichtet. Aber wir haben nun schon drei Tage auf diese Sache verwandt. Wir wissen, daß er hier den Weg benutzt, und wir werden ihn hier einfach zufällig treffen. Wir werden Kontakt mit ihm aufnehmen. Das ist alles. Diskutieren können wir später.«

Er starrte sie noch immer mit seinen Augen unter den flatternden Haaren an.

»Alles zu seiner Zeit.«

Sie ging um den Sockel herum und kniff ihn in den Arm.

»Also, du Landkarten-Experte, wie sieht's aus?«

»Der öffentliche Weg führt von hier aus – siehst du die gestrichelte Linie? Da unten liegt das, was du gestern von der anderen Seite des Tales aus gesehen hast. Er bringt die

Jungen auf der gestrichelten Linie zu uns her, biegt dann links ab und führt sie im Bogen zurück. Gesunder Langlauf.«

»Das paßt phantastisch. Mach weiter.«

Der Weg führte abwärts einen Drahtzaun entlang, der sich ohne Unterbrechung bis zu verschiedenen Baumgruppen unten im Tal hinzuziehen schien. Sophy zeigte auf eine Gruppe grauer Dächer.

»Dahinten, dort.«

»An der anderen Stelle, drüben wo die Bäume stehen, dort waren wir gestern.«

»Und hier kommen sie schon.«

»Du großer Gott. Ja. Auf die Minute. Und da ist er selbst. Den erkenne ich auf die Entfernung von zwei Kilometern. Na ja. So weit wird's etwa sein. Siehst du, wie er beim Laufen die Knie hebt? Los, komm.«

Aus dem Tal mit den kaum sichtbaren bleigrauen Dächern bewegten sich die Jungen aufwärts, eine dünne Linie hüpfender roter Punkte, kleine Jungen in roten Sportanzügen, und ein größerer roter Fleck sprang ihnen nach. Die ganze Linie trottete den Hügel herauf, und aus dem roten Fleck hinter ihnen wurde ein drahtiger junger Mann in scharlachrotem Trainingsanzug, der beim Laufen die Knie übertrieben hoch anhob und ab und zu den Jungen vor ihm etwas zurief. Gerry und Sophy blieben stehen, die Jungen liefen vorbei, sahen zu ihnen herüber und lachten. Der junge Mann blieb ebenfalls stehen und starrte.

»Gerry!«

»Fido! Wir haben dich im Fernsehen gesehen.«

Der junge Mann namens Fido brüllte etwas, das die Jungen zum Stillstand brachte. Er und Gerry klopften sich gegenseitig auf den Rücken, boxten sich in die Rippen, pflaumten sich an. Fido wurde vorgestellt – er war Leutnant Mastermann, oder war jedenfalls Leutnant gewesen, stellte aber sofort klar, daß er auf die Namen Fido, Wauwau oder Hundchen hörte, meistens aber Fido genannt wurde.

»Sogar die Jungs«, sagte er triumphierend, »nennen mich Fido.«

Fido war nur von mittlerer Körpergröße, doch blendend gebaut. Sein Gesicht schien größer als sein Kopf und war von der vielen frischen Luft verwittert. Von dem, was Gerry ihr erzählt hatte, wußte Sophy, daß Fido seine Brust durch Gewichtheben gedehnt, seine Beine durch ausdauernde Arbeit auf dem Trampolin gekräftigt und sein Gleichgewichtsgefühl bei haarsträubenden Kletterpartien auf jedem Felsen in Reichweite gestärkt hatte. Sein Haar war dunkel und lockig, die Stirn niedrig, seine Art ohne Einfühlungsvermögen.

»Fido ist wirklich ein Nationalsportler«, sagte Gerry, und Sophy hörte die Bosheit in der Benennung. »Du würdest nie glauben, wieviel er reißt.«

»Reißt?«

»Gewichtheben. Weißt du, wie viel?«

»Ich bin sicher, daß es gewaltig ist«, rief Sophy und bog sich zu Fido hin. »Es muß herrlich sein, so viel heben zu können!«

Fido bestätigte, ja, es sei schon recht phantastisch. Sophy verströmte Parfum in seine Richtung und ließ ihre Körperformen zu ihm hin spannen. Die Pupillen beider weiteten sich.

Fido hatte ziemlich kleine Augen und die geweiteten Pupillen machten sie schöner. Er sagte den Jungen, sie sollten bleiben, wo sie waren, aber ein bißchen herumspringen. Gerry erklärte, sie hätten den Namen der Schule auf der Landkarte bemerkt, und da sie Fido im Fernsehen gesehen hatten, waren sie auf den Gedanken gekommen, ihn aufzusuchen – und nun hatten sie ihn hier getroffen.

»Haltet euch warm, Männer!« rief Fido. »Es geht gleich weiter.«

»Für die Jungen müssen Sie eine Offenbarung sein, Mr Masterman.«

»Fido, bitte – Sie pfeifen nach mir, und ich komme.«

Er tänzelte herum, boxte ein wenig in die Luft und stieß dann ein stoßweises Lachen aus, das wirklich fast wie ein Bellen klang. Er wiederholte, sie könne nach ihm pfeifen, wann immer sie wolle, es werde ihm ein Vergnügen sein.

Gerry unterbrach ihn.

»Und wie ist denn der Job hier, Fido?«

»Schulmeister? Na, du siehst ja, ich halte mich dabei in Form. So was wie jetzt hier mach' ich eine ganze Menge. Natürlich ist es nicht dasselbe wie richtiges Lauftraining.

Das kann man diesen kleinen Burschen ja doch nicht zumuten. Also trage ich an den meisten Tagen Gewichte mit mir herum. Außerdem –«

Er schaute sich vorsichtig um und ließ einen prüfenden Blick über die Hügel schweifen, die, von den Jungen und den Schafen abgesehen, gänzlich leer waren.

»Ich muß ein wachsames Auge auf sie halten, versteht ihr.«

Sophy trillerte.

»Ach, Fido, Sie sind hier aber doch am Ende der Welt . . .«

Er beugte sich zu ihr herüber, streckte die Hand aus, um sie am Arm zu fassen, ließ es dann jedoch.

»Genau. So ist es. Sehen Sie den kleinen Kerl da drüben? Nein – lassen Sie ihn nicht merken, daß Sie ihn beobachten. Seien Sie vorsichtig wie ich. Nur aus dem Augenwinkel.«

Sophy blickte hinüber. Die kleinen Jungen waren gewöhnliche kleine Jungen, das war alles, abgesehen davon, daß drei von ihnen schwarz waren und zwei braun. Die meisten hatten die normale, weiße Hautfarbe.

»Meinen Sie vielleicht den, der den Nigger knufft?«

»Vorsicht! Er ist aus königlichem Haus!«

»O Fido, wie aufregend!«

»Seine Eltern sind wirklich nette Leute, Sophy. Natürlich kommen sie nicht oft zusammen hierher. Aber sie hat tatsächlich mit mir gesprochen. Sie hat zu mir gesagt: ›Machen Sie etwas aus ihm, Mr Masterman.‹ Sie hat ein wunderbares Namensgedächtnis. Er übrigens auch. Und die Wettkämpfe im Gewichtheben verfolgt er mit großem Interesse, müssen Sie wissen. Sagt er zu mir: ›Wie weit werden Sie noch kommen? Wo, meinen Sie, liegt Ihr Höchstwert?‹ Ich sag' Ihnen, so lange, wie wir sie noch haben –«

Gerry tippte ihm auf die Schulter und löste ihn aus seiner ausschließlichen Konzentration auf Sophy.

»Du hast also noch eine andere Aufgabe hier als Sportunterricht zu geben?«

»Ich habe nichts gesagt, oder? Die kleinen Herren da wissen nichts davon, versteht ihr. Aber es ist eine solche Belastung – zum Beispiel dieser Junge, seine Hoheit, mein Gott, war ein solcher Schlingel – und nehmt da diesen kleinen braunen Kerl – Sohn von einem Ölscheich. Muß ihn als Prinz anreden, obwohl er genaugenommen natürlich nichts dergleichen ist. Mehr wie ein Gutsherr, hat eben Glück gehabt, wie auf der Jagd. Sein Alter könnte unser ganzes Land kaufen.«

»Ich nehme an, das hat er bereits getan«, sagte Gerry überraschend gefühlvoll, »sonst käme auch wohl niemand auf die Idee.«

»Sie meinen, sein Vater ist wirklich reich?«

»Milliarden. Aber gut. Muß aufpassen, daß sich niemand erkältet. Sophy, ihr beide – so um vier Uhr hätt' ich ein bißchen Zeit. Tee im Dorf? Mit hausgemachtem Gebäck?«

Bevor Gerry antworten konnte, hatte Sophy den Vorschlag angenommen.

»Phantastisch, Fido!«

»Also dann im ›Kupferkessel‹. In etwa einer halben Stunde. Bis nachher.«

»Wir werden da sein.«

Fido warf ihr einen letzten Blick aus seinen geweiteten Pupillen zu und sprang dann den Weg hinauf. Er jagte die kleinen Jungen umher und bellte wie ein Hund, der hinter Kühen hersetzt. Die kleinen Jungen antworteten mit Muhen und kreischendem Gelächter. Fido war offensichtlich beliebt. Sophy starrte ihm nach.

»Sie verbringen die Zeit wirklich mit Gewichtheben?«

»Um Himmels willen, du hast sie doch im Fernsehen gesehen!«

»Stimmt.«

»Liebling, du bist nicht auf der Höhe der Zeit.«

Sie merkte, daß ihn – trotz ihres geradezu zwillingshaften Einverständnisses – das Wechselspiel der Blicke irritiert hatte, und das amüsierte sie. Es gefiel ihr.

»Stell dich nicht an, Gerry, es hätte gar nicht besser kommen können.«

»Ich hatte vergessen, was für ein Hornochse er ist.«

»Er spielt uns in die Hände.«

»Dir, meinst du.«

»Du warst einverstanden.«

»Ich merke erst jetzt allmählich, was wir uns da vorgenommen haben. Du hast gehört, was er sagte. Sie sind hier mit allen Raffinessen ausgerüstet, da fehlt nichts. Die haben uns wahrscheinlich schon auf Tonband.«

»Ich glaub' es nicht.«

Sie rückte dicht an ihn heran.

»Du weißt nicht, wie man sich unsichtbar macht, oder?«

»Ich bin Soldat. Versuch du mal, mich zu finden, wenn ich mich zu verstecken versuche.«

»Es geht doch nicht einfach ums Verstecken. Ich habe es in den letzten drei Tagen gemerkt. *Wir sind unsichtbar.* Nein, das hat nichts mit Magie oder so etwas zu tun – obwohl vielleicht – nein, ist ja gleich; mit Magie nicht; einfach nur so. – Weil er hier ist und du ihn kennst; weil ich mit ihm umgehen kann – Manchmal trifft einiges zufällig zusammen, aber manchmal fügt sich alles – planvoll. Ich kenne mich da aus.«

»Ich mich nicht.«

»Als ich im Reisebüro arbeitete, hatte ich viel mit Anzeigetafeln, mit Daten und Zahlen zu tun. Ich verstehe sie. Ich verstehe sie *wirklich,* mußt du wissen, so wie Daddy sein Schach und all das versteht. Ich bin nur nicht daran gewöhnt, solch ein Wissen mit Worten auszudrücken. Vielleicht kann man das auch gar nicht. Hör zu. Diese Zahlen. Das Mädchen, das im Büro war, als ich dort anfing. Also, sie war eine Blondine, ein bißchen schwach im Kopf, aber eine Wucht. Der Geschäftsführer verstand sich drauf, solche Mädchen aufzugabeln. Nicht besonders für die Arbeit geeignet, aber warum sollte ihn das kratzen? Du hättest dir die Augen nach ihr ausgeguckt, mein Lieber. Aber sie war dumm. Weißt du was? Ich habe gesehen, wie sie Tabellen brauchte, um auszurechnen, wieviel zehn Prozent von einer Rechnung ausmachten.«

»Genau richtig. Wie sie sein sollte. Macht viele Männer glücklich.«

»Sie sollte ein Datum eingeben, und es war der siebte Tag des siebten Monats im Jahre siebenundsiebzig. So war es – sieben – Punkt – sieben – Punkt – sieben sieben. Alice trug das ein, blickte mit ihren großen blauen, hervortretenden Augen drauf und lachte ihr idiotisches Lachen – von dem der Geschäftsführer sagte, es sei wie Vogeltriller – er war richtig

langweilig, er konnte kein Mädchen in Ruhe lassen, und sie
sagte: ›Das ist aber ein Zufall, nicht wahr?‹«

Gerry wandte sich um und ging langsam am Drahtzaun
entlang hügelabwärts.

»War's ja auch.«

»Aber –«

Sie lief hinter ihm her, packte ihn am Arm und zog ihn
herum.

»Siehst du denn gar nicht, mein Lieber, mein, mein
Schatz – das war überhaupt kein Zufall! Ein Zufall ent-
steht, wenn alles durcheinander geht, aus Unordnung, Un-
klarheit, und du hast keine Ahnung, wie er zustande
kommt – Aber diese vier Sieben – du konntest sie kommen
sehen, sie mit Händen greifen. Es lag im System – aber
Zufälle – mehr als Zufälle –«

»Ganz ehrlich, Sophy, ich weiß nicht, wovon du redest.«

»Alles nimmt seinen Gang. Spult sich ab. Wir sind nur
– Knäuel. Alles ist nur ein Knäuel, und es löst sich heraus
aus sich selbst, Stück für Stück, wird immer einfacher –
und wir können dazu beitragen. Ein Teil davon sein.«

»Du bist religiös. Oder du spinnst total.«

»Gut zu sein, ist auch nur so ein verwirrtes Knäuel.
Und was soll's? Mach mit dem Entwirren weiter, das sowieso stattfindet, und nimm dabei mit, was du kriegen
kannst. Was sie auch will, die Dunkelheit, laß das Gewicht
fallen, gib den Widerstand auf . . .«

Eine Wahrheit tauchte in ihrem Bewußtsein auf. *Zum
Einfachen kommt man durch die gewaltsame Verletzung aller mo-
ralischen Gefühle.* Aber sie wußte, daß er das nicht verstehen würde.

»Es ist wie beim Orgasmus, wie beim Sex.«

»Sex, Sex, nichts über den Sex! Es lebe der Sex.«

»O ja, ja! Aber nicht so, wie du es meinst, sondern wenn
er alles bedeutet, die langen, langen Zuckungen, die Auflö-
sung, das Beben und die Entwirrung von Raum und Zeit
und weiter, weiter, weiter bis ins Nichts –«

Und sie schaffte es; ohne den Transistor erreichte sie es
und konnte sich oder jemand anders in dem Zischen und
Knacken und Brüllen der lichtlosen Räume hören.

»Weiter und weiter, Welle auf Welle, bäumt sich auf, breitet sich aus, läuft aus, aus, aus –«

Die bleigrauen Dächer der Schule traten wieder deutlich hervor und entfernten sich aufs neue, als Sophy in Gerrys besorgtes Gesicht aufblickte.

»Sophy! Sophy! Hörst du mich?«

Deshalb wurde dieser endlose Körper, den sie bewohnte, vorwärts und rückwärts bewegt; und erkennbar als der Körper eines Mädchens, den eine Männerhand an der Schulter rüttelte.

»Sophy!«

Sie antwortete, doch ihre Lippen konnten sich kaum regen.

»Kannst du nicht einen Augenblick warten? Ich sprach zu – von – ich war jemand –«

Seine Hände kamen zur Ruhe, hielten sie aber fest.

»Laß gut sein. Besser?«

»Alles in Ordnung.«

Und während ihr die Wörter entglitten, merkte sie, wie komisch sie klangen, und sie begann zu kichern.

»Alles völlig in Ordnung.«

»Wir brauchen einen Drink. Mein Gott, das war wie – Ich weiß nicht, wie.«

»Du bist alt und klug, mein Schatz.«

Er schaute ihr prüfend ins Gesicht.

»Mir gefiel das ganz und gar nicht. Es war verdammt unheimlich, kann ich dir sagen.«

Damit kehrte das klare Tageslicht zurück, kamen Sonne, Wind, Hügel, Zeit und Ort.

»Wie hast du es genannt?«

»Für einen Augenblick konnte man's verdammt mit der Angst kriegen.«

»Du sagtest – ›unheimlich‹.«

Alles floß ineinander. Sie war erfüllt von großer Kraft.

»Du hast von Tonbandaufnahmen gesprochen, und davon, daß hier rundum alles bewacht wird. Aber wir leben in einer besonderen Zeit. Sie kommen, verstehst du. Es ist nicht so, daß sie uns nicht sehen können. Sie *tun* es nicht. Also, als ich klein war – Es ist das Knäuel, das sich entwirrt, die einzelnen Fäden werden deutlich. Es fällt und rollt. Du mußt einfach sein. Darauf kommt alles an. «

»Ich merke allmählich, daß du ein komischer Vogel bist. Ich bin mir nicht sicher, daß wir weitermachen sollten. Da gibt es Dinge, die ich einfach nicht – «

»Wir werden weitermachen. Du wirst schon sehen. «

»Nicht, wenn ich nein sage. Das Kommando habe ich. «

»Natürlich, Liebster. «

»Ich werde haargenau so weit gehen, wie es – möglich ist. Wenn wir ans Unmögliche stoßen, ist Schluß. Verstanden? «

Sie schenkte ihm ein besonders strahlendes Lächeln, das er auf eine schützende Art küßte. Er nahm ihre Hand, und schweigend gingen sie den Zaun entlang. Liebende auf einem Spaziergang.

Bis auf die nachgemachten Möbel im Stil des 18. Jahrhunderts und das kopierte Pferdegeschirr war der »Kupferkessel« leer. Hier saßen sie, unter den gleichgültigen Blicken eines geistig unterentwickelten Mädchens und warteten auf Fido. Er traf völlig atemlos ein. Gerry spielte sich auf, überspielte – zuerst amüsiert – Regungen einer Eifersucht, die ihn schließlich, wie Sophy spürte, durchaus ein wenig betroffen reagieren ließ.

Fido bellte schon bald drauflos. Er hatte Fotos mitgebracht. Eines zeigte ihn bei der Entgegennahme einer Medaille auf einem Podium. Sophy erkannte zu ihrer Überraschung, daß er bei dem Wettkampf gar nicht erster Sieger, sondern Dritter geworden war. Ihr starkes Interesse an seinen sportlichen Aktivitäten ermutigte ihn, ein ganzes Bündel Fotos aus der Brusttasche zu ziehen und ihr zu zeigen. Da war Fido, der strahlende Muskelprotz beim Gewichtheben. Da war Fido der Bergsteiger, der in der Luft hing und über einem fürchterlichen Abgrund grinste. Da war Fido auf dem Trampolin, aufgenommen beim Überschlag in der Luft. Als Sophy provozierend zugab, an der Bedeutung all dieser Aktivitäten blieben ihr doch einige kleine Zweifel, konnte Fido sie einfach nicht verstehen. Meinte sie, es sei gefährlich? Ein Mädchen könnte allerdings auf den Gedanken kommen – Sophy griff den Ball auf.

»Oh, es *muß* schrecklich gefährlich sein! «

Fido überlegte.

203

»Ich bin in den Bergen gestürzt.«

Gerry, den beide ignorierten, warf boshaft ein:

»War das nicht die Geschichte, als du auf den Kopf gefallen bist?«

Fido antwortete mit einer vollständigen Aufzählung seiner Verletzungen. Sophy unterbrach ihn und hoffte nur, daß sie ihr Kichern verbergen konnte.

»Aber das ist nicht fair! Warum können wir Mädchen nicht –«

Gerry lachte schallend auf.

»Ausgerechnet du! Gott im Himmel!«

Aber Fido hatte bereits damit begonnen, die Sportarten aufzuzählen, bei denen er das Mitmachen von Frauen für möglich hielt.

»Und Croquet«, warf Gerry ein, »vergiß nicht Croquet.«

Fido meinte, er würde schon daran denken, und warf Sophy aus seinen geweiteten Pupillen den Blick eines Eroberers zu. Nach dem Tee begleitete er sie ein Stück Wegs zum Bus, der sie zu Gerrys Auto bringen sollte. Sie erhielten die dringliche Einladung wiederzukommen, und daran stimmte nur eines nicht, daß sie nämlich ausschließlich an Gerry gerichtet war.

Sophy gab Fido einen Abschiedskuß, so daß er aufs neue bellte, und sie erdrückte ihn mit ihrem Parfüm. Als sie endlich allein im Auto saßen, sah Gerry sie teils wütend, teils bewundernd an.

»Du hast ihm ja fast die Hosen heruntergerissen! Himmel noch einmal!«

»Er könnte nützlich sein. Vielleicht könnte er sogar mit uns zusammenarbeiten.«

»Nun sei mal nicht so dumm, Schatz. Du bist vielleicht unwiderstehlich, aber Wunder kannst du auch nicht tun.«

»Warum nicht?«

»Du glaubst wohl an deine historische Mission, was?«

»Von Geschichte habe ich keine Ahnung.«

Gerry brachte den Motor gewaltsam auf Touren.

»Brauchst du auch nicht zu haben. Der Instinkt einer Hure reicht.«

Danach sagte er nichts mehr, und sie dachte über seinen Standpunkt nach.

Er hatte, so stellte sie fest, einen ausgesprochen männlichen Standpunkt. Dieser Gerry, der seelenruhig den Vorschlag machen konnte, sie solle den Lebensunterhalt für sie beide über Männer verdienen, und sie war überzeugt, das hatte er ernst gemeint, dieser Gerry geriet durch ihre Annäherungsversuche gegenüber dem albernen Fido ganz aus der Fassung. Nachdem sie darüber lange nachgedacht hatte, fand sie alles darin begründet, daß der Mensch sehen muß, um zu begreifen.

Eventuelle Freier waren anonym. Den Fido kannte Gerry.

Zwei Tage später erhielten sie einen Brief von Fido, der seine Einladung wiederholte. Gerry war dafür, die Sache auf sich beruhen zu lassen, sie waren ja völlig verrückt gewesen!

Als Sophy antwortete, sie müsse darüber nachdenken, verstand Gerry das, wie sie merkte, so, als wollte sie sagen: »Ich möchte nichts unternehmen.« Er streichelte sie, stopfte sich mit seinen Pillen voll und ging mit Bill los, um einen Auftrag zu erledigen. Aus einer öffentlichen Fernsprechkabine rief Sophy Fido an. Sie sagte, sie halte es nicht für richtig, daß sie und Gerry ihn besuchten. Als Fido sie hartnäckig ausfragte, gab sie zu, sie habe unter dem Eindruck gestanden, daß man zu dritt nicht natürlich miteinander sei und Gerry sei – nun, nicht schwierig, aber doch nachdenklich gewesen. Den Gedanken, eine alte Freundschaft zu zerstören, könne sie nicht ertragen. Nein! Nichts hätte sie persönlich sich lieber gewünscht. Tatsache war . . .

Tatsächlich –

Sie weigerte sich, ihm die Tatsache zu offenbaren. Doch dann hörte sie über die kilometerlangen Drähte, wie Fido losbellte, als ihm ein glänzender Einfall kam. Er lud sie zu einem Treffen im Süden Londons ein, wo sie ihm beim Gewichtheben zuschauen und nachher mit ihm die Sachlage besprechen könne.

Den Wettkampf im Gewichtheben, den Fido in seiner Klasse gewann, fand sie so komisch, daß sie sich dadurch schon fast für den durchdringenden Geruch, der über allem lag, entschädigt fühlte. Nachher gestand ihr Fido, heftig atmend, daß er sie ungewöhnlich begehrenswert fand. Sie wartete, daß er sich an sie heranmachte, und das kam in Form einer Einladung zum Elterntag in der Schule. Sophy, die ein direktes ehrliches Manöver erwartet hatte, fand es nicht weniger komisch als das Gewichtheben.

»Ich bin kein Elternteil.«

Er erklärte, es sei der Tag, an dem die Eltern kämen, um zu sehen, wie behende ihre kleinen Kerlchen unter seiner Obhut geworden wären. Sie ließ sich überreden und hatte bald den Verdacht, daß seine Attacke, wenn sie käme, moralisch ausfallen werde. Verheiratet – und das mit einem Gewichtheber! Fido nahm offenbar an, daß Gerry, wenn aus den Augen, ihr auch aus dem Sinn gekommen sei. Sie hörte ihm zu, als er in sozusagen naiver Egozentrik sein Leben vor ihr ausbreitete – das Geld der Großmutter und diese Verbindung zu den königlichen Hoheiten, der er so großen Wert beimaß, als er ihr anvertraute, daß er sie vielleicht den beiden – oder einem von beiden – vorstellen könnte, falls sie zu kommen verspräche.

»Vergiß nicht«, sagte er, »ich verspreche dir nichts. Ich kann dich nur vorstellen, wenn ich dazu den Befehl bekomme.«

Sie fuhr also zum Elterntag, auffällig unauffällig in Baumwollkleid und Strohhut. Von den Hoheiten war niemand gekommen und das warf einen tiefen Schatten auf Fidos Stimmung, die sich nur durch ein oder zwei Worte mit Lord Mountstephen und dem Marquis of Fordringbridge ein wenig erhellte. Sophy sah sich Fidos Zimmer an und fand, bis auf die vielen Fotos wirkte es wie ein Anbau zum Turnsaal. Sie war sich jetzt darüber im klaren, daß jeder Gedanke, Fido mit in die Sache hineinzuziehen, umsonst war; nicht etwa, weil er die Sache verurteilen würde. Sie würde ihm auf eine Weise gefährlich vorkommen, die es beim Klettern auf Steilfelsen nicht gab. Und für seine Freundin oder Ehefrau gab es wohl auch keine große Zukunft. Was Fido an Gemeinschaft und Sex anzubieten hatte, würde sich auf ein unumgängliches Minimum zwischen den Wettkämpfen beschränken. Das Sexuelle – gesund, wenn maßvoll betrieben – würde sich in einer raschen körperlichen Übung erschöpfen. Sonst brauchte er eine Frau nur noch als Publikum zur Demonstration seiner körperlichen Vollkommenheit. Der Männlichste aller Männer – wie schmal die Hüften, wie wunderbar eingefaßt hinten die harten Rundungen seines

Gesäßes, wie breit die Schultern, wie glänzend die Haut – hatte den Narzißmus einer Frau oder eines hübschen Jungen. Er genoß die Schönheit seines Fleisches mehr als Sophy die ihres Körpers genoß. Sie war sich all dessen bewußt, noch während er sie umarmte, während draußen vor dem Fenster auf dem Spielfeld der Schule die Trommeln und Pfeifen tönten und die Eltern in ihren Sommersachen die verschiedenen Ausstellungen begutachteten. Trotzdem gab sie sich ihm hin auf seinem schmalen Junggesellenbett, und die Angelegenheit war nur ein Ideechen weniger mühsam als ihm Widerstand zu leisten. Doch er hatte noch eine weitere Überraschung für sie parat, indem er nach getanem Werk erklärte, sie seien verlobt. Auf der Rückfahrt nach London fand sie es immer unglaublicher, daß die kostbaren Kinder so ohne alle Mühe besichtigt werden konnten, wenn man zu dem Klub von Leuten gehörte, die sie umgaben. Und sie sagte sich, es ist einfach – ich bin drin!

Daisys Typ kam aus dem Gefängnis, so daß Bill rasch abziehen mußte. Er kam herüber, um ihnen alles zu erzählen, und die drei hielten Kriegsrat in Gerrys schmutzigem, unordentlichem Zimmer, das sie als seine Wohnung bezeichneten. Der letzte Streich war eine Pleite gewesen – viel Gefahr und wenig Geld. Die beiden Männer waren bereit, Sophy zuzuhören, und sei es nur, um einer harmlosen kleinen Tagträumerei willen. Als sie dann aber die Schule zu beschreiben begann und Wege vorschlug, klopfte Gerry ihr auf die Schulter, als sei sie selbst ein Kind.

»Sophy, ich hab dir schon gesagt, sie werden da das modernste Zeug an Apparaten haben, da wärst du einfach baff. Zum Beispiel. Du gehst einen Weg entlang. Ein Hubschrauber mit einem Spezialding könnte dir nach einer halben Stunde folgen, – nur wegen des bißchen Wärme dort, wo du entlang gegangen bist. Wenn du dich in einem Wald verstecken würdest, könnten sie dich durch die süße Wärme – hm, hm – deines Körpers aufspüren. Auf dem Bildschirm würdest du wie ein Feuer aussehen.«

»Er hat recht, siehst du? Man muß vorsichtig sein.«

»Laß uns eine Bank ausnehmen. Das heißt zwar mit dem Tode würfeln, aber es ist nicht *völlig* verrückt.«

»Aber dies hier ist etwas ganz Neues, seht ihr das denn

nicht? Und was sollen die Instrumente? Wenn wir ihn einmal geschnappt haben – Fido hat mir die Anlage der Gebäude gezeigt. Ich kann alles herausfinden, was wir brauchen. *Alles*. Das ist – Macht. Er hat mich der Frau des Direktors vorgestellt. Mein Vater hat ein unheimlich gutes Ansehen, der letzte Mohikaner, und all so'n Zeug – der letzte der Familie, meine ich, Bill. Und schließlich, meine ich – Schach!«

»Von denen würde Ihnen niemand alles erzählen, Miss. Da bleibt immer noch etwas außen vor. Er würde es nicht einmal wissen.«

»Hätte es nicht besser ausdrücken können, mein Alter. Deckungsfeuer. Du denkst, du bist aus allem raus und dann – paff. Alle fallen. Außerdem – das ist nicht unsere Liga.«

»Sieh mal, Gerry. Die Sache ist neu. Und deshalb wird sie klappen. Wir – ich und 'toinette, meine Schwester Toni – wir haben drei Tests gemacht. Ihr schätzt die Intelligenz dieser Leute zu hoch ein. So toll gar nicht, müßt ihr wissen. Das sind meistens die, die's nicht schaffen oder bei etwa hundert hängen bleiben. Wir haben die Tests ohne Anstrengung geschafft. Also ich *weiß*, welche Vorteile wir dadurch haben, daß ich dort akzeptiert bin. Wir werden natürlich mehr Leute, mehr Informationen brauchen – ich werde sie besorgen. Wir werden Waffen benötigen, Sprengkörper vielleicht, wir brauchen sichere Verstecke, für uns selbst oder für ihn. Hier? – Vielleicht – und das Stallgebäude und den alten Schleppkahn. Dort gibt es einen Schrank und ein altes Klo –«

»Wir müssen aus der ganzen Sache herauskommen – Gott im Himmel!«

»Scheiße, Verzeihung, Miss.«

Sie langte nach ihrem Transistor. Es war nicht mehr Winnies alter Apparat – dieser hier ließ sich leicht in der Handfläche halten. Sie schaltete ihn ein, und Stimmen irgendeines anderen Lebens füllten den Raum.

*Ja. Ein schwarzer. Fährt uns entgegen. Ende.*

Gerry lachte.

»Du glaubst doch nicht etwa, daß sie einen Kanal benutzen, den du mit diesem Ding da zu fassen kriegst?«

Lächerlich ist die Sache nicht, dachte sie. Warum bin ich

so sicher, daß ich mich nicht lächerlich mache? Unter ihrem Arm sprachen in Abständen die ausdruckslosen Stimmen mit Unterbrechungen. *Ja, wenn du es sagst. Nein, ich sagte, ein schwarzer.* Vielleicht waren es gar keine Polizisten. Vielleicht – was? In einem Radio drinnen und dort draußen in den unendlichen Räumen, welche die Welt umschlossen, gab es hörbares Geheimnis und Verwirrung, unendliches Durcheinander. Sie drehte am Knopf, vernichtete die Stimmen, wanderte durch Musik, ein Gespräch, ein Quiz, ein schallendes Gelächter, einige ausländische Sprachen, erst laut, dann schwach. Und sie drehte den Knopf zurück und fand den einen Punkt zwischen all den Sendern; und in das unaufgeräumte Zimmer, das immer nach Abwässern und Essen zu riechen schien, in dem alles um ein ungemachtes Bett organisiert oder eben nicht organisiert war – sogar das Licht, das durch das Fenster fiel, wirkte so staubig und matt, als sei die ganze übrige Welt nur ein Ausbau dieses Zimmers – in das Zimmer hinein tönte sofort die Stimme der Finsternis zwischen den Sternen, zwischen den Galaxien, die tonlose Stimme des großen Gewirrs, das sich entwirrte und locker dalag; und sie wußte, warum ihr Vorhaben ganz einfach sein würde, als ein winziger Teil des letzten Entrollens.

Sich abspulend. Dunkel.

Ganz schwach wurde am Rand des Rauschens wieder eine Stimme vernehmbar. *Ich konnte die Nummer nicht erkennen. Ich sagte ja, es ist ein schwarzer.* Eine Welle von Glück und Seligkeit ging über und durch sie hin.

»Es wird ganz einfach sein.«

»Wer sagt das?«

»Denk mal nach.«

Es war der Triumph des Willens. Wie unter dem Druck einer Hand begannen die beiden Männer den Plan zu erörtern, an den sie ganz eindeutig überhaupt nicht glaubten. Sie begannen einzelne Phasen herauszulösen und ungelöst beiseite zu lassen.

Sophy dachte an die Schule, so weit sie ihr bekannt war, und an die Menschen dort. Sie verlor das Interesse an diesem willkürlichen, nutzlosen Herumgerede zwischen den beiden. Sie nahm gar nicht auf, was sie sagten, registrierte nur den Tonfall, und daraus spürte sie, wie die beiden an einer Stahlwand zu kratzen meinten, die solch ein Zentrum der Privilegierten und Reichen umschloß. Schließlich hörten sie auf. Bill machte sich endlich davon. Gerry holte die Whiskyflasche hervor, die er in einer Schublade versteckt hatte. Schluck um Schluck tranken sie, während sie sich auszogen und es dann miteinander hatten, Sophy ohne wirklich dabei zu sein. »Du bist nicht bei der Sache.«

»Hast du gemerkt, Gerry, wie sehr viel besser wir uns durch diese Sache verstehen?«

»Hab ich keineswegs.«

»Doch. Wir sind uns viel nähergekommen.«

Dann kam die Phase, wo er zuckte und keuchte und zugriff und stöhnte, und sie wartete, bis es vorbei war. Sie klopfte ihm auf den Rücken und rubbelte freundschaftlich sein Haar.

Er murrte an ihrer Schulter.

»Näher als zusammen in einem Bett gibt's überhaupt nicht.«

»Ich sprach von einander verstehen.«

»Verstehen wir uns?«

»Ich verstehe dich schon.«

Er schnurrte.

»Erzählen Sie mir etwas über mich. Herr Doktor.«

»Warum sollte ich?«

»Da ist immer wieder derselbe Alptraum, Doktor – ich darf Sie doch Sigmund nennen? – von einem gräßlichen Weib –«

»Seltsam. Ich bin sicher, daß du nicht träumst, Gerry. Du hängst Wunschträumen von Geld nach, mein Schatz. Einer Menge Geld.«

»Ach, du liebe Zeit. Ich sollte dich verhauen, damit unsere Nachbarn ihr Vergnügen haben. Vergiß übrigens eines nicht: Der Boß bin ich.«

»Du?«

»Komm, fürs teure Vaterland, süßes Kind. Schlafenszeit.«

»Nein.«

»Unersättlich.«

»Nein, das nicht. Aber all diese Fragen –«

»Keine Diskussion.«

Sie sagte eine Weile lang nichts und dachte nur, wie rasch er doch die Flinte ins Korn werfe und wie sehr er angetrieben werden müsse.

»Ich fahre wieder hin.«

Er rollte sich auf den Rücken, streckte sich, gähnte.

»Sophy, sag mal, machst du dir etwa was aus ihm?«

»Aus Fido? Mein Gott, der ist langweilig. Aber seit wir zu dritt über die Sache gesprochen haben, sehe ich, wie viel ich noch herausfinden muß. Das ist alles.«

»Denk dran, wessen Hundchen du bist.«

»Wuffwuff, mein Gott, wirklich, falls der mich jemals ins Bett kriegen sollte, dann aus schierer Langeweile. Sex vor der Ehe.«

Er lächelte ihr von der Seite zu, jungenhaft, liebenswert.

»Also, falls es durchaus nötig sein sollte. Aber bitte, bitte, mein Schatz, hab keinen Spaß dabei.«

Sie war ein wenig pikiert.

»Mein Verlobter ist nicht so. Er befindet sich im Training. Und alles in allem, Gerry, du könntest wenigstens so tun, als wärst du eifersüchtig.«

»Wir alle müssen Opfer bringen. Richte ihm aus, wenn er uns einen Jungen verkauft, kann er, wenn er will, auch mich haben, dieser männliche Prachtbolzen. Hat er sich im Gewichtheben verbessert?«

»Du ahnst ja nicht, was ich alles auszustehen habe. Die Frau des Direktors meint, daß wir gleich nach der Hochzeit mit dem Nachwuchs anfangen sollten. Ich brauche Geld.«

»Du weißt doch, wir sind knapp bei Kasse.«

»Ich muß mich entsprechend anziehen. Phyllis mag keine Hosen.«

»Phyllis?«

»Phyllis Appleby, die Frau des Direktors. Die dumme Kuh.«

»Alles Quatsch. Gutnacht.«


»Fido? Ach Gott sei Dank, mein Schatz, wie herrlich, deine Stimme zu hören! Phantastisch! Ich hatte schon Angst, du wärst mit deinen kleinen Burschen unterwegs. Ja, ich weiß, es sollte am Samstag sein, aber Schatz, ich habe gute, gute Neuigkeiten! In der Agentur wird umgebaut, und weißt du was? Ich bekomme drei Tage Urlaub – ja, *mit* Bezahlung! Ich komme so schnell wie möglich zu dir!«

»Ach, das ist prima, Sophy, wirklich prima! Wauwau!«

»Wuffwuff.«

»Das wird großartig. Nebenbei – du weißt natürlich, daß ich arbeiten muß und im Training bin.«

»Weiß ich, Liebster. Ich finde dich wunderbar. *Was* tust du? Tut mir leid, aber ich kann dich nicht hören, die Verbindung – *was* tust du? Du entwickelst *was*? Du entwickelst deine Deltamuskeln? Ach prima, Liebling, wo hast du die? Kann ich helfen?«

Im Hörer begann eine winzige, schwache Stimme von Deltamuskeln zu sprechen. Sie betrachtete ihn mit Abscheu und hielt ihn weit von sich. Die dünne Stimme redete weiter. Sie wartete und beobachtete einen vorübergehenden Mann mit einem entsetzlichen, überfetteten Gesicht. Die dünne Stimme rief:

»Sophy! Sophy? Bist du noch da?«

»Entschuldige, Liebling. Ich suchte gerade nach weiteren Münzen. Du freust dich also, wenn ich komme? «

»Na, weißt du! Appleby hat nach dir gefragt. Hör zu. Ich will versuchen, dir ein Zimmer in der Schule zu besorgen.«

»Oh gut! Dann könnten wir ja –«

»Training, Training, Schatz!«

»Kriegst du das hin? Frag die Schwester. Ich glaube, die ist hinter dir her.«

»Ach, hör auf Sophy, du willst mich bloß aufziehen!«

»Du, ich bin eifersüchtig, Liebling. Deshalb komm ich ja auch früher, damit ich auf dich aufpassen kann.«

»Überhaupt nicht nötig. Ich bin nicht wie Gerry.«

»Nein, das stimmt.«

»Hast du ihn gesehen?«

»Aber nein, wo denkst du hin! Wenn ein Mädchen einen Mann wie dich hat –«

»Und wenn ich ein Mädchen habe – Wauwau!«

»Wuffwuff!« (Du großer Gott!)

»Du kommst mit dem üblichen Bus?«

»Mit dem üblichen Bus.«

»Sophy, Liebling, ich muß gehen.«

»Also, dann bis heute nachmittag. Hier hast du durch die Leitung einen großen dicken Kuß!«

»Und hier kommt für dich einer zurück!«

»*Liebling!*«

Sie legte den Hörer hin, schaute einen Augenblick lang regungslos drauf und erblickte hinter ihm ganz klein die Figur Fidos, die, wenn man etwas für eine Statue übrig hatte, körperlich reizvoll war. Mit ihrer normalen Mädchenstimme kommentierte sie: »Scheußlich.«

Sie nahm also den Bus, und er ratterte über die Old Bridge und bis Chipwick und weiter über die Hügel bis ins nächste Tal und ins Dorf Wandicott, wo Fido es tatsächlich schaffte, sie abzuholen. Sie verdrängte alle Gedanken an Verbrechen, so gut es ging, mußte aber schauspielern und ihr gelang die Rolle nicht ganz. Denn obwohl die fünf Tage viel zu ausgefüllt waren, um wirklich unangenehm zu sein, war sie innerlich von stetem Frohlocken erfüllt (ein Lied in meinem Herzen), weil sie von der langen Liste an Informationen, die sie über die Schule herausfinden mußte, einen Punkt nach dem anderen für sich abhaken konnte, wenngleich sie sich manchen Dingen so behutsam nähern mußte wie einem Vogel im Nest. Wenn Fido für einen Pfennig mehr Verstand gehabt hätte oder nicht so ausschließlich mit seiner prachtvollen eigenen Anatomie beschäftigt gewesen wäre, hätte er sich vielleicht über die Beharrlichkeit gewundert, mit der sie wissen wollte, wer in der Schule für was verantwortlich war. Auch gefielen ihr die kleinen Jungen, sie waren begehrenswert, ja, zum Fressen. Sie nannten sie nicht »Miss« oder »Sophy«, sondern samt und sonders »Miss Stanhope«. Sie öffneten ihr die Türen; was immer sie fallen ließ, hoben sie für sie auf. Wenn sie einem Jungen eine Frage stellte, antwortete er nicht etwa: »Woher soll ich das wissen?«, sondern: »Ich werde es für Sie herausfinden, Miss Stanhope«, und rannte gleich davon, um sein Versprechen zu erfüllen. Es war wirklich merkwürdig. Während Fido arbeitete, beobachtete sie diese genüßlichen, kleinen, höflichen, hübschen Kerle mit Wonne. Wenn sie eines dieser unendlich kostbaren Objekte beobachtete, hörte sie ihre innere Stimme sprechen:

»*Mein süßer Liebling! Fressen könnte ich dich!*«

Was Fido betraf, so befand er sich ja zu ihrer Erleichterung im Training. Einmal schliefen sie aber doch miteinander. Er kam zu ihr herüber, als sie unter den sterbenden Ulmen saß und den kleinen Jungen beim Cricket zuschaute.

»Sophy, komm zu mir aufs Zimmer, nach dem offiziellen Beginn der Schlafenszeit, ich laß die Tür offen.«

»Aber du bist doch im Training, Liebling!«

»Gelegentlich braucht's der Körper. Außerdem –«

»Außerdem?«

»Na ja, wir sind schließlich verlobt.«

»Liebling!«

»Liebling! Oh, gut gemacht, Bellingham!«

»Was hat er denn gemacht?«

»Aber warte, wie gesagt, bis überall das Licht aus ist.«

»Was ist mit dem Erzieher vom Dienst?«

»Der alte Rutherford?«

»Ich möchte ihm nicht in die Arme laufen, wenn er seine Runde macht und als zuchtloses Weib dastehen.«

Fido sagte schlau:

»Er wird annehmen, du gehst aufs Klo!«

»Und warum kommst du nicht auf mein Zimmer, Fido?«

»Du willst wohl, daß ich entlassen werde?!«

»Was? Heutzutage? Um Himmelswillen, Fido, sie denken – ich meine, sieh den Ring an! Wir sind verlobt! Wir leben in den siebziger Jahren des zwanzigsten Jahrhunderts!«

Fido antwortete überraschend scharfsinnig:

»Nein, tun wir keineswegs, Sophy, hier nicht.«

»Na, du könntest genausogut aufs Klo gehen wie ich.«

»Du weißt genausogut wie ich, daß es nicht in deiner Richtung liegt.«

Irritiert, aber ergeben in dem Bewußtsein, daß es ein tragbarer Preis für die kostbaren Informationen sei, die sich in ihrem hübschen Kopf gespeichert hatten, erklärte sie sich bereit und kam nachts zu ihm. So unbeteiligt, so abseits aller Sinnlichkeit und jeder Empfindung, hatte sie sich noch nie gefühlt. Sie lag wie ein Klotz, was Fido nicht minder angenehm zu sein schien wie eine lebhaftere

Beteiligung ihrerseits. Nachdem er sich befriedigt und, wie sie meinte, erleichtert hatte, konnte sie kaum die kleinste Geste von Zärtlichkeit aufbringen. Flüsternd, wie es hier notwendig war, fragte sie ihn: »Fertig?«

Es war wirklich angenehm, wieder zurück und allein auf dem Zimmer zu sein, das ihr die Frau des Direktors besorgt hatte. Als hätte die geschlechtliche Vereinigung sie auseinandergetrieben statt sie zusammenzubringen, verabschiedete sie sich nur mit einem äußerst flüchtigen Kuß.

»Auf Wiedersehen, Sophy.«

»Auf Wiedersehen, Fido. Gute Deltamuskeln.«

Diesmal fuhr sie gleich in die Wohnung. Gerry war zu Hause, und eine lange Nacht in der Kneipe zeigte sich noch in der Trübseligkeit der späten Nachmittagsstunden. Er hob den Kopf vom Kissen und schaute sie mit einem verschwommenen Blick an, als sie ihre vier Einkaufstüten aufs Bett schleuderte.

»Um Himmels willen!«

»Aber Gerry, in was für einem Zustand bist du!«

»Muß aufs Klo. Machst du –«

». . . mir bitte Kaffee?«

Es war Pulverkaffee, und sie hatte ihn fertig, als er vom Klo zurückkam. Er fuhr sich mit beiden Händen durchs Haar und starrte in den Rasierspiegel, der über dem Regal über dem ehemaligen Kamin angebracht war.

»Du großer Gott.«

»Warum ziehen wir nicht aus diesem Dreckloch aus? Ziehen in eine bessere Bude! Es muß ja nicht gleich Jamaika sein.«

Er ließ sich auf den Bettrand fallen, nahm den Kaffee und kümmerte sich um nichts anderes. Den gebeugten Kopf auf eine Hand gestützt, streckte er ihr sogleich mit der anderen den leeren Becher entgegen.

»Mehr. Und die Pillen. Im zusammengedrehten Papier, oben links.«

»Sind es – «

»Du machst mir Kopfweh. Sei ruhig. Partner, bitte.«

Diesmal holte sie auch für sich Kaffee und setzte sich neben ihn aufs Bett.

»Ich glaube, es ist der Einfluß von Phyllis.«

»Phyllis?«

»Mrs Appleby. Die Frau des Direktors.«

»Was hat sie damit zu tun?«

Sophy lächelte in Gedanken.

»Sie bereitet mich auf alles vor. Die erste Prüfung habe ich glänzend bestanden – als Lehrersfrau geeignet. Nun ist sie darauf aus – du würdest es nicht glauben: Frauen müssen sich persönlich ungemein vorsichtig verhalten. Vor allem wenn sie ringsum von kleinen Jungen umgeben sind.«

»Vergewaltigung?«

»Nein, du Blödmann.«

»Das Wort kenne ich. Du hast dich mit kleinen Jungen unterhalten.«

»Ich hab ihnen zugehört. Aber persönliche Hygiene, mein Lieber. Darum geht's ihr.«

»Sie glaubt, du stinkst. Körpergeruch nannte man das früher.«

»Parfum. Darum geht es.«

»Das verwende ich nur äußerst sparsam, meine liebe Sophy.«

Sie lag rücklings auf dem Bett und lachte zur Zimmerdecke. Er grinste und setzte sich auf, als ob der Kaffee oder die Pillen oder beides bereits auf ihn wirkten.

»Trotzdem, ich weiß, was sie meint.«

»Rieche ich?«

Er langte wie abwesend nach ihr und legte die Hand um ihre Brust.

»Hände weg, Gerry, es ist dafür die falsche Tageszeit.«

»Von Fidos enormem Geschlechtstrieb erschöpft? Wie oft hat er dich genommen?«

»Er hat mich überhaupt nicht genommen.«

Gerry stellte seinen Becher auf den Boden, nahm ihr den Becher aus der Hand, stellte ihn daneben und drehte sich herum, so daß er halb über ihr zu liegen kam. Er lächelte ihr in die Augen, als er sprach.

»Was bist du doch für eine Lügnerin, mein Kind.«

»Wenn es darum geht, Schatz, wie oft hast du es denn getrieben, während dein kleines Mädchen aus unvermeidlichen Gründen fort war?«

»Nie und nimmer, Ehrenwort, gnädige Frau.«

Und da lachten sie beide, waren sie wieder Zwillinge. Er beugte sich zu ihr herab und legte seinen Kopf mit dem Gesicht nach unten neben ihren Kopf. Er drückte sein Gesicht in ihr Haar und murmelte, so daß sein Atem ihr Ohr kitzelte.

»Ich habe einen so Steifen, ich könnte ihn dir bis zwischen deine Titten stecken, daß dir die Zähne klappern.«

Aber er tat es nicht. Er lag einfach da und atmete leicht, viel leichter als Fido. Sie befreite eine Locke, die geziept hatte, und murmelte zurück.

»Ich habe Antworten auf die Fragen.«

»Goldfinger wäre mit dir zufrieden. Du bist wirklich hartnäckig, was?«

»Wird Bill auch so einen Kater haben?«

»Er kriegt nie einen Kater. Dem ist Gott wohlgesonnen. Aber wieso?«

»Na hör mal! Wir müssen wieder Kriegsrat halten!«

Er sah sie an und schüttelte verwundert den Kopf.

»Manchmal glaube ich, du bist – du gibst wohl nie auf, was?«

Die drei trafen sich also erneut in dem düsteren Zimmer, und die beiden Männer hechelten die Sache endlos durch. Sie selbst machte keinerlei Vorschläge, sondern antwortete nur, wenn sie Fragen nach der Organisation der Schule stellten. Doch es wurde ihr immer klarer, daß sie sich von der Realität in eine Welt der Phantasie entfernten. Eine Zeitlang machte sie mit, dann langweilte es sie, und sie folgte ihren eigenen Phantasien, inneren Bildern, unmöglichen Tagträumen, die sie aber genau als das erkannte, was sie waren. Sie würden einen Hubschrauber haben, der einen Haken herunterließ und buchstäblich eine der weißen, braunen oder schwarzen Hoheiten schnappte. Sie gruben einen geheimen unterirdischen Gang. Sie machten sich unverletzbar und verschafften sich eine unwiderstehliche Kraft, so daß sie hereinmarschierten und die Kugeln prallten von ihnen ab und die Hände der Männer glitten von ihrem übermenschlichen Fleisch. Oder sie wurde allmächtig und konnte alles in Bewegung setzen, ganz wie sie es wünschte, so daß der Junge aus seinem Bett geschnappt und durch die Stille der Luft fortgetragen wurde – aber wohin? In einem plötzlichen Schauer des Erwachens sah sie den Ort, das Wo und das Wie; und ganz als ob nicht ihr Gehirn, sondern der Ort von sich aus dachte, kam auch die Idee.

Die beiden Männer waren still und sahen zu ihr herüber. Sie konnte sich nicht erinnern, etwas gesagt zu haben und lächelte schläfrig von einem zum andern. Sie erkannte, wie erleichtert die beiden waren, die ganze Sache als unmöglich bewiesen zu haben. Als sie sprach, waren ihre Worte so sanft wie ihr Lächeln.

»Ja. Aber was würden Sie tun, wenn es nachts einen großen Knall und ein Feuer gäbe?«

Die Stille dauerte an. Schließlich sprach Gerry, und er sprach mit sorgfältig beherrschter Stimme.

»Das wissen wir nicht. Wir wissen nicht, was brennen würde. Wir wissen nicht, wohin die Kinder gebracht werden. Wir wissen gar nichts – in dem Punkt wissen wir überhaupt nichts. Trotz all deiner Informationen.«

»Er hat recht. Miss. Ich meine: Sophy.«

»Gut. Dann fahre ich zurück. Ich werde so oft hinfahren wie nötig. Wir haben die Sache angefangen und werden jetzt nicht –« Bill stand abrupt auf.

»Also gut. Bis dann. Bis Sie zurück sind. Verflixt noch mal.« Sie warteten, bis er fort war.

»Kopf hoch, Gerry! Träum jetzt mal erst vom großen Geld!«

»Ojemine, hat Bill Angst gekriegt? Süßes Ding, du mußt aber sehr sehr vorsichtig sein!«

»Die Schwierigkeit ist nur, ich hab eigentlich keinen guten Grund, schon wieder dort hinzufahren.«

»Leidenschaft.«

»Angeblich arbeite ich doch bei dem Reisebüro, Dummkopf.«

»Sag doch, sie hätten dich gefeuert.«

»Würde mein Image verderben.«

»Du hast ihnen den Laufpaß gegeben. Verbesserst dich.«

»Ich kann nicht einfach zu Fido zurückrauschen –«

»Fahr völlig aufgelöst zu ihm hin und sag, er hätte es dir angetan.«

»Mir was angetan?«

»Ein Baby. Schwangerschaft.«

Pause.

»Wie ich bereits sagte, Feldmarschall, ich habe es nicht mit ihm getrieben.«

»Sag ihm, ich hätte ihn zum Vater gemacht.«

Da rollten sie übereinander, immer von neuem, und barsten vor Kichern und Wiehern, und das schlug plötzlich in Sex um, der andauernd, langsam alles erfaßte, Verletztheit, spielerisches Experiment, Lust, Gier. Als der Orgasmus, der ihnen nicht gleichzeitig kam, sie fallenließ und sie sich in dem zerwühlten Bett und im grauen Licht aus dem schmutzigen Fenster wiederfanden, machte sich Sophy nicht einmal die Lippen zurecht, es war ihr egal, sie lag in einer Art von Trance der Zustimmung einfach da.

»Gerry, eines Tages wirst du der lüsternste alte Mann überhaupt sein.«

»Und du eine lüsterne alte Frau.«

Das graue Licht wogte wie eine Flutwelle durch Sophy hindurch.

»Nein. Ich nicht.«

»Warum du nicht?«

»Frag mich nicht. Du würdest es doch nicht verstehen.«

Er setzte sich unvermittelt auf.

»Schon wieder Launen? Komm, laß das. Warum komme ich bloß für dich auf?«

»Und in solchem Luxus?«

»Eins will ich dir sagen, Engelchen: Eine Emanze bist du nicht.«

Sie mußte lachen.

»Ich mag dich, Zwilling. Wirklich! Ich glaube, du bist der einzige Mensch, für den –«

»Ja? Für den du was?«

»Vergiß es. Wie gesagt, ich fahre hin. Ich könnte ja meinen Ring dort liegengelassen haben. Ein ach so kostbarer Ring, mein Lieber, und dann – es ist ja nicht allein der Geldwert, sondern was er mir bedeutet – ach, liebster Fido, ich habe etwas Schlimmes angestellt – kannst du mir je verzeihen? Nein, nicht mit Gerry – aber, Liebster, ich hab den Verlobungsring verloren. Natürlich habe ich geweint. Oh Liebling, er muß mindestens zwei Pfund fünfzig gekostet haben – wie sollen wir je wieder eine solche Summe auftreiben? Du weißt, Gerry ist – was ist das Gemeinste, das es gibt?«

»Du gibst es den Leuten aber auf ganz schön gemeine Art.«

»Irgendwann werde ich dich verhauen.«

»Oh je, oh je!«

»Willst du diesen verdammten Ring für mich aufbewahren? Nein – mir fällt ein, sollte ich ihn nicht lieber irgendwo in der Schule finden? Das wäre überzeugender.«

»Vergiß nicht, unter Fidos Kissen nachzusehen.«

»Du bist der – «

Und inmitten dieser Verwicklungen, die sich nicht mehr begreifen ließen, inmitten von Lügen, die sie sich nie eingestanden und doch durchschauten, inmitten des Argwohns und der komplizierten Sachverhalte und der ganzen schmutzigen Situation, fielen sie sich in die Arme und schüttelten sich vor Lachen. Sie nahm den Ring mit nach Wandicott House und erlebte dort einen Schock. Erstens wurde Fido, als er von dem Verlust des Ringes hörte, wirklich sehr böse und erzählte ihr, was er gekostet hatte – wesentlich mehr als zwei Pfund fünfzig und bezahlt war er auch noch nicht. Zum andern lief die Nachricht, die hübsche Miss Stanhope habe ihren Verlobungsring verloren, wie ein Lauffeuer durch die ganze Schule und brachte alles zum Stillstand. Das ganze Anwesen formierte sich. Lehrer, die sie namentlich nicht kannte, entpuppten sich auf einmal als wahre Führer und Organisatoren. Und die Jungen erst! Aber wenngleich dieser Großeinsatz ihren Absichten auf ideale Weise entgegenkam, so schuf er doch einige Verlegenheit. Der Direktor Dr. Appleby schärfte jedermann ein, zunächst einmal müsse jeder Schritt, den Miss Stanhope bei ihrem letzten Besuch getan habe, genau rekonstruiert werden; und obwohl Phyllis Appleby seine Bemerkungen mit geübtem Geschick in eine Richtung lenkte, die ihnen vieles von ihrer Albernheit und Peinlichkeit nahm, hatte er doch eine Saat gesät. Die Nachricht also, daß Miss Stanhope auf dem Zimmer ihres Verlobten gewesen sei, um sich seine Fotos anzusehen, wurde mit einer Feierlichkeit aufgenommen, die fadenscheinig wirkte. Sophy brachte es fertig zu weinen, und das war ein voller Erfolg. Phyllis brachte Fido auf ihre sanfte Weise bei, was für ein glücklicher Mann er sei, und ein Ring sei doch nur ein Ring, und was ein Mädchen *wirklich brauche*, sei das Gefühl, daß sie ihrem Verlobten zehntausendmal mehr bedeute als ein bloßer Gegenstand. Der Direktor war nahe daran, Fido eine Standpauke zu halten:

»Masterman, Sie wissen, was die Bibel sagt: ›Ein gutes Weib ist kostbarer als Rubinen!‹«

»Es war ein Opal.«

»Aha. Sie sind doch nicht etwa abergläubisch?«

Zur allgemeinen Erleichterung fand Sophy – oder das Faktotum, wer von den beiden, war nicht ganz klar – den Ring unter einer der sterbenden Ulmen. Es mußte wohl das Faktotum gewesen sein, denn man bekam mit, wie Sophy ihm überschwenglich dankte, und sie lächelte ihn süß an, trotz seines schrecklichen Gesichts. Als sie Fido klarmachte, er müsse dem Mann eine Belohnung zahlen, stellte sich jedoch heraus, daß Fido ihn offenbar noch nie gesehen oder von ihm gehört hatte. Danach gab es nur noch eine kleine Unannehmlichkeit, als Phyllis nämlich darauf bestand, den beiden ihren Wagen zur Verfügung zu stellen, damit sie zusammen ausführen. Aber nein, der Unterricht war doch nicht so wichtig! Den würde sie schon übernehmen, solange sie den kleinen Jungen nicht das Buchstabieren von »Akkommodation« beibringen müßte.

»Also, ihr beiden jungen Leute, ab mit euch und seid eine Weile allein miteinander. Fido, nicht schmollen! Und nicht so unmenschlich sein! Mädchen sind eben keine Soldaten, das sollten Sie doch wissen! Sie brauchen – Sophy, nehmen Sie ihn mit und nehmen Sie ihn ins Gebet. Seht euch die Abtei an, die Westfront ist einfach herrlich!«

So fuhren sie also los. Fido befand sich in düsterer Laune und gab sich keineswegs umgänglich, er taute jedoch allmählich auf, sein Zorn verflog, er erhitzte sich danach ein wenig und wurde zudringlich. Sophy – glücklich im Bewußtsein, sich zum letzten Mal mit ihm abplagen zu müssen – erklärte ihm, an diesem Tag ließe sich nichts machen. Er wüßte doch über Mädchen Bescheid, oder? Offenbar wußte er Bescheid, viel mehr wußte er aber nicht, und danach verdüsterte sich seine Laune aufs neue.

Und mit einem Mal floß Sophys ganzer Ärger mit Fido über. Er erfaßte sogar Gerry, Bill und Roland und die ganze Männerwelt. Sie dachte, heute nacht gehe ich nicht zur

Wohnung zurück. Ich werde in der Kneipe anrufen, um für
Gerry die Nachricht zu hinterlassen, und ich werde in den
Stallgebäuden schlafen und zum Teufel mit ihnen allen. Ich
brauche etwas Größeres, ich brauche etwas – das ich respek-
tiere? bewundere? fürchte? brauche?

Sie ließ sich an der Greenfield High Street absetzen, und
weil sie so wütend über ihn war, zeigte sich, während sie
forsch die Straße hinunterging, das äußere Mädchen an ihr
aufreizender denn je. Munter schwang sie ihre Plastikbeutel
vorbei am Wäschesalon, am chinesischen Billigladen, an Timothy Krishna, Portwells Beerdigungsunternehmen, Suba-
dar Sings Feine Herrenmoden. Fröhlich grüßte sie Mrs
Goodchild, als sie zum vorderen Eingang hinüberging, der
noch immer die großartige Pracht des achtzehnten Jahrhunderts hatte. Sie schob sich geräuschlos durch die Tür in die
Halle, und ein Angestellter des Anwaltbüros, der sich in
entgegengesetzter Richtung bewegte, hoffte, sie sei eine
Klientin, befürchtete aber, sie sei es doch nicht; und Edwin
Bell, der die Treppen zu seiner Wohnung über dem Anwalt-
büro erklomm, dachte – diese forsche Art, hereinzukommen,
die kenne ich doch – Sophy, die liebe Sophy ist wieder da!

Sophy horchte vor dem Arbeitszimmer ihres Vaters, hörte
jedoch nichts und trat unverzüglich mitten ins Zimmer, um
zu telefonieren.

»Vater.«

Er ließ sich einen flüchtigen Kuß gefallen, schrie aber sofort auf, als ihr Arm über den Tisch fegte.

»Paß auf, was du tust! Verdammt, müßt ihr Mädchen
immer so fürchterlich ungeschickt sein? Ihr solltet doch – wo
ist die andere, Antonia?«

»Wie soll ich das wissen? Niemand weiß es.«

»Ach ja, natürlich. Also. Keine von euch braucht damit zu
rechnen, daß ich euch weitere Flugzeugtouren bezahlen werde. Wenn du wegen Geld kommst, dann sag ich dir gleich –«

»Ich komme nicht wegen Geld, Vater. Ich will dich nur
besuchen. Immerhin bin ich deine Tochter. Schon vergessen?«

»Du willst das Telefon benutzen.«

Pause.

»Später vielleicht. Was ist das da?«

Er schaute auf die verstreuten Teile herab und begann sie wieder auf der kleinen Maschine zu ordnen.

»Heißt zwar Computer, ist eigentlich aber keiner. Ich würde es eher als Addiermaschine bezeichnen. Es arbeitet mit einigen wenigen Variablen und dann – «

»Kann sie denken?«

»Hast du denn in der Schule gar nichts gelernt? Hier. Schau dir mal diesen Zug an. Das Ding ist schwachsinnig. Ich habe ein Programm ausgearbeitet für acht Züge, Weiß fängt an. Und dafür soll man Hunderte von Pfunden bezahlen.«

»Was kümmert's dich!«

»Ich soll das Ding prüfen. Ist nicht völlig uninteressant, von seiner Arbeitsweise herauszukriegen, wie sie es hergestellt haben. Erinnert mich an die gute alte Zeit, als ich im Krieg Geheimcodes knackte.«

Sie nahm ihre Beutel auf, um zu gehen, und merkte belustigt, wie er sich zurücksetzte und mit welcher bewußten Anstrengung er sich bemühte, ein bißchen Interesse zu zeigen – wie es sich für einen Vater gehört.

»Nun, wie stehen die Dinge, hm – Sophy?«

»Bei dem Reisebüro war es einfach zu langweilig.«

»Reisebüro? Ach ja.«

»Ich schau mich nach etwas anderem um.«

Er hatte die Fingerspitzen aneinandergelegt, die Beine unter dem Tisch ausgestreckt und sah sie nun von der Seite her an. Er lächelte, sein Gesicht erhellte sich, wirkte komplizenhaft – und sie erkannte in diesem Augenblick, wie leicht es ihm gefallen sein mußte, eine Tante nach der anderen zu überreden, aus dem Schlafzimmer auf der anderen Seite des Flurs zu kommen.

»Hast du einen Freund?«

»Ja. Was denkst du denn?«

»Ich meine, hast du einen festen Freund?«

»Du meinst, ob ich mit einem Kerl bumse?«

Er lachte lautlos zur Zimmerdecke hinauf.

»Mich kannst du nicht schockieren, mußt du wissen. Wir haben es nur nicht so genannt und nicht so viel darüber gesprochen.«

»All diese Tanten nach Mama – sind wieder gegangen. Als

Toni mit den Butlers davonzog, wollte sie Mama suchen, stimmt's?

»Ist mir auch durch den Kopf gegangen.«

Aus ihr sprach das Bewußtsein am Tunnelausgang, benutzte aber die Stimme des Mädchens draußen.

Leichthin.

»Ich hoffe, es hat sich nicht zwischen dich und dein Spielzeug gedrängt.«

»Spielzeug? Was ist Spielzeug? Was würdest du als Spielzeug bezeichnen?«

»Mama mochte auch kein Schach, nehme ich an.«

Er wurde unruhig. Es zeigte sich weniger in Bewegung als in einer absichtlichen Stille, aus der seine Stimme sprach – einen Ton höher als gewöhnlich und mit einer Andeutung von nervöser Spannung.

»Also, benutze das Telefon, wenn du willst. Ich laß dich allein. Privat, nehme ich an. Nur möchte ich niemals über sie sprechen. Begreif das endlich.«

»Aber ich begreife es ja.«

Er brüllte sie an.

»Einen Dreck tust du das! Was weißt du schon, was wißt ihr alle schon? Dieser, dieser romantische Kram, dieser, dieser – «

»Sprich nur weiter. Sprich das Wort ruhig aus.«

»Es ist wie stinkender Sirup, verschlingt, ertränkt, bindet, versklavt, – *das* – «

Und er gestikulierte wild über den Schreibtisch mit seinem Durcheinander von Papieren und Spielfiguren –

»*das* ist das Leben. Etwas Vorübergehendes, ein Das-hat-der-und-der-gesagt, sogar etwas Sauberes in dem Gestank aus Feuchtigkeit, Milch, Windeln und Gequarre.«

Er hielt inne und fuhr dann mit seiner gewöhnlichen kalten Stimme fort:

»Ich möchte nicht ungastlich wirken. Aber – «

»Aber du bist mit deinem Spielzeug beschäftigt.«

»Genau das.«

»Wir sind nicht sonderlich normal, nicht wahr?«

»Wir sind nicht sonderlich normal, nicht wahr?«

»Das ist ein gutes Wort.«

»Du, Mama, Toni und ich – wir sind nicht so wie die

Leute früher einmal waren. Wir gehören zu dem allgemeinen
Verfall.«

»Entropie.«

»Du interessierst dich nicht einmal genug für uns, um uns
zu hassen, nicht?«

Er sah sie an und bewegte unruhig seinen Körper.

»Hau ab, Sophy. Mach, daß du wegkommst.«

Da stand sie, auf halbem Weg zur Tür, inmitten ihrer
Plastikbeutel mit ihren Sachen. Sie drehte sich um, sah sein
Stirnrunzeln, die altmodische Frisur mit dem Seitenscheitel,
Kragen und Schlips, die ergrauenden Koteletten, die Falten
in seinem Gesicht, das Adlerprofil, das trotz allem so völlig
männlich wirkte. Und mit einmal war ihr alles klar. Wo war
es gewesen, immer gewesen, schon vor jenem Geburtstag, an
dem sie ihn für immer verloren hatte, bis zurück in der Zeit
des Rechtecks und des kleinen Mädchens, das zu ihm empor-
blickte und warb, ja um diese Minuten, die halbe Stunde
warb, und so war es immer noch, und es hatte nichts zu tun
mit der Art, wie Gerry oder Fido oder Bill sich verhielten,
oder – oder – sondern mit einer umfassenden Leidenschaft,
die jenseits der Sterne wurzelte, in der das *Ich hab dich gern*
nur eine einzige Blase auf einem Strom, ein Nichts, ein
Scherz war –

Ihr Mund begann zu sprechen, getarnt, teils das spitzbü-
bische Mädchen, die besorgte Tochter, teils der Flüchtling
vor dieser äußersten Herausforderung.

»Sieh mal, Vater, du kannst auf die Dauer doch nicht
immer allein leben. Du wirst alt. Du brauchst, ich meine,
natürlich kannst du behaupten, das Geschlechtliche ist banal, aber wie wirst du damit fertig, ich meine – «

Und dann, während sie ihm gegenüberstand, unfähig, ihren Blick von seinem Gesicht zu lösen, diesen strengen, mas-
kulinen Lippen, dieser Adlernase, den Augen, die ganz bestimmt einen Menschen genauso scharf durchschauen konnten wie sie selbst – *dann,* während ihre beiden Hände durch
die schwingenden Plastikbeutel an ihrer Seite in Anspruch
genommen waren, übernahm ihr herrlicher, idiotischer Leib
die Situation, vor ihrem Vater hoben sich ihre BH-losen Brüste, die verletzlichen, zarten, unbeherrschten, versklavenden
Spitzen wurden hart, und die Brüste standen vor und hoben

den Stoff ihrer Bluse, es war ein so deutliches Zeichen, es hätte ein Schrei sein können. Sie sah, wie sich seine Augen aus den ihren lösten, hinabglitten, an ihrem errötenden Gesicht und ihrem Hals vorbei, bis sie direkt auf das unmißverständliche Signal starrten. Ihr Mund öffnete sich und schloß sich, öffnete sich wieder.

»Was tust du da?«

Bei diesen Worten, die sie durch das Brausen ihres Bluts hindurch nur eben vernehmen konnte, sah sie seinen Blick ihre Augen suchen. Auch sein Gesicht war gerötet. Seine Hände hatten sich nach hinten bewegt und umklammerten die Lehnen seines Drehstuhls. Eine Schulter hatte er nach vorn gezogen, als solle sie zwischen sie kommen, und er starrte sie um diese Schulter herum an. Als ob er seine Freiheit zeigen wollte, seine Kühnheit, die Macht, auch das auszusprechen, was vielleicht als unaussprechlich galt, sprach er ihr daraufhin direkt ins Gesicht. Er schwang sogar den Stuhl ein wenig herum, um zu zeigen, daß da nichts verborgen werden sollte, nicht einmal durch seine Schulter. Seine Worte waren wie Schläge, trieben sie auseinander, vernichteten sie beide, wirbelten Sophy hinaus aus dem Spielzimmer, dem Arbeitsraum, dem Raum, der vor Menschen so sicher war.

»Was ich tu?«

Dann zischend vor Haß:

»Du willst es also wissen? Wirklich? Ich masturbiere.«

Und da waren sie nun, er in seinem Stuhl kauernd, zwischen seinen Händen gefangen, sie an der Tür, gefangen zwischen ihren Einkaufstüten. Mit großem Bedacht, als sei er eine Tonfigur, eine Marionette, die er neu arrangieren mußte, wechselte er die Haltung, sein Kopf wandte sich der Schachmaschine zu, der Körper bewegte sich nach vorn, die Hände ließen nacheinander die Armlehnen los – das Bild eines in sein Studium, seinen Broterwerb, in seine Arbeit, in sein ein und alles, seine eigenen Belange vertieften Mannes. Wozu ein Mann da ist. Sie stand da, und dieses eine Mal machte sich die Präsenz am Tunnelausgang nicht bemerkbar. Da war zuviel von dem äußeren Mädchen vorhanden. Ihr Gesicht fühlte sich geschwollen an, unter und hinter den Augenlidern begannen sich die Tränen zu sammeln.

Sie schluckte, blickte zum Fenster und wieder auf sein gleichgültiges Profil.

»Tun wir das nicht alle?«

Er antwortete nicht, sondern blieb, wie er war, den Blick auf die Schachmaschine gerichtet. Er nahm einen Kugelschreiber in die rechte Hand, hielt ihn schreibbereit, schrieb aber nichts, so blieben die Hand und der Stift und zitterten ein wenig. Sie fühlte sich bleiern, voller erwartetem und unbegreiflichem Schmerz; und dieser Sturm der Gefühle, der das Zimmer erfüllte, war geradezu etwas Physisches, wurde sicherlich von den Wänden in eine Kubusform gepreßt, völlig fremd und unverstanden, zu begreifen war da nur eines, die große Wunde, die er zwischen beiden aufgerissen hatte, mitten durch das hindurch, was es nicht gegeben hatte, oh nein, was es niemals hätte geben können, und wo nunmehr Trennung, Lebewohl und Frohlocken herrschten, sich endlich los zu sein, ein grausamer Willensakt voller Verachtung.

»Also – «

Ihre Füße schienen am Boden zu kleben, im Boden festzustecken. Sie zog sie mit einer Anstrengung heraus, die sie stolpern ließ, drehte sich und wurde teils durch das Gewicht in beiden Händen herumgeschwungen, gab sich mit diesem idiotischen Versuch ab, die Tür weiter zu öffnen, und dann mit einem Fuß hinter sich zuzuziehen. Die Tür schloß sich hinter der schweigenden Gestalt mit der zitternden Hand, und Sophy rannte durch die Halle, brachte die Glastür irgendwie auf, zog auch sie mit einem Fuß zu, fiel fast die Stufen hinunter, lief über den Asphaltweg unter den Schmetterlingssträuchern vorbei am Wildwuchs von Rosmarin und Minze, an den wuchernden Rosen, die von den eigenen Ablegern erdrückt wurden. Sie kletterte die enge Stiege hinauf zu dem alten Raum mit den Dachfenstern und fiel auf die kühle Wohltat ihrer Couch. Dann begann sie zu weinen und gegen alles zu wüten. Und inmitten dieser Wut vernahm sie aus ihrem Innern einen unausgesprochenen Satz, das Geheimnis von allem sei Frevel; so suchte sie inmitten ihrer heißen Tränen, ihrer Wut und ihrem Haß nach einem Frevel, der mit dem Entwirren verbunden werden konnte, und da war er ja, er stand unmittelbar ihr vor Augen, so daß sie draufstarrte. Da war ein Mädchen (oh nein, nicht mit einem faulen Ei in der Hand), das mit seinem Mädchenkörper, mit seinem Duft und seinen Brüsten den Gartenweg hinaufging, lachend ging sie daher, zurück zur Halle, zur Tür, warf sie auf und bot ihm lachend alles das, was sie hatte; und nun stolperte ein realer Mädchenkörper hinter dem Phantom-Mädchen her, die Stufen hinunter, den Weg entlang, die Stufen hinauf, öffnete die Glastür, und die elektrische Schreibmaschine ratterte und ratterte und das alberne Spiel im Arbeitszimmer, und sie schaffte es nicht, *konnte nicht,* ihr Körper *wollte nicht,* wollte einfach nicht, und sie machte sich fort, die Tränen liefen ihr herunter, irgendwie fand sie wieder zurück zu der undurchlüfteten Couch und sie lag da, sie hatte versagt und kochte vor Haß, der sich verselbständigte, eine Bitterkeit in Mund und Magen, schlimmer als der Brand bitterer Säure war.

Schließlich lag sie ganz gefühl- und gedankenlos mit einem Empfindungsvermögen, das weder kommentierte noch kritisierte, nur ein nacktes, neutrales »Ich bin« oder »Es ist«. Dann war wieder das namenlose innere Etwas da, das von Ewigkeit zu Ewigkeit dort gesessen und hinausgestarrt hatte. Nach einer Ewigkeit am Tunnelausgang starrte es nun hinaus und war sich auch des schwarzen Winkels bewußt, jener Richtung nach hinten, die sich streckte und verbreitete, so weit es sich nur erstrecken konnte. Das Etwas prüfte den Mißerfolg des Frevels, nahm ihn zur Kenntnis; es war sich bewußt, daß es andere Gelegenheiten zum Freveln geben werde; es sagte jedoch lautlos sogar ein Wort.

*Sofort.*

Sophy wurde sich der Couch, des Zimmers, ihres Körpers, ihrer ganzen Gewöhnlichkeit bewußt. Sie spürte, daß sich eine Stoffalte quer über ihre rechte Wange eingepreßt hatte, und zwar ungewöhnlich tief, weil das Fleisch dieser Wange durch Wut und Haß und Scham schwammig geworden war. Sie setzte sich auf und schwang die Beine von der Couch, trat vor den Spiegel, und da war sie, die faltige Marke auf einem Gesicht, das durch Tränen rund um die Augen noch stärker gerötet war.

*Eingenäht mit rotem Wollgarn.*

Wer hatte das gesagt? Eine Tante? Toni? Mama? Er selbst?

Sie begann, eifrig mit sich selbst zu sprechen.

»So geht es nicht, altes Haus! Wir müssen den Schaden reparieren, nicht wahr? Die erste Pflicht eines Mädchens besteht darin, sich selbst als süßes Zuckerpüppchen zurechtzumachen, als Honigmaul, was würde denn unser lieber Verlobter dazu sagen oder unser lieber Freund? Oder unser lieber – «

Mit behutsamen Schritten kam jemand die Holztreppe herauf. Fast geräuschlos bewegten sich die Füße, kaum, daß die Stufen unter dem Gewicht knarrten. Sie sah einen Kopf auftauchen, ein Gesicht, Schultern. Der war ein dunkler Lockenkopf, und in dem zarten Gesicht wirkten die Augen dunkel. Ein Schal, ein offener langer Regenmantel, unter dem ein für Greenfield viel zu eng anliegender Hosenanzug sichtbar wurde, dessen Hosen in lange, hochhackige Stiefel geschoben waren. Das Mädchen nahm die letzten Stufen, blieb stehen, blickte ausdruckslos zu ihr herüber. Sophy starrte, keine von beiden sagte ein Wort.

Sophy kramte Lippenstift und Spiegel aus der Schultertasche und beschäftigte sich damit, ihr Gesicht wieder herzurichten. Das nahm eine ganze Weile in Anspruch. Als sie zufrieden war, verstaute sie die Sachen wieder in der Tasche und klopfte sich den Puder von den Fingern. Sie redete leichthin, wie bei oberflächlicher Konversation.

»Ich könnte mein Haar nicht so leicht unter eine Perücke stecken. Und Kontaktlinsen hast du auch. Oder hast du dein Haar abgeschnitten?«

»Nein.«

»Palästina. Kuba. Und danach – ich weiß, woher du kommst.«

Eine schwache, ferne Stimme sagte wie von weit hinter dem Gesicht, auf das mit Make-up ein neues Gesicht gezeichnet war: »Offensichtlich.«

»Und jetzt ist England dran, nicht? Diese blendenden, überheblichen Schufte hier?«

»Wir überlegen. Sehen uns um.«

Als wenn sie das veranschaulichen wollte, begann Toni im Zimmer umherzugehen, schaute überall an den Wänden die

Stellen an, wo die Bilder gehangen hatten. Mit einem Mal empfand Sophy ein Frohlocken, das aus der Tiefe ihres Körpers heraufstieg, hochschäumte und sich nicht unterdrücken ließ.

»Hast du ihn gesehen?«

Toni schüttelte den Kopf. Sie kratzte am Fetzen eines Bildes, das noch am Wandgips festsaß.

»Du hast gesagt, ›wir brauchen dich‹. Also, wie steht's.«

»Was meinst du?«

»Du hast Männer, Geld. Mußt du doch haben.«

Ohne die Füße zu bewegen, ließ Toni sich ganz langsam auf ein Ende der Couch niedersinken. Sie wartete. Sophy sah aus dem Dachfenster auf die blinden Fenster des alten Hauses.

»Ich hab Zugang. Und ein Projekt. Know-how läßt sich verkaufen.«

Nun war sie es, die sich langsam auf die Couch niedersinken ließ. Sie starrte in die rätselhaften Kontaktlinsen.

»Meine liebe, liebe Antonia. Alles wie einst: Wir werden einander wieder alles bedeuten.«

DRITTES BUCH

# Einsamkeit

# XII

Gleich nebenan zu Sprawson's saß Sim Goodchild hinten in
seinem Laden und versuchte über grundsätzliche Fragen
nachzudenken. Es hätte ihm eigentlich leichtfallen müssen,
da keine Leute in den Regalen stöberten. Doch wie er sich
sagte, bei den Düsenmaschinen, die Minute um Minute zum
Londoner Flugplatz herunterheulten, und den riesigen Last-
wagen vom europäischen Festland, die alles versuchten, die
Old Bridge zum Einsturz zu bringen, war jede Art von Denken schier unmöglich. Außerdem wußte er, daß er nach ein
oder zwei Augenblicken des Nachdenkens über grundsätzliche Dinge wieder darüber ins Grübeln geriete, daß er zu fett,
eine perfekte Glatze und am linken Rand des Kinns einen
Schnitt hatte, der auf das morgendliche Rasieren zurück-
ging. Er sagte sich, du könntest natürlich etwas arbeiten. Du
könntest die Bücher in den Regalen neu ordnen und die Zeit
damit vertrödeln, neue Preise anzubringen, um die Inflation
ein wenig einzuholen. Und das waren für einen alten, glatz-
köpfigen und kurzatmigen Mann in all dem Lärm der Stadt
die einzig möglichen Gedanken. Man konnte natürlich auch
im weiteren Sinne darüber nachdenken, was für einen Ge-
schäftsmann zu tun wäre. Die Öl-Aktien waren in Ordnung
und würden es bis Lebensende bleiben, aber damit war zwar
für das Lebensnotwendige, aber für keinerlei Extras gesorgt
– und für Extras reichte es auch mit der Buchhandlung nicht.
Was war da zu tun? Wie konnte man die Pakistanis in den
Laden bringen? Und die Schwarzen? Welche glänzende ein-
zigartige Idee antiquarischen Könnens würde die Scharen
weißer Menschen vom Fernsehen weglocken und sie dazu
bringen, wieder die guten alten Bücher zu lesen? Wie konnte
man die Leute von der Schönheit, der Liebenswürdigkeit, ja
der Menschlichkeit schön gebundener Bücher überzeugen?
Ja. Darüber ließ sich bei dem Lärm schon grübeln, nicht aber
über Grundsatzfragen. Und, bei diesem Punkt seines täglichen Grübelns angekommen, stellte er jedesmal fest, daß er
sich wie von einem inneren Druck getrieben auf den Füßen
fand. Dieser Druck war durch die Erinnerung an seine Un-
zulänglichkeit ausgelöst, und er stand auf, weil ihn die Erinnerung sonst allzu konkret heimgesucht hätten, was uner-

träglich war. Er starrte auf die Sektionen Theologie, Okkultismus, Metaphysik, Drucke und das Gentleman's Magazine – und bautz! da schoß eben ihm die Episode, die zu vermeiden er aufgestanden war, wieder ins Bewußtsein zurück.

Die Auktion von vor etwa einem Monat.

»250 Pfund Sterling, 250 Pfund, wer bietet mehr? Zum letzten Male: 250 Pfund – « Da hatte sich Rupert Hazing von Midland Books zu ihm herübergebeugt:

»Und jetzt steige ich ein.«

»Was? Obwohl ein Jahrgang fehlt?«

Ruperts Mund stand offen. Er warf einen Blick auf den Auktionator, dann wieder auf Sim. Und während er zögerte, wurden die Bücher der Buchhandlung Thornton in Oxford zugeschlagen. Das war schierer Übermut, der ihm geschäftlich gar nichts einbrachte, nur Rupert schädigte. Aus Spaß. Da hatte sich das teuflische Etwas tief innen in ihm geregt. Und man konnte sich nicht auf die lange Reise begeben, um alles wieder gutzumachen, konnte Rupert Hazing nicht alle Exemplare des Gentleman's Magazine für 250 Pfund geben – vielleicht mit 10 Prozent Aufschlag für sich selbst – das ließ sich nicht machen, denn – um eine andere Metapher zu gebrauchen – dieses letzte Stück Übermut war ja nur obenauf, auf einem Stapel, einem großen Haufen von Plunder, Unrat, schmutzigen Lumpen, ein Berg – es spielte gar keine Rolle, was man tat, der Haufen war zu groß. Wozu das letzte bißchen Schmutz von oben wegwischen?

Sim zwinkerte und schüttelte sich, wie er es in diesem Augenblick immer tat, und trat aus dem Gerümpel wieder in das gemäßigte Tageslicht des Ladens hinaus. Jetzt kam der kühne, zynische Moment seiner Morgenstunden, wenn er zwischen Romanen, Lyrik, literarischer Kritik auf der einen Seite und Bibeln, Gebetsbüchern, Handwerks- und Hobbybüchern auf der anderen hindurchging. Es war der Augenblick, da er sich selbst und seine Vorfahren und das gute alte Familienunternehmen, das jetzt hoffnungslos vor die Hunde ging, verspottete. Er hatte sich daran gewöhnt, jetzt sogar täglich über die Kinderbücher zu spotten, die er vor vielen Jahren an einer Seite des großen Schaufensters ausgestellt hatte. Als Ruth damals vom Einkaufen gekommen war und diese neue Anordnung zum erstenmal wahrnahm, hatte sie nichts gesagt. Später jedoch, als sie ihm den Tee an den Schreibtisch brachte, hatte sie mit einem Blick quer durch den Laden gemeint: »Ich sehe, du änderst unser Image.«

Zwar hatte er das abgestritten, aber es stimmte natürlich. Er hatte Stanhopes kleine Töchter Hand in Hand die Straße entlangkommen sehen und es plötzlich so empfunden, als ob jedes Staubkörnchen im Laden aus Blei und er selbst aus Blei sei, das Leben aber (das ihm entging) hell war und unschuldig wie die beiden Kinder. Mit einer Art verstohlener Leidenschaft hatte er begonnen, Kinderbücher – neue übrigens – zu kaufen und links im Schaufenster auszustellen. Manchmal kauften Eltern ein Buch zu Weihnachten, ganz selten auch zwischendurch, vielleicht zu Geburtstagen, aber sein Umsatz war dadurch keineswegs angestiegen.

Sim fragte sich gelegentlich, ob sein Vater sein Schaufenster wohl aus ähnlich verstohlenen und undurchschaubaren Motiven gestaltet hatte. Sein nationalistisch eingestellter Vater hatte ein Kristallglas, den kompletten *I King* und den ganzen Satz Tarockkarten ins Fenster plaziert. Sein eigenes Motiv kannte Sim nur zu gut. Er benutzte die Kinderbücher als Köder für die Stanhope-Zwillinge, die ihm gewissermaßen seine eigenen Kinder ersetzen konnten, Margaret, die in Kanada verheiratet war, und den unheilbaren Steven, den die Eltern Woche für Woche in der Anstalt besuchten, ohne im geringsten mit ihm kommunizieren zu können. Die reizenden kleinen Mädchen waren auch tatsächlich hereingekommen, sie waren kaum groß genug, die Türklinke zu erreichen und besaßen doch schon die ruhige Selbstsicherheit, die gewöhnlich aus privilegierter gesellschaftlicher Stellung herrührt. Sie hatten mit derselben feierlichen Aufmerksamkeit Bücher untersucht, mit der Kätzchen schnuppern. Sie hatten die Bücher geöffnet und Seite auf Seite umgeblättert, und ganz gewiß schneller als sie oder überhaupt jemand lesen konnte. Und trotzdem schienen sie zu lesen: Die Blonde – Toni – wandte sich von einem Kinderbuch einem Buch für Erwachsene zu; dann kicherte die andere dermaßen über ein Bild, daß ihr die dunklen Locken auf dem ganzen kleinen Kopf tanzten.

Ruth verstand, aber es mußte für sie bitter gewesen

sein. Sie holte die Mädchen ins Wohnzimmer zu Limonade und Kuchen, aber sie kamen nie wieder. Von da an stand Sim immer in der Ladentür, wenn sie, zuerst mit dem au-pair-Mädchen, dann allein, zur Schule gingen. Er wußte genau, wann er zerstreut dazustehen hatte, damit ihm sein winziges Geschenk fürstlich gewährt wurde.

»Guten Morgen, Mr Goodchild.«

»Und einen guten Morgen den Misses Stanhope.«

So wuchsen sie in Schönheit heran. Auf eine Art und Weise, die an Wordsworth erinnerte.

Ruth tauchte aus dem Wohnzimmer auf, um einkaufen zu gehen. »Gestern traf ich Edwin. Ich hab vergessen, es dir zu erzählen. Er will dich besuchen.«

Die Bells hatten eine Wohnung in einem Teil des Sprawsonschen Hauses, und da hatte es eine Zeit gegeben, in der Sim sie beneidete, weil sie so nahe den Zwillingen wohnten. Aber das war Vergangenheit. Klein waren die Mädchen vor langer Zeit gewesen – vor zehn Jahren vielleicht, eigentlich war's doch nicht so lange her – und weit über Kinderbücher hinaus.

Als hätte Ruth seine Gedanken gelesen, wies sie zur linken Schaufensterseite hinüber. »Du solltest etwas anderes versuchen.«

»Du hast Vorschläge?«

»Bücher für den Haushalt, BBC-Veröffentlichungen, zum Nähen und Schneidern.«

»Ich werd's bedenken.«

Sie ging fort die High Street hoch, umgeben von fremd-ländischen Trachten. Sim nickte, er nickte immer wieder, er pflichtete ihr bei, was die Kinderbücher betraf, wußte aber auch, daß er sie nicht austauschen würde. Sollte der bleierne Staub sie nur bedecken. Sie bedeuteten ihm irgend etwas. Abrupt wandte er sich den Büchern zu, die sich auf seinem Tisch stapelten; die Bücher von Langport Grange mußten geordnet und ausgezeichnet werden – Arbeit, Arbeit, Arbeit!

Solche Arbeit machte ihm Spaß, sie hatte ihn auch am Geschäft seines Vaters festhalten lassen. Die Auktionen stellten eine Prüfung für ihn dar, denn er war feige und nicht

bereit, einfach etwas zu riskieren. Aber später Aussortieren –
das war fast wie Goldwäscherei. Man pirschte sich an den
Stapel heran, das Auge hatte schon das verräterische Glit-
zern des Schatzes bemerkt; und nach der entsetzlichen Phase
des Ersteigerns – und *hier* war sie, die Erstausgabe von Win-
stanleys *Introduction to the Study of Painted Glas* – in makello-
sem Zustand!

Na ja. Einmal war das vorgekommen.

Sim hatte sich an seinen Schreibtisch niedergelassen, als
die Tür aufgestoßen wurde; die Türglocke erklang, und es
war Edwin selbst, überlebensgroß, oder jedenfalls hätte er
gern so gewirkt, in seinem karierten Mantel und mit dem
gelben, baumelnden Schal – Bell, der sich immer noch wie
ein Student der dreißiger Jahre kleidete, und ihm fehlten nur
die weiten Oxforder Hosen, um historisch vollkommen zu
sein.

»Sim! Sim!«

Ein Windstoß, eine Art von Wind wie bei Edward Tho-
mas gekreuzt mit Heidewind à la George Borrow, die große
Natur, trotzdem aber gepflegt, *aufrichtig.*

Edwin Bell durchschritt den Laden und setzte sich wie
eine Frau im Damensattel auf die Schreibtischkante. Er
knallte das Lehrbuch, das er bei sich trug, und das Exemplar der *Bhagavad Gita* auf die Platte. Sim lehnte sich
im Stuhl zurück, nahm die Brille ab und blinzelte in das
eifrige Gesicht, das er gegen das Licht nur undeutlich
wahrnahm.

»Was hat dich denn diesmal gepackt. Edwin?«

»Der Mensch – Ecce homo – wenn das nicht allzu blasphemisch klingt, aber eigentlich, weißt du, Sim, ich finde das
gar nicht blasphemisch. Das unglaublichste Geschöpf mit
einer Wirkung – Ich bin, weißt du, ich bin völlig aufgeregt!«

»Wann wärst du das nicht!«

»Endlich! Ich empfinde wahrhaftig – Ein typischer Fall
dafür, daß dem, der wartet, alles zuteil wird. Aber all diese
Jahre – Ich weiß, was du jetzt sagen willst.«

»Ich wollte gar nichts sagen.«

»Du wolltest sagen, daß meine Schwäne sich immer als
Gänse entpuppten. Gut. So war es. Ich gebe es zu.«

»Theosophie, der Szientismus, der Mahatma – «

Edwins Elan verflog ein wenig: »Edwina meint das auch.«

Sie mußte von Anbeginn der Welt vorherbestimmt gewesen sein, diese Ehe zwischen Edwin und Edwina Bell. Es gab deutlichere Hinweise darauf als das Zusammentreffen der Namen. Sie sahen einander so ähnlich, daß jemand sie schon sehr gut kennen mußte, um nicht allein durch ihr gemeinsames Auftreten den Eindruck von Transvestitentum zu haben. Außerdem hatte Edwin für einen Mann eine hohe und Edwina eine für eine Frau tiefe Stimme. Sim wand sich noch immer bei der Erinnerung an eines seiner ersten Telefongespräche mit ihnen. Eine hohe Stimme hatte auf seinen Anruf geantwortet, so daß er zurückgab: »Hallo, Edwina«. Die Stimme entgegnete: »Aber Sim, hier ist Edwin.« Als ihm beim nächsten Mal eine tiefe Stimme antwortete, hatte er »hallo, Edwin« gerufen, nur um zu hören: »Aber Sim, hier ist Edwina.« Wenn sie vom Sprawsonschen Haus aus beziehungsweise von ihrer Wohnung dort die High Street entlangschritten, trugen beide gewöhnlich den gleichen Schal, der aus den ziemlich ähnlichen offenen Mänteln flatterte. Edwina hatte etwas kürzeres Haar als Edwin, und sie hatte einen einigermaßen größeren Busen. Der bildete einen hilfreichen Unterschied.

»Edwina hat schon immer mehr Verstand als du gehabt, wie ich meine.«

»Also, Sim, das sagst du jetzt einfach, weil man das immer über Ehefrauen sagt, wenn einem sonst nichts einfällt. Ich nenne es das kleine Frauen-Syndrom.«

Das Telefon läutete.

»Ja? Ja, haben wir. Einen Augenblick, bitte. Es befindet sich in gutem Zustand. Sieben Pfund zehn, leider – ich meine, siebenfünfzig. Haben wir Ihre Adresse? Gut. Ja, das werde ich tun.« Er legte den Hörer auf, schrieb eine Notiz auf seinen Schreibtischkalender, setzte sich wieder zurück und blickte zu Edwin auf.

»Also? Nun raus damit!«

Edwin glättete sein Haar am Hinterkopf mit derselben Handbewegung wie Edwina. Zusammengewachsen.

»Es ist dieser Mann, wie ich gesagt habe. Der Mann in Schwarz.«

»Das hab ich doch schon mal gehört – der Mann in Schwarz, die Frau in Weiß.«

Edwin lacht plötzlich triumphierend auf.

»Aber nicht doch, Sim, nicht doch! Du könntest gar nicht schiefer liegen. Du bist einfach zu *literarisch*.«

»Bin schließlich Buchhändler.«

»Aber ich habe dir noch nicht erzählt – «

Edwin lehnte sich seitlich über den Schreibtisch, seine Augen leuchteten vor Begeisterung, ihm stand der Mund offen, die kurze Nase stach witternd in Leidenschaft, in Erwartung vor. Sim schüttelte den Kopf in müder, aber noch immer gutmütiger Zuneigung.

»Glaub Edwina, Edwin. Sie hat mehr Busen als du! Mein Gott, warum hab ich das gesagt, daß ich meine – «

Wie bei all den anderen Gelegenheiten und all den anderen Leuten auch, war das Wort nicht wiederum zurückzuholen.

Über das Geschlechtsleben der Bells gab es Gerüchte, alle kannten die Gerüchte und niemand sagte – nun würde Edwin sicherlich gegen das Licht rot anlaufen, nein, aber erröten, seine gute Laune sich in Ärger verwandeln?

Sim sprang auf und schlug mit den Fäusten auf den Schreibtisch.

»O verdammt, verdammt, verdammt! Warum hab ich das getan, Edwin? Warum in Gottesnamen mußte ich das tun!«

Bell sah endlich weg.

»Du weißt, daß wir einmal sehr, sehr nahe daran waren, Klage wegen Verleumdung einzureichen?«

»Ja, wußte ich. Weiß ich. Man sprach davon.«

»Wer ist man?«

Sim machte eine unbestimmte Handbewegung.

»Leute. Du weißt ja, wie das so ist.«

»Das weiß ich in der Tat. Sim. Wahrhaftig.«

Darauf schwieg Sim eine Weile, und zwar keineswegs, weil er nichts zu sagen hatte, sondern zuviel. Alles, was ihm einfiel, hatte einen Doppelsinn oder konnte mißverstanden werden.

Schließlich blickte er auf.

»Zwei alte Männer. Mußt du bedenken. Nur noch ein paar Jahre. Werden ein bißchen mehr in uns zurückgezogen, albern, vielleicht mehr als wie – als ich es von Natur bin, soweit das möglich ist. Nur schlimmer kann es, *kann's nicht* werden, nicht wahr? Diese Art von stumpfer, betriebsamer Beschäftigung mit Banalitäten – ich würde dies und jenes tun, aber andererseits ist da wieder jenes und dieses, hast du die Zeitung gelesen, was gab's im Fernsehen, wie geht es Steven, nein, ich kann es ihnen nicht für fünfundachzig einschließlich Versandgebühren überlassen, und nie, niemals gibt es ein Tauchen in das, was die Tiefe sein muß – ich bin siebenundsechzig, und du – wie alt? – dreiundsechzig. Da draußen sind die Pakistanis, die Schwarzen, die Chinesen, die Weißen, die Punks und die Gammler, die – «

Er hielt inne und fragte ein wenig verwundert, warum er eigentlich so lange gesprochen hatte. Edwin rührte sich auf der Schreibtischkante, stand auf und schaute unentwegt auf Regale mit Metaphysik.

»Neulich hab ich ein ganzes Weilchen mit offenstehender Hose unterrichtet. «

Sim hielt die Lippen geschlossen, seufzte aber ein oder zweimal innerlich. Edwin schien es nicht zu bemerken. Er schaute einfach durch die Bücherreihen hindurch, sein Blick ruhte in weiter, weiter Ferne.

»Edwin, du wolltest mir von diesem Mann erzählen. «

»Ach ja. «

»Ist's ein Franziskanermönch? Ein Mahatma? Eine Reinkarnation des ersten Dalai Lama, der in Wales ein Potala errichten möchte? «

»Du spottest. «

»Entschuldigung. «

»Auf jeden Fall war es nicht der Dalai Lama. Nur ein Lama. «

»Verzeih, verzeih! «

»Der Dalai Lama lebt noch, also konnte er es gar nicht sein. «

»Oh Gott. «

»Aber dieses – nachher merkte ich, daß ich – nein, nicht weinte, das Wort klingt ein bißchen nach Kind, nach Baby – ich vergoß Tränen. Nicht aus Kummer. Vor Freude. «

»Und aus Kummer. «

»Nicht mehr. «

»Wie heißt er? Ich halte mich gern an einem Namen fest. «

»Dann bist du draußen, mein Lieber, völlig draußen. Das

ist genau das Wesentliche. Keine Namen. Streif sie ab. Beachte sie nicht. Denk an das Durcheinander, das Theater, die stürmischen, lächerlichen, wilden Verwicklungen, die uns die Sprache beschert hat und die wir der Sprache beschert haben – zum Teufel, jetzt fange ich doch an zu predigen.«

»Er will die Sprache loswerden und hat sich an zwei Menschen gewandt – an dich und über dich an mich – deren Existenz in erster Linie von der Sprache abhängt? Schau dir doch die Bücher an!«

»Sehe ich ja.«

»Denk dran, du unterrichtest.«

»Na und? Erkennst du es denn nicht? Du hast einmal gesagt, daß dich ein *faux pas* mehr ängstigt als Sünde. Und genau an diesem Punkt wirst du aufgefordert, ein gewaltiges Opfer zu bringen, das unsere Welt auf den Kopf stellt, nämlich die bewußte Abwendung vom gedruckten, über Rundfunk und Fernsehen ausgestrahlten, auf Band und Platte aufgenommenen Wort – «

»Nein, nein.«

»Guter Gott, Sim, du bist älter als ich. Was hast du noch vor dir? Wie lange kannst du es dir leisten, noch zu warten? Ich sage dir – «

Und Edwin gestikulierte so heftig, daß sein Mantel sich ruckartig öffnete, »auf das kommt es jetzt an!«

»Das Seltsame ist nur, weißt du, daß es mir ganz gleich ist, wie viel oder wenig Zeit mir bleibt. Oh gewiß, ich möchte nicht sterben. Aber ich sterbe ja schließlich nicht, oder? Mit ein bißchen Glück jedenfalls nicht heute. Einmal wird der Tag kommen und es wird mir nicht gefallen. Wahrscheinlich. Aber heute nicht. Heute ist Unendlichkeit und Alltäglichkeit.«

»Du willst es nicht probieren?«

Sim seufzte.

»Ich sage die Wiederauferstehung der philosophischen Gesellschaft voraus.«

»Sie war nie tot.«

»Das Wiederaufleben also. Wie wir an Wörtern hängen!«

»Der Transzendentalismus – «

Das Wort löste bei Sim etwas aus. Er hörte einfach nicht mehr zu. Das große Rad, natürlich, und das Hindu-Universum, von dem man annehmen konnte, daß es mit dem identisch sei, was die Physiker gerade entdeckten, Skandhas und Atavare, das Schrumpfen der Galaxien, Schein und Illusion – und die ganze Zeit redete Edwin immer mehr wie eine Figur aus den weniger gelungenen Romanen von Huxley. Sim begann sich schweigend seinen eigenen Standpunkt zu formulieren. Es ist alles vernünftig. Es ist alles ebenso unvernünftig. Ich glaube alles so sehr, wie ich überhaupt an etwas Unsichtbares glaube, wie ich an das sich ausdehnende Universum glaube, oder, anders gesagt, wie ich an die Schlacht bei Hastings glaube, an das Leben Jesu, wie ich glaube an –. Es ist eine Art von Glauben, der nichts in mir berührt. Ein zweitklassiger Glaube. Was ich glaube, bin ich; vieles und Banales.

Dann vernahm er Edwin noch einmal, sah zu ihm auf und nickte, eine winzige und typische Unaufrichtigkeit, die soviel sagen sollte wie: *ich verstehe, was du meinst, ja ich habe zugehört*. Die Tatsache, daß Edwin noch immer redete, ließ Sim erneut in sein übliches Erstaunen über die schiere Tatsache des Seins und über die schlichte Tatsache verfallen, daß alles, was er für wirklich hielt, für einen tiefempfundenen Glauben, und nicht für einen zweitklassigen Glauben – er selbst existierte, wie der Mann gesagt hatte, weil er denkend empfand, daß er selbst denkend empfand, daß er ein unendliches Bewußtsein fühlte –

Er merkte, daß er wieder nickte. Edwin redete weiter.

»Also sag mir das. Woher wußte er, daß ich Wahrheitssucher bin? Kann man mir das so einfach ansehen? Als trüge ich ein Kastenzeichen auf der Stirn? Habe ich Stammeszeichen in meine Backen eingeschnitten? Aber laß mal all die Einzelheiten, Hellsehen, Zweites Gesicht, übersinnliche Wahrnehmung, das Wahrsagen, die besondere Gabe – er wußte es ganz einfach! Und als wir nebeneinander gingen, merkte ich, daß ich selbst – und das ist das Entscheidende – ich hörte nicht ihn sprechen, sondern – «

Edwin hielt inne und schaute so geheimnisvoll drein, wie das bei einem Mann so offenen Wesens möglich war.

»Du wirst es nicht glauben wollen, Sim. Er sprach nicht. Ich sprach.«

»Aber natürlich.«

»Nein, nein, ich sprach nicht für mich! Für ihn! Irgendwie fand ich Worte für das, was er – nicht einen Augenblick lang fehlte mir ein Wort – «

»Daran hat's dir nie gefehlt. Wir haben beide, wie meine Mutter das nannte, Zungen, die in der Mitte aufgehängt sind und mit beiden Enden wedeln – «

»Genau! Genau! Er an einem Ende, ich am anderen. Und als wir dann über den Kiesweg auf die Ulmen zugingen, die noch nicht gefällt worden sind, als Regen tröpfelte und Wind aufkam und wieder aufhörte – «

Edwin hielt inne. Er erhob sich vom Schreibtisch. Er stopfte die Hände tief in die Taschen. Der Mantel schloß sich, wie wenn ein Vorhang zugezogen wird.

»Ich sprach in mehr als Worten.«

»Vielleicht hast du gesungen.«

»*Ja,*« sagte Edwin ohne eine Spur von Humor, »genau das! Das heißt, ich erlebte mehr, als Worte ausdrücken können, und ich erlebte es dort auf der Stelle.«

Ein kleiner schwarzer Junge preßte sein Gesicht gegen die Schaufensterscheibe, blickte in das undurchdringliche Ladeninnere und rannte davon. Sim wandte sich wieder Edwin zu.

»Da kommt immer wieder der Punkt, wo ich deine Behauptungen einfach hinnehmen muß. Edwin, verstehst du denn nicht, daß ich an gewisse Formen der Höflichkeit gebunden bin? Ich bin noch nie imstande gewesen, dir ins Gesicht zu sagen, was ich von all dem wirklich halte.«

»Ich möchte, daß du mitkommst. Zurück in den Park.«

»Hast du eine Verabredung getroffen?«

»Er wird da sein.«

Sim fuhr sich mit einer Hand über die Glatze und schüttelte sich dann vor Gereiztheit.

»Ich kann den Laden nicht alleinlassen, nur wenn mir's Spaß macht. Das weißt du auch. Und Ruth ist einkaufen gegangen. Ich könnte unmöglich weg, bis – «

Die Ladenglocke schlug an, und es war natürlich Ruth. Edwin wandte sich triumphierend zu Sim. »Na, siehst du?«

Nun war Sim wirklich gereizt. »Das ist banal.«

»Alles fügt sich. Guten Morgen, Ruth.«

»Edwin.«

»Und die Preise steigen nach wie vor, meine Liebe?«

»Na, einen Pfennig hier und da. Kein Grund zur Aufregung.«

»Ich habe ihm gerade erklärt, daß ich den Laden nicht verlassen kann.«

»Aber natürlich kannst du. Zu Mittag essen wir kalt. Ich bin froh, wenn ich mich setzen kann.«

»Da hast du es schon wieder, mein lieber Sim. Selbstverständlich eine Trivialität!«

Unter Druck wurde Sim starrköpfig.

»Ich will nicht mitkommen!«

»Geh mit Edwin, Lieber. Tut dir gut. Frische Luft – «

»Du weißt, daß es überhaupt nicht gut tut. Niemals.«

»Nun mal los mit dir!«

»Ich kann nicht einsehen, warum ich – also Ruth, wenn Graham anruft, sag ihm, daß wir den vollständigen Gibbon doch nicht haben. Ein Band der vermischten Schriften fehlt. Aber *Niedergang und Fall Roms* haben wir komplett und dazu in gutem Zustand.«

»Es ist die Erstausgabe.«

»Preis für den *Niedergang* wie vereinbart. Über den Rest müssen wir neu verhandeln.«

»Ich werde dran denken.«

Sim nahm seinen Mantel, seinen Schal, die wollenen Handschuhe, den zerknautschten Hut. Sie gingen nebeneinander die High Street hoch. Vom Turm des Gemeindezentrums schlug es elf. Edwin nickte zur Uhr hin. »Dort habe ich ihn getroffen.«

Sim antwortete nicht, schweigend gingen sie am Gemeindezentrum vorbei, von dessen Friedhof noch nicht alle Grabsteine entfernt worden waren, vorbei an Harold Krishna, Chung und Dethany, Bekleidung, Bartoluzzi, Reinigung, Mamma Mia und am chinesischen Billigladen. Bei Sundha Singhs Lebensmittelladen stand einer der Brüder Singh in der Tür und sprach auf seine behende Weise mit einem weißen Polizisten.

Der Tempel und die neue Moschee. Der Liberale Klub, wegen Renovierung geschlossen, Graffiti, wo es Wandflächen gab. Hoch die Nationale Front. Tod der Scheißfront, Fugglestone Schuh-Reparaturen.

Edwin wich einer Sikh-Frau aus, deren prächtige Tracht nur halb vom Regenmantel verdeckt wurde. Für etwa zehn Meter lief Sim, zwischen weißen Frauen und Männern, die auf den Bus warteten, hinter Edwin her. Edwin sprach über die Schulter nach hinten. »Ganz anders als damals, als ich herkam, nach dem Krieg, was? London hatte uns da noch nicht überzogen. Der Dorfanger war noch ein Dorfanger – «

»Na ja, wenn man ein Auge zudrückte. Ponsonby war damals Pfarrer. Du hast gesagt, du hättest deinen Mann da drinnen getroffen.«

»Ich ging hinein, um die Holzskulpturen des jungen Steven anzusehen. Der wird Karriere machen – aber keine große; doch man merkt schon, daß die alte Kirche als Gemeindezentrum genutzt wird, es gab da auch eine Fotoausstellung, von Bildern, die dieser Sowieso von Insekten gemacht hat, du weißt, wen ich meine. Faszinierend, wirklich. Das kleine Theater probte diese Sache von Sartre, du weißt – *Geschlossene Gesellschaft*, in dem – nördlichen Anbau.«

»Du meinst das nördliche Querschiff, wo früher die Sakramente aufbewahrt wurden.«

»Also Sim! Du alter Stinkstiefel! Du bist damals nicht einmal zur Kirche gegangen! Und denk dran, wir sind eine Vielvölkergemeinschaft, und die Religionen sind sowieso in Wirklichkeit eins.«

»Versuch das mal denen in der Moschee klarzumachen!«

»Was hör ich? Hat sich die Nationale Front an dich herangemacht?«

»Sei nicht obszön. Dieser Mann – «

»Ich traf ihn gerade hier, wo das – nein, das Taufbecken befand sich an der anderen Seite. Er stand unter dem Westfenster und starrte auf die alten Inschriften.«

»Grabsteine.«

»Ich unterrichte über Bücher, weißt du. Ich lebe sogar davon. Wie die Schule schließlich auch. Nachdem ich ihn getroffen hatte, dachte ich plötzlich, während ich über Shakespeares Geschichtsdramen unterrichtete – Guter Gott, *das* ist der Grund, weshalb er sich nichts daraus macht, seine Sachen drucken zu lassen! Er wußte Bescheid, siehst du. Meinst du nicht auch?«

»›Venus und Adonis‹. ›Raub der Lukrezia‹, Sonette – damit du es weißt.«

»Ein junger Mann. Der Buchstabe tötet. Wer sagte das?«

»Du hast es im Druck gelesen.«

»Manchmal schwiegen wir zwischendurch beide, ich meine, wir waren ganz still. Während einer Schweigepause kam mir eine Erkenntnis. Schau, die Stille wurde zerrissen durch diese ekelhaften Düsenmaschinen; und ich wußte, falls wir, *falls* wir oder er einen absolut stillen Ort finden könnten – *deshalb* war er auch im Gemeinschaftszentrum, glaube ich. Er suchte die Stille – und wurde natürlich enttäuscht. So redeten wir also nur zeitweise. Oder vielmehr, ich redete. Hast du schon mal bemerkt, daß ich eine Menge rede, fast als hätte ich eine Logorrhö, nur um des Redens willen? Nun, da tat ich's nicht. Diesmal nicht.«

»Du redest von dir und nicht von ihm.«

»Aber das ist es ja! Einen Teil der Zeit sprach ich – also ich sprach *Ursprache*!«

»Deutsch?«

»Sei kein – ach wie gut sie es doch hatten, diese alten Philosophen und Theologen, die Latein sprachen! Aber ich vergaß – nein, sie waren keineswegs glücklich dran. Latein war ja fast eher eine Schrift. Sim, ich sprach die unschuldige Sprache des Geistes, die Sprache des Paradieses.«

Edwin lief rot an und schaute trotzig zur Seite. Sim spürte, wie auch sein Gesicht heiß anlief.

»Ich sehe«, murmelte er, »nun – «

»Nichts siehst du. Und peinlich ist dir die ganze Sache. Also – ich verstehe genau so wenig und mir ist sie auch peinlich.«

Edwin stieß die Hände wieder in die Manteltaschen hinein und bedeckte seine Genitalien. Er sprach mit Heftigkeit. »So etwas tut man nicht, was? Schrecklich schlechter Stil, nicht wahr? Ein bißchen frömmlerisch, nicht? Hintergassengeschwätz, wie? Dabei war es einfach ein Reden in Zungen. Nun, da der Augenblick vorbei ist, kann ich nicht noch einmal nacherleben, ich kann mich nur erinnern, und was ist eine Erinnerung? Nutzloses Geschwätz! Ich hätte es festhalten und in meinen Rockaufschlag einnähen sollen, hier, irgendwo. Nun werden wir beide rot wie zwei Schulmädchen, die bei einem schlimmen Wort ertappt worden sind. Wer A sagt, muß auch B sagen. Du bist doch im Grunde dafür, Sim. Betrachte es als eine Wissenschaft, dann wird's dir leichter fallen. Ich will dir die Erinnerung so präzise beschreiben, wie ich – ich sagte sieben Wörter. Ich sagte einen kurzen Satz und sah ihn als leuchtende und heilige Form vor mir. Ach, ich vergaß, wir wollten ja wissenschaftlich sein. Leuchtend – das Wort ist da schon in Ordnung. Aber heilig? Nun also: Die *Wirkung* war so, wie man sie gemeinhin in der religiösen Phraseologie als ›heilig‹ bezeichnet. Und nun lach.«

»Ich lache nicht.«

Sie gingen eine Weile schweigend weiter, Edwin mit seitlich abgewandtem Kopf, defensiv und mißtrauisch. Er stieß einen kleinen Eurasier mit der Schulter an, – und nun kam der umgängliche, höfliche Edwin zum Vorschein, der immer realer wirkte als irgendeine seiner sonstigen Erscheinungsformen.

»Es tut mir so leid – unverzeihliches Ungeschick – sind Sie sicher – oh wirklich, es war zu dumm von mir! Sie sind nicht verletzt? Vielen Dank, vielen, vielen Dank. Guten Tag. Ja. Guten Tag!«

Wie plötzlich eingeschaltet, sah nun, während sie weitergingen, wieder der defensive Edwin Sim an.

»Nein, ich glaube, du lachst nicht wirklich. Ich dank dir.«

»Wie lauteten die sieben Wörter?«

Überrascht sah Sim geradezu eine Flut von Rot über Edwins Nacken hinauf wallen, ihm ins Gesicht, in die niedrige Stirn, und unter seinem dichten, aber ergrauten Haar verschwinden. Edwin schluckte, und oberhalb des verknoteten Schals war sein auf und ab hüpfender Adamsapfel zu sehen. Er hustete befangen.

»Ich kann mich nicht erinnern.«

»Du – «

»Alles, was geblieben ist, ist die Erinnerung, daß es sieben Wörter waren, und eine Erinnerung an diese Form, ungenau, aber jetzt kristallisiert, farblos, dann leider – «

»Du willst mir einen Schwindel aufdrehen. Wie Annie Besant.«

»Aber das ist es ja eben! Da liegt der Unterschied! Ich

habe es geschafft, oder vielmehr, es ist geschehen – Unsere Gänse – das sind die Leute gewesen, deren Ansichten wir für hilfreich hielten, deren Philosophien, deren Religionen, deren Geheimschriften das hätten sein *können,* wonach wir suchten; und was sich morgen oder am übernächsten Tag oder nach einem Jahr in einer Art Erleuchtung niederschlagen könnte – der Unterschied liegt nur darin, daß es jetzt eingetreten ist! Was Zukunft war, ist bereits da! Ich muß es dir doch nicht erklären, Sim, aber ich suche nicht mehr, ich habe es gefunden, hier im Park, als ich neben ihm saß. Er hat es mir geschenkt.«

»Ich verstehe.«

»Ich war etwas niedergeschlagen, als du – deprimiert. Ja, ich war niedergeschlagen.«

»Meine Schuld, verzeih. War nicht nett von mir.«

»Es fügt sich alles zusammen, wie es erforderlich ist. Ich glaube nicht, daß er etwas dagegen hätte, wenn ein Mensch das geschriebene Wort – nicht das gedruckte – hätte und bei sich trüge – so lange er selbst es niedergeschrieben hätte . . .«

»Meinst du das im Ernst?«

»Du selbst würdest es niederschreiben und es geheim für dich behalten. Weißt du, Sim, ich erinnere mich gerade. Es fügt sich wirklich alles. Er hat mir mein Buch weggenommen.«

»Welches Buch?«

»Ein Taschenbuch. Nichts Wichtiges. Er nahm es und ging damit auf die öffentliche Toilette, und natürlich, als er zurückkam – nun, er hat es mir nicht wiedergegeben.«

»Du hast es nur vergessen. Wie die sieben Wörter.«

»Dann hat er jedoch eins getan: Er nahm eine Streichholzschachtel und einen Stein. Dann balancierte er die Schachtel mit dem Stein obendrauf vorsichtig auf der Armlehne.«

»Und hat er etwas gesagt?«

»Seine Lippen sind nicht zum Sprechen bestimmt. Guter Gott, was hab ich da gesagt? Das ist es ja! Nicht zum Sprechen bestimmt!«

»Was geschah mit der Streichholzschachtel und dem Stein?«

»Ich weiß es nicht. Vielleicht sind sie noch dort. Vielleicht sind sie hinuntergefallen. Ich hab nicht hingesehen.«

»Wir sind verrückt. Alle beide.«

»Natürlich kann er sprechen, denn er sagte ›ja‹. Er muß ›ja‹ gesagt haben. Ich bin mir ganz sicher, daß er noch andere Dinge sagte, ja, er hat das – einiges zum Thema Verschwiegenheit und Geheimnis gesagt.«

»Was für ein Geheimnis, um Himmels willen!«

»Hab ich dir das nicht gesagt? Das ist der andere Punkt. Keine reproduzierten Wörter. Keine festen Bezeichnungen für irgend etwas. Und keiner darf davon wissen.«

Sim blieb auf dem Pflaster stehen, so daß auch Edwin stehenbleiben und sich ihm zuwenden mußte.

»Nun sieh mal, Edwin, es ist schon ein blühender Unsinn. Es klingt nach Freimaurerei, nach Innerem Kreis, nach Verschwörung – merkst du das denn nicht? Verstehst du selbst das nicht? Du könntest in die High Street oder auf den Marktplatz gehen und sprechen; du könntest aufstehen und rufen, du könntest ein Megaphon verwenden, aber niemand, kein einziger Mensch würde sich darum scheren! Die Düsenflugzeuge würden nach wie vor über uns hinwegbrausen, der Verkehr weitergehen, wie das ganze Pack auch, und es würde überhaupt nicht bemerkt. Die Leute würden annehmen, daß du 5 Pence Preissenkung im Supermarkt anpreist. Wir sind mit unserer ganzen Trivialität geschlagen, das ist es. Verschwiegenheit? So etwas Dummes hab ich mein Leben noch nicht gehört.«

»Trotzdem – schau, ich habe dich schon bis ans Parktor gebracht.«

»Laß es uns hinter uns bringen.«

Sie standen suchend zusammen im Park, einige Meter von den Eingangstoren entfernt, und Edwin drehte sich auf dem Absatz herum. Hier und da spielten Kindergruppen. Der Parkwächter hielt sich nur wenige Schritte von den öffentlichen Toiletten entfernt auf und beobachtete griesgrämig die Kinder, die hinein- oder herausliefen oder andere hineinzogen.

Es gab Edwin einen Ruck, als er den Mann gleich hinter sich entdeckte. Sim, der sich ebenfalls umdrehte, sah dem Mann direkt ins Gesicht. In seiner Erscheinung lag etwas Theatralisches, als hätte er sich für eine Rolle zurechtgemacht. Er trug einen breitrandigen schwarzen Hut und ei-

nen langen schwarzen Mantel, in dessen Taschen er – genau
wie Edwin – die Hände vergraben hatte. Sim merkte, daß die
beiden gleich groß waren, so daß sie einander direkt in die
Augen blickten. Das Gesicht des Mannes war merkwürdig;
die rechte Hälfte war dunkler als die eines Europäers, aber
wiederum nicht so eindeutig braun, um ihn als Hindu oder
Pakistani auszuweisen, und ein Neger war er bestimmt
nicht, denn seine Züge waren so kaukasisch wie die von
Edwin. Die linke Gesichtshälfte jedoch war einfach rätsel-
haft. Es schien, dachte Sim, als ob der Mann einen Hand-
spiegel halte, der das spärliche Licht des grauen, nebligen
Tages auf diese Gesichtshälfte werfe und sie um einen oder
zwei Töne heller mache. Das Auge hier war kleiner als das
rechte, und da wußte Sim, daß der hellere Ton kein Lichtreflex war, sondern von anderer Haut herrührte. Der Mann
hatte offenbar vor vielen Jahren eine Hautübertragung gehabt, die wohl auch Edwin zu der Bemerkung veranlaßt hatte, er habe keinen Mund zum Sprechen, denn die Haut hielt
den Mund an dieser Seite geschlossen, wie sie auch das Auge
fast schloß – ein Auge, das vielleicht nicht zum Sehen bestimmt war. Fransen von jettschwarzem Haar drängten sich
ringsum unter dem schwarzen Hut hervor, und auf der linken Seite stach ein maulbeerfarbenes Ding aus dem dort
längeren Haar. Sim fühlte einen Stich im Magen, als er dies
Ding als Ohr erkannte oder was davon übriggeblieben war –
ein von den Haaren nicht völlig verdecktes Ohr, das sicherlich durch dasselbe Ereignis, das die Hautübertragung erforderlich gemacht hatte, verstümmelt worden war. Was immer
er erwartet hatte, mit einer solchen Entstellung hatte Sim
nicht gerechnet. Der Anblick ließ ihn zusammenfahren. Seine Lippen, die sich in einer ersten Regung mitmenschlicher
Kontaktaufnahme geöffnet hatten, blieben offen, und er sagte nichts. Es war auch gar nicht nötig, denn neben sich hörte
er Edwin eifrig reden, und zwar mit der besonders lauten,
schmetternden Stimme, die zur Parodie eines Schulmeisters
paßte und die hinter seinem Rücken so oft nachgemacht wurde. Doch Sim achtete nicht auf das, was Edwin sagte. Sein
Blick war durch die anderthalb Augen und den halben Mund
des Mannes gebannt, diesen nicht zum Sprechen bestimmten
Mund, und durch den großen Kummer, der nicht weniger

als die Haut den Mund zusammenzuziehen schien. Zudem –
aber dabei mußte es sich um eine psychologische Verschro-
benheit handeln – schien der Mann sich so gegen den Hintergrund abzuheben, als liefe er auf ihn zu.

Den Blick unverwandt auf den Mann gerichtet, fühlte Sim
Wörter in sich hochkommen, ihm in die Kehle steigen und
sich gegen seinen Willen formulieren, als seien sie heraufbe-
schworen worden:

»Ich neige dazu, dies alles für blanken Unsinn zu halten.«

Das rechte Auge des Mannes schien sich ein wenig zu
erweitern; es hatte die Wirkung, als ob ein plötzlicher Licht-
strahl daraus hervorschösse. Zorn. Zorn und Leid. Edwin
antwortete.

»Natürlich hast du das nicht erwartet! So paradox es
klingt, aber wenn du nur ein wenig nachgedacht hättest,
Goodchild, dann hättest du gewußt, daß du etwas Unerwar-
tetem begegnen würdest!«

Ein ganz besonders fauchendes Düsenflugzeug rauschte
lauter und lauter über ihnen her, und gleichzeitig schien die
High Street von einer ganzen Gruppe von schweren Lastern
in Beschlag genommen zu werden. Sim hob eine Hand zum
Ohr, mehr als Protest als in der Hoffnung, den Lärm auszu-
schalten. Er sah zur Seite. Edwin, die kurze Nase erhoben,
das Gesicht hektisch gerötet, redete nach wie vor. Es klang
wie ein drohender Psalm, niederschmetternd, alles zertram-
pelnd. Sim wußte nur, was er selbst sagte, weil die Worte ein
Teil von ihm waren:

»Worauf lassen wir uns hier ein!«

Dann war das Flugzeug vorbei, die Laster brummten
schwer davon, um nach rechts abzubiegen auf die Zufahrt
zur Autobahn. Er sah sich nach dem Mann um und stellte
verblüfft fest, daß er fort war. Ein ganzes Durcheinander von
meist lächerlichen Vermutungen ging ihm durch den Kopf,
und dann sah er ihn wieder, etwa zehn Meter weiter, mit
großen Schritten, die Hände in den tiefen Taschen, davon-
eilen. Edwin folgte.

So marschierten die drei im Gänsemarsch über den kies-
bestreuten Hauptweg. Zorn und Leid, und beides so ver-
quickt, daß sie eins wurden, eine Kraft. Wiederum schienen
Wörter, wie Blasen in einer Flasche, durch seinen Körper in

die Kehle aufzusteigen; aber da das Gesicht des Mannes vor ihm jetzt verborgen war, gelang es ihm, sie zu unterdrücken.

*Ich hatte eine Art überkandidelten Pfaffen erwartet.*

Als teile er seine Gedanken, verlangsamte Edwin den Schritt und wandte sich Sim zu. »Ich weiß, daß niemand darauf vorbereitet gewesen wäre. Wie geht es dir?«

Auch diesmal widerwillig und vorsichtig: »Ich bin – interessiert.«

Sie gelangten an einen Kinderspielplatz mit Schaukeln, Wippen, einem kleinen Metallkarussell, einer Rutschbahn. Während sie sich der Parkmitte näherten, wurden die Geräusche von der Straße – und dazu kam jetzt noch das Getöse und Rattern eines Zuges – etwas gedämpfter, als ob die Bäume am Rande der Rasenflächen, tatsächlich den Lärm erstickten, wie sie auch die Sicht behinderten. Nur die Düsenflugzeuge brausten alle zwei, drei Minuten über sie hin.

»Da! Siehst du?«

Edwin griff zur Seite und packte Sim am Handgelenk. Sie hielten inne und blickten voraus.

»Was soll ich gesehen haben?«

»Den Ball da!«

Der Mann hatte seinen Schritt nicht verlangsamt und gewann immer weiteren Abstand von ihnen. Edwin zog Sim erneut am Handgelenk.

»Du mußt es doch gesehen haben!«

»Was denn?«

Edwin erklärte in dem Ton, den er bei besonders dummen Schülern verwandte: »Der Ball, den der Junge trat. Er sauste über den Kiesweg und ihm durch die Beine – «

»Unsinn. *Zwischen* seinen Beinen flog der Ball durch.«

»Ich sag dir: Er ging ihm *durch* die Beine.«

»Augentäuschung. Ich hab es auch gesehen. Er flog zwischen seinen Beinen hindurch! Sei nicht kindisch, Edwin! Das nächste Mal behauptest du noch, der Mann schwebe in der Luft.«

»Aber ich habe es doch gesehen!«

»Ich auch. Und es war nicht, wie du sagst.«

»Doch.«

Sim brach in Lachen aus, und nach einigen Sekunden gestattete sich Edwin ein Lächeln.

»Entschuldige. Aber – sieh mal. So deutlich – «

»Es war nicht so. Denn selbst wenn, lieber Edwin, wäre es ein zu banales Wunder gewesen. Ein mehr als banales Wunder. Was hätte es ausgemacht, wenn der Ball an ihm abgeprallt wäre! Offenbar gelang es dem Ball, wie ich sicher bin, auf durchaus erstaunliche, aber keineswegs unmögliche Weise zwischen seinen Beinen eine Lücke zu finden.«

»Du verlangst, daß ich meinen eigenen Augen nicht traue.«

»Um Himmels willen! Hast du noch nie einen Magier gesehen? Was er tut, ist ungewöhnlich, außergewöhnlich, es verwirrt mich – wie du mich übrigens auch – aber ich bin nicht gewillt, mir einen Lichtreflex oder einen kleinen Zufall als Verletzung der Naturgesetze aufschwatzen zu lassen – als Wunder, falls du das Wort vorziehst.«

»Ich weiß nicht, welches Wort hier das richtige ist. Es war einfach eine andere Dimension.«

»Szientistische Schaumschlägerei.«

»Soweit ich es miterlebt habe – und das war nur für ein paar Minuten – na, vielleicht waren es Stunden – ist sein Leben voll von solchen – Phänomenen.«

»Warum ist er nicht in einem Laboratorium, wo sich das überprüfen ließe?«

»Weil er Wichtigeres zu tun hat.«

»Wichtigeres als die Wahrheit?«

»Ja, wenn's recht ist.«

»Und was?«

»Woher soll ich das wissen?«

Doch der Mann war bei einer Bank neben dem Kiesweg stehengeblieben. Sim und Edwin hielten ebenfalls an, einige Schritte vor der Bank, und einen Augenblick lang kam sich Sim ausnehmend töricht vor. Denn nun folgten sie dem Mann eindeutig nicht wie einem anderen Menschen, sondern als wäre er ein seltenes Tier, mit dem ein menschliches Gespräch unmöglich war, dessen Pelz oder Gefieder aber neugierig machten. Es war albern, denn der Mann war schlicht und einfach ein ganz in Schwarz gekleideter Weißer, dessen Kopf an einer Seite vor vielen Jahren schwer verletzt und unvollkommen wieder hergerichtet worden war, und der – und Sim sagte sich all das mit wachsender Erleichterung und

252

mit wachsender Belustigung – verständlicherweise über das
verärgert war, was das Leben ihm angetan hatte.

Edwin hatte zu reden aufgehört und schaute dorthin, wohin der Mann schaute. Dort spielte eine ganze Kinderschar,
hauptsächlich kleine Jungen, aber, am Rand der Gruppe,
spielten auch ein oder zwei Mädchen. Aber darunter auch
ein Mann. Er war ein schlanker alter Kerl, älter als ich, dachte Sim, der älteste Mann im Park an diesem kindischen Morgen, ein schlanker, etwas gebeugter alter Bursche mit einem
Mop von weißem Haar und einem uralten Pfeffer-und-Salz-
Anzug, einem Anzug, der älter, viel älter war als die Kinder,
einem guten, viel zu guten Anzug, einem Anzug, wie ihn
sich feine Herren in der Zeit schneidern ließen, als es noch
feine Herren gab, die Westen trugen; dazu braune Zugstie-
fel, aber ohne Mantel an diesem kindischen Morgen, und
dazu ein besorgtes, ziemlich dummes Gesicht – der alte
Mann spielte mit den Kindern Ball. Es war ein großer bunter
Ball. Der alte Kerl, vielleicht ein alter Gentleman, vielleicht
einfach nur ein alter Mann, war beweglich und lebhaft, warf
einem Jungen den Ball zu, erhielt ihn zurück, warf ihn einem
anderen zu und bekam ihn wieder, und die ganze Zeit drängte er mit einem ängstlichen und strahlendem Lächeln auf
seinem mageren Gesicht, – sich und die Jungen – allmählich
zu den öffentlichen Toiletten hinüber.

»Was sehe ich denn da?«

Sim drehte sich auf dem Absatz um. Der Parkwächter war
nirgendwo zu erblicken. Schließlich befanden sich mehrere
Kindergruppen im Park, und ein einziger Mann konnte nicht
überall gleichzeitig sein. Edwin sah empört aus.

Mit einer Behendigkeit, die kaum vom Alter beeinträch-
tigt schien, schoß der alte Mann mit seinen blanken Stiefeln
den Ball heftig fort und lachte und kicherte mit seinem
schmalen Mund. Der Junge kriegte den Ball nicht, alle Jungen verfehlten ihn. Der Ball flog und sprang auf, als hätte es
der alte Mann so beabsichtigt, und sprang und sprang, und
der Mann in Schwarz hielt seine beiden Hände empor und
sie hielten den Ball. Der alte Mann, kichernd und mit den
Händen winkend, wartete, daß der Ball zu ihm zurückflog,
und der Mann in Schwarz wartete und die Kinder warteten
ebenso. Springend, federnd, katzenartig rannte der alte

Mann sodann quer über den Weg, verlangsamte sich jedoch, hörte auf zu lächeln und sogar zu keuchen und er verbeugte sich ein wenig, nur eben nicht ganz, und schaute jeden von ihnen prüfend an. Niemand sagte ein Wort, und die Kinder warteten ab.

Der alte Mann senkte das Kinn und sah den Mann in Schwarz unter weißen, buschigen Augenbrauen von unten herauf an. Er war ein gepflegter alter Mann, unnatürlich gepflegt in seinem allerdings abgetragenen Anzug. Er hatte einen Akzent, wie ihn nur eine beste, kostspielige Erziehung vermittelt haben konnte. »Der Ball, denke ich, gehört mir, meine Herren!«

Noch immer sagte niemand ein Wort. Der alte Mann stimmte wieder sein albernes, ängstliches Kichern an.

»Virginibus puerisque!«

Der Mann in Schwarz drückte sich den Ball an die Brust und blickte den alten Mann darüber hinweg an. Sim konnte nur die unversehrte Seite seines Gesichts, sein nicht entstelltes Auge und Ohr sehen. Er mußte regelmäßige, ja anziehende Gesichtszüge besessen haben.

Der alte Mann begann aufs neue zu sprechen.

»Sollten Sie, meine Herren, irgendwie zum Innenministerium gehören, so kann ich nur versichern, daß dieser Ball mir gehört und daß den kleinen Jungen hinter mir nichts geschehen ist. Um es rund heraus zu sagen: Sie können mir nichts vorwerfen. Also geben Sie mir bitte meinen Ball, und gehen Sie!«

Sim sprach.

»Ich kenne Sie! Vor langen Jahren – in meinem Geschäft! Die Kinderbücher –«

Der alte Mann starrte ihn an.

»Ach, da haben sich hier wohl alte Bekannte getroffen? Ihr Geschäft? Gut, gestatten Sie mir, mein Herr, Ihnen mitzuteilen, wir zahlen heutzutage an Ort und Stelle, Kredit wird nicht erbeten und nicht gewährt. Ich habe bezahlt! Oh ja, und ob ich bezahlt habe! Nein, dafür nicht, aber für – sehen Sie! Sie verstehen mich nicht? Fragen Sie doch Mr Bell hier, er hat Sie ja hergebracht. Aber bezahlt habe ich, und keiner von Ihnen darf mir etwas anhaben. Geben Sie mir den Ball! Ich habe ihn gekauft!«

Irgend etwas ging mit dem Mann in Schwarz vor. Es war eine Art langsamer Krampf, der den Ball an seiner Brust schüttelte.

Sein Mund öffnete sich.

»Mr Pedigree.«

Der alte Mann zuckte zusammen. Er starrte in das aufgelöste Gesicht, legte den Kopf auf die Seite und schaute, als wollte er unter die weiße Haut der linken Seite sehen, suchte sie prüfend ab, von dem verzogenen Mund bis hin zu dem nicht ganz verborgenen Ohr. Das Starren wurde zum Stieren.

»Und dich kenn ich, Matty Woodrave! *Du* – vor so vielen Jahren, der nicht kam und die Unverschämtheit, die Grausamkeit, die Bosheit hatte zu – Oh, ich kenne dich. Gib mir den Ball! Ich habe nichts als – es war alles deine Schuld!«

Wieder der Krampf, aber diesmal wurde der Zorn und das Leid hörbar.

»Ich weiß.«

»Haben Sie ihn gehört? Sie sind meine Zeugen, meine Herren, ich werde mich an Sie halten. Sehen Sie? Ein vertanes Leben, ein Leben, das so schön hätte sein können.«

»Nein.«

Das Wort klang leise und krächzend, als ob der Sprecher nicht an Reden gewöhnt sei. Der alte Mann gab eine Art Knurren von sich. »Ich will meinen Ball, ich will meinen Ball!«

Aber die ganze Haltung des Mannes vor ihm, der den Ball so fest gegen seine schwarzgekleidete Brust preßte, war Verweigerung. Der alte Mann knurrte wieder und schrie auf, als sei er gestochen worden, denn die Kindergruppe war auseinander gelaufen und hatte sich unter die anderen Spielgruppen im Park gemengt. Der alte Mann sprang auf die leere Rasenfläche.

»Tommy! Phil! Andy!«

Der Mann in Schwarz wandte sich Sim zu, blickte ihn über den Ball hinweg an und streckte ihm den Ball mit großer Feierlichkeit entgegen und Sim begriff, daß er ihn ebenso feierlich entgegenzunehmen habe. Er verbeugte sich sogar leicht, als er den Ball zwischen die Hände nahm. Der Mann in Schwarz wandte sich ab und folgte dem alten Mann.

Als wüßte er, daß sie den ersten Schritt schon getan hatten, sich ihm anzuschließen, machte er, ohne sich umzudrehen, nach einer Seite hin eine mahnende Handbewegung: Folgt mir nicht nach.

Sie sahen ihm über den Rasen hin nach, bis er hinter den Toiletten verschwand. Sim fragte Edwin: »Was hat das alles zu bedeuten?«

»Einiges ist jedenfalls klar. Das mit dem alten Mann – Pedigree heißt er.«

»Ich hab es dir doch erzählt, nicht? Er war ein Ladendieb. Kinderbücher hat er gestohlen.«

»Hast du ihn angezeigt?«

»Ich habe ihn verwarnt. Ich wußte, was er wollte. Er wollte die Bücher als Köder, der alte, alte –«

»Und hätte uns nicht die Güte Gottes . . .«

»Tu nicht so scheinheilig. Du hast niemals herumlaufen und Kinder belästigen wollen, und ich auch nicht.«

»Er kommt gar nicht wieder heraus.«

»Er muß halt mal wie andere Menschen auch.«

»Falls er nicht Ärger mit dem alten Mann hat.«

»Es ist ein so abscheuliches Verhalten. Hoffentlich sehen wir ihn nie wieder.«

»Wen?«

»Den alten Kerl – wie hieß er? Pettifer?«

»Pedigree.«

»Also, Pedigree. Widerlich.«

»Vielleicht sollte ich lieber mal nachsehen –«

»Wo?«

»Er hat vielleicht –«

Edwin trottete über den Rasen zu den Toiletten. Sim wartete, fühlte sich nicht nur töricht, sondern angewidert, als sei der Ball ansteckend. Er fragte sich, was er damit anfangen solle; und die Erinnerung an den sauberen alten Mann mit seinen abscheulichen Gelüsten ließ ihn innerlich zusammenzucken. Er versuchte sich abzulenken und an Dinge zu denken, die wirklich sauber und süß waren, wie die jungen Stanhope-Töchter. Wie wundervoll waren sie doch gewesen und so gut erzogen!

Welche Freude hatte er gehabt, sie heranwachsen zu sehen; und auf welch eine wundervolle Weise sie auch zu Frauen heranreiften, konnten sie doch diesen wirklich märchenhaften Reiz der Kindheit, diese Schönheit, die einen zum Weinen bringen konnte, nie mehr erreichen – natürlich hatten sie sich nicht so entwickelt, wie sie es hätten tun sollen, aber das war ebenso Stanhopes Schuld wie ihre eigene. Und Sophy war so hübsch und so freundlich – guten Morgen, Mr Goodchild, wie geht es Mrs Goodchild? Ja, nicht wahr? In der Tat, die Stanhope-Zwillinge leuchteten wie ein Licht in Greenfield! Edwin kehrte zurück.

»Er ist fort. Verschwunden!«

»Du meinst, er ist weggegangen. Übertreib nicht. Zwischen den Rhododendronbüschen ist ein Tor, das zur Straße hin führt.«

»Beide sind fort.«

»Und was soll ich mit dem Ball machen?«

»Ich glaube, du solltest ihn behalten. Wir werden ihn wiedersehen.«

»Zeit zum Heimgehen.«

Sie gingen über den Kiesweg, aber nach wenigen Schritten hielt Edwin an.

»Hier etwa.«

»Was denn?«

»Erinnerst du dich nicht? Was ich gesehen habe.«

»Und ich nicht.«

Aber Edwin hörte es nicht. Sein Mund stand offen.

»Sim! Jetzt verstehe ich! Oh ja, es fügt sich alles zusammen! Ich bin einen Schritt näher zum vollständigen Verständnis dessen – nicht, was er ist – wie der wirkt, was er tut – Dieser Ball, der herum und zwischen den Beinen durchflog – Er ließ ihn durch. Er wußte, daß es der falsche Ball war.«

# XIII

Ruth begann zu phantasieren, was bei ihr äußerst ungewöhnlich war, da sie im allgemeinen mit beiden Beinen fest auf der Erde stand; doch hatte sie jetzt eine fieberhafte Erkältung und lag im Bett. Gelegentlich blieb das Mädchen allein im Laden um aufzupassen, obwohl es Sim immer nervös machte, wenn er nicht Mädchen und Laden gleichzeitig im Auge behalten konnte, aber er mußte häufig mit einem heißen Getränk nach oben und Ruth überreden, es zu trinken. Und wegen ihres Phantasierens mußte er dann jedesmal eine Weile bei ihr bleiben. Sie lag auf ihrer Seite des Doppelbetts, wo die Kinder gezeugt worden waren. Sie hielt die Augen geschlossen, ihr Gesicht glänzte im Schweiß. Ab und zu murmelte sie vor sich hin.

»Was hast du gesagt, Liebes?«

Gemurmel.

»Ich habe dir etwas Heißes zum Trinken hoch gebracht. Willst du dich nicht aufsetzen und trinken?«

Ruth sprach mit einer alarmierenden Deutlichkeit.

»Er bewegte sich. Ich habe ihn gesehen.«

Eine geradezu physische Angst zog Sim das Herz zusammen.

»Gut. Das freut mich. Nun setz dich auf und trink.«

»Sie hat ein Messer benutzt!«

»Ruth! Setz dich auf!«

Ihre Augen öffneten sich flackernd, und er sah, wie sie sich schließlich auf sein Gesicht konzentrierten. Dann blickte sie im Schlafzimmer umher und zur Decke hinauf, wo der Krach einer herunterkommenden Düsenmaschine so stark anschwoll, daß er geradezu sichtbar wurde. Sie stützte sich auf die Hände und stemmte sich hoch.

»Besser?«

Ihr lief ein Schauer über den Körper, und er legte ihr einen Schal um die Schulter. Sie trank Schluck auf Schluck und reichte ihm das Glas zurück, ohne ihn anzusehen.

»Jetzt glühst du wie ein Ofen, da wirst du dich bald besser fühlen. Soll ich nicht nochmal die Temperatur messen?«

Sie schüttelte den Kopf.

»Unnötig. Wir wissen doch, wie's ist. Zuviel Krach. Wo ist Norden?«

»Warum?«

»Ich möchte es wissen. Ich muß es wissen.«

»Du bist noch ein bißchen benommen, nicht wahr?«

»Ich möchte es wissen!«

»Na dann –«

Sim stellte sich die Straße unten vor, die High Street, die Old Bridge und die Verflechtung von Kanal, Eisenbahn und Autobahn und die Hochstraße der Düsenmaschinen, die über allem hinwegsengten.

»Läßt sich schwer sagen. Wo wäre jetzt wohl die Sonne?«

»Mir dreht sich alles. Und dieser Lärm!«

»Ich weiß.«

Sie legte sich zurück und schloß die Augen.

»Versuch zu schlafen, Liebes.«

»Nein! Nicht schlafen. Nicht!«

Irgendwer auf der Straße draußen hupte. Sim blickte durchs Fenster. Ein schwerer Laster versuchte, auf die Old Bridge zu kommen, und die hinter ihm gestauten Wagen wurden ungeduldig.

»Später wird es ruhiger werden.«

»Kümmer dich um das Geschäft.«

»Sandra ist ja unten.«

»Wenn ich etwas brauche, werd ich klopfen.«

»Besser, ich küß dich nicht.«

Er legte den Zeigefinger auf die Lippen und berührte dann ihre Stirn. Sie lächelte.

»Geh.«

Er schlich sich davon, nach unten, durch das Wohnzimmer und ins Geschäft. Sandra saß am Schreibtisch und glotzte völlig ausdruckslos auf das große Schaufenster. Das einzige, was sich an ihr bewegte, war ihr Unterkiefer, der an einem offensichtlich ewigen Kaugummi kaute. Sie hatte sandfarbenes Haar und sandfarbene Augenbrauen, die ein Augenbrauenstift nur unvollkommen überdeckt hatte. Sie war ziemlich fett und trug überquellende Jeans. Sim konnte sie nicht leiden. Ruth hatte sie unter nur drei Bewerberinnen für die Stellung ausgesucht, die schlecht bezahlt war, nach zeitgenössischen Maßstäben langweilig war und überhaupt keine Intelligenz erforderte. Sim wußte, warum Ruth die am wenigsten attraktive oder besser die unattraktivste ausgewählt hatte, und er hatte sich, wenn auch mit trauriger Miene, einverstanden erklärt.

»Könnte ich vielleicht meinen Stuhl haben, Sandra, wenn's geht?«

Der Sarkasmus war bei ihr verschwendet.

Sie erhob sich, er setzte sich und sah sie zu der Stufenleiter hinübergehen, die er brauchte, um die oberen Regale zu erreichen, und sich mit ihrem breiten Hintern drauf niederlassen. Sim beobachtete sie mit Ingrimm.

»Wäre es nicht besser, Sandra, wenn Sie auf den Füßen blieben? Das erwartet die Kundschaft nämlich, müssen Sie wissen –«

»Kundschaft gibt's nicht im Moment, und es war auch keine da und so kurz vor Mittag wird auch niemand mehr kommen. Hat nicht mal wer angerufen.«

Leider hatte sie recht. Der Umsatz wurde allmählich lächerlich. Und wenn es nicht die Raritäten gäbe –

Sim empfand für einen Augenblick ein schmerzliches Minderwertigkeitsgefühl. Es war sinnlos zu erwarten, daß Sandra den wahren Unterschied zwischen seinem Antiquariat und einem Supermarkt oder Süßwarenladen begriffe. Sie hatte über diesen Unterschied ihre eigenen Vorstellungen, die dem Supermarkt den Vorzug gaben. Der Supermarkt war voller Jungen, Gespräche, Klatsch, Licht, Lärm und obendrein hatte er noch Musik. Hier aber gab es nur die stillen Bücher, die getreulich, mit gleichbleibendem Text, auf den Regalen warteten, Jahrhundert auf Jahrhundert von Inkunabeln bis zum Paperback. Das war so selbstverständlich, daß sich Sim manchmal über seine Fähigkeit wunderte, es noch verwunderlich zu finden; und davon ausgehend geriet er stets in eine allgemeine Verwunderung, die er, wie jemand gesagt hatte, auf geheimnisvolle Weise als Anfang der Weisheit empfand. Das Ärgerliche war daran nur, daß die Verwunderung sich immer wieder einstellte, die Weisheit jedoch ausblieb. Mit Verwunderung lebe ich; mit Verwunderung werde ich sterben.

Wahrscheinlich spürte Sandra ihr lästiges Gewicht. Er sah, wie ihr breites Gesäß über die Stufe quoll. Außerdem könnte sie ihre Periode haben. Er stand auf.

»Also gut, Sandra. Sie können meinen Stuhl ein Weilchen haben. Bis das Telefon läutet.«

Sie hievte ihr Gesäß von der Stufe hoch und wanderte durch den Laden. Sim sah, wie sich ihre Oberschenkel aneinander rieben. Sie ließ sich auf seinen Stuhl fallen, und sie kaute noch immer wie eine Kuh.

»Danke.«

»Lesen Sie etwas, wenn Sie wollen.«

Sie sah ihn ungerührt an.

»Wozu?«

»Sie können doch lesen, nehme ich an?«

»Klar doch. Ihre Frau hat ja danach gefragt. Das sollten Sie doch wissen.«

Schlimmer und schlimmer. Wir müssen sie loswerden. Nehmen wir uns einen Paki, einen Jungen, der wird arbeiten. Allerdings muß ich den scharf im Auge behalten.

So etwas *darfst* du nicht denken! Gegen die Verordnungen über Rassenbeziehungen.

Immerhin, überall wimmelt es von ihnen. Bei allem Wohlwollen, ich muß doch sagen, daß es von ihnen wimmelt. Es geht nicht darum, was ich über sie denke, es kommt drauf an, was ich ihnen gegenüber empfinde. Gott sei Dank weiß niemand, was ich da empfinde.

Aber dann sollte doch noch ein Besucher kommen, vielleicht war's gar ein Kunde. Da war jemand an der Tür – kling! Es war ausgerechnet Stanhope, und Sim eilte ihm entgegen und rieb sich dabei, wie es ich ziemte, die Hände – ein Rollenspiel, das er zu einem persönlichen Charakterzug gemacht hatte.

»Guten Morgen, Mr Stanhope! Welche Freude, Sie zu sehen! Wie geht es Ihnen? Ich hoffe doch gut?«

Stanhope schnitt alles das auf seine übliche Weise ab und kam direkt zur Sache.

»Sim. Reti, *Games of Chess.* Der Neudruck aus dem Jahre 1936. Kostet, bitte?«

Sim schüttelte den Kopf.

»Tut mir leid, Mr Stanhope, aber davon haben wir kein Exemplar.«

»Verkauft? Wann?«

»Tut mir leid, wir haben nie ein Exemplar gehabt.«

»Oh doch, Sie hatten eines!«

»Sie dürfen sich gern –«

»Ein Buchhändler täte gut daran, seine Bestände zu kennen.«

Sim schüttelte lachend den Kopf.

»Da werden Sie kein Glück haben, Mr Stanhope. Bedenken Sie, ich war schon zu Zeiten meines Vaters hier.«

Stanhope sprang federnd auf die Stufen.

»Da steht's doch. In schlechtem Zustand.«

»Du guter Gott.«

»Wußte doch, daß ich's gesehen hatte. Und bin jahrelang nicht mal hiergewesen. Wieviel?«

Sim nahm das Buch, blies den Staub vom Einband, sah auf das Vorsatzpapier und kalkulierte blitzschnell.

»Das wären drei Pfund zehn – drei fünfzig, meine ich natürlich.«

Stanhope griff murrend in seine Tasche. Sim konnte sich nicht zurückhalten und hörte die eigene Stimme weiterreden, sie entzog sich offensichtlich seinem Willen.

»Gestern sah ich Miss Stanhope. Sie kam am Laden vorbei.«

»Was – eine von meinen? Das wird Sophy gewesen sein, das faule kleine Miststück.«

»Sie ist doch so bezaubernd, sie sind beide so bezaubernd.«

»Seien Sie nicht kindisch. Diese Generation ist nicht bezaubernd, nicht die Spur. Hier.«

»Danke, Sir. Sie haben uns immer eine besondere Freude gemacht, mit ihrer Unschuld, ihrer Schönheit, ihren Manieren –«

Stanhope gab ein gackerndes Gelächter von sich.

»Unschuld? Einmal haben sie mich zu vergiften versucht oder waren nahe daran. Packten irgendwelche scheußlichen Dinge in meinen Nachttisch. Sie müssen die Zweitschlüssel für das Haus gefunden und sich dann – *verschworen* haben, die Biester. Ich frage mich, wo diese ekelhaften kleinen Viecher aufgegabelt worden sind!«

»Gewiß nur ein Scherz. Sie sind uns gegenüber immer so nett gewesen –«

»Vielleicht werden Bell und Sie die beiden bei einer Ihrer Versammlungen treffen.«

»Sie treffen?«

»Sie *suchen* doch nach einem ruhigen Raum, nicht?«

»Edwin hat so etwas gesagt.«

»Na also«.

Stanhope nickte ihm zu, warf einen Blick zu Sandra hinüber und ging – kling!

Von oben kam ein lautes Klopfen. Sim eilte hinauf und hielt Ruth, als sie Schleim auswürgte. Als es ihr besser ging, fragte sie, mit wem er gesprochen habe. »Stanhope. Nur ein Schachbuch. Zum Glück hatten wir es.«

Ihr Kopf bewegte sich von einer Seite zur anderen.

»Es war ein Traum. Ein böser Traum.«

»Nur ein Traum. Mal wird es ein guter Traum werden.«

Sie sank wieder in Schlaf und atmete leicht. Auf Zehenspitzen begab er sich zurück in den Laden. Sandra saß noch immer. Dann klingelte die Ladenglocke erneut, es war Edwin. Sim machte »sch – sch!« gab sich ganz melodramatisch.

»Ruth geht's gar nicht gut. Sie ist oben grad eingeschlafen –«

Edwins Wechsel zu fast vollkommener Stille war nicht weniger dramatisch.

»Was ist denn mit ihr, lieber Sim?«

»Nur eine Erkältung, es geht ihr schon besser. Aber du weißt ja, in unserem Alter – natürlich ist sie etwas jünger als ich, aber trotzdem –«

»Ich weiß, wir sind in der gleichen Kategorie. Hör mal, ich habe Neuigkeiten.«

»Eine Versammlung?«

»Wir beide werden wohl leider die einzigen sein. Aber das macht mir eigentlich keine Sorgen. Viele sind berufen, doch wenige, und so weiter.«

»In Stanhopes Gebäude.«

»Er hat's dir erzählt?«

»Er war eben hier, schaute plötzlich mal rein.«

Sim empfand ein bißchen stolz, daß Stanhope hereingekommen war. Stanhope war schließlich eine Berühmtheit mit seinen regelmäßigen Zeitungsberichten, seinen Rundfunksendungen und Schachvorführungen. Seit das Schachspiel in den Medien stärker beachtet wurde und seit es mit

Bobby Fisher voll ins Rampenlicht geraten war, empfand Sim wider Willen Respekt für Stanhope.

»Ich bin froh, daß du nichts dagegen hast.«

»Wer? Ich? Gegen Stanhope etwas einwenden?«

»Ich hatte immer das Gefühl, daß deine Einstellung ihm gegenüber – na, sagen wir mal, etwas engherzig war.«

Sim zögerte.

»Damit hast du wohl recht. Schließlich habe ich genau wie er mein Leben hier verbracht. Wir sind alte Greenfielder. Siehst du, es hat da mal einen kleinen Skandal gegeben, und ich bin wahrscheinlich prüde. Das war, als ihn seine Frau verließ. Weibergeschichten, weißt du. Ruth hat überhaupt nichts für ihn übrig. Seine Zwillingstöchter anderseits – sie haben uns allen Freude gemacht, es war eine Freude, sie heranwachsen zu sehen. Wie kann, wie konnte er solche zauberhaften Wesen – sich selbst überlassen, heranwachsen lassen wie –«

»Du wirst ihren Zauber ja wieder erleben können, wenn auch aus zweiter Hand.«

»Sag bloß, sie werden da sein!«

»Aber nein. Das würdest du ja auch gar nicht erwarten, oder? Aber er sagt, wir können ihren Raum benutzen.«

»Ihren Raum!«

»Im Stallgebäude am Ende des Gartens. Bist du jemals drinnen gewesen?«

»Nein.«

»Dort haben sie gelebt. Vermutlich froh, ihrem Vater aus den Augen zu sein – und er nicht weniger, sie los zu sein, wenn du mich fragst. Da hatten sie ihr eigenes Reich. Wußtest du das nicht?«

»Was soll daran besonders sein?«

»Ich kenne das Gebäude. Schließlich wohne ich ja am oberen Ende des Gartens. Da muß ich doch wohl Bescheid wissen, nicht? Als wir hierher zogen, luden uns die Mädchen zum Tee ein – eine richtige Puppen-Teeparty. Sie waren so feierlich! Und Toni stellte Fragen –«

»Ich sehe nicht, wieso –«

»Alter Querkopf!«

Sim murrte.

»Ein so abgelegener Ort. Ich weiß nicht, was du gegen das

Gemeindezentrum hast. Da könnten wir schließlich neue Mitglieder bekommen.«

»Die Besonderheit des Raums ist das Entscheidende.«

»Das Weibliche?«

Edwin blickte ihn erstaunt an, und Sim errötete und beeilte sich mit einer Erklärung.

»Ich weiß noch, als meine Tochter im College war, besuchte ich sie einmal in ihrem Studentinnenwohnheim – Mädchen vom Dach bis zum Keller – lieber Himmel, ich hätte nie gedacht, daß Parfum so durchdringend sein könnte! Ich dachte nur, wenn dort im Zimmer ein paar – Schluß damit. Du weißt schon.«

»Nichts von all dem. Nicht die Spur.«

»Verzeih.«

»Du brauchst dich nicht zu entschuldigen.«

Edwin ging einmal um eines der Bücherregale in der Mitte des Antiquariats, kam zurück, richtete sich auf, strahlte und breitete weit die Arme aus »Mmmm – ahhh!«

»Du scheinst mit dir sehr zufrieden zu sein.«

»Sim, bist du jemals in diesem Gemeindezentrum gewesen?«

»Seit langem nicht.«

»Es ist natürlich ganz in Ordnung. Alles, wie es sein soll, und da habe ich ihn ja auch getroffen –«

»Du mußt wissen, daß ich nicht so – nicht halb so beeindruckt bin wie du. Das solltest du dir merken. Ich zweifle nicht daran, daß gerade du –«

»Horch mal. Jetzt.«

»Ich höre. Fahr fort.«

»Nein, nein, nicht mir! Einfach hinhorchen!«

Sim schaute lauschend umher. Der Verkehrslärm dröhnte mit mittlerer, keineswegs ungewöhnlicher Stärke. Dann schlug die Uhr vom Gemeinschaftszentrum, und wie eine Fortsetzung des Glockenschlags hörte er die Alarmglocke eines Feuerwehrwagens, der sich langsam über die Old Bridge schob. Eine Düsenmaschine heulte herunter und vorbei, Kilometer um Kilometer. Edwin öffnete den Mund zum Sprechen, schloß ihn wieder und hob warnend einen Finger hoch.

Sim fühlte es eher in den Füßen, als daß er es hörte – das

anhaltende, schwache Vibrieren, während ein Zug über den Kanal ratterte, um seine Nutzlast dann durch die Felder nach den Midlands zu ziehen.

Oben hörte man es klopfen.

»Einen Augenblick. Ich komme gleich wieder.«

Ruth bat ihn, draußen zu bleiben, während sie zur Toilette ging. Sie fürchtete, sich vielleicht übergeben zu müssen. Er saß auf den Stufen zum Dachboden und wartete. Durch das kleine Fenster betrachtete er, wie sich Männer bereits daran machten, das Dächergewirr abzutragen, unter dem sich einst Frankleys lächerliches Warenlager befunden hatte. Gleich würde also die Abbruchfirma mit Stahlkugel und Ketten kommen, obwohl die eigentlich überflüssig wären. Die Männer brauchten sich nur gegen das alte Gebäude zu lehnen und es bräche zusammen.

Mehr Lärm.

Als er ins Geschäft zurückkehrte, sah er Edwin auf der Schreibtischkante hocken und mit Sandra reden. Der Anblick empörte ihn.

»Sie können jetzt gehen, Sandra. Ich weiß, es ist ein bißchen früh. Ich werde abschließen.«

Sandra, die nach wie vor wiederkaute, nahm ihre weite Wolljacke vom Haken hinter dem Schreibtisch.

»Tschüß.«

Er behielt sie im Auge, bis sie den Laden verlassen hatte. Edwin lachte.

»Da ist gar nichts zu machen, Sim. Ich konnte ihr kein Interesse abgewinnen.«

»Du hast –!«

»Warum nicht? Alle Seelen sind gleichermaßen wertvoll.«

»Oh ja, anzunehmen.«

Ich glaube das wirklich. Wir sind alle gleich. Ich glaube daran. Es ist ein mehr oder weniger viertklassiger Glaube.

»Du wolltest mir irgend etwas Verrücktes erzählen.«

»Früher hat man die Kirchen an heiligen Quellen gebaut. Manchmal direkt über ihnen. Die Menschen brauchten es, das Wasser, es war etwas, das man mit einem Gefäß aus der Erde holte, die Erde gab es her. Es floß nicht dank der

Freundlichkeit des Wasserwerks aus dem Wasserhahn. Es war wild, sprudelnd rein –«

»Voller Bakterien.«

»Es war heilig, weil die Menschen es verehrten. Glaubst du nicht, daß Gottes unendliche Güte das für uns tun würde?«

»Gottes unendliche Güte ist wählerisch.«

»Wasser ist etwas Heiliges. War es.«

»Ich bin heute bei mir nicht auf eine gläubige Ader gestoßen.«

»Und so, wie damals das Wasser, heute etwas Besonderes, Unerwartetes und Notwendiges für unser Durcheinander: Stille. Kostbare, reine Stille.«

»Doppelfenster. Die Technik hat die Antwort.«

»So wie man die Wildheit des heiligen Wassers faßte und durch eine Leitung führt. Nein, was ich meine, ist die zufällige, die glückliche Stille oder auch die vorherbestimmte.«

»Bist du in den letzten Tagen dort gewesen?«

»Gleich, nachdem uns Stanhope den Raum angeboten hatte. Aber gewiß doch. Oben am Treppenansatz gibt es eine Art Flur, der zu mehreren Zimmern führt. Man blickt durch kleine Dachfenster, in einer Richtung auf den stillen, unberührten Kanal hinab, in der anderen auf den grünen Garten. Dort herrscht die Stille, Sim. Ich weiß es. Dort ist die Stille zugegen und wartet auf uns, wartet auf ihn. Er weiß es noch nicht. Ich habe es für ihn entdeckt. Eine heilige Stille wartet auf uns.«

»Unmöglich.«

»Ich frage mich, wie das zustandekommt. Sicherlich, man meint dort hinabzusteigen, meint, die ganze Stadt wird oben erbaut, hier aber fände man sich unten an den Stufen, gewissermaßen unten an der Treppe, vor der Welt verschlossen, in einer Art innerer Hof, einem geheimen Ort, tiefer unten in der Erde, der die Sonne fast wie einen Becher hält, und die Ruhe, als ob da jemand sei, der alles in seinen beiden Händen hält, jemand, der es nicht nötig hat, zu atmen.«

»Es war Unschuld. Du sagtest – eine Art von Puppen-Teeparty. Das ist traurig.«

»Was ist daran traurig?«

»Die Mädchen sind inzwischen erwachsen. Sieh doch, Edwin. Das Gebäude hat irgendeine technische Besonderheit, wodurch der Lärm fortreflektiert wird –«

»Auch der Krach von Düsenmaschinen?«

»Warum nicht! Irgendwie wird es an den Oberflächen liegen. Es wird dafür schon eine vernünftige Erklärung geben.«

»Du sagtest, es war Unschuld.«

»Mein alterndes Herz war gerührt.«

»Wenn man es so sieht –«

»Haben die Mädchen irgendwelche Spuren hinterlassen?«

»Der Raum ist noch einigermaßen möbliert, wenn du das meinst.«

»Interessant. Glaubst du, sie würden sich dafür interessieren? Ich meine, die Mädchen?«

»Sie sind nicht zu Hause.«

Sim wollte gerade erklären, daß er Sophy an seinem Geschäft hatte vorbeigehen sehen, ließ es dann aber lieber doch bleiben. Auf Edwins Gesicht machte sich stets eine leise Neugierde breit, wenn man über die Mädchen sprach – fast als wäre das gar nicht Existente, die seltsame sinnliche, hinreißende und schmerzende Verkettung, die es nur in der Vorstellungswelt eines einzigen Mannes gab, nichts Privates, sondern etwas äußerlich Vorhandenes, das entdeckt und wie ein Buch, nein, wie ein Comic-Heft gelesen werden mußte, als Teil der andauernden Torheit Sim Goodchilds.

Weil er alt war, sich alt fühlte, und sich selbst gegenüber nicht weniger reizbar als gegenüber der Welt, durchbrach er gewaltsam eine gewohnte Verschwiegenheit und enthüllte eine kleine Ecke des Comic-Strips.

»Ich war damals in sie verliebt.«

Da – es war heraus.

»Ich meine – nicht, was du vielleicht denken könntest. Sie waren anbetungswürdig und so, so zum Liebhaben. Ich weiß nicht, sie sind es immer noch, sie, die Brünette, Sophy, ist es oder war es jedenfalls noch, als ich sie zuletzt sah. Natürlich, die Blonde, Toni, ist fort.«

»Du alter Romantiker.«

»Väterliche Instinkte. Und Stanhope – dem sind sie völlig egal, da bin ich ganz sicher; und dann diese Frauen um ihn – na ja, es ist alles lange her. Man merkte, daß die Mädchen vernachlässigt wurden. Ich möchte um die Welt nicht, daß du denkst –«

»Ich tu es ja auch nicht. Oh nein!«

»Nicht, daß – «

»Eben.«

»Falls du weißt, was ich meine.«

»Aber durchaus.«

»Natürlich war mein Kind – waren unsere Kinder – um vieles älter.«

»Ja, ich verstehe.«

»Da war es nur natürlich, bei solchen wunderschönen kleinen Mädchen, die praktisch um die Ecke lebten.«

»Natürlich.«

Es folgte eine längere Pause, die Edwin unterbrach.

»Ich dachte an morgen abend, wenn es dir paßt. Da hat er frei.«

»Wenn es Ruth gut genug geht.«

»Wird sie mitkommen?«

»Ich meinte, wenn es ihr so gut geht, daß sie alleinbleiben kann. Und was ist mit Edwina?«

»Oh nein. Nein. Bestimmt nicht. Du kennst ja Edwina. Sie hat ihn einmal gesehen, nur ein paar Minuten lang. Sie ist so, so –«

»Sensibel, ich weiß. Ich kann mir nicht vorstellen, wie sie ihre Tätigkeit als Sozialbetreuerin im Krankenhaus durchhält. Was sie dort alles sehen muß!«

»Es ist eine Quälerei. Aber sie macht einen Unterschied. Sie drückte das nachher ganz klar aus. Wenn er ein Patient wäre, sähe das natürlich ganz anders aus. Verstehst du.«

»Ja, ich verstehe.«

»In ihrer Freizeit ist das eben etwas anderes.«

»Ich verstehe.«

»Wir werden also leider wohl nur zu dritt sein. Das ist nicht viel, wenn man sich an frühere Zeiten erinnert.«

»Vielleicht könnte Edwina herüberkommen und bei Ruth bleiben.«

»Du weißt, wie sie sich vor Ansteckung fürchtet. Sie ist

im Grunde tapfer wie ein Löwe, aber sie hat etwas gegen Bakterien. Nicht gegen Viren, bloß gegen Bakterien.«

»Ach ja. Bakterien sind ekelhafter als Viren. Vielleicht haben die Bakterien Viren, meinst du nicht?«

»Sie hat nun einmal diese Abneigung.«

»Sie ist kein Komitee. Sind Frauen häufig nicht. Bist du ein Komitee, Edwin? Ich schon.«

»Ich verstehe nicht, was du meinst.«

»Oh Himmel. Verschiedene Maßstäbe des Glaubens. Multipliziere die Zahl der Komitee-Mitglieder mit der Anzahl von Glaubensmaßstäben –.«

»Ich verstehe immer noch nichts, Sim.«

»Aufspaltung. Jemand in mir glaubt an Trennwände. Er denkt zum Beispiel, daß obwohl sich Frankleys Geschäft – solange es noch nicht abgebrochen ist – an der anderen Seite dieser Mauer befindet – diese Mauer ganz real vorhanden ist, und es wäre völlig unsinnig, das Gegenteil zu behaupten. Doch ein anderes Mitglied meiner – nun, wie soll ich es ausdrücken –«

»Vielleicht wird er eine Trennwand durchstoßen.«

»Dein Mann? Laß ihn das wirklich tun, und zwar über jeden Zweifel erhaben. Ich weiß –«

»Ich weiß, daß der Geist von seinem Bett aufstehen und wandeln kann, die Stufen hinunter, an Türen vorbei, den Weg zu dem Stallgebäude entlang, das durch die Anwesenheit zweier kleiner Mädchen hell und freundlich ist. Aber sie schliefen und blieben schlafen, auch als ihre Abbilder den verrückten Tanz aufführten, den sinnlosen arabischen Tanz.«

»Du weißt was?«

»Ist nicht wichtig. Ein Komitee-Mitglied.«

Alles ist Einbildung, das beweist er.

»Trennwände, sagt die innere Mehrheit, bleiben Trennwände.«

Eins ist eins und ganz für sich und wird es für immer sein.

Edwin blickte auf die Uhr.

»Ich muß mich beeilen. Ich sage dir Bescheid, wenn er sich meldet.«

»Der späte Abend paßt mir am besten.«

»Für das ganze Komitee. Welches Mitglied war denn von den kleinen Mädchen fasziniert?«

»Ein sentimentaler alter Kerl. Ich glaube nicht, daß der kommen wird.«

Sim geleitete Edwin durch die Ladentür auf die Straße und gestikulierte höflich hinter dem Davoneilenden her.

Ein sentimentaler alter Kerl?

Sim seufzte. Kein sentimentaler alter Kerl, sondern ein widerspenstiger Teil seiner Selbst.


Um acht Uhr – Ruth war mit guten Büchern versehen worden und mit einem von Fisch, aufgewärmten Kartoffeln und Dosenerbsen aufgeblähten Bauch bahnte sich Sim seinen Weg durch sein Geschäft, schloß die Tür hinter sich wieder zu und ging die wenigen Schritte zum Sprawsonschen Haus hinüber. Es war draußen noch hell, und doch war an der rechten Seite des Gebäudes im Fenster zu Stanhopes Zimmer Licht. Die Stadt war ruhig, und den blauen Sommerabend störte lediglich der Musikautomat im »Keg of Ale«. Sim dachte, daß die angebliche Stille im Stallgebäude eigentlich unnötig war. Sie könnten ihre Versammlung, falls man bei drei Leuten von einer Versammlung reden konnte, auch auf der Straße abhalten; doch eben während er das dachte, flog mit roten Blinksignalen ein Hubschrauber die Länge des alten Kanals herunter, und wie zur Verdeutlichung rumpelte ein Zug über den Viadukt. Als beides vorüber war, vernahm Sim, dessen Gehörsinn vielleicht neuerdings geschärft war, das schwache Klappern einer Schreibmaschine hinter dem erleuchteten Fenster, wo Stanhope noch an seinem Buch oder seiner Zeitungs-Kolumne oder einer Rundfunksendung arbeitete. Sim stieg die beiden Stufen zur Glastür hinauf und stieß sie auf. Er betrat vertrautes Gelände, nach links ging es zu den Anwaltsbüros und zu den Bells, rechts zu Stanhope, und am Ende der kurzen Eingangshalle zur Glastür, die zu den Stufen hinab in den Garten führten. Für Sim hatte all das eine geradezu absurd sentimentale Beziehung. Er empfand – und war sich dessen bewußt –, wie sentimental und absurd es war. Er hatte nicht die geringste Beziehung zu den beiden kleinen Mädchen, hatte sie nie gehabt und konnte nicht erwarten, daß es eine geben würde. Es war reine Phantasterei. Einige wenige, sehr seltene Besuche in seinem Laden –

Von der Treppe zur Linken drang lautes Geklappere. Stürmisch und aufgeregt erschien Edwin, diesmal ganz als Mann von Elan, der seinen langen Arm um Sims Schulter warf und sie überschwenglich drückte.

»Da bist du ja, alter Junge!«

Es war eine dermaßen alberne Begrüßung, daß Sim sich so rasch wie möglich losmachte.

»Wo ist er?«

»Ich erwarte ihn. Er weiß, wo. Glaub ich jedenfalls. Wollen wir gehen?«

Edwin schritt wie überlebensgroß durch die Eingangshalle und öffnete die Tür über den Stufen.

»Nach dir, alter Junge.«

Pflanzen und Büsche und kleinere Bäume, die in voller Blüte standen, überwucherten den Weg, der geradeaus zu dem rosageziegelten Stallgebäude mit seinen altmodischen Dachfenstern führte. Einen Augenblick lang erlebte Sim, wie üblich, das Gefühl des Unglaubens gegenüber einer Wirklichkeit, die ihm über viele Jahre so nahe gewesen und doch unbekannt geblieben war. Er öffnete die Lippen, um davon zu sprechen, schloß sie jedoch wieder.

Jede Stufe, die du diese Stufen – und es es gab ihrer sechs – hinunterstiegst, hatte etwas ganz Besonderes. Sim, der an der Costa Brava geschwommen und getaucht hatte, entdeckte sich dabei, wie er dieses ganze Erlebnis sofort mit der Wirkung des Untertauchens im Wasser verglich; aber es war nicht wie beim Wasser ein unmittelbarer Übergang von hier oben nach dort unten, ein Durchbrechen einer Oberfläche, einer Grenze. Die Grenze hier war nicht minder unzweifelhaft vorhanden, aber nicht so deutlich. Du kamst aus den abendlichen Geräuschen Greenfields, und Stufe um Stufe wurdest du – betäubt war nicht das richtige Wort, gedämpft auch nicht. Es gab dafür kein richtiges Wort. Dieser langgezogene ungepflegte, aufgegebene und verlassene Garten war trotzdem wie ein Teich von –, du konntest ihn nur als einen Teich der Stille bezeichnen, Balsam. Sim stand still und schaute um sich, als ob sich diese Wirkung dem Auge ebenso wie dem Ohr offenbaren müsse, doch nichts – da standen lediglich die ausgewucherten Obstbäume, die wildausschießenden Rosenstöcke, Kamillen, Nesseln, Rosmarin, Lupinen, Weideröschen und Fingerhut. Er blickte hoch in die klare Luft; und von dort, und überraschenderweise aus großer Höhe, kam ein Düsenflugzeug herunter, und der Lärm seines Landeanflugs war wie weggewischt, so daß es die Anmut und Unschuld eines Seglers besaß. Sim blickte erneut um sich –, Schmetterlingssträuche, Waldreben, Veronika – und die Düfte des Gartens drangen in seine Nase, als wäre es zum erstenmal.

Edwins Hand lag auf seiner Schulter.

»Komm. Wir gehen weiter.«

»Ich dachte eben daran, wie viel angenehmer dies alles ist als unser eigener kleiner Flecken. Daß es Blumen gibt, hatte ich völlig vergessen.«

»Greenfield ist eine Landstadt!«

»Es kommt darauf an, von wo aus man es betrachtet. Und diese Ruhe!«

Sie gelangten am Ende des Gartenwegs in den abgeschatteten Hof. Früher war er einmal mit einem Doppeltor verschlossen gewesen, das jedoch entfernt worden war. Geblieben war nur die kleine Tür gegenüber zum Treidelpfad. Linker Hand führte eine Treppe hoch.

»Hier herauf.«

Sim folgte Edwin hinauf, dann stand er still und schaute sich um. Das hier als Wohnung zu bezeichnen, hätte wirklich übertreiben bedeutet. Der Platz reichte für eine schmale Couch, ein altes Sofa, einen kleinen Tisch, Stühle, zwei Schränke, und an jedem Ende ein offener Durchgang zu einem winzigen Schlafraum, und die Dachfenster blickten auf den Kanal und zurück auf das Haus.

Sim sagte nichts, er stand einfach nur da. Es war nicht die bescheidene Größe des Raums, auch nicht der Fußboden von der Dicke einer Bohle, nicht die Wände mit der billigen Verschalung. Es waren nicht die heruntergekommenen Möbel aus zweiter Hand, der Sessel, aus dem die Füllung herausquoll, der Tisch mit den Flecken. Es war die Atmosphäre, der Geruch. Irgend jemand, vermutlich Sophy, war vor kurzem hiergewesen, und der Geruch von billigem und penetrantem Parfum hing wie eine Art Decke über alter Schalheit in der Luft, von Essen, weiterem Parfum, von – nein, weder von Erregung noch von Haut – sondern von Schweiß. Da hing an einer Wand ein Spiegel mit kunstvoll vergoldetem Rahmen, und auf dem Regal darunter standen Flaschen, halb aufgebrauchte Lippenstifte, Dosen, Spray, Puder. Unter dem Dachfenster saß oben auf einem niedrigen Schrank eine große grinsende Puppe, angelehnt. Auf dem Tisch in der Mitte lag ein Haufen bunt zusammengewürfelter Sachen – Strumpfhosen, eine Handpuppe, ein paar schmutzige Höschen, eine Frauenzeitschrift und der Ohrhörer eines Transistorradios. Doch das samtene Tischtuch hatte Quasten; zwischen den Flecken an der Wand, wo Bilder und Fotos gehangen und ihre Spuren hinterlassen hatten, befanden sich Schmuckornamente wie Porzellanblumen und farbiges Material, von dem einiges zu Rosetten geformt war. Das Zimmer war voller Staub.

Die Illusionen von zwanzig Jahren verschwanden wie Seifenblasen. Sim sagte sich, ja, natürlich, ja, man hat sich nicht um sie gekümmert, und sie mußten natürlich erwachsen werden, woran habe ich nur gedacht! Und sie hatten keine Mutter, die armen Wesen! Kein Wunder –.

Edwin räumte behutsam die Sachen vom Tisch. Er legte sie oben auf den Schrank unter dem Dachfenster. Neben dem Schrank stand eine Stehlampe. Der rosafarbene Lampenschirm hatte Quasten wie die Tischdecke.

»Meinst du, wir kriegen das Fenster auf?«

Sim hörte ihn kaum. Er war mit dem beschäftigt, was sich nur als sein Kummer bezeichnen ließ. Schließlich wandte er sich dem Dachfenster zu und untersuchte es. Es war seit Jahren nicht mehr geöffnet worden; irgendwer hatte angefangen, die Wandfläche um das Fenster herum anzustreichen, dann aber aufgegeben. Ähnlich war es bei der Schranktür unter dem Dachfenster am anderen Ende des Raumes. Irgendwer hat das rosa anzumalen begonnen und dann auch aufgegeben.

Sim spähte durch das Fenster, das traurig zum Haupthaus zurückzustarren schien.

Edwin sprach neben ihm.

»*Fühl* die Stille!«

Sim sah ihn tief erstaunt an.

»Kannst du es denn nicht fühlen, diesen, diesen –«

»Diesen was, Sim?«

Den Kummer. Das mußte es sein. Kummer. Vernachlässigung.

»Nichts.«

Dann sah er über den Stufen am anderen Ende des Gartens die Glastüre sich öffnen. Heraus traten Männer. Er drehte sich heftig zu Edwin um.

»Oh nein!«

»Wußtest du davon?«

»Natürlich wußte ich, daß das hier ist. Hier haben wir ja unsere Puppen-Teeparty veranstaltet.«

»Das hättest du mir aber auch sagen können. Ich versichere dir, Edwin, wenn ich das gewußt hätte, ich wäre nicht gekommen! Verdammt noch mal – wir haben ihn beim Ladendiebstahl erwischt! Und weißt du etwa nicht, wo er gewesen ist? Im Gefängnis, und du weißt auch, warum. Verdammter Kerl!«

»Wildwave.«

Die Stimme auf der Treppe klang plötzlich ganz nahe.

»Aber das nimmt doch keiner ernsthaft an. Ich weiß nicht, wohin Sie mich bringen, und mir gefällt das gar nicht. Handelt es sich etwa um eine Falle?«

»Sieh mal, Edwin –«

Jetzt erschienen über dem Treppenabsatz der schwarze Hut und das entstellte Gesicht, dahinter der grauweiße Schopf und das eingefallene Gesicht des alten Mannes aus dem Park. Der alte Mann blieb mit einer ruckartigen Drehung stehen.

»Oh nein, das wirst du nicht tun, Matty! Was soll das? Ist das hier vielleicht ein Treffen der Rettungsgesellschaft für Päderasten? Drei kuriert, und einer unheilbar?« Der Mann namens Matty hielt ihn am Rockaufschlag fest.

»Mr Pedigree!«

»Du bist immer noch der alte Idiot, Matty. Laß mich los, hörst du!«

Es war lächerlich. Die beiden sonderbaren und unansehnlichen Männer schienen auf der Treppe miteinander zu ringen. Edwin tanzte auf dem Treppenabsatz herum.

»Meine Herren! Meine Herren!«

Sim empfand den brennenden Wunsch, mit alldem nichts zu tun zu haben und weit weg zu sein von diesem geschändeten Gebäude, dem auf solch brutale Weise seine Stille genommen war. Aber die Treppe war blockiert. Der alte Mann, zunächst einmal erschöpft von seinen Anstrengungen zu entkommen, japste nach Luft und versuchte gleichzeitig zu sprechen.

»Du – redest von meiner Veranlagung – es ist eine schöne Veranlagung – niemand hat eine Ahnung. Bist du ein Psychiater? Ich *will* nicht davon geheilt werden, das ist bekannt, also, guten Tag –«, und mit dem lächerlichen Versuch, sich gesellschaftlich korrekt zu verhalten, verbeugte er sich vor Sim und Edwin, die über ihm standen, und versuchte gleichzeitig, sich loszureißen. »Einen recht schönen guten Tag also –«

»Edwin! Laß uns um Himmels willen von hier weg. Es ist alles ein Mißverständnis, das ist lächerlich und beschämend!«

»Sie haben nichts gegen mich in der Hand, keiner von ihnen. Laß mich los! Matty, – ich werde juristisch vorgehen.«

Und dann hatte ihn der Mann mit dem schwarzen Hut losgelassen, ließ die Hände sinken. Sie standen auf der Treppe, waren nur zum Teil sichtbar wie Badende auf schrägem Boden unter Wasser. Pedigrees Gesicht befand sich in einer Höhe mit Windgroves Schulter. Er sah das Ohr über sich.

»Du widerliche, widerliche Kreatur!«

Langsam und unerbittlich stieg das Blut in Mattys rechte Gesichtshälfte. Er stand nur einfach da, ohne etwas zu tun, etwas zu sagen. Der alte Mann machte sich hastig fort. Sie hörten seine Füße auf den Pflastersteinen des Hofs und sahen ihn auf dem Gartenweg zwischen den überwachsenen Blumenbeeten auftauchen. Er eilte davon. Auf halbem Weg drehte er sich um, ohne stehenzubleiben, und warf mit der ganzen Giftigkeit der Schurken in einem Melodrama einen Blick zurück auf das Dachfenster. Sim sah, daß sich seine Lippen bewegten; aber nach dieser Entweihung des Ortes war seine magische Besonderheit nichts Geheimnisvolles mehr, nur noch Störung – erstickte seine Worte. Dann stieg der alte Mann die Stufen hoch und ging durch die Eingangshalle und auf die Straße hinaus.

Edwin sprach.

»Er muß gedacht haben, daß wir von der Polizei sind!«

Windroves Gesicht war wieder weiß und braun. Der schwarze Hut war ihm etwas auf die Seite gerutscht und das Ohr nur allzu deutlich erkennbar. Als wüßte er, worauf Sim seinen Blick richtete, nahm er den Hut ab und ordnete sein Haar. Nun wurde es deutlicher, warum er den Hut trug. Der Mann strich sorgsam sein Haar glatt herunter, dann setzte er seinen schwarzen Hut so auf, daß er das Haar herunterdrückte.

Diese Enthüllung einer Tatsache schien sie für den Beobachter erträglicher zu machen. Windgraff – hatte der alte Mann »Matty« gesagt? – hatte seine körperliche Behinderung, seine Mißgestalt, seine menschliche Belastung (man konnte es nur so nennen) offenbart, und damit war er nicht mehr ein abschreckendes Ungeheuer, sondern ein Mensch unter Menschen. Noch bevor sich Sim bewußt war, einen entsprechenden Entschluß gefaßt zu haben, entdeckte er sich dabei, wie er auf den normalen gesellschaftlichen Umgangston verfiel. Er hielt ihm die Hand entgegen.

»Ich bin Sim Goodchild. Angenehm.«

Windgrove schaute auf die Hand herab, als wäre sie ein Gegenstand, der untersucht, nicht aber geschüttelt werden müßte. Dann ergriff er die Hand, drehte sie um und blickte in die Handfläche hinein. Sim geriet ein wenig aus der Fassung und sah nun selbst herab um zu sehen, ob die Hand beschmutzt wäre oder interessant oder irgendwie geschmückt – und als diese Wörter sein Bewußtsein endlich erreicht hatten, begriff er, daß seine Handfläche gelesen wurde, also stand er da, ganz entspannt, allerdings ohne das jetzt im geringsten lustig zu finden. Er schaute in seine eigene blasse, verrunzelte Handfläche hinein, gewissermaßen ein Buch, das auf die feinste Weise gebunden war in dem seltensten oder zumindest teuersten Einbandmaterial von allen – und dann versank Sim in ein Bewußtsein seiner eigenen Hand, das die Zeit stillstehen ließ. Die Handfläche war auserlesen schön, aus Licht war sie geschaffen. Sie war kostbar und auf kostbare Art beschrieben mit einer Sicherheit und Feinheit, die über alle Kunst hinausging und ganz woanders in einer absoluten Gesundheit verankert war.

In einer Erschütterung, wie er dergleichen nie zuvor erlebt hatte, starrte Sim in die gigantische Welt seiner eigenen Handfläche hinein und erkannte, daß sie heilig war.

Der kleine Raum kam zurück, das seltsame, doch keineswegs mehr abstoßende Geschöpf starrte noch immer herab. Edwin rückte Stühle an den Tisch.

Es stimmte. Der Raum der Stille war magisch. Und schmutzig.

Windrove ließ Sims Hand los, und Sim nahm sie in all ihrer Schönheit, ihrer Offenbarung zurück. Edwin sprach. Es war möglich, auf seinen Worten ein wenig Staub zu entdecken, eine Spur von Eifersucht.

»Haben Sie ihm ein langes Leben versprochen?«

»Sei still, Edwin. Etwas ganz anderes –.«

Windrove begab sich auf die andere Seite des Tisches, die damit sofort zum Mittelpunkt wurde. Edwin setzte sich zu seiner Rechten. Sim glitt in einen Sessel zu seiner Linken. Drei Seiten des Tisches waren besetzt, und eine leer, wo Pedigree fehlte.

Windgrove schloß die Augen.

Sim blickte im Zimmer herum; er war von allem gelöst. Hier und da steckten Heftzwecken, die einst Verzierungen gehalten hatten. Ein ziemlich kümmerlicher Spiegel. Die Couch am Dachfenster mit ihren Reihen von – von *Noppen*; die sitzende Puppe mit ihren Rüschen, die an der hinteren Ecke des Schranks angelehnt war und durch ein Kissen gehalten wurde – diese Pony-Bilder und das Foto eines jungen Mannes, wahrscheinlich eines Popstars, aber längst vergessen – Der Mann legte seine Hände auf den Tisch, die Handflächen nach oben. Sim sah Edwin hinblicken und die rechte Hand des Mannes in seine Linke nehmen und seine Rechte herüberreichen. Einen Augenblick lang überkam ihn Verlegenheit bei der Vorstellung, er nahm dann aber Edwins Hand und legte seine Rechte auf Windrows Linke. Es war eine zähe und elastische Substanz, die er berührte, kein Universum, aber sie war warm, erstaunlich warm – heiß.

Sim wurde von einem Stoß inneren Lachens geschüttelt. Daß die Philosophische Gesellschaft mit ihrer Satzung, ihrem Vorsitzenden, ihrem Komitee, ihrem Anmieten von Sälen und Versammlungsräumen, ihren berühmten Gästen so heruntergekommen sein sollte: auf zwei alte Männer, die Hände hielten mit einem – ja, was denn?

Eine Weile später – nach einer Minute oder zehn Minuten oder einer halben Stunde – merkte Sim, daß er sich gern an der Nase gekratzt hätte. Er überlegte, ob er nicht einfach und rücksichtslos seine Hände lösen sollte, womit er den kleinen Kreis gesprengt hätte, und entschloß sich dagegen. Es bedeutete schließlich nur ein kleines Opfer; und nun, wenn man sich von dem Wunsch freimachte, sich die Nase zu kratzen, merkte man sofort, wie weit entfernt die anderen waren, es schien eine Entfernung von vielen Meilen, so daß der Kreis, statt klein zu sein, im Gegenteil riesenhaft war, größer als ein Steinkreis –, groß wie eine Grafschaft, wie ein ganzes Land – riesig.

Sim merkte, daß er sich die Nase erneut zu kratzen wünschte. Es war provozierend, mit zwei so ungleichen Maßstäben zu tun zu haben, einem, der nach Zentimetern maß, einem anderen, der mehr oder weniger universal war – gegen die Nase mußte man *kämpfen*! Es juckte just eben links von der Nasenspitze, ein Jucken, welches so verflixt plaziert war, daß es im ganzen Körper jeden Hautnerv juckend in Mitleidenschaft zog. Er kämpfte entschlossen dagegen an, spürte, wie fest seine rechte Hand gehalten wurde – und nun auch die linke, gedrückt wurden sie, wer drückte da denn wen – so daß er von der Anstrengung in heftigen Stößen atmete. Sein Gesicht verzerrte sich vor Qual, er kämpfte, seine Hände freizubekommen, aber sie wurden festgehalten. Das einzige, was er tun konnte, war, das Gesicht sozusagen immer wieder um die Nase zu schrauben, wie verrückt zu versuchen, die Nasenspitze mit den Wangen, den Lippen, der Zunge, ganz egal mit was, nur mit irgendwas zu erreichen – und dann beugte er sich, plötzlich erleuchtet, nach vorn und rieb seine Nase auf der Holzfläche zwischen seinen beiden Händen. Die Erleichterung war fast so köstlich wie seine Handfläche. Da lag er, die Nase auf das Holz gepreßt, und ließ seinen Atem wieder gleichmäßiger werden.

Über seinem Kopf sprach Edwin. Oder es war nicht Edwin – und keine Sprache. Musik. Gesang. Es war ein einziger Ton, golden, strahlend, wie kein Sänger ihn je hervorgebracht hat. Das war ganz gewiß kein bloß menschlicher

Atem, der diesen Ton so halten konnte, der sich weitete wie Sim seine Handfläche vor ihm sich weiten gespürt hatte, er dehnte sich, er war, oder wurde, jenseits aller Erfahrung Dimension um Dimension kostbarer, verwandelte sich zu Schmerz und über den Schmerz hinaus, nahm Schmerz, nahm Freude an und ließ beides vergehen, Sein und Werden. Es hörte eine Zeitlang auf, um Sinn in Erwartung des Kommenden zu lassen. Es begann, hielt an, verstummte. Ein Wort war es gewesen. Am Anfang, jenem explosiven und lebendigen Umschwung, war ein Konsonant gewesen, und das Reich von Gold, das daraus erwuchs, ein Vokal, der Äonen dauerte; und der Halbvokal am Ende war kein Ende, sondern nur eine Neuordnung, damit die Welt des Geistes sich wieder verbergen konnte, langsam, langsam aus der Sicht entschwindend, im Fortgehen zögernd wie ein Liebender und mit dem unaussprechlichen Versprechen, auf immer zu lieben und wiederzukommen, wenn gewünscht.

Als der Mann in Schwarz Sims Hand losließ, waren alle Hände wieder nicht mehr als eben Hände. Sim erkannte das, weil er das Gesicht vom Tisch hob und die Hände vor seinem Gesicht ineinanderlegte; und da war sie, die rechte Handfläche, ein ganz bißchen feucht von Schweiß, aber keinesfalls irgendwie schmutzig, eine Handfläche wie jede andere auch. Er setzte sich aufrecht und sah, daß sich Edwin das Gesicht mit einem Papiertaschentuch abwischte. Einstimmig wandten sich beide Windrove zu. Er saß, beide Hände offen auf dem Tisch, mit gebeugtem Kopf, das Kinn auf der Brust. Die Krempe seines schwarzen Hutes verbarg sein Gesicht.

Ein Tropfen klaren Wassers tropfte unter der Krempe hervor und lag auf dem Tisch. Matty hob den Kopf, aber Sim konnte auf der zerstörten Seite seines Gesichts keinerlei Ausdruck erkennen.

Edwin redete.

»Dank – tausendmal Dank! Gott segne Sie!«

Matty sah Edwin eindringlich an, dann Sim, der merkte, daß sich in der Tat auf der braunen Gesichtshälfte ein Ausdruck erkennen ließ. Erschöpfung. Windrove erhob sich, wortlos ging er zur Treppe und begann die Stufen hinabzusteigen.

Edwin sprang auf.

»Windgrove! Wann? Und, sehen Sie –«

Er eilte zur Treppe und hinunter. Sim hörte sein schnelles Sprechen undeutlich vom Hof herauf.

»Wann können wir uns wieder treffen?«

»Sind Sie sicher? Hier?«

»Werden Sie Pedigree mitbringen?«

»Übrigens, haben Sie – genug Geld?«

Unmittelbar drauf hörte man die Tür zum Treidelpfad ins Schloß fallen. Edwin kam die Treppe herauf.

Zögernd stand Sim auf, sah sich um nach den Bildern und den Stellen, wo einst Bilder gehangen hatte, auf die Puppe, auf die Handpuppe, die am Schrank hing. Seite an Seite verließen sie den Raum, an der Treppe bestand jeder zuvorkommend darauf, dem andern den Vortritt zu lassen, nebeneinander gingen sie dann wieder den Gartenweg entlang, die Stufen hoch durch die Halle – in Stanhopes Arbeitszimmer klapperte noch immer die Schreibmaschine – und auf die Straße hinaus. Edwin stand still. Sie sahen sich an.

Edwin sprach tiefbewegt.

»Ihr seid ein wunderbares Gespann.«

»Wer?«

»Du und er – auf okkultem Gebiet.«

»Ich und – er?«

»Ein wunderbares Gespann. Ich hatte ja so recht, weißt du.«

»Wovon sprichst du eigentlich?«

»Als du in diese Trance fielst – da sah ich, wie sich der geistige Kampf auf deinem Gesicht spiegelte. Dann warst du hinüber, auf der Stelle, direkt vor mir.«

»So war das überhaupt nicht.«

»Sim! Sim! Ihr beiden habt auf mir gespielt wie auf einem Instrument!«

»Sieh mal, Edwin –«

»Du *weißt*, daß etwas vor sich ging. Sim, sei nicht so bescheiden. Es ist falsche Bescheidenheit –«

»Natürlich ging etwas vor sich, aber –«

»Wir haben eine Schranke durchbrochen, eine Trennwand niedergerissen. Haben wir das etwa nicht getan?«

Sim war im Begriff, heftig zu leugnen, begann sich dann aber zu erinnern. Ohne Frage, da war etwas geschehen, und dazu waren sie wahrscheinlich alle drei notwendig gewesen.

»Vielleicht doch.«

# XIV

12. 6. 78 – Mein lieber Freund Mr Pedigree kam mit bis zur Treppe im Stallgebäude bei Sprawson's, wollte aber nicht bleiben, er hatte Angst, wir wollten ihm etwas antun und ich weiß nicht, was ich da tun kann. Er ging fort, und ich blieb zurück mit Mr Bell, der immer noch in Foundlings unterrichtet, und Mr Goodchild von der Buchhandlung. Sie erwarteten irgend etwas von mir, vielleicht einige Worte. Wir bildeten zusammen einen Kreis zum Schutz gegen böse Geister; denn davon gab es viele im Stall, grüne und purpurrote und schwarze. Ich hielt sie fern so gut ich konnte. Sie standen hinter den beiden Herren und krallten nach ihnen. Was machen die beiden Herren bloß, wenn ich nicht da bin, frage ich mich. Mr Bell bot mir Geld an, es war komisch. Aber ich weinte wie ein Kind um den armen Mr Pedigree, der in jeder Weise durch seine Person gebunden ist, es ist schrecklich anzusehen, schrecklich. Ich kann ihm nur die Zeit widmen, die mir übrigbleibt als Wächter des Jungen. Wenn ich nicht den Kummer um Mr Pedigree hätte, ich hätte als Hüter des Jungen ein glückliches Leben. Ich werde sein Diener sein, solange ich lebe und sehe vielen Jahren des Glücks entgegen, wenn ich nur Mr Pedigree und mein geistiges Gesicht heilen kann.

13. 6. 78

Große und schreckliche Dinge sind im Gange. Ich dachte, daß nur mir und Hesekiel die Fähigkeit gegeben sei, Dinge solchen Leuten zu zeigen, die sehen können, weil es (mit Streichholzschachteln, Dornen, Scherben und Heirat mit einer bösen Frau usw.) Ich kann nicht sagen was ich meine.

Sie hatte ihren Verlobungsring verloren, sie ist mit Mr Masterman dem Sportlehrer verlobt, der sehr berühmt ist, wie man mir erzählt hat. Wir haben alle danach gesucht, wo immer sie sich aufgehalten. Ich sagte den Jungen, sie sollten unter den Ulmen suchen und suchte dort selbst in der Nähe. Dann kam sie, nachdem sie gegangen waren und fragte, ob ich unter den Ulmen nachgesehen hätte, und ich sagte nein und wollte hinzusetzen, daß die Jungen es getan hätten, denn wenn ich gesagt hätte, daß ich selbst nachgesehen hätte, wäre es eine Lüge gewesen, aber bevor ich es erklären konnte, sagte sie, gut, ich will selbst mal nachsehen und ging fort. Sie ist sehr schön und lächelt und ich kniff meinen dummen Körper so heftig ich konnte, als Strafe für das, was er tat und suchte dann weiter nach dem Ring. Aber als ich aufsah (ich muß daran denken, mich dafür noch einmal zu kneifen, denn damals dachte ich nicht daran) sah ich, wie sie ihren Ring fallenließ, von dem sie behauptete, sie hätte ihn verloren und tat dann, als ob sie ihn fände, sie breitete beide Arme aus und rief: gewonnen! Sie kam zu mir herüber und lachte und hielt den Ring am Finger ihrer linken Hand. Ich konnte überhaupt nichts sagen und war ganz still. Sie sagte, ich sollte allen sagen, daß ich ihr gesagt hätte wo der Ring sein könnte. Ich sollte Mr M. sogar sagen, daß ich ihn gefunden hätte. An diesem Abend weiß ich nicht, was ich tun soll. Da ich gelobt habe, alles zu tun, worum Leute mich bitten, wenn es nichts Böses ist, weiß ich nicht, ob das, was sie von mir verlangt, böse ist. Ich bin verloren, wie es der Ring sein könnte.

Nun frage ich mich was dieses Zeichen bedeutet. Kann Lügen ein Zeichen bedeuten, frage ich mich. Sie lächelte und log. Sie log durch das, was sie tat und nicht mit Worten. Was sie sagte war wahr und doch nicht wahr. Sie fand ihn nicht und fand ihn doch. Ich weiß nicht.

14. 6. 78

Den ganzen Tag dachte ich wie benommen über den Ring nach und was er bedeutet. Sie ist das entsetzlichste Weib, aber warum gab sie mir das Zeichen? Es ist eine Herausforderung. Es bedeutet, daß es ihr gleichgültig ist, ob ihr Schmuck verlorengeht oder nicht. Nach meiner Lektion ging ich zu Bett und bot mich als Opfer an, falls es richtig wäre. Ich weiß nicht, ob das, was ich dann erlebte, eine Vision war oder ein Traum. Wenn es ein Traum war, dann war es nicht wie ein gewöhnlicher Traum, den Leute haben können, denn so etwas könnte man nicht jede Nacht ertragen. Ich frage mich, ob es ein Traum wie in der Bibel gewesen sein mag. Pharao muß besorgt gewesen sein, sonst hätte er nicht nach einem Traumdeuter ausgesandt. Es war kein gewöhnlicher Traum. Oder vielleicht war es eine Vision und ich war wirklich dort. Es war das Weib aus der Apokalypse. Sie kam in schrecklicher Pracht in Farben, die mir wehtaten, sie durfte mich quälen wegen meiner bösen Gedanken über Miss Stanhope. Doch es war nicht nur mein Fehler, an sie zu denken, sie benahm sich so sonderbar mit dem Schmuck, ich brauchte den ganzen Tag um zu erkennen, daß sie von den Zeichen weiß und wie man sie zeigt. Doch das Entscheidende ist, das Weib in der Apokalypse nahm Miss Stanhopes Gesicht an und lachte und brachte mich dazu, mich mit großen Schmerzen selbst zu besudeln, wie ich merkte als ich aufwachte und erschrocken und verwundert war, weil ich seit Harry Bummer im Nord-Territorium dachte, ich könnte mich nicht mehr selbst besudeln, und dann konnte ich weder *erschrocken noch beschämt* mehr sein.

An diesem Tag (aber kein Traum), dem 15. 6. 78 als ich arbeitete, versuchte ich danach mich zu schämen, konnte es aber nicht. Die Entdeckung, daß ich sündigen kann wie andere Männer. Ich kann nicht sagen was ich meine. Ich horchte auf die Vögel, ob sie lachten und spotteten wie Rieseneisvögel, aber sie taten es nicht. Ist sie denn verkleidet als ein Engel des Lichts oder ist sie ein guter Geist. Ich kann jetzt den Himmel sehen. Ich meine, ich kann hineinsehen und es ist den ganzen Weg hinauf ein wenig getrübt. Die Jungen kamen nur kurz. Ich versuchte, ihnen diese Dinge vom allgemeinen Frohlocken mit Hallelujah und all das –. Aber ich konnte es nicht. Es ist, als ob man von Schwarzweiß zu Farbe übergeht. Es lag ein bißchen Sonne drüben auf der langen Wiese und auf mir. Die Jungen gingen zum Musikunterricht fort. Ich hörte aber nur wenig. Deshalb ließ ich *meine Arbeit* liegen und stellte mich bei der Garage hin, in der Nähe des Fensters vom Musiksaal. Sie spielten Musik auf dem Grammophon, sie war laut, und ich hörte sie so wie ich jetzt die Bäume und den Himmel sehe, und die Jungen wie Engel, ein großes Orchester spielte Beethoven, eine Symphonie und zum ersten Mal begann ich zu tanzen auf dem Kies unter dem Fenster des Musiksaals. Mrs Appleby sah mich und kam herüber, da stand ich still. Sie sah aus wie ein Erzengel, der lacht, und da hielt ich still. Sie rief mir zu, wunderbar nicht wahr, es ist die Siebte, ich wußte nicht, daß Sie sich etwas aus Musik machen, und ich rief lachend zurück, ich auch nicht. Sie sah aus wie ein lachender Erzengel, so daß

mein Mund rief, ganz gleich was daraus würde. Ich bin ein
Mann, ich könnte einen Sohn haben. Sie sagte, wie äußerst
merkwürdig, daß Sie so etwas sagen, ist etwas mit Ihnen?
Dann dachte ich an mein Gelübde zu schweigen, und mein
Vergehen schien so unbedeutend, aber ich dachte, ich bin
weit genug gegangen, als ich mit den Jungen sprach, und so
segnete ich sie mit meiner rechten Hand wie ein Priester. Sie
war überrascht und machte sich rasch davon. Ihr Erscheinen
dort war das, was Mr Pierce immer eine Demonstration
pflichtbewußten Verhaltens nannte.

Seit ich das hingeschrieben habe, ich meine in der Zeit
zwischen dem Wort »nannte« und dem Wort »Seit«, ist mir
etwas Großes gezeigt worden. Es waren keine Geister und es
war keine Vision oder ein Traum – es war eine Eröffnung.
Ich sah einen Teil der Vorsehung. Ich hoffe, daß der Junge
eines Tages diese Worte lesen wird. Ich verstehe, daß ich
diese Worte aus dem Grund niederschrieb, daß er sie in der
kommenden Zeit lesen kann, obwohl ich zuerst den törichten
Gedanken hatte, beweisen zu wollen, daß ich nicht verrückt
bin (17. 5. 65). Die Wahrheit ist, daß zwischen »nannte« und
»Seit« die Augen meines Verständnisses geöffnet worden
sind. Was an Gutem nicht unmittelbar vom Heiligen Geist in
die Welt kommt, muß durch und über die Natur der Menschen kommen. Ich sah sie, klein verhutzelt einige mit Ge-
sichtern wie meines, einige verkrüppelt, andere gefoltert.
Hinter jedem war ein Geist wie eine aufgehende Sonne. Es
war ein Anblick, der alle Freude und das Tanzen überstieg.
Dann sagte eine Stimme zu mir, es ist die Musik, die die
Saite scheuert und bricht.

17. 6. 78

Ich muß die Zeit, die mir bleibt, benutzen, um von den
wunderbaren Dingen zu erzählen, die in der vergangenen
Nacht geschahen, nachdem ich meine Lektion noch einmal
wiederholt hatte. Ich werde schreiben so schnell ich kann,
denn bald muß ich mit dem Rad nach Greenfield um Mr Bell
und Mr Goodchild und Mr Pedigree zu treffen, denn ich
glaube, diesmal wird er einwilligen mitzukommen. In der
vergangenen Nacht glaubte ich, es sei ein Werk zu tun; und
in gewisser Weise hielt ich die Wärme meines Körpers den

Geistern hin, und sie zogen mich sanft in ihre Gegenwart. Der Älteste im roten Gewand mit der Krone begrüßte mich freundlich. Ich dankte ihnen für ihre Fürsorge um mich und hoffte auf ihre anhaltende Freundschaft. Ich dankte ihnen besonders für die Jahre, in denen sie die Wurzel der Versuchung von mir nahmen, die ich jetzt natürlich als sehr gering erkenne. Als ich das sagte, erstrahlten sie auf so wundervolle Weise, daß es meine Augen blendete. Sie zeigten: Wir sahen dich auf die Töchter der Menschen blicken und sie schön finden. Ich fragte sie nach Miss Stanhope und dem Zeichen, daß sie ihren Ring fallenließ, und gestand, daß ich nicht erkennen konnte, was es bedeutete. Dann zeigten sie: Alles das ist uns verborgen. Vor vielen Jahren riefen wir sie herbei, sie kam aber nicht.

Ich hatte draußen vor dem Sattelraum gestanden und zum Himmel hochgeblickt, doch nun begab ich mich in mein Schlafzimmer und setzte mich auf den Bettrand. Es ist schwierig, mein lieber, lieber Junge, aufzuschreiben was dann geschah, weil es etwas Seltsames und Großes war. Kaum saß ich, holten mich die Ältesten herbei. Sie zeigten: Da wir deine Fragen nun beantwortet haben, wollen wir dein Wissen vermehren bis es überfließt. Der Schrei, der zum Himmel auffuhr, brachte dich herab. Ein großer Geist wird hinter dem Wesen des Kindes stehen, das du bewachst. Dazu bist du da. Du sollst ein Brandopfer sein. Wir werden dich jetzt zu einem Freund von uns führen und wir werden mit dir essen und trinken.

Obwohl ich nun doch an sie gewöhnt bin und meinen geistigen Namen kenne und auch nicht mehr friere, wenn sie mich rufen, so ließen mich diese Mitteilungen doch empfinden, als wäre ich in einem niederen Teil des Himmels, wie ich sagen möchte, und es ließ mich am ganzen Körper kalt werden wie zu jener Zeit (17. 5. 65), und jedes Haar auf meinem Körper richtete sich auf, jedes auf einem einzelnen Höcker. Als aber auch die letzte Wärme aus mir gewichen war, sah ich ihren Freund zwischen ihnen stehen. Er war ganz in Weiß gekleidet, und der Kreis der Sonne lag um sein Haupt. Der rote und der blaue Älteste nahmen ihre Kronen ab und warfen sie hin, und ich nahm meine ab und warf sie zu Boden. Ich war in großer Ehrfurcht vor dem Geist in

Weiß, aber der rote Älteste zeigte: Dies ist das geistige Wesen, das hinter dem Kind stehen wird, das du behütest. Das Kind soll die geistige Sprache in die Welt bringen und Volk wird zu Volk sprechen. Als ich das hörte, beugte ich mein Haupt vor ihnen und empfand solche Freude für die Menschen, daß Tränen aus meinen Augen auf den Tisch fielen. Mit gesenktem Kopf hieß ich sie dann willkommen an meinem kleinen Tisch, wo Platz zu sein schien. Dann zeigte der blaue Älteste: Es herrscht große Freude in den Himmeln, denn seit Abrahams Tagen ist eine solche Begegnung nicht gesehen worden. Dann bot ich ihnen geistige Speise und Trank, die sie annahmen. Als das geschehen war, hatte ich großes Bedürfnis zu opfern, und fragte, was ich tun solle und was sie nun wünschten. Der rote Geist zeigte: Wir wünschen nichts weiter als dich zu besuchen und uns mit dir zu freuen, da du einer von uns bist. Und da du ein Ältester bist, möchten wir die Weisheit mit dir teilen, obwohl du noch im Fleische bist. Sie taten es nicht, indem sie mir das große Buch zeigten, sondern durch eine so wunderbare Eröffnung, selbst wenn ich imstande wäre sie zu beschreiben, könnte ich es doch nicht tun. Es wäre gegen das Gesetz.

All dies während der weiße Geist mit dem Kreis der Sonne um seinen Kopf am Tisch mir gegenüber saß, und nachdem ich zuerst imstande gewesen war ihn zu sehen, hatte ich nicht mehr gewagt, meine Augen zu seinem Antlitz zu erheben. Nun, wegen der Herrlichkeit der Eröffnung und weil sie ihn ihren und meinen Freund genannt hatten, erhob ich doch meine Augen ihn anzusehen, und aus seinem Mund fuhr das Schwert hervor und stieß mir mit furchtbarem Schmerz mitten durchs Herz, so daß ich, wie ich später erkannte, ohnmächtig wurde und vornüber über den Tisch fiel. Als ich aufwachte, hatten sie mich von sich gebracht.

Vom Kirchturm schlug die Dorfuhr. Matty fuhr von seinem kleinen Tisch hoch. Er klappte das Schreibheft zu und legte es in die Kommode. Er eilte zum Sattelraum hinunter und ergriff sein Rad, das gegen die Mauer gelehnt war. Er sog zischend die Luft ein. Das Hinterrad war platt. Er kippte das Rad, stellte es auf Handgriffe und Sattel. Er lief zum Wasserhahn. Er füllte einen Eimer mit Wasser und begann, den inneren Fahrradschlauch herauszu-ziehen und ins Wasser zu tauchen um festzustellen, wo das Loch war.

# XV

Ruth schüttelte lächelnd den Kopf. Sim breitete die Hände in der Geste aus, die er unbewußt von seinem Großvater übernommen hatte.

»Aber ich möchte, daß du kommst. Ich *wünsche* es mir! Du hast noch nie etwas dagegen gehabt, dich mir zuliebe zum Narren machen zu lassen!«

Sie sagte nichts, lächelte nur. Sim fuhr sich mit der Hand über den kahlen Schädel.

»Du hast Stanhope immer bewundert –«

»Unsinn!«

»Na ja, die Frauen haben ihn doch –«

»Die Frauen – was hab ich mit *den* Frauen zu tun.«

»Aber ich möchte so gern, daß du mitkommst. Ist es dir zu spät?«

Erneutes Schweigen.

»Ist es wegen Pedigree?«

»Nun geh schon, Lieber. Ich wünsche dir schöne Stunden.«

»Das ist kaum –«

»Gut, also eine erfolgreiche Versammlung.«

»Edwina kommt.«

»Hat sie das gesagt?«

»Edwin will sie fragen.«

»Grüße sie, falls sie da ist.«

Es war eine Woche nach der ersten Sitzung, und der sonderbare Mann hatte wieder seinen freien Nachmittag. Sim hatte nach bestem Vermögen geworben, aber ohne Erfolg – drei Absagen und ein »vielleicht«, das ein deutliches Nein enthielt. Sim dachte traurig, daß es vielleicht angebracht sei, im *Greenfield Advertiser* unter Geburten und Todesfällen eine Notiz über das Hinscheiden der Philosophischen Gesellschaft zu bringen. Er war noch mit dem Text der Anzeige beschäftigt, als er die Eingangshalle im Sprawsonschen Haus erreichte. Edwin stand auf der untersten Stufe der Treppe zu seiner Wohnung.

»Wo ist Ruth?«

»Wo ist Edwina?«

Darauf erneutes Schweigen, das Sim dann brach.

»Pedigree.«

»Ich weiß.«

»Es liegt an Pedigree. Seinetwegen wollen sie nicht kommen. Nicht einmal Ruth.«

»Ja. Ja. Unter allen anderen Umständen würde Edwina kommen, weißt du.«

»Ruth auch.«

»Wirklich, sie ist durch und durch liberal. Aber Pedigree!«

»Ruth ist der mitfühlendste und liebevollste Mensch, den ich kenne. Liebe im wahren Sinne des Wortes. Im griechischen.«

»Natürlich. Aber denk an die Geschichte mit den Kinderwagen, du weißt schon. Diese Grausamkeit gegenüber jungen Müttern, die ganz bewußte seelische Folter. Sie sagte einmal, sie würde ihn mit eigenen Händen kastrieren, wenn sie ihn in flagranti erwischen würde.«

»Sag bloß, sie hat gesagt: in flagranti!«

»Sie hat gesagt, bei einer tätlichen Bedrohung. Einen Kinderwagen mit einem Säugling darin wegzuschieben kann als tätliche Bedrohung ausgelegt werden.«

»Ich dachte, sie meinte –«

»Oh nein. Über so etwas würde sie doch nicht reden, verstehst du? Ich meine, sie hat durchaus eine reiche Lebenserfahrung, aber da gibt es doch einige Dinge –«

»Ich erinnere mich, daß Ruth ihr voll zustimmte, als sie das mit dem Kastrieren sagte.«

Edwin warf einen Blick auf seine Uhr.

»Die andern haben sich ein bißchen verspätet. Gehen wir?«

»Nach dir.«

Behutsam stiegen sie die Stufen hinab, und fast auf Zehenspitzen gingen sie den Gartenweg entlang und auf den Hof unterhalb des Stallgebäudes. Edwin schaltete das Licht beim Treppenaufgang an; im Zimmer über ihnen hörten sie eine plötzliche, aufgeschreckte Bewegung. Sim erwartete, als er oben ankam, zu guter Letzt doch noch Pedigree zu sehen, aber es war Sophy, die bei der Couch stand, auf der sie gesessen hatte und, wie er sofort bemerkte, bleich und angespannt wirkte. Doch Edwin war gleich in Aktion.

»Meine liebe Sophy, welche Freude! Wie geht's? Allein im Dunkeln? Es tut mir ja so leid – du meine Güte! Ihr Vater, bitte verstehen Sie, hat uns gesagt, wir könnten –«

Das Mädchen hob die Hand zu den Locken am Hinterkopf und ließ sie wieder sinken. Sie trug das weiße Sweatshirt mit der Aufschrift BUY ME und, mein Gott, dachte Sim, darunter hatte sie wirklich nichts an, aber auch gar nichts, so daß –

»Wir gehen wieder, liebe Sophy. Ihr Vater muß sich vertan haben. Er sagte, wir könnten den Raum haben für eine Versammlung – aber wie dumm! Ich meine, es klingt dumm, und natürlich würden Sie nicht –«

Darauf standen alle drei da und schwiegen. Die einzige, nackte Birne warf einen schwarzen Schatten unter jede Nase. Selbst Sophy sah abscheulich aus mit ihren großen schwarzen Augenhöhlen und dem hitlerischen Schnurrbart aus Schatten, den das Licht unter ihre Nasenflügel einfing. Sweatshirt, Jeans, Sandalen und, tatsächlich, auch eine Mütze? Eine Strickmütze hinten auf dem Kopf, von den Locken verborgen.

Sie wandte den Blick von ihnen ab auf Einkaufstüten, Plastiktüten waren es, die sich am Couchende aneinanderlehnten. Sie berührte erneut ihr Haar, fuhr sich mit der Zunge über die Lippen und wandte sich dann Edwin zu.

»Versammlung? Sie sagten etwas von einer Versammlung.«

»Einfach ein dummes Mißverständnis. Ihr Vater, meine Liebe. Sim, glaubst du, er hat uns zum Narren gehalten? Sie würden, so weit ich im Bilde bin, sicher sagen, er hat uns reingelegt. Aber Sie wollen natürlich hierbleiben! Wir gehen in die Halle hinunter und fangen die anderen ab.«

»Oh nein, nein! Daddy hat sich keineswegs geirrt. Ich war schon auf dem Weg, sehen Sie. Ich hatte schon das Licht ausgedreht. Sie können das Zimmer gern haben und Ihre Leute kommen lassen. Sehen Sie – einen Augenblick –«

Rasch bewegte sie sich durch den Raum, schaltete eine Tischlampe unter dem Dachfenster ein, eine Tischlampe mit rotem Quastenschirm. Sie schaltete die einzelne nackte Birne aus, und schon waren die scheußlichen Schatten von ihrem Gesicht verschwunden und durch ein rosiges Glühen von unten her ersetzt; und sie strahlte beide an.

»So! Du liebe Zeit, dieses widerliche Deckenlicht! Wie hat Toni es immer genannt – Aber ich freue mich doch, Sie zu sehen. Es handelt sich um eine Ihrer Versammlungen, nicht wahr? Machen Sie es sich gemütlich.«

»Nehmen Sie Ihre Einkaufstüten nicht mit?«

»Die da? Oh nein. Ich laß alles hier. Wirklich. Sie ahnen es nicht, aber ich werde von diesen Vorräten heute nacht nichts brauchen. Zu blöde. Lassen Sie mich nur die Sachen aus dem Weg räumen –«

Erstaunt starrte Sim auf das Gesicht in seinem rosigen Glanz und konnte es nicht glauben, daß das Lächeln einzig und allein der Lampe zu verdanken war. Sie war äußerst erregt – und jetzt ein Blitz aus einem Auge, als ob es phosphorisierte – und sie schien so – so zielbewußt. Mit einemmal folgerte er den üblichen, trübseligen Schluß. Sex, natürlich. Eine Verabredung. Unterbrochen. Jetzt wäre es eigentlich höflich und verständnisvoll, wenn –

Aber Edwin redete.

»Au revoir denn, Sophy. Lassen Sie sich mal wieder sehen, ja? Oder lassen Sie von sich hören.«

»Oh ja. Du lieber Himmel.«

Sie hatte ihre Schultertasche genommen und sich umgehängt; schlängelte sich an ihnen vorbei.

»Grüßen Sie bitte Mrs Bell. Und Mrs Goodchild.«

Der Schimmer eines Lächelns, schon war das Mädchen auf der Treppe verschwunden, und zurück blieb der rosige, vielsagende, leere Schein. Sie hörten die Tür zum Treidelpfad hin sich öffnen, dann schließen. Sim räusperte sich, ließ sich auf einen der Sessel am Tisch fallen und schaute umher.

»Das nennt man wohl ein Bordell-Rosa.«

»Nie gehört. Nein.«

Edwin setzte sich ebenfalls. Sie schwiegen eine Weile. Sim sah sich den Karton an, der unter dem anderen Dachfenster stand. So weit es sich erkennen ließ, war er voll von Dosen mit Nahrungsmitteln. Obendrauf lag ein aufgerolltes Tau.

Edwin hatte es auch bemerkt.

»Sieht aus, als ob sie Zelten gehen wollten. Ich hoffe, wir haben nicht –«

»Natürlich nicht. Sie hat einen jungen Freund, weißt du. In der Tat –«

»Edwina hat sie mit zwei Männern zusammen gesehen. Zu verschiedenen Zeiten, meine ich.«

»Einen habe ich gesehen. Ziemlich alt für sie, dachte ich.«

»Edwina meinte, daß er etwas Verheiratetes an sich hatte. Der andere, sagt sie, war jünger, paßte besser zu ihr, sagt sie. Ich meine, Edwina wäre die allerletzte, die Klatsch herumträgt, aber sie mußte es einfach bemerken, es war ja direkt unter ihren Augen.«

»Traurig. Es macht mich traurig.«

»Du bist ein alter Moralprediger, Sim. Ein richtiger Moralist!«

»Es stimmt mich traurig, weil ich nicht jung bin und nicht mit zwei jungen Männern zusammen. Na – mit zwei jungen Frauen, meine ich.«

Erneutes Schweigen. Als Sim einen Blick auf Edwin warf, bemerkte er, daß die feminine Lampe ihm eine Zartheit und einen lächelnden Ausdruck um den Mund verlieh, die ihm als Person eigentlich abgingen. Vielleicht ist es bei mir ebenso. Hier sitzen wir nun, in trauriger Verfassung und mit einem künstlichen Lächeln im Gesicht und warten auf – warten, warten, warten. Genau so, wie der Mann gesagt hat.

»Sie sind ungemein spät.«

Edwin sprach geistesabwesend.

»Heute nennt man das wohl ›sich abreagieren‹.«

Er blickte rasch zu Sim hinüber, und da mochte eine etwas stärkere Spannung unter dem Lächeln spürbar sein.

»Ich meine, man hört nun mal solche Ausdrücke. Da sind unsere Jungen, siehst du, und dann liest man –«

»Daß Mädchen ›gebumst werden‹.«

»Unglaublich, daß man so alles hört, nicht wahr? Sogar im Fernsehen.«

Erneutes Schweigen. Dann sprach Sim:

»Edwin, wir brauchen noch einen Stuhl. Wir sind zu viert.«

»Beim letzten Mal gab es hier vier Stühle. Wo ist der vierte jetzt?«

Edwin erhob sich, wanderte im Zimmer umher und spähte in die Ecken, als ob der vierte Stuhl nicht abhandengekommen, sondern nur weniger sichtbar geworden wäre und man nur genauer hinzublicken brauchte, um ihn zu sehen.

»Dies hier war früher ihr Spielzeugschrank. Ich erinnere mich, als Edwina und ich zum Tee kamen, zeigten sie uns alle ihre Puppen – sagenhaft, was die für Namen hatten und was sie über sie an Geschichten erzählten – du weißt ja, Sim, an diesen Mädchen ist etwas Geniales. Kreativität. Ich meine nicht bloß Intelligenz. Echte, wertvolle Kreativität. Ich frage mich, ob ihre Puppen –«

Er öffnete die Schranktür.

»Wie sonderbar!«

»Was ist denn Sonderbares daran, Puppen in einem Schrank aufzubewahren?«

»Nichts. Aber –«

Der vierte Stuhl stand im Schrank drinnen, die Sitzfläche nach außen gerichtet. An der Rückenlehne und an den Beinen waren Seile angebracht, und jedes Seil war an den Enden sorgfältig gespleißt, damit es sich nicht aufdrehen konnte.

»So etwas!«

Edwin schloß die Tür wieder zu, kam zurück, stützte sich auf den Tisch.

»Hilf mir bitte, Sim. Für den vierten Mann brauchen wir die Couch. Obgleich ich zugeben muß, daß sie nicht so richtig zu einer Séance paßt, oder? Erinnert mich sofort wieder an die Puppen-Teeparty. Ich hab dir doch davon erzählt?«

»Ja.«

»Aber weiß der Himmel, was sie mit diesem Stuhl und den Seilen angestellt hat.«

»Edwin.«

»Ja?«

»Hör mal gut zu. Bevor die anderen kommen. Wir sind da in etwas hineingeraten. Diesen Stuhl haben wir nicht gesehen. Geht uns nichts an.«

»Warum sollen wir –?«

»Hör zu. Das hat mit Sex zu tun. Verstehst du nicht? Fesselung. Sexuelle Spiele. Geheim. Schande.«

»Guter Gott!«

»Bevor die anderen kommen. Es ist das wenigste, was ich – was wir tun können. Wir, du und ich, dürfen niemals, niemals, auch nicht mit dem kleinsten Atemzug etwas davon verraten – Erinnere dich, wie erschrocken sie war, als wir das

Licht anknipsten, und erst recht, als sie sah, wer wir waren –
Sie hielt sich im Dunkeln auf, sie wartete auf jemand, oder
vielleicht bereitete sie da für jemand etwas vor – und nun ist
sie fort und denkt – *Oh Gott, ich hoffe zu Gott, daß sie niemals
auf den Gedanken kommen, diesen Schrank zu öffnen* –«

»Du großer Gott!«

»Wir dürfen also niemals –«

»Oh, das würde ich nie – außer natürlich zu Edwina!«

»Ich meine, schließlich – nur durch Gottes Gnade – ich
meine – schließlich wären wir alle, meine ich.«

»Was meinst du?«

»Ich meine.«

Dann herrschte lange, lange Zeit Schweigen in dem rosig
erleuchteten Raum. Sim dachte überhaupt nicht mehr an die
Versammlung oder Séance, wie man wohl besser sagen sollte.
Er dachte darüber nach, wie äußere Umstände die intuitive
Erkenntnis vorspiegeln konnten, die so viele Leute zu besitzen
behaupteten und die von so vielen anderen für gänzlich unmöglich gehalten wurde. Hier, in diesem rosigen Licht mit
dem geschlossenen Schrank hatten ein paar Tauenden aus
künstlichen Fasern das Geheimnis so klar enthüllt, als wenn es
gedruckt zu lesen gewesen wäre; so daß zwei Männer nicht
durch irgendeine geheimnisvolle Einsicht, sondern auf Grund
einer erregten Phantasie ganz einfach zu einem Wissen gekommen waren, das nicht für sie bestimmt war und das ihnen
nicht zustand. Der Mann, der für Sophy zu alt zu sein schien,
die Bordell-Beleuchtung – Sims Geist stürzte sich in eine
Vorstellung, die das alles erklärte, eine so schöne und beißen-
de Vorstellung, eine so wilde Phantasie, daß es ihm bei dem
Duft und dem Gestank fast den Atem verschlug.

»Gott steh uns allen bei.«

»Ja, allen.«

Wiederum Schweigen. Schließlich begann Edwin fast
schüchtern zu sprechen.

»Die anderen sind wahnsinnig spät.«

»Pedigree würde nicht ohne ihn kommen.«

»Und er würde nicht ohne Pedigree kommen.«

»Was sollen wir machen? In der Schule anrufen?«

»Wir würden ihn dort nicht erreichen können. Und ich
habe das Gefühl, daß er jede Minute hier eintreffen wird.«

»Es ist zu ärgerlich. Sie hätten uns Bescheid geben können, wenn –«

»Wir haben zu warten versprochen –«

»Warten wir also etwa eine Stunde. Dann gehen wir.«

Edwin langte nach unten und zog sich die Schuhe aus. Er
setzte sich auf die Couch, kreuzte die Beine und hielt die
Arme seitlich am Körper, streckte dann die Unterarme aus,
die Handflächen nach oben. Er schloß die Augen und machte Atemübungen.

Sim saß da und dachte. Es war der Ort, eben dieser
und kein anderer, den er sich so oft vorgestellt und nun
in der Realität gefunden hatte, dieser Ort mit seiner Stille, aber auch mit seinem Staub und Schmutz und Gestank; und jetzt war das Bordellhafte noch dazugekom-
men, die rosa Beleuchtung und die feminine Atmosphäre
– und zu guter Letzt auch, wie etwas aus dem verstohlenen Buch in seinem Schreibtisch, die Perversion mit dem
Stuhl.

Ich weiß alles, sagte er sich, bis zum bitteren Ende.

Und dennoch war in all dem im Zusammenhang mit diesem Ende einer alten Vorstellung eine gewisse traurige Ge-
nugtuung und sogar ein Schauer geiler Lust. Sie mußten
heranwachsen, mußten das Licht ihrer wunderbaren Kindheit verlieren. Sie mußten in Leid und Not geraten wie jedermann; und zweifellos wurde dieses Leid im Augenblick begriffen als *sich amüsieren*, etwas erleben, *Sex, hörig sein*. Der
Himmel liegt rund um uns in unserer Kindheit.

Edwin prustete plötzlich. Sim, der zu ihm hinüberblickte,
sah, wie er seinen Kopf hochwarf. Edwin war beim Meditie-
ren eingeschlafen und durch sein eigenes Schnarchen ge-
weckt worden. Auch das war ernüchternd. Im Kielwasser
von Edwins Schnarchen empfand Sim eine überwältigende
Sinnlosigkeit.

Er versuchte, sich ein tiefes, bedeutsames geistiges Drama
vorzustellen, eine Verschwörung, einen Plan, der sie beide
einschloß und nur dazu diente, Pedigree aus seiner Hölle zu
retten; und dann mußte er sich eingestehen, daß sich die
ganze Phantasie um Sim, den alternden Buchhändler, drehte
– und sonst niemand.

Also war alles in Ordnung und ganz gewöhnlich. Nichts

würde geschehen. Es ging wie üblich darum, inmitten eines
Gerümpels von Glaubensvorstellungen zu leben, erstklassi-
gen, zweitklassigen, drittklassigen etc., und schließlich an
die Barriere seiner alltäglichen Gleichgültigkeit und Ignoranz
zu stoßen.

Neun Uhr.

»Er wird jetzt nicht mehr kommen, Edwin. Gehen wir.«

Matthew Septimus Windrove hatte den denkbar besten
Grund, nicht zu kommen. Langsam und methodisch hatte er
den Reifen geflickt. Mit einem bei ihm ungewohnten Sparen
von Zeit und Kraft hatte er das Fahrrad dann auf der Schulter in die Garage getragen, um den Schlauch dort mit der
Luftpumpe in wenigen Sekunden aufzublasen. Doch er
konnte Mr French nicht finden, um es ihm zu erklären. Die
Garagentür stand offen – das war merkwürdig; er ging durch
bis nach hinten in der Garage und wunderte sich, daß Mr
French das Licht nicht eingeschaltet hatte. Als er sich zur
Tür begab, die am Garagenende zu den Büros führte, schlich
ein Mann um ein Auto herum und schlug ihm mit einem
schweren Schraubenschlüssel über den Hinterkopf. Matty
spürte nicht einmal, daß er stürzte. Der Mann schleifte ihn
wie einen Sack ins Büro und stieß ihn unter einen Tisch.
Danach kehrte er zu seiner Arbeit zurück, die darin bestand,
eine schwere Kiste gegen die Garagenmauer zu schieben,
hinter der sich der Buchladen der Schule befand. Nicht lange danach ging die Bombe hoch. Sie zerstörte die Mauer, ließ
den Wassertank über dem Bücherladen herabstürzen und
brach den oberen Deckel des nächstliegenden Benzintanks
auf. Das Wasser lief in den brennenden Tank, und anstatt die
Flammen zu löschen, sank es nach unten und drückte das
Benzin hoch. In einer flammenden Flut floß das brennende
Benzin über, als der Feueralarm einsetzte.

Gestalten, die in der Schule unbekannt waren, eilten herbei. Sophys Plan funktionierte vollkommen: Feuerwehr-
übungen waren nicht darauf angelegt zu lehren, mit Bomben
fertigzuwerden. Chaos brach aus. Niemand konnte sich die
ungewöhnlichen Geräusche erklären, die ganz wie Schüsse
klangen. In dem Chaos konnte ein fremder Mann, der Soldatenuniform trug, ein Bündel aus der Schule heraustragen.

Das Bündel war in ein Bettuch eingewickelt, aus dem an einem Ende kleine Füße hervorragten, die wie wild um sich stießen. Auf dem Kies stolperte dieser Mann, rannte dann aber, so schnell er konnte, auf die Dunkelheit der Bäume zu. Wegen der brennenden Flut mußte er jedoch ausweichen, und während er einen Bogen machte, geschah etwas Sonderbares inmitten des Feuers. Es schien sich zu einer Flammengestalt zu formen, die aus der Garagentür sauste und sich drehte und drehte. Sie trieb wie in voller Absicht in Richtung des Mannes und seines Bündels. Sie drehte sich noch immer, und das einzige Geräusch, das von ihr kam, war das Geräusch des Brennens. Sie kam dem Mann so nahe, und das war so ungeheuerlich, daß er sein Bündel fallenließ, und heraussprang ein Junge und lief weg, schreiend lief er dorthin, wo die anderen Kinder zusammengerufen wurden. Der Mann in Soldatenuniform schlug wild auf das feurige Ungeheuer ein, dann rannte er, rannte er schreiend in den Schutz der Bäume. Das Feuer-Monster tanzte und wirbelte. Nach einer Weile fiel es hin; und nach einiger Zeit lag es still da.

Als Sophy das Stallgebäude verließ, eilte sie den Treidelpfad entlang zur Old Bridge und hinauf in die High Street. Sie lief zu einer öffentlichen Telefonzelle, wählte eine Nummer, aber niemand nahm den Anruf auf. Sie trat aus der Zelle heraus. Sie lief zurück zur Old Bridge und zum Treidelpfad hinunter, aber in den Dachfenstern des Stallgebäudes schimmerte noch immer das rosa Licht. Sie stampfte wie ein Kind mit dem Fuß auf. Eine Zeitlang schien sie unschlüssig, tat ein paar Schritte zur grünen Tür hin, kehrte wieder um, ging zum Wasser und wieder zurück. Sie rannte zur Old Bridge, drehte sich um und stand mit geballten, hoch erhobenen Fäusten still. Im Schein der Straßenbeleuchtung, die über die Old Bridge fiel, war ihr Gesicht die ganze Zeit über bleich und häßlich. Dann begann sie, den Treidelpfad entlangzulaufen, von der Stadt und ihrer Beleuchtung fort. Sie kam an der gebrochenen Dachlinie des ehemaligen Frankleyschen Besitzes vorbei, vorbei an der langen Mauer der Armenhäuser. Sie hastete weiter, leichten Schritts, doch inzwischen keuchte sie, und einmal rutschte sie im Schlamm des Treidelpfads aus.

In ihrem Kopf sprach eine Stimme.

Jetzt müssen sie am kritischen Punkt angekommen sein, wenn der Plan läuft. Ich hoffe, er läuft nicht. Licht aus für kleine Jungen, Kleine Männer. Ihr Bewußtsein durchzuckte das Bild eines Plakats, das man übermorgen sehen würde. MILLIARDE FÜR JUNGEN. Doch nein, nein. Es ist unmöglich, daß ich, daß wir jetzt genau den Punkt erreicht haben, den wir erreicht haben könnten.

Stell dich nicht so an. Gut. Sei reifer, als du bist.

In der Hecke gab es ein lautes, hämmerndes Geräusch. Wie angewurzelt blieb sie stehen. Irgend etwas sprang wild um sich schlagend auf und ab, dann quiekte es, und sie konnte erkennen, daß sich da ein Kaninchen in einer Schlinge verfangen hatte, dort unten am Graben zwischen dem Treidelpfad und dem Wald. Es schlug wild um sich, da es nicht wußte, was es gefangenhielt, es auch nicht wissen wollte, und brachte sich um in der Anstrengung, freizukommen oder vielleicht auch nur tot zu sein. Sein leidenschaftliches Ringen entweihte die Nacht mit der grotesken und obszönen Karikatur des Fortschreitens, des logischen Vorankommens durch die Zeit von einem Augenblick zum nächsten, da die Falle wartet. Sie hastete daran vorbei. Hastete weiter, ein Frösteln breitete sich auf ihrer Haut, das sich mindestens eine Minute lang gegen die Erhitzung durch den schnellen Lauf behauptete.

Ein einziges Glühen.

Dort drüben spielten die Kinder. Das Gummiboot ist dort noch vertäut, das heißt, sie werden morgen vielleicht wiederkommen. Ich muß daran denken. Was ist an einem Mädchen dran usw. Und die Frau. Familienleben. Wo ist Vater? In seinem Arbeitszimmer. Wo ist Mutter? Im Himmel oder in Neuseeland. Na, ist doch so ziemlich dasselbe, hm, Schätzchen? Hier ist die Schleuse, und das ist die Brücke, und das da der alte Schleppkahn. Und da droben dort, unterm Sternenflimmer, das sind die Hügel.

Dort verläuft die versunkene Straße unter Bäumen zum Hügelkamm. Von daher würde niemand herunterkommen, nicht mit einem Auto, bestimmt nicht. Nicht mit einem Bündel auf dem Arm. Ob das Wasser des Kanals ein Auto überdecken würde? Das hätten wir feststellen müssen. Wenn ich die versunkene Straße – oder neben ihr – hochgehen würde, könnte ich das Tal und den Abhang oberhalb der Schule sehen. Das wäre aber nicht vernünftig.

Sie wandte sich nach links und trat auf die versunkene Straße. In der Fahrrinne unter den Bäumen ging es langsamer voran als auf dem Treidelpfad; und irgend etwas in der Luft schien sie einzuholen und sich ihr an die Schulter zu hängen, so daß sie sich beeilte weiterzukommen. Der umwölkte Mond scheckte rundherum alles, und zwischen den Stengeln und Baumstämmen, die sich auf der alten Straße breitgemacht hatten, verflossen und schimmerten die Hänge der Hügel im Zweifarblicht der Wolken und des gleitenden Mondlichts.

Da stand sie still.

Auf die Richtung kam es an. Man konnte sich klarzumachen versuchen, daß eine Gerade zum Himmel genau über der Schule nicht genau *dort* verlief und daß das Zufällige, ein echter Zufall, wie die schlaksige Blondine annehmen möchte, so weit reichte, daß zwei völlig unzusammenhängende Feuer auf dieser Linie lägen, ein kleines, das sich unter Kontrolle halten ließe, während das andere –

Es war ein rosafarbener Fleck, der über der Kammlinie halbwegs sichtbar wurde. Nichts Unangenehmes, nichts unmittelbar Bedrohliches, nur ein oder zwei Rosenblüten; und nun öffnete sich die Rose und breitete sich, nahm die Ecke einer Wolke in sich auf, und die Farbe der Rose wurde immer heller und leuchtender. Man hatte gesagt, daß die Feuerwehr fünfzehn Minuten braucht, um bei Alarm die Schule im Tal zu erreichen. Die Telefondrähte waren durchgeschnitten. Aber dieses Licht am Himmel mußte sie ja alarmieren, und gerade in dieser Schule mußte es bestimmt ein Kommunikationsmittel geben, an das sie nicht herangekommen waren, das sie nicht abschneiden konnten –

Und er wird den Jungen hierherbringen, herunter zum Kanal, wird ihn den Treidelpfad entlang bis zum Stallgebäude tragen – wir könnten den alten Schleppkahn benutzen, den Schrank am vorderen Ende, das alte Klo –

Das Licht strahlte heller über den Hügelkamm. Plötzlich erkannte sie, daß es ja ihr eigenes Feuer war, etwas, das sie getan hatte, eine Proklamation, eine Tat vor den Augen der

Welt – eine Herausforderung der Welt, ein Triumph! Die
Gewißheit erfaßte sie ganz, Gelächter, Stolz, wilde Freude
über die Gewalttat erfüllte sie. Es war, als wäre das Licht,
das jenseits der Hügel flackerte, etwas Auflösendes, das die
ganze Welt schwächte, so daß sie hinschmolz wie das obere
Ende einer Kerze. Und da erkannte sie, worin die äußerste
Herausforderung bestand, und sie wußte, sie war dazu im-
stande. Sie schloß die Augen, als das Bild an ihr vorbeischoß.
Sie sah sich den langen Gang entlangkriechen, der von einem
Ende des Kahns zum anderen führte. Sie spürte die rauhe
Rinde des Baums, an den sie sich mit geschlossenen Augen
geklammert hatte, nicht mehr zwischen ihren Händen und
mit ihrem Körper. Statt dessen spürte sie die Planken des
Kahns unter ihren Knien, hörte darunter den Schlag des
Wassers, fühlte die Nässe über ihre Hände steigen. Irgendwie befand sich Gerrys Stoßtrupp-Messer in ihrer Hand. Da
kam ein Geräusch, wie von einem um sich schlagenden Kaninchen, von dem Schrank her, von jenem Klo vorn im
Schiff. Dann hörte das Geräusch auf, als sei das Kaninchen
zu erschrocken, um sich noch zu bewegen. Vielleicht horchte
es auf dieses langsame, vom Wasser begleitete Näherkommen.

»Schon gut! Schon gut! Ich komme!«

Das Stoßen begann von neuem, eine Mädchenstimme, na
klar.

Sie redete die Tür höflich an.

»Einen Augenblick, ich werde dich öffnen.«

Sie ließ sich leicht genug öffnen, sprang weit auf. Das
erste, was sie drinnen sah, war das Rund des kleinen Fensters, des Bullauges. Aber da war auch ein kleines weißes
Rechteck auf der Mittellinie des Bootes und unmittelbar über
dem Sitz auf dem Klo. Dieses Rechteck bewegte sich heftig
von einer Seite zur anderen, und es roch nach Pipi. Die
Hände auf dem Rücken, Füße und Knie gefesselt, saß der
Junge da. Er saß gefesselt auf dem Klo, wie er eigentlich in
dem Schrank hätte sitzen sollen, und Seile banden ihn links
und rechts an die Bootswände, und über seinen Mund und
seine Backen war ein großes, klebriges Stück Pflaster geklebt. Er warf sich so heftig herum wie er nur konnte, und
aus seiner Nase drang ein Winseln. Sie fühlte äußersten Ekel

vor dieser Kreatur, die da auf dem stinkenden Klo saß, so widerwärtig, so pfui, oh so sehr ein Teil von dem ganzen Wahnsinn, an dem man erkannte, alles war nur Wrack und –

Ich habe gewählt.

Hätte ein Gewehr mitbringen sollen, aber ich weiß nicht, das Messer ist viel besser, oh viel besser!

Der Junge saß jetzt regungslos da, er wartete. Sie begann mit der linken Hand an seinem Trikot zu nesteln, und er rührte sich nicht; doch als sie ihm das Hemd vorn hochzog, begann er erneut zu zappeln. Die Fesseln waren jedoch hervorragend angelegt. Gerry hatte sauber, geradezu phantastisch gearbeitet. Die Art, wie der Junge mit seinem bestrumpften Fuß nur mäßig ausschlagen konnte, war wundervoll, wäre er nicht in seinem Schlafanzug gewesen, der eklige kleine Kerl hätte irgend etwas vorgehabt haben müssen, und sie fuhr ihm mit der Hand über den Bauch und seinen Bauchknopf, den Nabel, mein Kind, wenn du ihn schon erwähnen mußt, und sie fühlte papierdünne Rippen und Schlag, Schlag, klopf, klopf auf der linken Seite. Und so machte sie seine Hose auf und hielt seinen feuchten Pimmel in der Hand, während er sich wehrte und durch die Nase wimmerte. Sie berührte seine Haut mit der Spitze des Messers, und als sie sah, daß es die richtige Stelle war, drückte sie ein wenig zu, so daß es stach. Der Junge zuckte und wand sich in seiner Gefangenschaft, und sie war, oder irgendwer war, leicht erschrocken, weit weg und besorgt. Deshalb stieß sie noch tiefer und spürte, wie das Messer das hüpfende Ding berührte oder von ihm berührt wurde, immer wieder und wieder, während der Körper in Zuckungen ausbrach und ein hohes Summen aus der Nase drang. Sie stieß mit aller Kraft zu, wie wahnsinnig; und das hüpfende Ding drinnen packte das Messer, so daß das Heft in ihrer Hand schlug, und vor ihr stand eine schwarze Sonne. Die Flüssigkeit, die heftigen Zuckungen waren überall, und sie zog das Messer heraus, um ihnen freies Spiel zu lassen, doch sie hörten auf. Der Junge saß in seinen Fesseln einfach da, und der weiße Pflasterstreifen wurde von der dunklen Flüssigkeit aus seiner Nase in der Mitte geteilt.

Sie kam in einem so schrecklichen Auffahren zu sich, daß

es ihren Kopf gegen den Baumstamm stieß. Da herrschte ein Getöse und Sprühen von Insektenzeug und ein verrücktes rotes Licht wirbelte die Hügelkette entlang. Es fuhr oben vorbei, dann schwenkte es hoch über den Horizont, um dorthin abzustürzen, wo das Feuer war. Sie zitterte in der leidenschaftlichen Erregung ihrer phantasierten Mordtat und überließ sich dem Baumtunnel, zurück zum alten Schleppkahn, und ihre Knie wurden weich. Sie erreichte die kleine Weidenbrücke über den Kanal – und da, endlich, kam das Auto, die Scheinwerfer waren ausgeschaltet, es hievte sich über die Fahrspur. Ihm entgegenlaufen konnte sie nicht. Sie wartete darauf, daß es hielt. Das Auto hielt, setzte zurück, wendete und wollte sich davonmachen. Da ging sie hinüber, kichernd und stolpernd, um Gerry die Sache mit den alten Männern im Stallgebäude zu erklären, und daß sie nun das Boot benutzen müßten, doch auf dem Fahrersitz saß Bill.

»Bill? Wo ist er? Wo ist der Junge?«

»Das mit dem verdammten Jungen ist nichts geworden. Ich hatte ihn schon, aber irgendein brennender Scheißkerl stürzte mir nach und – Sophy, es ist alles schiefgegangen. Wir mußten sofort weg!«

Sie stand still und starrte in sein Gesicht, das auf einer Seite fahl war und auf der anderen, wo eine Wolke am Himmel brannte, erglühte.

»Miss! Sophy – komm her, zum Teufel! Uns bleiben nur Minuten –«

»Gerry!«

»Dem fehlt nichts – sie haben deinen Freund als Geisel – nun komm schon!«

»Sie?«

Von dem Augenblick an, da er sie ohne Perücke gesehen hat. Ich wußte es. Irgend etwas in mir sagte es, aber ich wollte es nicht glauben. Verrat. Sie denken, sie hätten einen Tausch gemacht.

Die Wut, die in ihr losbrach, überstieg Triumphgefühl und wilden Stolz, bäumte sie auf, so daß sie schrie, gegen ihn, gegen sie alle, und sie fluchte und spuckte. Und dann lag sie auf Händen und Knien und schrie, schrie ins Gras hinein, wo kein Junge war, sondern eine Sophy, die von allen ausgenutzt und betrogen worden war.

»Sophy!«

»Hau ab, du dummes Biest! Oh Scheiße!«

»Zum letzten Mal –«

»Hau ab!«

Und als sie endlich zu schreien aufhörte und sich klarmachte, wie sie ihr Gesicht zerkratzt hatte und daß sie Haare in den Händen hielt und daß nichts da war, er nicht und die anderen nicht, außer der schwarzen Nacht mit einem verendenden Feuer über dem Hügelkamm, da liefen ihr die Tränen über die Backen und wuschen das Blut fort.

Schließlich kniete sie und sprach, als ob er da wäre:

»Es ist *sinnlos,* verstehst du? In all diesen Jahren hat niemand – Du glaubst, sie ist wundervoll, was? Das glauben Männer zuerst immer. Aber es ist nichts dahinter, Gerry, überhaupt nichts. Nur das Allernötigste an Fleisch und Knochen, sonst nichts, kein Mensch, dem man begegnet, mit dem man zusammen geht, zusammen ist, mit dem man teilt. Nur Ideen. Geister. Ideen und Leere. Die perfekte Terroristin.«

Schwerfällig stand sie auf und warf einen Blick zum alten Kahn hinüber, wo kein Junge, wo keine Leiche war. Sie warf sich ihre Tasche über die Schulter und fragte sich, wie arg sie ihr Gesicht verwüstet habe. Sie wandte sich vom Boot und vom Feuer ab und tastete den Weg zurück über den Treidelpfad ab, wo es nichts Sichtbares gab, nur Finsternis.

»Ich werde aussagen. Ich wurde ausgenutzt. Sie werden nichts gegen mich in der Hand haben. Nimm die Seile vom Stuhl. Er hat mir gesagt, wir wollten zelten gehen, Euer Ehren, ich bin sehr töricht gewesen, Euer Ehren, entschuldigen Sie, aber ich muß weinen. Ich nehme an, daß mein Verlobter an der Sache beteiligt war, er war befreundet mit, mit – Ich bin sicher, daß mein Daddy damit nichts zu tun hatte, Euer Ehren. Er wollte, daß wir aus dem Stallgebäude ausziehen sollten, Euer Ehren, er sagte, er brauchte es anderweitig. Nein, Euer Ehren, das war, nachdem er an einem Schachturnier in Rußland teilgenommen hatte. Nein, Euer Ehren, darüber hat er niemals gesprochen.«

# XVI

Als sie ihn durch den Hintereingang des Gebäudes hinausließen, setzte Sim seine dunkle Brille mit so gewohnheitsmäßigen Bewegungen auf, als wären sie Teil seines automatischen Lebens geworden. Es war eine von drei dunklen Brillen, die er sich in den Wochen seit Beginn der Vernehmungen zugelegt hatte. Auch sein Gang war automatisch, ein würdevolles Schreiten. Er hatte begriffen, daß Eile tödlich war – fast tödlich, im buchstäblichen Sinn des Wortes. Damit hätte er die Aufmerksamkeit auf sich gelenkt und Anlaß gegeben zu den Rufen *Da ist einer von ihnen,* oder, *das ist der Kerl, der heute ausgesagt hat,* oder sogar *das ist Goodchild!* Sein Name schien die Leute besonders anzuziehen.

Würdevoll schritt er durch eine Seitenstraße, die zur Fleet Street führte, um so den Schlangen all der Leute aus dem Wege zu gehen, die immer noch keinen Zutritt hatten finden können. Ein vorübergehender Polizist musterte ihn, und sogar im Zwielicht seiner dunklen Gläser meinte Sim zu erkennen, daß der Mann ihn belustigt und verächtlich ansah.

Mir täte jetzt eine Tasse Tee gut.

Man hätte annehmen sollen, daß man der Gefahr, erkannt zu werden, entrinnen würde, je weiter man sich von der öffentlichen Untersuchung entfernte. Mitnichten! Dafür sorgte überall das Fernsehen. *Das da ist der Kerl, der ausgesagt hat* – kein Entrinnen. Der wirkliche Ruin, die eigentliche, öffentliche Verurteilung hatte nichts damit zu tun, ob man gut oder böse war; beides hatte irgendwie Würde; aber ein Dummkopf zu sein und öffentlich als Narr gesehen zu werden –

Wenn sie uns schließlich gehen lassen, werden sie uns entlastet haben. Bis dahin stehen wir am Pranger. Und danach?

Die Frau im Bus – *Das ist einer von ihnen! Sind Sie nicht einer von den Kerlen, die in jenem Stallgebäude dabei waren?* Und das schlecht gezielte Ausspucken, die Spucke, die am Ärmel seines Pfeffer-und-Salz-Mantels klebte! – Wir haben nichts getan! Es war eine Art Gebet!

Vor einem Laden drängte sich eine Menschenmenge. Wie immer und wider besseres Wissen von einer solchen Ausdehnung eines Ortes und der Zeit angezogen, blieb Sim stehen und stellte sich hinten an. Indem er sich hin und her schob, konnte er schließlich Ausschnitte des Fensters sehen, in dem mindestens fünfzehn Fernsehapparate identische Bilder zeigten; dann fiel sein Blick auf einen kleineren, der mit schräggestellter Bildfläche weiter oben stand, und da hörte Sim auf, sich hin und her zu wenden.

Es war die nachmittägliche Nachrichtenübersicht. Der Bildschirm zeigte ein zweigeteiltes Bild, im unteren Drittel Richter Mallory und seine beiden Beisitzer, und darüber die rauchende Schule aus dem längst weitberühmten Filmbericht. Obwohl Sim die Schule in den Zeiten, als sie heil und ehrwürdig dagestanden, nie gesehen hatte, konnte er doch die verschiedenen Fenster erkennen, aus denen verschiedene Kinder aus diesem Königs- oder jenem Fürstenhaus gesprungen oder geworfen worden waren. Das obere Bild wechselte. Es zeigte jetzt den Londoner Flughafen, Toni mit ihrem betörenden Haar, den jungen Ex-Offizier (wie das schmerzte), der ihr Komplize gewesen war; dort, ganz dicht bei ihm und am falschen Ende seiner Pistole, den Gewichtheber, der mit der anderen Schwester verlobt gewesen war – gehörte er dazu? Es war unglaublich: Wer hatte mit wem wann und wo unter einer Decke gesteckt? Da hob das Flugzeug ab, das Bild wechselte erneut, und mit dumpfem Schmerz im Herzen sah Sim schon, was nun kommen mußte. Die versteckte Kamera blickte auf einen kleinen Raum herab, wo drei Männer um einen Tisch saßen; sie hatten die Hände verschränkt, einer wand sich hin und her und legte plötzlich den Kopf auf den Tisch. Sein Gegenüber hob den Kopf und öffnete die Lippen.

Der Film blendete wieder die Szene der öffentlichen Untersuchung ein, wo alles lachte, der Richter, das Gerichtspersonal, die Presseleute und die sonderbaren Figuren, deren Funktion er niemals begriff und die vielleicht Spezialagenten zur Unterstützung der bewaffneten Soldaten waren, die hier und da an den Wänden lehnten.

»Es war ganz anders!«

Zum Glück bemerkte es niemand. Er eilte davon, weil er den Gedanken nicht zu ertragen vermochte, ein weiteres Mal – und dieser Teil war beim Publikum so ungeheuerlich beliebt – seine eigene Aussage zu vernehmen, die Richter Mallory als Stück einer Schmierenkomödie innerhalb dieser ganzen entsetzlichen Tragödie bezeichnet hatte.

»Sie behaupten, Mr Goodchild, daß Sie sich nicht in einer Trance befanden?«

»Ja, Euer Ehren. Meine Hände waren gehalten, und ich versuchte, meine Nase zu kratzen.«

Und dann das brüllende Gelächter, das kein Ende nehmen wollte – ach, es mußte Sekunden angehalten haben!

Ich würde es ja selbst nicht glauben. Ich würde nicht glauben, daß wir unschuldig waren – sind.

Ich hörte eine Frau, mit diesem Kopfnicken, das diese Frauen dabei so an sich haben, auf der Straße sagen: *Kein Rauch ohne Feuer, hab ich gesagt.* Und dann hielten beide den Mund, weil sie mich sahen.

Die U-Bahn dröhnte und war vom Stoßverkehr überfüllt. Er hing an einem Handgriff und hielt den Kopf gesenkt, so daß er sich auf die Füße geblickt hätte, wäre nicht der Bauch eines anderen Mannes dazwischengekommen. Es war geradezu wohltuend, hier zu hängen, ohne daß jemand den Narren erkannte.

An der Station stieg er aus der Erde empor und betrat die Straße mit dem Gefühl, erneut verletzlich zu sein. Natürlich hatten wir alle etwas damit zu tun! Wir waren ja da, nicht wahr?

Der Mann, der wie ein Buchhalter aussah, aber vom Geheimdienst war, oder wie sie das nannten, der Mann, der die Wanze anbrachte, sagte, sie seien seit fast einem Jahr hinter ihrer Schwester hergewesen. Wer benutzte wen?

Ich hatte nichts damit zu tun. Trotzdem bin ich schuldig. Meine sinnlose Geilheit nahm mir das Sehvermögen und dämpfte die Geräusche der wirklichen Welt.

Ich bin verrückt.

Durch die High Street schritt er aufrecht und schmerzerfüllt, voller Anspannung. Er wußte, daß selbst die braunen Frauen, die ihr Tuch bis übers Kinn hochgezogen hatten – es aber noch höher zogen, wenn er vorbeiging, wie um Anstekkung zu vermeiden –, daß selbst die braunen Frauen ihn erkannten und den Blick rasch seitwärts wandten.

Da geht er.

Sogar Sandra beachtete ihn. Fett, schwerfällig, aber lebendig und vor Aufregung strahlend kam sie herbei – »Meine Mutter will, daß ich nicht mehr herkomme, aber ich sagte, so lange Mr Goodchild will, daß ich bei ihm arbeite –«

Sandra, die mit dem Terrorismus gern in Verbindung stehen möchte, ganz gleich, über wie viele Ecken –

Hinter sich hörte er schnelle Schritte, die sich dann seinem langsameren Gang anpaßten. Er lugte seitwärts – es war Edwin, das Kinn hoch erhoben, die Fäuste in den Manteltaschen geballt. Er schlängelte sich vor und streifte Sim an der Schulter. Nebeneinander gingen sie weiter. Die Leute machten ihnen Platz. Sim begab sich zum Parkstreifen, wo er immer seinen Lieferwagen abstellte. Statt nach Hause zu gehen, begleitete Edwin ihn, Sim öffnete den Seiteneingang, und Edwin folgte ihm wortlos.

Das kleine Wohnzimmer hinter dem Laden war spärlich beleuchtet. Sim dachte daran, die Vorhänge zurückzuziehen, unterließ es aber.

Edwin sprach kaum lauter als im Flüsterton.

»Geht es Ruth gut?«

»Was heißt ›gut‹?«

»Edwina wohnt bei ihrer Schwester. Hast du gehört, wo sich Stanhope aufhält?«

»Bleibt in seinem Klub, heißt es. Ich hab keine Ahnung.«

»Einige Zeitungen machen groß mit Sophy auf.«

»›Er stahl mir das Herz‹, sagt Zwillingsschwester von Terroristin.«

»Du wirst wegziehen, nehme ich an.«

»Ich verkaufe den Laden an ein Einkaufszentrum.«

»Zu einem guten Preis?«

»Oh nein. Sie werden das Gebäude abreißen und den Grund als Zufahrt benutzen. Große Firma.«

»Die Bücher?«

»Auktion. Dabei könnte einiges herausspringen. Wir sind ja zur Zeit berühmt!«

»Wir sind unschuldig. Der Richter hat es gesagt. ›Ich muß hier nachdrücklich erklären, daß ich diese beiden Herren für Opfer eines unglücklichen Zusammenspiels von Zufällen halte.‹«

»Wir sind nicht unschuldig. Was wir sind, ist schlimmer

als schuldig sein. Wir sind komisch. Wir haben den Fehler begangen anzunehmen, wir könnten durch die Wand sehen.«

»Man hat mir nahegelegt, mich pensionieren zu lassen. Unfair ist das.«

Sim lachte.

»Ich möchte zu meiner Tochter ziehen. Bloß weg!«

»Nach Kanada?«

»Ins Exil.«

»Sim, ich werde wohl ein Buch über die ganze Sache schreiben.«

»Zeit wirst du genug dazu haben.«

»Ich will jeden aufspüren und ins Kreuzverhör nehmen, der irgendwie mit der ganzen ekelhaften Geschichte zu tun hatte, und ich werde die Wahrheit herausfinden.«

»Er hatte recht, weißt du. Geschichte *ist* Blödsinn. Geschichte ist das Nichtssagende, was die Leute über nichts schreiben.«

»Die Akaschi-Berichte –«

»Jedenfalls werde ich nicht in den Fehler verfallen, mich noch einmal auf diese Art von Schwachsinn einzulassen. Was wirklich geschah, wird *nie* jemand herauskriegen. Da spielen zu viele Dinge mit, zu viele Leute, das Ganze ist eine ausufernde Kette von Ereignissen, die unter ihrem eigenen Gewicht zusammenbrechen. Diese herrlichen Geschöpfe – sie haben alles – alles in der Welt, Jugend, Schönheit, Intelligenz – oder gibt es nichts, wofür man leben kann? Und was tun sie? Nach absoluter Freiheit und Gerechtigkeit schreien! Welche Freiheit? Welche Gerechtigkeit? Du großer Gott!«

»Ich versteh nicht, was ihre Schönheit damit zu tun haben soll.«

»Vor ihnen wurde ein Schatz ausgebreitet, und sie wandten sich ab. Ein Schatz nicht nur für sie allein, sondern für uns alle.«

»Hör mal!«

»Was ist?«

Edwin hob den Finger. Da war ein Geräusch, jemand machte sich an der Ladentür zu schaffen. Sim sprang auf und eilte nach vorn. Mr Pedigree schloß eben die Tür hinter sich.

»Wir haben nicht geöffnet. Auf Wiedersehen.«

»Warum war dann die Tür offen?«

»Sie hätte nicht offen sein sollen.«

»Sie war aber offen.«

»Bitte, gehen Sie.«

»Es steht Ihnen nicht zu, Goodchild, den großen Mann zu spielen. Oh, ich weiß, es handelt sich nur um eine öffentliche Untersuchung und nicht um einen Prozeß. Aber wir wissen doch Bescheid, nicht wahr? Sie haben noch etwas, das mir gehört.«

Edwin rauschte an Sim vorbei.

»Sie sind ein Informant, stimmt's? Sie sind's gewesen!«

»Ich weiß nicht, wovon Sie sprechen –«

»Deshalb wollten Sie nicht bleiben!«

»Ich ging, weil mir die Gesellschaft nicht paßte.«

»Sie sind fortgegangen, um die Wanze einzuschalten?«

»Edwin, spielt das noch eine Rolle? Der Mann vom Geheimdienst –«

»Ich hab ja gesagt, ich bring die Wahrheit heraus!«

»Ich will meinen Ball wiederhaben. Da liegt er, auf Ihrem Schreibtisch. Ich habe ihn bezahlt. Matty war wirklich ehrlich, wissen Sie.«

»Einen Augenblick, Sim. Wir wissen, für welchen Zweck Sie ihn haben wollen, etwa nicht? Wollen Sie denn wieder ins Gefängnis?«

»Wir könnten schließlich alle im Gefängnis landen, oder? Wie kann ich wissen, ob ich es hier nicht mit einem Paar ganz gerissener Terroristen zu tun habe, die diese beiden Mädchen eingespannt haben? Ja, natürlich war sie böse – genau wie die andere! Der Richter hat erklärt, Sie seien unschuldig, aber wir, die breite britische Öffentlichkeit, wir – wie seltsam, mich auf Ihrer Seite zu befinden! – wir wissen Bescheid, etwa nicht?«

»Nein, Sim, laß mich. Pedigree, Sie sind ein alter Schmutzfink, und man sollte Sie aus der Welt schaffen. Nehmen Sie den Ball und verschwinden Sie!«

Mr Pedigree stieß so etwas wie ein hohes Wiehern aus.

»Sie glauben, ich *liebe* es, in den öffentlichen Klos und in den Parks herumzulaufen, um verzweifelt nach, nach – ich will doch gar nicht, ich muß! Zwang ist es! Nur um, nein, nicht einmal deswegen, nur weil ich Liebe und Zuneigung suche. Und mehr als das, nur ein ganz klein wenig – Ich habe sechzig Jahre gebraucht, um herauszufinden, was mich von anderen Leuten unterscheidet. Ich habe einen Rhythmus. Meiner ist eine Wellenbewegung. Sie wissen nicht, was das bedeutet, so zu leben, oder doch? Sie denken, ich *möchte* ins Gefängnis? Doch von Zeit zu Zeit fühle ich den Augenblick kommen, sich an mich heranschleichen. Sie haben keine Ahnung, wie das ist, wenn man ganz verzweifelt etwas *nicht* tun will und genau weiß, man wird es doch tun, oh ja, man *wird* es tun! Man spürt den kritischen Moment näherkommen, den schrecklichen Höhepunkt, die unaufhaltsame Katastrophe – man weiß, daß – vielleicht sagt man sich Freitag, ›ich will nicht, ich will nicht, ich will nicht!‹ – und die ganze Zeit *weiß* man in einer Art von Entsetzen und Verwunderung, daß man es Samstag eben doch tun wird, oh ja, man wird es tun, man wird an ihren Hosen fummeln –«

»Um Gottes willen!«

»Und schlimmer noch; denn vor vielen Jahren hat mir ein Arzt gesagt, was am Ende aus mir werden kann, bei dieser Besessenheit und dieser Angst und zu guter Letzt der Senilität – um ein Kind zum Schweigen zu bringen, daß es nichts verrät – wirke ich schon fast senil?«

»Lassen Sie sich behandeln. Gehen Sie in ein Krankenhaus.«

»Aber *die* haben es getan, während sie jung waren. Die waren bereit, ein Kind zu entführen, ganz gleich, wer dabei umkommen würde – stellen Sie sich das vor, diese jungen Männer, dieses schöne Mädchen, das das ganze Leben noch vor sich hat. Nein, meine Herren, angesichts der Bomben, der Kindes- und Flugzeugentführungen aus höchsten Motiven bin ich bei weitem der Schlimmste nicht. Was hat sie doch gesagt? Wer wir sind, wissen wir, doch nicht, was wir sein könnten. Einer meiner Lieblingscharaktere im Theater, meine Herren. So, ich werde Ihnen für Ihre Freundlichkeit und Gastlichkeit nicht danken. Ich bedaure, daß wir uns nicht hinter Gittern wiedersehen werden – falls man nicht neue Beweise gegen Sie ausgräbt.«

Sie sahen ihm schweigend zu, während er sich seinen Mantel umzog, den großen bunten Ball an sich drückte und mit seinem wunderlich federnden, wandelnden Gang durch die Seitentür nach draußen ging. Einen Augenblick später verschattete er die Ritzen des mit Brettern verschlagenen Schaufensters und war verschwunden.

Müde setzte Sim sich an seinen Schreibtisch.

»Daß *mir* das passiert. Unmöglich!«

»Tatsache.«

»Das eigentliche Unangenehme liegt darin, daß es kein Ende nimmt. Ich sitze hilflos da. Wird das je aufhören, daß sie diesen Film von uns am Tisch zeigen?«

»Irgendwann sicher, früher oder später.«

»Schaffst du es, nicht zuzuschauen, wenn er läuft?«

»Nein. Ehrlich nicht. Ich komme davon nicht los, genau wie du. Wie, wie – nein, ich will nicht sagen wie Pedigree. Doch jede Nachrichtensendung, jeden Sonderbericht, jedes Rundfunkprogramm –«

Sim stand auf und begab sich ins Wohnzimmer. Der Klang einer Männerstimme wurde lauter und lauter, der Bildschirm flimmerte auf. Edwin stand in der Tür. Auf dem anderen Kanal ging das Ganze noch einmal von vorn los. Das Bild der Schule erschien, wurde langsam ausgeblendet und abgelöst von einem Bild des zertrümmerten und rauchgeschwärzten Flügels. Dann, nach endloser Zeit, trieben Toni und Gerry und Mansfield und Kurtz ihre Geiseln zum Flugzeug hin, und noch einmal, vor den neuesten Nachrichten, zeigten sie Toni in Afrika, die im Rundfunk in ihrer Schönheit und wie aus weiter Ferne mit dieser silbrigen Stimme ihre lange Arie über Freiheit und Gerechtigkeit losließ.

Sim verfluchte sie.

»Sie ist verrückt! Warum sagen die Leute das nicht? Verrückt und böse ist sie!«

»Sie ist unmenschlich, Sim. Wir müssen uns endlich damit abfinden. Wir Menschen sind nicht alle menschlich.«

»Wir alle, die ganze menschliche Rasse ist wahnsinnig. Wir stecken in Illusionen, verwirrt und verblendet meinen wir überwinden zu können, was uns trennt. Wir sind alle verrückt, jeder ist in sich selbst gefangen.«

»Wir *meinen* zu wissen.«

»Wissen? Das ist schlimmer als eine Atombombe, ist es immer gewesen.«

Schweigend schauten und hörten sie dann zu, riefen dann beide zugleich.

»Tagebuch? Mattys Tagebuch? Was für ein Tagebuch?«
»– ist Richter Mallory ausgehändigt worden. Vielleicht
wirft es ein Licht –«

Da schaltete Sim das Gerät aus. Die beiden Männer sahen
einander an und lächelten. Es würde Nachrichten von Matty
geben – das bedeutete fast ein Wiedersehen mit ihm. Irgendwie und aus einem Grund, den er sich nicht erklären konnte,
fühlte Sim sich durch den Gedanken an Mattys Tagebuch
gestärkt – beinahe glücklich. Bevor er merkte, was er tat,
ertappte er sich dabei, wie er angestrengt in seine eigene
Handfläche starrte.

Mr Pedigree, der seinen uralten Pfeffer-und-Salz-Anzug
trug, hatte sich den Mantel über den Arm gehängt und trug
den Ball auf seinem Weg in den Park zwischen beiden Händen. Er war ein wenig außer Atem und über seine Atemlosigkeit empört, weil er sie auf das Gespräch zurückführte,
das er wenige Tage zuvor mit Mr Goodchild und Mr Bell
geführt hatte – ein Gespräch, bei dem er freiwillig über sein
Alter gesprochen hatte. Irgendwie war also das Alter aus
seinem Hinterhalt hervorgesprungen und begleitete ihn nun,
so daß er sich noch weniger als sonst imstande fühlte, mit der
Kurve seiner Besessenheit fertigzuwerden. Die Kurve war
noch da, das stand fest, es ließ sich einfach nicht leugnen,
hättest du dich sonst in dieser Herbstzeit, wenn der Tag
noch warm ist, die Nächte aber plötzlich kalt werden – hättest du dich sonst weitergehen sehen, trotz der verzweifelten
Worte, die du vor einer Stunde erst ausgesprochen hast, und
nicht nur dann, sondern hier und jetzt, während die Füße
weiterlaufen, gegen deinen Willen – nein, nein, nein, nicht
noch einmal! Oh Gott! Und doch trugen die Füße (und du
hast es im voraus gewußt) dich fort und den langen Hügel
hinauf zu dem paradiesischen, gefährlichen, verdammten
Park, wo die Söhne des Morgens herumliefen und spielten –
und jetzt, die noch geöffneten Eisentore vor sich, schien seine eigene Atemlosigkeit ihm weniger auszumachen; und die
*Tatsache*, die unbestreitbare *Tatsache* vor Augen, daß er diese
Nacht in einer Zelle des Polizeireviers verbringen und von
der besonderen Verachtung betroffen würde, die sie Mör-
dern gegenüber nicht empfanden – die unbezweifelbare *Tat-*

*sache*, auf die er sich zu verlassen suchte, um das »nein, nein, nein, oh Gott!«, dieses Versikel ohne Responsorium zu unterstützen, die *Tatsache* verlor an Bedeutung und wurde jetzt zitternd überlagert von einer Erwartung, die nun wirklich, man konnte es nicht verbergen, die Atemlosigkeit des Alters stärker werden ließ, nicht des hohen Alters, aber eben doch des Alters oder seiner Schwelle, während er sagte

Τηλίκου ὥς περ ἐγών –

Noch immer tief atmend, erstaunt und betrübt, sah er seine Füße ihn erneut vorwärtstragen und dem Steilrand seiner Besessenheit entgegen, zum Tor und weiter auf den Kies, die Füße selbst lugten, spähten hinüber zum anderen Ende, wo die Jungen laut riefen und spielten – nur noch eine halbe Stunde, und sie werden bei Mammi zuhause sein. Nur eine weitere halbe Stunde, und ich hätte es einen ganzen weiteren Tag ausgehalten!

Ein Wind fegte einen Stoß Herbstblätter über seine Füße, aber sie ließen sich nicht beirren und liefen weiter, rasch, ach zu rasch –

»Wartet! Ich sagte, ›wartet‹.«

Aber eigentlich war alles ganz vernünftig. Nur hat der Körper seine eigenen Gründe, und Füße sind selbstsüchtig, so daß er, als die an der Bank vorbeizugehen suchten, sie eine Weile anzuhalten vermochten, und er zog den Mantel um sich und ließ sich auf die eisernen Stäbe niedersinken.

»Ihr habt es übertrieben, ihr zwei.«

Die beiden in ihren blanken Stiefeln rührten sich nicht, und er kam ein wenig zu sich, kam sich blöde vor und umnebelt von einer Wolke der Illusion. Herz war wichtiger als Füße und protestierte. Er beugte sich drüber und hoffte, daß seinem Poch Poch Poch nichts Schlimmes zustieße; und als er eine erste Verlangsamung des Schlagens entdeckte, sagte er sich im Stillen, denn er wagte nicht einmal, den Worten Luft zu geben, denn Luft war, was das Herz brauchte und auf Kosten jeglicher sonstiger Regung haben mußte –

*Das ist gerade noch einmal gutgegangen!*

Sofort öffnete er die Augen und ließ die leuchtenden Farben des Balls feste Form annehmen. Die Jungen würden nicht am anderen Ende des Parks bleiben. Einige von ihnen würden hier entlangkommen, mußten hier vorbeikommen,

um das Haupttor zu erreichen, sie würden den Weg entlangkommen und den leuchtenden Ball sehen und ihn zurückbringen, wenn er ihn warf – die List war unfehlbar, würde
im schlimmsten Fall nur zu einer kleinen Neckerei führen,
und im besten Fall –

Eine Wolke schob sich von der Sonne fort, und die Sonne
faßte ihn mit vielen goldenen Händen und wärmte ihn.
Überrascht stellte er fest, wie dankbar er der Sonne für ihre
Barmherzigkeit war und daß noch eine kleine Weile des Wartens blieb, bis die Kinder kämen. Und so aufregend das
Überlegen, Denken und Sich-Entschließen waren, so war es
doch auch eine ermüdende, bisweilen hysterische und ge-
fährliche Angelegenheit. Er dachte, seinem Herzen würde
ein wenig Ruhe, bevor er aktiv werden mußte, recht guttun
und so schmiegte er sich in seinen riesigen Mantel und ruhte
den Kopf an seine Brust. Die goldenen Hände der Sonne
streichelten ihn warm, und ihm kam das Sonnenlicht vor wie
Wellen, als ob jemand es mit einem Paddel aufrührte. Das
war natürlich unmöglich, aber er war glücklich über die Entdeckung, daß Licht etwas Greifbares war, ein eigenes Ele-
ment und, mehr noch, eines, das ganz nah die Haut berührte. Aufgrund dieser Erfahrung öffnete er die Augen und
blickte um sich, worauf er ferner entdeckte, daß das Sonnenlicht sich nicht nur darauf beschränkte, Dinge in Gold zu
tauchen, sondern sie auch verbarg, denn er schien bis zu
seinen Augen hinauf in einem Meer von Gold zu sitzen. Er
schaute nach links und sah nichts; und darauf nach rechts
und sah ohne jede Überraschung, daß Matty sich ihm näherte. Er wußte, daß ihn das eigentlich hätte überraschen müssen, denn Matty war ja tot. Aber hier kam nun einmal Matty, er trat wie immer in Schwarz gekleidet durch das Haupttor in den Park. Langsam nahte er sich Mr Pedigree, der sein
Näherkommen nicht nur natürlich, sondern sogar angenehm
fand, denn der Junge war eigentlich gar nicht so abscheulich
anzusehen, wie man hätte annehmen können, dort jetzt, wo
er bis an die Hüften in Gold watete. Er kam und stand vor
Pedigree und schaute zu ihm hinab. Pedigree verstand, daß
sie sich in einem Park von Gemeinsamkeit und Nähe befanden, wo das Sonnenlicht unmittelbar auf der Haut ruhte.

»Du weißt, es war alles deine Schuld, Matty.«

Matty schien ihm zuzustimmen; und der Junge war wirklich nett anzusehen!

»Man wird mir also keine Vorhaltungen machen, Matty. Wir wollen nicht mehr davon sprechen, ja?«

Windgrove schwankte weiter hin und her und hielt seinen Hut fest. Mr Pedigree sah, daß das außergewöhnlich lebhafte Wesen dieses Goldes, dieses Windes, dieses wundervollen Lichts und der Wärme Windgrove veranlaßte, sich rhythmisch zu bewegen, damit er sich auf der Stelle halten konnte. So verging eine ganze Weile, in der er seine Situation als so erfreulich genoß, daß er an gar nichts anderes mehr denken mußte. Nach einiger Zeit jedoch begannen sich in dem Umkreis, den Mr Pedigree stets als sein Selbst betrachtet hatte, willkürlich Gedanken zu bilden.

Aus diesen Gedanken heraus sprach er.

»Ich möchte nicht aufwachen und mich hinter Gittern befinden. Das ist schon so oft vorgekommen. In meinen jungen Jahren nannte man das Knast.«

Windgrove schien ihm zuzustimmen; und dann, ohne Worte, wußte Mr Pedigree, daß Windgrove ihm *wirklich* zustimmte – und das gab Mr Pedigree eine so freudige Gewißheit, daß er Tränen über sein Gesicht strömen fühlte. Als er sich ein wenig gesammelt hatte, sprach er aus dieser Gewißheit heraus.

»Du bist ein sonderbarer Kerl, Matty, du bist das immer schon gewesen. Du hast diese Angewohnheit, plötzlich aufzutauchen. Es hat Zeiten gegeben, da habe ich mich gefragt, ob du überhaupt wirklich existiert hast, wenn dich sonst niemand sah und hörte, wenn du mich verstehst. Zeiten, in denen ich überlegte – ist er nun mit allem verbunden oder treibt er sozusagen hindurch, frage ich mich.«

Es folgte erneut ein langes Schweigen. Es war Mr Pedigree, der es schließlich brach.

»Die Menschen haben so viele Bezeichnungen dafür, nicht wahr – Sex, Geld, Macht, Wissen – und dabei liegt es unmittelbar auf ihrer Haut! Das, was sich alle wünschen, ohne es zu wissen – aber daß ausgerechnet du es gewesen bist, häßlicher kleiner Matty, der mich wirklich geliebt hat! Ich versuchte es beiseitezuschieben, weißt du, aber es ging nicht. Wer bist du, Matty? Was hat es in dieser Gegend nur für Leute gegeben, solche Ungeheuer, das Mädchen und ihre Männer, Stanhope, Goodchild und sogar Bell und seine widerliche Frau – ich bin nicht so wie sie, bin schlecht, aber nicht so schlecht, ich habe nie jemand wehgetan – *die* dachten, ich hätte den Kindern Schaden zugefügt, aber das habe ich nicht getan, ich habe mir selbst geschadet. Und du weißt von dem Letzten, von dem, das zu tun ich schließlich aus Angst getrieben werde, wenn ich nur lange genug lebe – nur, um ein Kind zum Schweigen zu bringen, es am Erzählen zu hindern – das ist die Hölle, Matty, es wird die Hölle sein – hilf mir!«

Und an diesem Zeitpunkt merkte Sebastian Pedigree, daß er keineswegs träumte. Denn die goldene Unmittelbarkeit des Windes wandelte sich an seinem Herzen, begann um Matty zunächst nach oben zu treiben, dann aufwärts zu wirbeln, dann hochzustürmen. Das Gold wurde wild und brannte. Sebastian schaute entsetzt zu, wie der Mann vor ihm verzehrt wurde, schmolz, verschwand wie der Popanz in einem Freudenfeuer; und das Gesicht war nicht mehr zweigetönt, sondern golden wie das Feuer und streng, und überall schienen die Pfauenaugen großer Federn gegenwärtig, und das Lächeln um die Lippen war liebevoll und schrecklich. Dieses Wesen zog Sebastian zu sich, so daß der Schrekken der goldenen Lippen ihm einen Schrei entriß –

»Warum? Warum?«

Das Gesicht, das sich über ihm abzeichnete, schien zu sprechen oder zu singen, aber nicht in menschlicher Sprache.

*Freiheit!*

Und Sebastian, der den bunten Ball fühlte, den er gegen seine Brust drückte und wußte, was geschehen würde, schrie in Todesängsten.

»Nein! Nein! Nein!«

Er drückte den Ball fester an sich, zog ihn eng an sich, um den großen Händen zu entkommen, die sich nach ihm streckten. Er zog den Ball an sich, dichter an sich heran, als das Gold auf der Haut lag, er konnte spüren, wie er zwischen seinen Händen pochte, und er umklammerte ihn und schrie und schrie. Doch die Hände langten durch seine hindurch. Sie nahmen ihm den Ball, während er noch pochte, und zogen ihn weg, so daß die Saiten, die den Ball an ihn banden, zerrissen, während er schrie. Dann war er fort.

Der Parkwächter, der vom anderen Tor herkam, sah ihn da sitzen, mit dem Kopf auf der Brust. Der Parkwächter war müde und gereizt, denn er sah den leuchtenden Ball ein paar Meter von den Füßen des alten Mannes entfernt liegen, wohin er gerollt war, als er ihn fallengelassen hatte. Er wußte, dieser widerliche alte Kerl würde niemals kuriert werden, und er war noch mehr als zwanzig Meter von ihm weg, als er erbittert auf ihn einzureden begann.

# Literatur bei C. Bertelsmann

Hervé Bazin
*Familie Rezeau*
Roman. 636 Seiten. Leinen

André Brink
*Stimmen im Wind*
Roman. 316 Seiten

Ferdinando Camon
*Das ewige Leben*
Roman. 260 Seiten

Gisela Ehrenberg
*Deutschlands Hoffnung*
Roman. 288 Seiten

Elisabeth Endres
*Die Literatur der Adenauerzeit*
288 Seiten

William Golding
*Das Feuer der Finsternis*
Roman. 320 Seiten

Stefan Heym
*Ahasver*
Roman. 320 Seiten

*Atta Troll – Versuch einer Analyse*
Halbleinen. 112 Seiten

*Collin*
Roman. 400 Seiten

*Der Fall Glasenapp*
Roman. 400 Seiten

*Wege und Umwege*
Streitbare Schriften aus fünf Jahrzehnten
Herausgegeben von Peter Mallwitz
400 Seiten

Darcy Ribeiro
*Maira*
Roman. 384 Seiten

Mario Vargas Llosa
*Tante Julia und der Lohnschreiber*
Roman. 400 Seiten